겐지이야기源氏物語 병풍도

德川家康

도쿠가와 이에야스

3부 천하통일

24 태평 시대의 태동

야마오카 소하치 대하소설
이길진 옮김

德川家康

도쿠가와 이에야스

솔

『도쿠가와 이에야스』를 바로 읽기 위해

1. 본문 중 °표시가 된 용어는 용어 사전에서 풀이하였다.
2. 본문 중 *표시가 된 용어는 용어 사전 외에 부록 및 지도 등에서 설명하였다(다른 권 포함).
3. 인명과 지명은 원음 표기를 원칙으로 하며, 된소리를 피하고 거센소리로 표기하였다. 단
   도쿠가와와 도요토미만은 원음과 차이가 있지만 일반인에게 익숙한 이름이기에 외래어 표
   기법에 따랐다. 장음은 생략하였다.
4. 인명, 지명 및 고유명사는 처음 나올 때 원어를 병기함을 원칙으로 하였으며, 강과 산, 고
   개, 골짜기 등과 같은 지명 역시 현지 음대로 강=카와(가와), 산=야마(잔, 산), 고개=사
   카(자카), 골짜기=타니(다니) 등으로 표기하였다.
5. 성과 이름 중간에 나오는 것은 대부분 관직명과 서열을 나타내는 것인데, 그 당시의 관습
   에 따라 이름과 혼용하여 쓰이는 경우도 있다. 각 관청 및 관직에 대해서는 부록에서 설명
   하였다.
   ex) 히라테 나카츠카사노타유 마사히데 → 히라테 마사히데(이름)＋나카츠카사노타유
   　　(나카츠카사의 장관), 아마노 아키노카미 카게츠라 → 아마노 카게츠라(이름)＋아키
   　　노카미(아키 지방의 장관)
6. 시간과 도량형은 에도 시대에 쓰던 것을 그대로 따랐으며, 역시 부록에서 설명하였다.

차례

《 오사카 부근 주요 지도 》

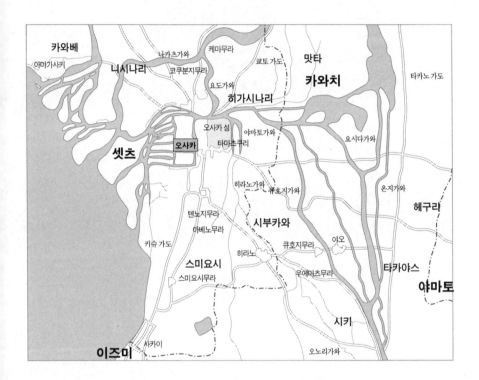

카와베
야마가사키
니시나리
나카츠가와
케마무라
쿄토 가도
맛타
카와치
타카노 가도
코쿠분지무라
요도가와
히가시나리
야마토가와
오사카 성
타마츠쿠리
오사카
셋츠
요시다가와
히라노가와
큐호지가와
온지가와
헤구리
텐노지무라
시부카와
아베노무라
큐호지무라
야오
키슈 가도
히라노
타카야스
스미요시
우에마츠무라
야마토
스미요시무라
시키
이즈미
사카이
오노리가와

혼례의 꿈

1

오사카大坂로 센히메千姬*를 보내기 전날부터 이에야스家康*는 침착함을 잃고 마음이 설레었다. 자식과 손자라 해서 특별히 애정이 다를 리는 없었다. 요즘에 이르러 자식이 잇따라 태어나고 있었다.

케이쵸慶長 5년(1600) 11월 오카메お龜 부인이 고로타마루五郎太丸를 낳는가 싶더니 케이쵸 7년 3월에는 오만お万 부인이 나가후쿠마루長福丸를 낳았고, 지금도 임신중이었다. 오는 8월쯤에는 태어날 아이…… 이런 상황에는 어지간한 이에야스도 그만 낯이 간지러웠다.

애정에 변함이 없고 가문의 번영이란 점에서는 경사스러운 일. 그러나 62세라는 자신의 나이를 생각하면 어딘지 모르게 당황함을 느끼는 것 또한 사실이었다.

타이코太閤°는 63세에 죽었다. 죽을 때는 망령기가 있었다. 그런데 타이코가 죽기 1년 전의 나이에 자신은 또 아들을 낳는다…… 이렇게 되면 인간으로서 어디까지 그 아들의 성장에 책임을 질 수 있을까 하는 불안이 따르는 것은 당연했다.

'모두 히데타다秀忠에게 부탁할 수밖에는 없지만……'

물론 그 때문에 센히메를 귀여워하거나 그 출가에 신경쓰는 것은 아니었다. 어쩌면 센히메가 여자아이라는 점에서 사내아이와는 다른 애정을 느끼게 되는지도 몰랐다.

그러고 보니 자신에게는 손녀가 또 있었다. 노부나가信長 때문에 할복 자결한 장남 노부야스信康의 딸들. 그러나 이 아이들과 이에야스는 할아버지와 손녀라는 감정에 용해될 수 없었다. 자기 손녀……라는 감회보다 노부나가의 딸인 토쿠히메德姬의 자식이라는, 노부야스의 죽음에 얽힌 추억이 더 많아 자연히 이에야스 쪽에서 피해온 느낌이 없지 않았다.

물론 이에야스가 젊고 바쁜 탓도 있었다. 그러나 센히메의 경우는 이와는 전혀 달랐다. 정말 사랑스럽다. 어떻게 하면 이 손녀를 행복하게 해줄 수 있을 것인지……? 그런 생각이 마음에서 떠나지 않아, 이에야스는 이번 혼인에는 삼중 사중의 기대와 꿈을 가지고 있었다.

정직하게 말해서 이에야스는 현재의 히데요리秀賴* 주변에 여간 불만이지 않았다. 인간은 천성보다도 가르침이 훨씬 더 큰 비중을 차지한다. 훌륭한 사부를 갖지 못한 현재의 히데요리는 그런 의미에서 볼 때 참으로 불행하다.

그러나 이에야스는 절망하지 않았다. 명랑하고 활달한 센히메가 히데요리를 행운의 길로 이끄는 사랑스런 사자로 보였다. 센히메의 명랑한 성격이 오사카와 에도江戸 사이에 빛을 비추면 비록 떨어져 있더라도 이에야스와 히데요리의 마음은 통하리라……고.

"에도의 할아버지."

"에도의 할아버지……"

이렇게 몹시도 따랐던 어린 히데요리였다. 이러한 그가 센히메와 맺어짐으로써 진정한 손자의 마음만 되어준다면 어떠한 조언도 어떠한 교육도 해줄 수 있을 터. 아니, 그보다 이렇게 함으로써 히데요시秀吉와의 약속을 지켰다는 양심의 안도감은 더욱 컸다.

이에야스는 센히메가 출발하는 전날 밤부터 몇 번이나 내전에 들어가 오에요阿江與 부인을 만나기도 했고 오쿠보 나가야스大久保長安°에게 지시하거나 오쿠보 타다치카大久保忠隣를 꾸짖기도 했다. 그럴 때는 언제나 그의 머릿속에 센히메와 히데요리가 다이리비나內裏雛°처럼 나란히 있었다.

2

이에야스와 히데요시는, 히데요시의 정신이 혼미해지기 시작했을 때 어리석게도 서약서를 교환했다. 그렇게 만든 것은 이시다 미츠나리石田三成였는데, 그는 이것이 히데요시의 진심이라고 알았을 정도로 천하 일에 대해서는 아직 어린아이였다.

히데요리가 열여섯 살이 되면 천하를 넘겨준다……고 한 그 서약서. 그런 약속이 지켜질 만큼 세상은 어수룩하지 않았다. 이 점은 노부나가도 히데요시도 이에야스도 뼈에 사무치도록 잘 알고 있었다.

바다인지도 산인지도 모르는 16세의 소년이 다스릴 수 있는 세상이라면 무엇 때문에 노부나가가 그처럼 많은 사람을 죽였단 말인가? 어째서 히데요시가 노부나가의 아들 노부타카信孝에게 자결을 강요했으며, 시바타 카츠이에柴田勝家나 요도淀 부인°의 생모를 죽음으로 몰아넣었겠는가……

역설적으로, 히데요시가 생전에 노부나가를 열심히 섬긴 것도 이에야스가 노부나가를 돕고 또 히데요시를 도운 것도 세 사람이 한결같이 '일본의 통일'이라는 같은 목적을 위해서가 아닌가. 따라서 노부나가가

가 쓰러진 뒤에는 실력자인 히데요시가 뒤를 이었고, 히데요시가 쓰러진 뒤에는 이에야스가 3대째가 되어 '일본 통일'의 목적을 달성하는 것은 지극히 자연스럽고 또 참다운 우정이기도 했다.

이 당연한 이치가 미츠나리에게는 납득되지 않았다. 그가 납득할 수 없었다면 아직 천하에는 그러한 사람이 많다고 보아야 한다.

'그런 의미에서 센히메는 많은 사람들에게 이를 깨닫게 하기 위해 출가하는 것이다.'

한 사람의 인간에게는 천하를 맡는 공적인 생활과 인정을 쌓고 의리를 지켜나가는 사적인 생활 두 가지가 있음을 엄격히 구분해서 생각해야 한다. 그런데 실제로는 좀처럼 그렇게 되지 않았다.

'나는 센히메를 보냄으로써 먼저 인정을 부드럽게 한 다음 공적인 의미를 깨닫게 하려고 한다……'

그런 만큼 이에야스의 의도가 반대로 되면 불행한 채찍을 맞아야 하는 것은 센히메가 아닐까……

갖가지 꿈과 우려가 뒤섞여 이에야스는 한결 더 센히메가 사랑스럽고 애처롭게 여겨지는 것인지도 몰랐다.

28일 이른 아침 배가 준비되었다. 이에야스는 일부러 나루터까지 일행을 전송했다. 스무 명의 시녀를 거느리고 어머니와 나란히 선 센히메의 모습은 눈물이 나올 만큼 작아 보였다. 아니, 센히메의 손을 잡고 있는 '오쵸보阿ちょぼ'는 센히메보다 더 어리고 몸집이 훨씬 작아 센히메까지 더욱 가련하게 보였는지 모른다.

그 바로 뒤에 사카에榮가 작은 함을 들고 따르고 있었다. 그 함 안에는 배에서 신부가 심심해졌을 때를 위해 과자와 장난감이 들어 있었다. 이에야스가 가져가게 했다.

"할아버님, 여러 가지로 고맙습니다."

출가하는 것이므로 다녀오겠습니다 ─ 이렇게 말해서는 안 된다. 그렇게 가르침을 받은 센히메가 귀엽게 인사를 했을 때 이에야스는 갑자기 심기가 불편해졌다. 대뜸 경호를 위해 동원되어 있는 쿠로다 나가마사黑田長政를 꾸짖었다. 나가마사는 늠름하게 무장한 300명 남짓한 병력을 데리고 있었다.

"경사로운 일에 거추장스럽다. 분별이 없구나."

꾸짖고 나서 곧 뉘우쳤다. 이런 준비는 당연한 일이었다.

3

나가마사는 무엇 때문에 꾸짖는지 이해되지 않은 듯 고개를 갸웃하고 물러갔다. 그러나 이 때문에 자기 생각을 바꿀 마음은 없었다. 적어도 세키가하라關ヶ原 전투 이후 발생한 떠돌이무사들이 얼마나 잠입해 들어왔는지…… 경호가 허술하다고 판단되면 단지 그것만으로 어떤 무뢰한이 나타날지 몰랐다.

호리오 요시하루堀尾吉晴는 창이나 총포 같은 무기 대신 괭이와 낫을 든 무사들을 작은 배에 태우고 센히메가 탄 고자부네御座船° 앞에 배치해놓고 있었다. 어마어마한 무장을 피하고 300명 인원을 일꾼으로 가장시켰다. 강폭을 좁히고 있는 갈대를 베어내고 항로를 열어 배의 안전을 도모한다……는 구실이었다. 물론 배 안에는 무기가 숨겨져 있을 것이고 일꾼으로 가장한 사람도 용맹스러운 무사들이었다.

"과연 시나노信濃는 노련하군."

나가마사를 꾸짖은 대신 이에야스는 별로 칭찬할 것도 없는 호리오 요시하루의 분별을 칭찬했다. 칭찬한 다음 겸연쩍었는지 그 길로 문안으로 모습을 감추었다. 62세의 세이이타이쇼군征夷大將軍°이 일곱 살 손녀를 출가시키면서 몹시 감상에 젖어 있다……는 것이 스스로도 우스웠고, 남에게 눈물이라도 보이면 어쩌나 하는 마음 때문이었다.

그대로는 아직 마음이 놓이지 않아 이번 일의 총책임자인 오쿠보 타다치카를 불러, 도중에서부터 혼례가 끝날 때까지의 광경을 자세히 보고하라고 이른 다음 거실로 들어갔다.

거실로 돌아와서야 비로소 쾌청한 날씨를 깨달았다. 정원의 나무 사이로 보이는 푸른 하늘이 씻은 듯 선명했다.

"배 안은 강바람으로 선선할 테고 심심하지도 않을 테지……"

혼자 중얼거렸다.

"그야, 마님도 계시고 하므로."

옆에 있던 오우메阿梅 부인의 대답에 당황하면서 반문했다.

"내가 뭐라고 했나?"

"예, 말씀하셨습니다. 센히메 님은 심심하지 않을 것이라고……"

"그랬던가. 입밖에 내어 말했다는 말이지. 분별이 없군."

"예? 센히메 님 말씀입니까?"

"아니, 내가 말이야."

그러면서 오우메 부인이 건네는 칡차를 받았다.

오우메 부인은 아오키 키이노카미 카즈노리青木紀伊守―矩의 딸로 오만 부인이 두번째 아기를 임신한 뒤 이에야스의 시중을 들고 있는데, 아직 앳된 티가 남아 있었다. 후에 그녀는 혼다 마사즈미本多正純에게 출가하는데, 어쨌든 새삼스레 그 오우메 부인을 보았을 때 이에야스는 몹시 당황했다.

오우메 부인과 자기의 나이 차이가 날카롭게 가슴을 찔러왔다.

"그대는……"

몇 살이었더라…… 이렇게 물으려다 당황스러워 그것도 그만두었다. 지금의 이에야스 머리에서는 아직 센히메가 사라지지 않았다. 그런데 이 자리에서 스무 살도 채 안 된 상대의 나이 따위를 묻는다면 더욱

14

자기가 우습게 보일 것 같아 두려웠다.

그런데 오우메 부인은 어처구니없게도 그 말꼬리에 매달렸다.

"그대라니…… 무엇 말씀입니까?"

이렇게 묻는 눈매와 입술은 시치미를 뗄 때의 센히메와 똑같았다.

4

이에야스는 더욱 당황했으나 잠자코 있을 수 없었다. 상대는 자기에게 무슨 잘못이라도 있지 않나 하고 진지하게 걱정하고 있었다. 남자였더라면 침묵을 지켜 생각할 기회를 줄 것이었으나, 나이 차이라는 부담을 가진 여자를 그처럼 매정하게 대할 수는 없었다.

"아니, 아무것도 아니야…… 문득 센히메 일이 생각났을 뿐이지."

"어머…… 센히메 님 일이라면 계속 생각하고 계셨지 않은가요?"

"그래? 그대도 그걸 알 수 있나?"

"예, 주군께서는 그대는…… 하고 말씀하시려다 그만두셨습니다."

"걱정할 것 없어. 센히메가 명실상부한 아내가 되는 것은 몇 살이나 되어서일까…… 그대에게 물어보고 싶었던 거야."

"앞으로 사오 년…… 하지만 그런 일은……"

이번에는 오우메 부인이 빨갛게 되었다. 아마도 여성이 제구실을 하는 나이는 이에야스도 잘 알고 있을 텐데…… 이렇게 말하려다 자신의 과거를 떠올렸는지도 모른다.

이에야스의 소실은 그 대부분이 남편이나 자식을 가졌던 여성이 많았다. 그러나 오우메 부인은 후에 미토 요리후사水戶賴房의 양모가 된 오하치ぉ八 부인이나 이에야스가 죽은 뒤 키츠레가와 요리우지喜連川賴氏에게 재가한 오로쿠ぉ六 부인과 함께 처녀로 소실이 된 얼마 안 되는 사람 중의 하나였다.

"오우메는 어딘가 센히메를 닮은 데가 있어."

"아닙니다…… 사카에도 그렇게 말하기는 했지만……"

"그대는 센히메가 히데요리에게 사랑받을 것이라고 생각하나?"

"그야 뭐…… 하지만 주군께서는 어째서 그런 일까지 걱정하고 계십니까?"

이에야스가 별로 불쾌한 기분이 아닌 것을 알고는 젊은 소실은 안도하는 얼굴이 되었다.

그런 얼굴을 보면 이에야스는 언제나 섬뜩했다. 츠키야마築山 마님과의 불행했던 과거 상처가 떠올랐기 때문이다. 여성의 응석은 그대로 기묘한 정복욕으로 바뀐다. 그것은 흔히 남자의 생애를 삼켜버리는 불행의 원인이 되기 쉽다.

때마침 그 자리에 혼다 마사즈미가 들어왔다.

"센히메 님의 배가 무사히 출발했습니다."

"아 그래, 다행이로군. 센히메는 울지 않던가?"

"아닙니다. 매우 기쁜 얼굴로 난간 장식을 구경하고 계셨습니다."

"으음. 그 장식은 아마 봉황이었지?"

"예. 저런 새가 정말 있을까, 있다면 기르고 싶다고 하시면서……"

"그랬나. 구해주고 싶군! 있다면 말이지."

이에야스는 이렇게 말하고 갑자기 진지한 얼굴이 되어 말했다.

"마사즈미, 이리 와서 오우메와 나란히 앉아보게."

마사즈미는 깜짝 놀라 이에야스를 쳐다보았다.

"예? 뭐라고 하셨습니까?"

"오우메와 나란히 앉아보라고 했어. 그러면 히데요리와 센히메가 나란히 있는 모습으로 보일지도 몰라…… 어서!"

오늘의 이에야스는 아무래도 평소의 이에야스가 아니었다.

5

이에야스도 이상하게 흥분한 자신의 감정을 깨닫고 있었다. 깨달았으면서도 탈선하는 것은 어째서일까⋯⋯?

젊은 소실과 젊은 총신을 나란히 놓는다⋯⋯ 그런 일은 적어도 평소의 이에야스로서는 생각도 못할 일이었다.

"왜 주저하고 있느냐. 나란히 앉아보라니까."

다시 한 번 재촉하고 생각했다.

'무언가에 홀리고 있다. 내가 아니라 바로 타이코가 아닌가⋯⋯'

순간 이에야스는 마음이 마비되는 듯한 아픔을 느꼈다. 다름 아니라, 곧 세상을 떠나야 함을 알았을 때의 히데요시가 히데요리에게 품었던 미칠 듯한 애정이 바로 이것⋯⋯

깨달았을 때는 벌써 눈앞에 오우메 부인과 마사즈미가 나란히 앉아 있었다. 아니, 나란히 있는 것은 표면적인 모습일 뿐, 두 사람의 표정에는 전혀 다른 마음의 움직임이 엿보였다.

오우메 부인에게는 주군의 명령으로 하는 일⋯⋯ 그런 응석 비슷한 안도감이, 마사즈미에게는 당황하는 듯한 경계의 빛이 엿보였다. 평소 행동에서 이렇게 오우메 부인과 나란히 있어야만 할 실수가 있었던 것은 아닐까⋯⋯? 그러한 반성과 당황함도 있었는지 모른다.

나란히 있는 두 사람을 보는 순간 이에야스에게는 문득 질투 비슷한 감정이 치밀었다.

"잘 어울려! 그대들은 잘 어울리는 나이야."

이 또한 이에야스가 예기치 않았던 말이었다. 스무 살도 안 된 여자, 62세 노인보다 마사즈미와 나란히 있는 편이 어울릴 것은 뻔한 일이었다. 이런 희롱 때문에 오우메 부인이 정말 마사즈미에게 마음을 움직이는 일이 생긴다면⋯⋯ 아니, 이 또한 만년의 타이코가 초조해하던 마

음인지도 모른다. ……이에야스가 오우메 부인을 사랑한다 해도 결국
은 그녀보다 먼저 가야 하는 그의 늙음, 그에 따른 죽음의 손이 사정을
참작할 리 없다……

"아주 잘 어울려. 서로 얼굴을 마주보도록."

"주군!"

"뭔가, 그 표정이…… 나는 성장했을 때의 히데요리와 센히메를 상
상하며 바라보고 있는 거야. 자, 어서 얼굴을 마주보라니까……"

"하지만 그것은……"

"웃을 수 없다는 건가, 마사즈미?"

"아닙니다. 하지만……"

"좀더 가까이 다가앉게. 서로 경계하는 것으로밖에 보이지 않아."

이에야스는 더욱 홀린 듯한 어조로 재촉했다. 오우메 부인 쪽에서 먼
저 마사즈미에게 다가가 앳되게 생긋 웃어 보였다.

"좋아, 이제 됐어. 그러나 아직 의좋은 부부로는 보이지 않는군. 센
히메 쪽에선 사모하고 있는데 히데요리는 아직 피하고 있는 상태야. 마
사즈미는 여자의 정을 모르는 자란 말이냐?"

이에야스는 왠지 얼굴빛이 변했다. 이번에는 숨이 막힐 것 같은 아픔
이 가슴으로 파고들었다……

6

아무리 인생을 달관한 줄 알고 있다 해도 역시 인간은 미지의 숲을
여행하고 있는 데 지나지 않았다. 이에야스나 되는 사람이 타이코가 곧
잘 기분전환으로 하던 일과 비슷한 탈선으로 오우메 부인과 마사즈미
를 괴롭히고 있는 동안, 그는 그러한 잔인한 행위의 원인과 비로소 정

면으로 만나게 되었다.

이에야스는 오우메 부인과 마사즈미를 괴롭히면서, 실은 자기 자신을 짓궂게 괴롭히고 있었다. 그 사실을 깨달은 순간 오싹 전신에 전율을 느꼈다. 그를 기묘한 탈선으로 몰아넣은 것은 센히메의 행복한 생애를 보장해줄 힘이 자기에게는 없다……고 느끼게 된 의식 뒤에 숨은 자학이었다.

'내 행복을 나누어줄 수 없다……'

아니, 자신이 센히메보다 행복한 데 대한 미안함을 절실하게 느낀 나머지 걷잡을 수 없이 저지른 탈선…… 그러한 심리는 센히메나 히데요리의 장래에 이에야스 정도나 되는 자가 아직도 커다란 불안을 느끼고 있다는 것 외에는 아무것도 아니었다.

"그만 됐어. 보고 싶은 모습을 보았어."

이에야스는 손을 흔들며 마사즈미에게 웃어 보였다. 웃어 보인 셈이지만, 실은 일그러진 우는 얼굴을 보였는지도 모른다.

마사즈미는 겨우 오우메 부인 옆에서 떨어졌다.

"어찌된 일이십니까?"

"어찌된 일이라니, 무슨 소리인가?"

"안색이 좋지 않으십니다."

"멍청한 소리!"

이에야스는 내뱉듯이 말했다.

"타이코는 가엾은 분이었어."

"아니, 뭐라 하셨습니까?"

"타이코는 욕심 많은 분. 생명도 젊음까지도 뜻대로 하고 싶어한."

여기까지 말하고 이에야스는 마사즈미를 돌아보았다.

"자네는 몰라도 괜찮아. 어차피 싫도록 알게 될 테니까. 참…… 그 타이코도 오늘은 기뻐할 거야. 타이코의 꿈 하나가 이루어졌으니까."

"지하에서 예의 그 큰 목소리로 시라도 읊고 계실지 모릅니다."

"그렇군. 나는 고로타마루라도 보고 오겠어. 마사즈미, 같이 가세."

이에야스는 일어나면서 마음속으로는 전혀 다른 일을 생각했다.

'오우메는 마사즈미에게 주어야겠어……'

일단 마사즈미와 나란히 있게 하여 자기와 어울리는 젊음을 가진 이성의 존재를 알리고 말았다. 그것은 이에야스에게는 큰 실수…… 그 뒤까지 집요하게 오우메 부인을 사랑하려는 마음은 남의 창에 쓰러진 자의 목을 베려는 미련과도 통한다.

'타이코처럼 자신의 실수를 깨닫지 못하는 자가 되면 안 된다.'

이렇게 생각한 뒤 이에야스는 문득 의문에 사로잡혔다.

'이것도 실은 센히메에 대한 변명이 아닐까? 그처럼 걱정된다면 시집보내지 않아도 될 텐데.'

이미 이에야스는 그 문제에서 벗어나 있었다. 그가 가장 싫어하는 무의미한 망상……이었음을 깨달았기 때문이다.

7

이에야스가 서쪽 성에 갔을 때, 고로타마루는 단정하게 앉아 어머니 오카메 부인으로부터 매 이야기를 듣고 있었다. 조류로서의 매의 성격에서 매사냥 이야기로 화제가 옮겨졌던 모양이어서, 토끼는 어떻게 해서 잡는가, 학은 매보다 몸집이 큰데 어째서 약한가 하는 것 등을 어머니에게 묻고 있었다.

햇수로 네 살……이라고는 하나 아직 만 2년 8개월인 고로타마루. 그러나 그 눈동자에는 격한 기질이 깃들여 있어 벌써 충분히 자신의 존재를 과시하고 주장하는 듯한 모습이었다.

이에야스의 모습을 입구에서 발견한 고로타마루는 아버지를 노려보듯이 하고 절했다. 그 서투른 말에서도 먼 기억 속에 남아 있는 노부야스 어렸을 적 모습이 숨겨져 있었다.

이에야스는 문득 묘한 착각 속에 빠졌다.

'인간은 죽더라도 나중에 어딘가에서 다시 태어나는 게 아닐까?'

그렇다면 노부야스가 강요된 자결을 했을 때의 집념이 다시 같은 아버지의 아들로 태어나게 했는지도 모른다.

'나는 아직도…… 노부야스에게 죄책감을 느끼고 있다.'

이에야스는 자기의 감회에 쓴웃음을 지으면서 고로타마루 앞에 앉아 손을 내밀었다.

고로타마루는 환하게 웃었다. 아버지에게 안기는 것이 이 겁 모르는 어린아이에게도 몹시 기쁜 일인 듯했다.

오카메 부인이 고개를 저으면서 제지했다.

"안 됩니다. 이미 어른입니다."

그리고 이에야스를 향해서 말했다.

"세 살 버릇…… 세 살 적 가르침이 평생을 결정한다고 합니다."

이에야스는 따라온 마사즈미를 돌아보고 가만히 웃었다. 비록 여기 있는 어린아이가 노부야스의 환생이라 해도 어린아이를 대하는 어머니의 태도는 완전히 반대였다. 노부야스의 생모인 츠키야마 마님은 이에야스가 자기 자식을 안지 않는다고 늘 대들곤 했는데, 이 어머니는 될 수 있는 한 안지 못하게 하려 한다.

그 어머니의 마음속에는 늙어서 생긴 자식이니 어차피 오래는 안아줄 수 없는 아이, 그러므로 응석받이가 되면 안 된다……는 항의도 포함되어 있는 것 같았다.

"마사즈미, 나는 고로타마루의 사부로 히라이와 치카요시平岩親吉를 딸리기로 결정했어."

히라이와 카즈에노카미 치카요시平岩主計頭親吉는 지난날 노부야스의 중신이자 사부였다. 노부야스가 방자한 행위로 노부나가에게 강제로 자결을 강요받았을 때——

"모두 제 잘못입니다."

자신의 교육에 잘못이 있었다고 내세우며 따라 죽으려 했을 정도로 탄식했다. 그 치카요시에게 노부야스를 닮은 고로타마루를 다시 한 번 맡긴다면 그도 구원받고 고로타마루를 위한 일이 되기도 할 것이다…… 그렇다, 그렇게 하는 것이 좋다고 순간적으로 생각했다.

물론 마사즈미로서는 그러한 이에야스의 감회를 알 리 없었다.

"고로타, 안아주는 대신 매사냥에 데리고 갈까?"

"예, 고로타도 가고 싶어요."

"그래, 좋아. 그러나 아직 말은 타지 못해. 힘센 자에게 무등을 태워서 데리고 가마. 말과 다름없이 달리는……"

그러면서 이에야스는 또다시 센히메를 생각했다. 그 아이는 자주 안아주었다…… 안아주는 것밖에는 달리 애정 표시를 할 수 없었다. 그것이 여자와 남자의 차이일까……

8

이에야스는 센히메에게서 떠나지 않는 자신의 감회가 스스로도 안타까웠다.

'나 정도나 되는 자가 이 무슨 일인가.'

이렇게 꾸짖으면서도 한편으로 세상에는 누구도 어떻게 하지 못하는 무언가가 있다고 납득하고 있기도 했다.

'나무아미타불인가, 이것이……'

고로타마루는 눈을 빛내며 이에야스 앞으로 다가왔다. 그는 어머니에게 들은 매 이야기가 아버지에 의해 매사냥 이야기로까지 진전되었으므로 더 이상 생각할 것이 없었을 터였다.

"아버님, 사냥은 언제 가나요?"

"글쎄, 에도로 돌아간 뒤가 되겠지. 아니, 돌아가는 길에 슨푸駿府에 들르니, 거기서 데리고 가겠다."

"그게 언제지요?"

"고로타!"

오카메 부인이 다시 꾸짖었다.

"아버님께서 데리고 가겠다고 하셨으니, 그때까지 잠자코 기다려야 한다."

고로타마루는 가볍게 혀를 차고 다시 아버지와 어머니를 노려보는 낯빛이 되었다.

'과연, 말을 알아듣는 때가 된 모양이군. 그렇다면 어서 히라이와를 딸려주어야겠어……'

히라이와 치카요시라면 그러한 어머니의 엄격한 교육을 너그러운 애정으로 납득시킬 수 있을 것이다. 그렇지 않으면 언젠가는 무섭게 어머니에게 반발할 듯한 눈이었다.

"고로타."

"예."

"네게 사부님으로 히라이와 할아범과 함께 코후甲府 땅에 이십오만 석을 주겠다."

"예."

고로타마루로서는 무슨 말인지 알 까닭이 없었으나 오카메 부인의 어깨는 꿈틀 움직였다.

"그러면 벌써 한 사람의 대장이 되는 거야."

"예."

"대장이란 슬플 때도 울지 않고 괴로울 때도 참아야 해…… 그리고 맛있는 것은 부하에게 먹여야 한다. 어떠냐, 너는 대장이 될 수 있을 것 같으냐?"

"예, 대장은 매사냥도 합니다."

"그래, 매사냥을 나가면 여러 가지 사냥감이 있어. 부하들은 그것을 큰 냄비에 부글부글 끓여서 먹는 거야. 맛이 있지! 그러나 대장은 먹어서는 안 돼. 대장은 허리에 차고 온 마른밥을 묵묵히 먹는 거야…… 어떠냐, 대장이 될 수 있겠느냐?"

고로타마루는 잠시 입맛을 다시다가 흘끗 어머니 쪽을 보았다.

"될 수 있어요."

고로타마루는 아주 큰 소리로 대답하고는 마치 자기가 매라도 된 듯이 주위를 노려보았다.

이에야스는 볼을 비벼주고 싶었다. 높이 안아올리고 ——

"이 녀석은 노부야스의 환생이야!"

부드러운 몸을 주물러 터뜨리고 싶었다.

하지만 그럴 수는 없었다. 방금 인내가 중요하다고 가르친 말과 모순된다. 일본 무사의 대장인 이 아버지는 고로타마루보다 몇 백 배나 더 참아야만 한다……

자기 자식에게도 마음대로 볼을 비벼줄 수 없다…… 그것이 정을 억제하면서 정을 주는 '대장'으로서 가장 삼가야 하는 일이었다. 그 정도의 인내도 없이 어떻게 사람이 사람을 다스릴 것인가. 여기까지 생각하다가 이에야스는 문득 일어났다.

"돌아가세, 마사즈미."

이에야스의 가슴속에서는 또다시 고로타마루와 히데요리의 행복과 불행이 쓸쓸하게 비교되고 있었다……

9

고로타마루에게는 코후에 25만 석을 주어, 이제부터 그 자부심과 책임감을 키워줄 수 있다. 또한 그의 신변에는 엄한 생모가 있고, 히라이와 치카요시라는 분별 있는 사부도 딸려줄 수 있다.

그러나 히데요리의 경우는 그럴 수가 없었다. 이에야스는 전혀 차별할 마음이 없었다. 그런 마음이 있었다면, 전남편과의 사이에 태어난 소실들의 자식들을 각각 최선이라 생각되는 환경에 두고 돌봐주는 일은 생각도 못했을 터였다. 그런데도 히데요리만은 이에야스가 전혀 자신을 가질 수 없는 환경에 방치하고 그곳에 귀여운 손녀를 출가시킴으로써 양심의 가책을 벗어나려 하고 있다……

'과연 이렇게 한다고 타이코에게 체면이 설 것인가……?'

체면이 서지 않는다면 지금 자신은 무엇을 해야만 하는가?

생각하기에 따라서는 요도 부인의 기승에 위축되어 이에야스답지 않은 양보를 하고 있는지도 몰랐다. 만일 그 결과 히데요리가 20만 석, 30만 석 태수도 되지 못할 인물로 자라, 이 때문에 센히메에게 무책임하기 짝이 없는 할아버지가 된다면……?

이에야스는 고로타마루와 헤어져 본성 자기 방에 돌아와서도 한동안 그러한 감정과 망집 사이에서 헤어나지 못했다. 전쟁터의 작전이라면 과감하게 단안을 내릴 수 있었으나 사랑하는 자의 생애에 이르면 그렇게 간단하게 결정할 수 없다.

이에야스는 안타까운 하룻밤을 보내고 이튿날을 맞이했다.

토리이 큐고로鳥居久五郎가 오쿠보 타다치카의 보고를 가지고 말을 달려 성으로 돌아왔을 때 정무를 중단하고 그를 거실로 불렀다.

"어떻게 됐나, 무사했을 테지?"

"예, 도중에는 호리오 시나노노카미堀尾信濃守 님 일꾼의 괭이와 낫

이 도움이 되어 길을 트면서 무사히 오사카 성문까지 도착했습니다."

"으음, 역시 시나노의 일꾼이 도움을 주었군. 그런데 센히메는 도중에 보채지 않았나?"

"예. 아주 흐뭇한 표정으로 선창까지 마중 나오신 아사노 키이노카미淺野紀伊守 님에게 말씀까지 하셨습니다."

"뭐라고 했나, 오에요 부인이 미리 가르쳐주었겠지?"

"아닙니다. 저쪽에서 정중하게, 아사노 키이노카미입니다…… 자기 소개를 하자, 그대는 나를 잊었느냐고 하셨습니다."

"허어, 잊었느냐고?"

"예. 굳이 소개하지 않더라도 잘 알고 있다, 수고가 많다…… 이렇게 말씀하시고 웃으면서 가마에 오르셨다고 합니다."

"그래, 그런 말을 했다는 말이지. 잘했어, 센히메가 나를 안심케 해 주는군. 그런데 성문에서 본성 현관까지는?"

"예, 다다미疊°를 깔고 명주로 덮으라는 생모님 말씀이 계셨지만, 오히려 주군의 뜻을 어기는 일이라고 깨끗한 자갈을 깔아놓았습니다."

"좋아, 그것도 좋아. 그런데 그렇게 말씀하신 요도 부인이니 현관까지 마중 나오셨겠지?"

"예, 아니, 카타기리 이치노카미片桐市正가 위엄을 갖추고……"

큐고로는 왠지 말꼬리를 흐리며 무릎을 꿇었다.

10

"그런가, 요도 부인은 현관에 얼굴을 보이지 않았단 말이지?"

이에야스는 약간 실망한 듯이 끄덕이면서 탄식했다.

"예. 도련님의 부인 될 분 가마이기는 하나 동생의 따님이기 때문에 마중 나가는 것은 예법에 어긋난다면서 사양하셨다고 합니다."

"으음. 오랫동안 대면하지 못한 동생과 그 딸이어서 나는 반가움을 못 이겨 뛰어나올 줄 알았더니, 그렇지 않았군."

"그 대신 대면할 때는 반갑게……"

"손이라도 맞잡았나, 오에요 부인과……?"

"예…… 아닙니다. 양쪽 모두 눈시울을 붉히시며, 그러나 정중하고 예의바르게 인사를 나누셨습니다."

"으음, 여자끼리 말이지."

이에야스는 큐고로의 말을 듣고 억척스런 자매가 만나는 모습이 눈에 선했다. 어느 쪽이든 경쟁심만 없었다면 서로 껴안고 울고 싶었을 텐데 끝내 마음을 터놓지 못하고 만 것 같다.

"설마 두 사람이 말다툼은 하지 않았겠지?"

"예. 인사를 나눈 뒤에는 서로 마음을 트고 농담까지 하셨습니다."

"뭐라고 하던가, 요도 부인은?"

"아무 걱정 없는 다이나곤에게 총애를 받아선지 살이 쪘다고……"

"으음. 그랬더니 오에요 부인은 뭐라고 대답하던가?"

"언니는 타이코 전하가 돌아가셨는데도 야하게 차려입었다고."

이에야스는 다시 실망한 얼굴로 화제를 바꾸었다.

"센히메는? 그동안 옆에 있었을 테지?"

"예."

"요도 부인은 센히메에게 아무 말도 하지 않았나?"

"아닙니다. 센히메는 예쁘다고……"

"그랬더니 센히메는 뭐라고 대답했지?"

몸을 내밀고 묻는 바람에 젊은 큐고로는 명랑하게 웃었다.

"예, 모두들 그렇게 말합니다……고 순진하게 대답하셨습니다."

이에야스는 갑자기 배를 잡고 웃기 시작했다.

"그래, 그렇게 대답했다는 말이지. 훌륭해. 역시 여자는 인물이 제일인지도 모르니까."

"이렇게도 말씀하셨습니다. 얼굴도 예쁘지만 마음씨도 곱다고."

"하하하…… 그런 말까지 했나, 센히메가?"

"예, 전혀 웃지도 않고 말씀하시고는, 이 성은 에도보다 크다며 사방을 둘러보셨습니다."

갑자기 이에야스의 얼굴이 굳어졌다. 그대로 들어넘기기에는 너무 큰 의미를 내포한 말이었다.

에도 성보다 오사카 성이 훨씬 더 크다……

센히메는 그 때문에 위축될지도 모른다……는 따위의 걱정이 아니었다. 손녀의 눈에도 오사카 성이 에도 성보다 크게 보인다…… 선입견을 가졌건 아니건 모든 제후들의 눈에도 그렇게 보인다……고 하는 하나의 큰 경고로 받아들일 말이 아니고 무엇이란 말인가?

"으음, 센히메가 그런 말을 했군……"

이에야스는 천장을 노려보듯이 하며 중얼거렸다.

11

아무래도 이 혼인을 통해 요도 부인과 오에요 마님은 이에야스가 기대했던 것처럼 서로 마음을 풀지 못한 듯. 다 같이 거센 운명의 파도에 휩쓸린 자매. 그 자매가 서로 사랑하는 자식을 혼인시키는 입장에 처했다면 계산 이상의 친근감이 솟아날 줄만 알았는데……

'여자의 생각은 다른 모양이다.'

큐고로의 이야기로 미루어보면 남보다도 오히려 더 심한 경쟁심을 보였다고밖에 생각할 수 없었다.

한편은 히데요리의 생모이기는 하나 소실…… 그러한 생각이 다이나곤의 정실인 오에요 부인 쪽에는 있었을 터.

이에야스로서는 요도 부인이 좀더 언니답게 너그럽고 큰 마음을 보여주기를 바랐다. 대립하는 대신 이제는 도쿠가와德川도 도요토미豊臣도 없다, 이중 삼중으로 맺어진 친척임을 깨달아주기를 원했다. 그렇게 되면 이에야스도 거리낌 없이 히데요리를 자기 자식과 마찬가지로 격려도 하고 질타도 하고, 또 그 가문의 영속에 대해 진지하게 걱정도 할 수 있다. 그렇게 하고 싶었다! 아니, 그렇게 될 가능성이 충분히 있는 두 집안.

어쨌든 히데타다는 타이코의 여동생 아사히히메朝日姫의 아들이 되어 있다. 그리고 오에요 부인은 요도 부인의 동생이고 히데타다의 아내이다. 히데타다와 히데요리는 명목상으로는 이종사촌간이고, 그 딸인 센히메가 히데요리에게 시집가면 다시 사돈 사이가 된다.

세상에 이처럼 끊기 어려운 인척도 드물 터. 따라서 아무리 깊이 마음을 터놓는다 해도 누구 하나 비난할 자가 없다. 아니, 그보다도 이 깊은 인연이야말로 사실은 바로 타이코가 인생의 종점에 이르렀을 때 필사적으로 생각해낸 마지막 기대였다.

오랜만에 만난 자리에서 자매가 이 점을 깊이 생각하는 것이 이에야스의 바람이었다. 그러나 그 상태에 도달한 것 같지는 않았다.

'기회는 이번만이 아니다……'

그 어머니들은 서로 차가운 경쟁심을 보이고 있으나 센히메에게는 그런 경쟁심이 없다.

센히메가 너그럽고 순수한 마음으로 살다가 이윽고 히데요리의 자식을 낳는 날이 온다면, 그 자식은 이미 히데요리 한 사람의 자식도 아니고 센히메의 자식도 아니다. 아니, 요도 부인만의 손자도 아니고 오에요 부인만의 손자도 아니다……

'그날이 오기를 기다리는 거야. 센히메는 틀림없이 그날을 모든 사람에게 가져다줄 것이다……'

현재 일본은 일단 이에야스의 힘으로 통일되었다. 그러나 민심 밑바닥에는 두 가지 흐름이 존재한다. 물론 별로 두려워할 것이 못 되는 감정의 흐름에 지나지 않지만, 그 흐름 역시 하나가 되어야만 진정한 통일이 될 수 있다.

이에야스는 토리이 큐고로가 물러간 뒤 겨우 센히메의 혼례로부터 해방되었다.

인간의 꿈이 쉽게 실현되지 않는다는 것은 누구보다도 잘 알고 있었다. 지금까지의 꿈 하나는 해어졌다. 그러나 해어지면 깁고 기워나가는 것이 인간의 의무.

'그렇다, 에도 성 개축도 역시 센히메가 가르쳐준 중요한 일의 하나다. 서둘러야만 하겠다……'

그날 밤 이에야스는 깊이 잠들어 꿈도 꾸지 않았다.

히데요리의 성

1

오쿠보 나가야스는 자신을 이에야스에게 추천해준 은인이자 주인 격인 오쿠보 사가미노카미 타다치카大久保相模守忠隣가 오에요 부인과 함께 후시미伏見로 돌아간 뒤에도 잠시 오사카 성에 남아 신부가 가져온 물품을 인계하고 있었다.

일일이 장부와 대조하면서 창고에 넣을 것은 넣고 보석장부에 기록할 것은 기록하여 히데요리의 가신家臣에게 건넸다. 물론 그렇게 하라는 명령을 받았기 때문이었는데, 남아 있는 동안 나가야스는 깜짝 놀랐다. 아니, 놀랐다기보다도 오사카 성 안의 실상에 참을 수 없을 정도로 흥미를 느꼈다고 하는 편이 옳았다.

이렇게 불가사의한 성은 아직 본 일이 없었다.

'이 거대한 성의 주인은 누구일까……?'

센고쿠戰國의 상식으로 본다면, 비록 열한 살이라고는 하나 이 성의 주인은 히데요리여야만 한다. 따라서 히데요리 측근에는 근엄한 중신들이 모여 주군이 어리므로 모든 일을 회의에 부치고, 형식적으로나마 그 결정을 히데요리에게 알리고, 서기에게 기록시켜 남겨야 한다.

그런데 대부분의 가신은 히데요리를 무시하고 요도 부인의 거실로 모였다. 아무도 히데요리에게 의논하러 오는 자가 없고, 모든 것을 요도 부인이 즉결했다.

능률적이라고 한다면 과연 능률적이지만, 기록도 않고 협의도 않는 일이 많았기 때문에 혹시 요도 부인이 ──

"그런 일에 대해서는 들은 바가 없어요."

이렇게 말하면 그뿐인 위험성을 내포하고 있었다.

물론 많은 돈을 지출할 경우는 카타기리 카츠모토片桐且元나 그의 동생 사다타카貞隆, 오노 하루나가大野治長, 하루후사治房, 코이데 히데마사小出秀政 등이 취급하고, 대기하고 있던 서기의 손으로 기록되기는 했다. 그러나 사카이堺 중소 상인들의 상점에 있는 간단한 장부와 별로 차이가 없었다.

'내가 악당이라면 일 년도 되지 않아 이 성의 재물을 고스란히 빼돌릴 수 있을 텐데……'

나가야스에게 그런 생각이 들게 할 만큼 성에는 중심이 없고, 그렇다고 악의도 긴장도 없었다.

히데요리의 측근에는 키무라 시게나리木村重成, 코리 슈메郡主馬, 아오키 카즈시게靑木─重 등의 코쇼小姓°는 있었다. 그러나 히데요리는 그들과 어울리는 일이 거의 없었다. 또 이 성을 수비하는 용맹스런 일곱 무사들은 히데요리에게 얼굴을 내밀지 않을 뿐만 아니라, 요도 부인의 측근들로부터도 경원당하고 있었다.

더구나 이 성에는 종종 묘한 인물이 나타났다. 노부나가의 동생 오다 우라쿠사이織田有樂齋와 노부나가의 아들 츠네마사常眞(노부오信雄)가 그들이었다. 그들은 이따금 찾아오는 다이묘大名°들과는 달리 이 성의 은둔자인 양 점잖은 표정으로 멋대로 타이코가 애용하던 다구茶具를 꺼내 다도茶道에 몰두하곤 했다.

일곱 무사의 대기실에서는 무용담, 중신의 대기실에서는 바둑, 히데요리의 거실에서는 여자들과 어울려 골패나 주사위놀이, 그리고 요도 부인의 거실에서는 술판을 벌일 때가 많았다.

그 사이를 세상 만난 듯이 활보하고 있는 것은 차 시중꾼뿐이었다. 아무리 버릇이 없다고 해도 이처럼 멋대로인 주인 없는 낙원은 여기 말고는 달리 없을 것이었다.

여기에 센히메 일행이 들어와 내전의 집 두 채를 차지했다……

2

센히메에게 배정된 거처는 지난날 유키 히데야스結城秀康가 타이코의 양자로 오사카에 왔을 무렵, 아직 앳된 처녀였던 요도 부인과 쿄고쿠 타카츠구京極高次의 부인 및 오에요 부인이 같이 있던 곳 근처였다. 건물은 예전의 것이 아니었으나 같은 내전이면서도 안뜰이 사이에 있어 완전한 별세계를 이루고 있었다.

한번은 히데요리가 이곳에 코쇼와 시녀들을 데리고 찾아왔다. 그때의 광경도 오쿠보 나가야스에게는 흥미로운 것이었다.

센히메를 따라온 시녀들은 자기 일처럼 반가이 히데요리를 맞아들였다. 그러나 센히메를 보는 히데요리의 눈은 묘하게도 연민과 낙담이 뒤섞인 감정이 깃들여 있었다.

일곱 살인 사랑스런 센히메, 히데요리에게도 결코 불쾌하지 않은 모양이었다. 여동생으로 왔다면 자기 곁에서 놓아주지 않았을지 모른다. 그런데 히데요리는 벌써 센히메를 아내로 바라보려는 사춘기를 맞고 있었다. 아내로서 바라보면 센히메는 정말 안타까운 하나의 설익은 감에 불과했다.

"어때, 쓸쓸하지 않아?"

히데요리가 말을 걸었다. 센히메는 천천히 고개를 가로저었다. 측근에서 시중하는 여자들은 변함없으나, 무척 귀여워해주던 할아버지도 없고 부모도 없었다. 그러므로 쓸쓸하지 않을 리가 없었다.

"도련님은 새를 좋아하세요?"

"응, 여자들이 기르고 있으니까."

"무슨 새예요?"

"멧새도 있고 곤줄박이도 있어."

"저한테는 문조가 있어요. 문조를 보여드릴까요?"

"아니, 새는 따분해."

그러면서 따라온 시녀 쪽을 흘끗 보았다. 어린아이와 어른은 취미가 다르다……고 말하고 싶은 듯한 시선이었는데, 그 시선과 마주치자 시녀는 얼굴을 붉히고 고개를 떨구었다. 외도라면, 쿄토京都에서 사카이까지 강가에 있는 모든 유곽에 드나들었던 나가야스로서는 그 시녀가 어째서 당황하는지 잘 알았다.

'아아, 이 여자에게 벌써 손을 댔구나.'

그러한 짓궂은 관찰자가 있는 줄도 모르고 히데요리는 드디어 그 시녀와 센히메를 모든 면에서 비교하고 있었다.

"도련님은 카이아와세貝合わせ°놀이도 하시나요?"

"응. 여자들과 했어, 어렸을 때는."

"지금은 안 하시나요?"

"지금은…… 따분해."

"그럼, 검술이나 말달리기를 하시나요?"

"그래, 활도 총포도. 하지 않으면 안 되니까."

"언젠가 저에게도 가르쳐주시겠어요?"

"아니, 여자는 그런 것을 하면 안 돼."

"글쎄 연습이나 비파 연습만으로는 지루해요."

"지루하다고……"

히데요리는 말하다 말고 시녀를 바라보면서 쓴웃음을 지었다. 그는 지루할 때 하는 일을 달리 알고 있는 모양이었다.

"지루할 때는 이 히데요리에게 놀러 오면 돼. 참, 생각난 것이 있어. 그만 돌아가자."

그는 시녀에게 무언가 눈짓으로 신호하고 일어났다.

'원 이런, 도련님은 설익은 감을 보시더니 익은 감 맛을 생각했군.'

그 무렵부터였다. 나가야스의 가슴에 모락모락 이상한 몽상이 피어오른 것은……

3

원래 나가야스는 몽상가였다. 아니, 남다른 실행력도 가지고 있었고 현실적으로 사무를 처리하는 탁월한 재능도 가지고 있었다. 게다가 세상의 보통 실무자에게는 흔히 결여되기 쉬운 몽상, 이상理想이 치솟는 샘물도 함께 지니고 태어났다.

그는 아직 센히메로부터 아내로서의 만족을 찾을 수 없음을 확인하고 서둘러 시녀를 재촉하여 돌아가는 히데요리를 쓴웃음을 지으면서 복도 입구까지 배웅했다. 그리고 센히메 앞으로 다시 돌아올 때까지 자기 주위를 가만히 둘러보며 공상을 떠올리고 있었다.

'이 나가야스가 히데요리의 싯세이執政°라면?'

공상은 그의 가슴속에서 이미 큰 날개를 폈다. 아무리 생각해도 그는 히데요리와 같은 60여만 석 다이묘는 될 것 같지 않았다. 이미 무력으로 출세할 수 있는 센고쿠 시대는 끝나고, 앞으로는 센고쿠 시대에 얻은 녹봉을 어떻게 슬기롭게 운영하여 평화의 치적을 올리느냐 하는 것이 과제. 따라서 나가야스는 히데요리 같은 큰 다이묘는 될 수 없으나, 그의 싯세이로서 60만 석이건 100만 석이건 마음껏 주무를 수 있는 길이 전혀 막혀 있지는 않았다.

'저런 주군이라면 아무런 방해도 되지 않는다……'

유곽을 하나 세우는 셈치고 웬만큼 생긴 시녀 서너 명만 안겨주면 아무런 불평도 하지 않을 터였다.

'그러나 잠깐……'

나가야스는 다시 쓴웃음을 지었다.

이제 겨우 도쿠가와 가문에 발을 들여놓았을 뿐인 자신은 이 성으로 옮길 수 없지 않은가…… 그리고 전혀 실현가능성 없는 공상 따위에 사로잡힐 나이도 아니었다.

'오쿠보 나가야스는 무엇 때문에 태어났는가?'

이제부터 그 인생의 가치를 서둘러 창출해야 할 더없이 바쁜 몸이 아닌가……

문득 센히메를 바라보다가 이번에는 무섭게 가슴이 뛰었다.

이 거대한 성의 묘한 주인은 결코 히데요리 한 사람이 아니다. 아직도 여기저기에 있었다…… 그것도 손이 닿지 않는 멀고 높은 산봉우리의 꽃이 아니라 바로 손이 닿는 곳에……

다름 아니라 이에야스의 아들들.

이미 쇼군將軍 집안이나 유키 히데야스, 시모츠케노카미 타다요시下野守忠吉 등에게는 그가 끼여들 여지가 없었다.

그러나 그 밑의 노부요시信吉는 그와 인연 있는 타케다武田라는 성으로 불리고 있고, 또 그 동생 타츠치요辰千代는 어떨까……? 여섯째 아들인 타츠치요는 타다테루忠輝˚로 이름을 바꾸고 지금 열두 살, 조숙한 히데요리와 거의 비슷한 소년이 아닌가.

'주군의 신임만 얻는다면 그들에게 끼여들지 못할 것도 없다……'

지금은 신슈信州 카와나카지마川中島에서 14만 석. 딸려 보낸 사람들은 충실한 사부이기는 하나 평화로운 세상을 운영하는 지혜까지는 갖지 못하고 있다. 물론 이 타다테루도 평생 14만 석으로 끝날 리가 없다. 오래지 않아 에치젠越前의 태수 히데야스와 같은 취급을 받게 될 것이다……

문득 나가야스는 쓴웃음을 지으면서 성안을 둘러보았다. 오사카 성은 정말로 이상하게도 공상을 자아내게 하는 성이구나 하고……

4

오사카 성은 나가야스에게 다시 온갖 연상과 공상을 불러일으켰다.

히데요리가 병법과 무술 공부로 보내는 시간은 하루 고작 1각(2시간) 남짓했다. 그가 도쿠가와 가문을 섬기면서 봐온 다섯째아들 타케다 노부요시나 여섯째아들 타다테루의 그것에 비해 3분의 1도 안 된다. 더구나 타다테루나 노부요시의 경우는 자못 재미있다는 눈치였으나 히데요리는 그 반대였다.

원래 그처럼 격렬한 운동은 체질적으로 좋아하지 않는 듯했다. 그 중에서도 가장 싫은 것은 검술, 어느 정도 마음에 드는 것은 궁술이었다. 궁술은 와쿠 무네토모和久宗友가 가르쳐주고 있었다. 그는 히데요리가 쏜 화살이 과녁을 맞히면 크게 칭찬해주었다.

"도련님은 천재십니다. 어서 삼십 발을 쏘십시오."

천재는 보통사람과 같이 많은 연습을 할 필요가 없다고 히데요리는 해석하고 있었다.

"오늘은 이제 그만."

20발쯤 쏘고 나서 그만두었고, 다음 일과가 또 있기 때문에 무네토모의 선동에 넘어가지 않았다.

병법의 수련이 끝나면 글씨 연습이었다. 마음이 내키면 때로는 예정 시각을 넘기는 일도 있었다. 글씨 연습만은 좋아하는 모양이어서 그 필적도 나이에 비해서는 어른스러웠다.

그러한 히데요리의 모습을 볼 때마다 오쿠보 나가야스에게는 점점 더 이에야스의 여섯째아들 타다테루의 모습과 겹쳐졌다.

타다테루의 생모는 챠아茶阿 부인, 사부로 뽑힌 사람은 미나가와 야마시로노카미 히로테루皆川山城守廣照라는 사나이였는데 나가야스의 눈으로 보면 대수롭지 않은 인물이었다. 그 밖에 챠아 부인과 전 남편 사이에서 태어난 딸의 남편 하나이 토토우미노카미 요시나리花井遠江守吉成라는 사나이가 측근에 있었다. 이 사나이는 무술 연습에 싫증이 난 타다테루에게 작은북과 노래 같은 것을 가르치려 했다. 그러나 타다테루는 별로 흥미를 보이지 않았다. 어쩌면 타다테루의 성격은 히데요리와 정반대인지도 몰랐다.

어느 쪽이든 제지를 받지 않고 자기가 하고 싶은 일을 할 수 있다는 점에선 두 사람이 같았다. 히데요리가 죽은 아버지의 덕으로 일본 제일의 이 오사카 성에 있는 한 무슨 일을 해도 절대로 안전한 것처럼, 타다테루 또한 이에야스라는 아버지가 있는 한 누구도 손가락 하나 건드릴 수 없을 터였다.

'그러한 절대로 안전한 장소에 있는 인물의 싯세이가 된다면……'

공상에서부터 드디어 나가야스는 이 난공불락의 오사카 성을 함락시키자면 어떻게 해야 좋을까 하는 망상으로까지 비약해갔다. 그가 이에야스의 여섯째아들 마츠다이라 타다테루松平忠輝의 싯세이로 있을 때 히데요리와 타다테루가 싸움을 하게 된다면 그는 어떻게 이 성을 함락시키도록 할 것인가……?

'나가야스란 자는 주판은 잘 놓으나 성을 떨어뜨리지는 못한다……'

무장들은 입을 모아 이렇게 말할 게 틀림없다. 그들 앞에 보기 좋게 함락시켜 큰소리를 치자면……?

나가야스는 이 망상으로부터는 곧 해방되었다. 그러한 때가 있을 것 같지도 않았고, 있다 해도 그의 재능이 미치지 못하기 때문.

그보다 나가야스가 깜짝 놀라 눈이 휘둥그레진 것은 타이코가 남기고 간 황금 '훈도分銅°'의 정체를 알았을 때였다……

5

타이코는 황금이 너무 많이 산출되면 곤란하다고 하여 타다多田 은광 갱도를 필요할 때까지 폐쇄하고, 황금은 훈도로 만들어 성에 쌓아두었다는 소문이었다. 광산 개발에 흥미를 느끼고 언젠가는 사도佐渡와 이즈伊豆, 이와미石見를 모두 자기 손으로 채굴할 생각을 가진 나가야스로서는 참으로 마음 끌리는 일이었다.

'타이코는 일본에 유통하는 통화량이 어느 정도면 적당하다고 계산한 것일까……?'

그 정도를 알려면 타이코가 비장하고 죽은 이 '훈도'의 양으로 추측할 수 있다. 그는 이번 오사카 성에 왔을 때는 그러나 그런 일은 깨끗이 잊고 있었다. 막대한 황금이 이 성 어디에…… 그런 생각은 했으나 문제의 '훈도'를 보게 되리라고는 상상도 하지 못했다.

그런데 정말 우연한 일로 훈도를 볼 기회가 생겼다.

나가야스가 도쿠가와 가문으로부터 명령받은 잡무를 대강 끝내고 본성에 있는 카타기리 카츠모토의 방에 보고하러 갔을 때. 그의 동생 카타기리 사다타카가 나타났다.

"말씀 도중입니다마는……"

사다타카는 카츠모토에게 무언가 귀엣말을 했다. 카츠모토는 고개를 끄덕이고 나가야스를 돌아보았다.

"지금 황금 창고에서 본성 텐슈카쿠天守閣° 창고로 훈도를 옮기고 있는 중…… 잠깐 나갔다 오겠으니, 기다려주시오."

"훈도라면, 타이코 전하가 비장하신 황금…… 말씀입니까?"

"그렇소, 바로 그 훈도요."

"카타기리 님, 이 사람도 도쿠가와 가문에서는 금광 감독관이 될 몸, 참고로 하고 싶습니다! 아니, 나중에 좋은 추억도 될 것입니다. 그 훈도를 잠깐 구경할 수 있을까요?"

그 모습이 너무 진지했으므로 카츠모토는 놀란 모양이었다.

"좋습니다. 그럼 하나만 구경시켜드리지요. 다른 것도 모두 똑같은 모양, 똑같은 크기니까."

"고맙습니다. 그럼, 이 자리에서 구경할 수 있겠습니까?"

나가야스의 상상으로는 한 개가 고작해야 다섯 관이나 일곱 관쯤 되리라 짐작하고 있었기 때문에 카츠모토가 하나를 가져오게 하여 보여줄 줄 알고 있었다.

카츠모토는 웃으면서 고개를 저었다.

"여기까지 가져올 수는 없으니 잠시 그쪽으로 갑시다."

"예. 가도 괜찮겠습니까?"

"다름 아닌 친척의 가신, 괜찮아요. 보여드리리다."

카츠모토는 나가야스를 동반하고 텐슈카쿠 밑 창고 앞으로 갔다.

창고 앞에는 통로에 거적이 깔리고, 지금 그 위를 네 사람씩 한 무리가 되어 거적으로 포장한 돌덩어리 같은 것을 힘들게 운반하고 있었다. 길이는 한 자 한두 치, 두께는 그보다 얇아 보이므로 일고여덟 치 정도,

폭도 한 자는 될 것 같았다. 그 짐을 두꺼운 느티나무 판자에 올려놓고 네 귀퉁이를 쳐들고 운반하고 있었다.

이미 운반된 것도 있었으며, 짐을 든 무리들이 그 뒤를 잇고 있었다. 그 행렬이 지금 텐슈카쿠의 창고를 향해 나아가고 있었다.

"잠깐, 하나만 내려놓아라."

카츠모토가 한 무리 일꾼들을 손짓해 불렀다……

6

오쿠보 나가야스는 하마터면 소리지를 뻗했다. 네 사람이 힘들여 메고 있는 것으로 보아 아무리 가볍다 해도 40관貫은 넘을 듯.

'훈도를 몇 개씩 포장했을까?'

카츠모토에게 불려온 일꾼들은 천천히 호흡을 맞추며 그 하나를 나가야스 앞에 내려놓고 땀을 닦았다. 깨닫고 보니 이 황금을 운반하는 통로에는 사람 하나 얼씬거리지 않았다.

"좋아, 저쪽을 보고 쉬도록 해라."

카츠모토는 일꾼에게 명하고 직접 허리를 구부려 포장을 풀었다.

나가야스는 다시 한 번 마른침을 삼켰다. 갑자기 사방이 밝아졌다. 황매화 빛 순금 덩어리가 모습을 드러냈다……

몇 개를 한데 묶은 것이 아니었다. 네 사람이 운반하는 무게 그대로가 훈도 하나가 아닌가……

나가야스는 깜짝 놀라, 묵묵히 황금을 운반하고 있는 행렬을 보았다. 다섯 무리나 열 무리가 아니었다. 열을 지어 운반하는 것 모두 눈앞에 드러난 것과 같은 황금이라고 생각했을 때, 나가야스는 참을 수 없을 정도로 육체적인 아픔을 느꼈다.

금화 한 닢—

단지 그것만으로도 인간은 서로 죽이고 살리는데, 지금 이 성에는 얼마나 많은 양의 황금이 사장되어 있는 것일까.

지난날 타이코가 후시미 성 텐슈카쿠의 기와를 황금으로 장식했을 때 겨우 광대에 지나지 않았던 나가야스는 그 교만한 사치에 욕설을 퍼부었다.

"저런 천벌받아 마땅한 놈, 황금을 대체 무엇으로 안단 말인가."

그 욕설은 아무래도 가난뱅이의 옹졸한 생각이었을 뿐인 것 같다. 이처럼 많은 황금이라면 한 돈쭝으로 몇 평 칠할 수 있는 금박이 아니라 황금기와를 올릴 수도 있었으리라는 생각.

'어쩌면 타이코도 인색한 사람이었는지 모른다……'

"보셨습니까? 그만 싸겠습니다."

"예…… 예."

말하고 나서 나가야스는 당황해하며 물었다.

"하……하……하나의 무게가 얼마나 나갑니까?"

"마흔한 관씩이라 듣고 있소."

"그러면…… 그러면…… 이것을 금화로 주조한다면……"

여느 때였다면 그런 암산쯤은 식은 죽 먹기였다. 그러나 이때만은 그 빠른 나가야스의 두뇌도 회전을 멈추고 말았다.

"글쎄요, 금화로 주조하면, 일만 삼천육백 냥 가량 된다고 들었습니다마는……"

"그……그……그렇군요. 일천 냥 상자로 쳐서 열네 상자가 조금 못 되겠군요. 전부 합하면 막대한 금액……"

말하다 말고 나가야스는 깜짝 놀라 입을 다물었다. 그것까지 물으면 실례가 될 뿐 아니라, 의심을 받을지도 모른다는 생각 때문이었다.

카츠모토는 곧 황금을 다시 거적으로 포장하고 일꾼들을 불렀다.

"좋아, 운반하여라."

그리고 창고 입구에 있는 사다타카를 손짓해 불러 무어라 두세 마디 지시하고 나서 그대로 나가야스와 함께 돌아왔다.

돌아선 뒤에도 나가야스의 머리와 마음은 누런 순금 덩어리와 그 빛으로 가득 차 있었다.

7

황금 그 자체는 단순한 물질에 지나지 않는다. 그러나 이 황금을 인간이 생활에 결부시킬 때 신앙 비슷한 기묘한 마력이 싹튼다. 물론 그 마력의 영향 밖에서 초연한 사람도 적지 않다. 그러나 오쿠보 나가야스는 그렇지 못했다.

오쿠보의 반평생은 황금을 업신여기면서도 실은 그에 대한 탐욕으로 때로는 저주하고 때로는 매료되어 보내온 삶이었다. 그러한 삶 속에서 결국 그는 땅속 황금에까지 접근하려 하는, 보통사람보다 훨씬 더 강한 집념을 가진 사나이가 되었다.

그는 대기실로 돌아와 다시 카츠모토와 마주앉고 나서도 황금에 넋을 잃고 한동안 멍청히 있었다. 그 엄청난 황금이 히데요리라는 평범한 사춘기 소년과 그 어머니 과부의 소유라는 사실이 왠지 있을 수 없는 일로 생각되기만 했다.

'그 황금이 이 나가야스의 것이라면 나는 무엇을 할까?'

철저한 현실주의자면서도 넘치는 상상력을 가진 나가야스가 그런 생각을 하는 것은 지극히 당연한 일이었다.

'나라면…… 그 황금을 썩여두지 않겠다……'

모두 합하면 몇 천만 냥…… 아니, 억이 넘을지도 모른다. 그 돈을 국내에서 통용되는 금화로 주조한다면, 물자가 부족한 때인 만큼 당장 황금의 가치는 몇 십 분의 일로 떨어진다. 따라서 국내 통화로 주조하면 안 된다.

'그렇다, 이것이야말로 교역 자금으로 활용해야 한다!'

그 황금의 몇 분의 일인가로 거대한 남만선南蠻船을 사들이고, 그것을 연구해 국내에서 배를 만들게 한다. 그리고 지금 국내에서 할 일이 없는 수많은 떠돌이무사들을 뱃사람으로 만들어 세계의 바다를 누비게 한다.

이 정도의 황금만 있다면 사카이의 대담한 대상인들의 꿈이 곧 실현되는 것 아닐까……?

"어떻겠습니까. 그런 보물을 사장시키다니 아깝지 않습니까?"

카타기리 카츠모토와는 이야기가 되지 않는다. 요도 부인에게 직접 부딪쳐 그 말을 한다면……?

아니, 요도 부인도 보통 수단으로는 판단을 내리지 못할 터.

'내가 좀더 젊었다면 잠자리에 숨어들어 설득해보는 것도 한 방법이겠으나……'

나가야스는 지금 쿄토에서 가부키歌舞伎°로 명성을 떨치고 있는 가모蒲生 가문의 떠돌이무사 나고야 산자부로名古屋山三郞°에게 취지를 설명하고 요도 부인을 상대로 하여 공작을 꾸며볼까…… 하는 공상까지 해보았다.

"오쿠보 님이 여러 가지로 수고해주신 덕분에 만사가 예정대로 진행되어 참으로 다행입니다."

차가 나왔을 때 카츠모토가 이렇게 말했다. 비로소 나가야스는 깜짝 놀라 현실로 돌아왔다.

"은 다섯 장입니다. 히데요리 님이 귀하의 노고를 치하하여 하사하시는 것입니다. 아무쪼록 받아주십시오."

나가야스는 흰 종이로 감싸 공손히 내미는 은을 보고 하늘에서 대번에 나락으로 떨어진 느낌이었다.

'이것이 지금 나가야스의 값이란 말인가……'

나가야스는 다섯 장의 은을 내동댕이치고 싶었다.

8

나가야스는 일찌감치 카츠모토 앞에서 물러나왔다. 대기실 밖으로 나왔을 때 또다시 황매꽃 빛깔의 황금덩이가 뜨겁게 그의 머릿속에 되살아났다……

'있어도 아무런 쓸모도 없는 곳에……'

이런 생각만 해도 참을 수 없을 정도로 감정이 끓어올랐다.

"어이없는 일이야. 그 어린아이와 과부가……"

이 성에서 우연히 보게 된 그 황금 훈도가 뒷날 그의 생애를 크게 빗나가게 할 줄은 아무리 영리한 그도 미처 계산하지 못했다……

나가야스는 받은 은을 품안에 간직한 채 다시 센히메의 거처로 돌아가려다가 복도에서 사카에라 불리는 오미츠於みつ˙를 만났다.

"무엇을 생각하고 계십니까?"

거의 깨닫지 못하고 지나치려다가 자기를 부르는 바람에 걸음을 멈추었다. 오미츠는 두 손에 붉은 칠을 한 쟁반을 들고 있었다. 위에 얹혀 있는 것은 종이에 싼 과자인 듯.

"어디 가는 길입니까?"

"용무는 마치셨나요?"

"그……그렇소. 일이 끝났으므로 오늘로 이 성과는 작별이오. 혹시 챠야茶屋 님에게 전할 말이라도 있으면."

"아니, 아무것도……"

오미츠는 웃으면서 지나치려 했다.

"사카에 님, 들려줄 말이 있소."

나가야스는 생각난 듯 몸을 돌려 두세 걸음 걸어왔다.

"그 과자는 도련님에게 가져가는 것이겠지요?"

"예, 도련님이 찾아오신 답례로."

"사카에 님! 이 성은 묘한 성이오."

"묘한 성……이라 말씀하시면?"

"모든 게 좀 이상합니다. 실은 나도 지금 황금바람을 쐬고 왔소."

"황금바람…… 그게 도대체 무슨 뜻이죠?"

"바람은 병…… 감기예요. 아니, 그 이야기는 당신과는 관계가 없소. 사카에 님에게 남겨두고 싶은 말이란, 도련님이 여자의 살을 알고 계시다는 것이오."

"그래서 어떻다는 건가요?"

오미츠는 나무라는 어조로 말했다.

"그 나이에는 어쩔 수 없는 일일지도……"

"아니, 그렇지가 않아요. 내가 하고 싶은 말은…… 그러므로 센히메 님에게는 이제 오시지 않는다, 의가 좋지 않게 되리라는 것이오."

"호호호…… 그런 일은 걱정하지 마세요. 센히메 님도 곧 성장하실 테니까요."

"바로 그 일이오. 그렇게 점잔만 빼고 있어도 좋을 것인지…… 나는 내버려둘 일이 아니다, 이쪽에서도 다른 여자를 내세워야 한다고 생각하는데…… 그렇게 생각지 않소?"

"아니, 센히메 님 대신 다른 여자를……?"

"그렇소. 설익은 감이 익을 때까지 잘 익은 누군가가 대신한다는 말입니다. 그리고 이따금 도련님을 오시도록 하는 것이 상책이라 생각하는데…… 이 말은 그대에게만 귀띔하고 나는 이 성에서 물러가겠소. 그럼 몸 성히 지내고 아무쪼록 센히메 님을 잘 돌보도록."

이렇게 말하고 다시 허공을 쳐다보듯이 하며 얼른 지나갔다.

오미츠는 이 성보다 도리어 나가야스가 훨씬 묘한 사나이라고 고개를 갸웃거리지 않을 수 없었다.

'아무리 그런들 이쪽에서 다른 여자를 대신……'

감히 그런 일을 할 수 있을까……

9

오미츠는 반쯤은 우습게 여기면서도 반쯤은 나가야스에게 화를 내고 있었다.

무사와는 달리 나가야스의 두뇌는 뜻밖의 계산에 뜻밖의 방향으로 작용하고는 했다. 여자 이상으로 옷감의 무늬나 빛깔에 정통한가 하면 금전에 밝다는 점은 놀라울 정도였다. 그러한 그의 눈으로 보았을 때 히데요리를 어떤 일이 있어도 일곱 살인 센히메 옆에 묶어놓지 않으면 손해라는 답이 나오는 모양이었다.

솔직히 말해서 오미츠는 히데요리와 센히메의 거실이 상당히 떨어진 곳에 있어 안도하고 있었다. 매일 얼굴을 마주치는 위치에 있고, 또 어린 센히메 앞에서 다른 여자를 사랑하면 어쩌나 하고 염려하고 있었다. 그런데 이만큼 떨어져 있으면 모르는 게 약이라는 속담처럼 당분간 센히메는 깨닫지 못한 채 성장할 터였다. 어쩌면 요도 부인도 그 점을 고려하여 이렇게 했는지도 모르며, 좀더 깊이 추측하면 오에요 부인 쪽에서 은근히 바랐던 일인지도 모른다.

그런데 일부러 센히메 쪽에서 다른 여자를 떠맡겨 히데요리를 붙들라고 하다니 얼마나 파렴치한 나가야스다운 발상이란 말인가.

오미츠는 무언가 몹시 추잡한 세계를 들여다본 것만 같은 생각이 들어 혀를 차면서 히데요리의 거실로 걸음을 재촉했다.

이 성은 오카야마岡山 따위와는 비교도 안 될 정도로 넓었다. 복도 길이만도 정확히 계산하면 5리 이상 될 것 같았다. 복도와 복도가 만나는 삼나무 문 정면에는 각기 특징 있는 그림이 그려져 있어 혼동하지 않도록 되어 있었다.

히데요리가 살고 있는 구역은 그 그림이 모두 동물이었다. 사자나 호랑이 같은 용맹스러운 것이 아니라, 강아지나 토끼, 거북이나 물고기 또는 새 따위였다. 그만큼 동심을 존중하여 신경을 쓴 곳에 살면서도 그 주인은 벌써 이성에 흥미를 느낄 만큼 성장해 있었다.

복도와 복도 건널목에까지 와서 오미츠는 걸려 있는 방울을 울렸다.

방울소리를 듣고 나온 것은 히데요리보다 훨씬 작으나 늠름한 느낌을 주는 코쇼였다.

"센히메 님께서 도련님에게 어제의 답례로 과자를 보내셨습니다."

소년은 예의바르게 절을 하고 대답했다.

"잠시 기다려주십시오."

아마 히데요리에게 알릴 생각인 모양이었다.

"굳이 뵙지 않아도 이것만 전해드리면 됩니다마는."

"잠시 기다려주십시오."

소년은 똑같은 말을 되풀이하고 총총히 복도에서 사라졌다.

어디선지 모르게 작은북 소리가 들려왔다. 그때 안뜰을 사이에 둔 맞은편 건물에서 많은 남녀가 뒤섞여 크게 웃는 소리가 새나왔다.

그 부근이 생모 요도 부인의 거실인 듯…… 그렇게 생각했을 때 코쇼가 다시 종종걸음으로 되돌아왔다.

"도련님께서 무언가 물어볼 말씀이 있으므로 면회를 허락하신다고 합니다. 들어오십시오."

그리고 이상하게도 조용한 오후의 복도에 옷자락 끄는 소리를 내며 앞장서 걸어갔다.

10

코쇼가 열어준 장지문 안을 오미츠가 들여다보았을 때 히데요리는 마침 탁자에서 이쪽으로 몸을 막 돌리고 있었다. 다다미 스무 장이 깔릴 정도로 넓은 거실 문은 활짝 열려 있고, 맞은편에 보이는 정원 풍경은 연못가에 이르기까지 초록색 잔디였다.

작은북과 사람들의 소란스러운 웃음소리는 연못 건너편에 있는 건물로부터 바람에 실려온 모양이었다.

"글씨 연습에 싫증이 나던 참이야. 이리 가까이 와."

그 말을 듣고 공손히 과자를 내놓았다. 코쇼가 받아 히데요리 앞에 갖다 놓고 멀리 물러가 밖을 바라보고 앉았다.

그 무렵부터 오미츠는 이곳 공기가 약간 색다르게 생각되었다.

거실에는 히데요리 이외에는 아무도 없었다. 아니, 옆방도 조용하기만 해서 사람이 있는 것 같지 않았다. 히데요리가 언제나 많은 여자들에게 둘러싸여 떠받들리고 있는 줄만 알고 있었던 만큼 오미츠는 몹시 어리둥절했다. 아니, 그보다 더 놀란 것은 히데요리의 시선이었다. 처음에는 왠지 침착하지 못하고 허공을 헤매더니 이내 뜨겁게 오미츠에게 쏟아지는 것이 아닌가.

"도련님은 계속 혼자 글씨 공부를 하고 계셨나요?"

히데요리는 고개를 끄덕이고 다시 뚫어질 듯이 오미츠를 쏘아보았다. 오미츠는 전신에 벌레가 기어다니는 듯 소름이 끼쳤다.

아직 남성의 눈빛은 아니었다. 그러나 소년다운 천진한 시선과도 거리가 멀었다. 무언가 마음속에 주체 못할 고독을 숨기고 필사적으로 싸우며 고민하는 죄수의 눈빛 같았다. 무슨 말을 하면 울음을 터뜨릴 것 같은, 감싸지 못한 감정이 그대로 드러난 눈동자였다.

"그대가 심부름을 왔군……"

잠시 후 불쑥 한마디 한 히데요리의 눈에 이번에는 눈물이 맺혀 있는 것이 분명히 보였다.

"히데요리는 어머니가 불렀지만 가지 않았어."

"그러면, 편찮으신 데라도?"

"아니."

히데요리는 고개를 가로저었다.

"취한 어머님 모습이 보고 싶지 않아."

"그럼, 지금 주연을 베풀고 계신가요?"

"그래. 센히메가 시집온 것을 축하하기 위해 춤과 술판이 벌어졌어. 히데요리는 안 갔어. 안 가기를 잘했어……"

오미츠는 무어라 맞장구를 쳐야 좋을지 몰랐다.

이런 나이의 소년은 몹시 감상적인 고독감에 빠지는 경우가 있다. 혹시 오늘의 히데요리도 그런지 몰랐다.

"그대는 천하님과 만난 일 있어?"

"타이코 전하 말씀인가요? 예, 뵌 적이 있습니다. 도련님도 몇 번 뵈었어요. 어렸을 적부터 우키타宇喜多 님 마님을 측근에서 모시고 있었으니까요."

"뭐, 이 히데요리도 알고 있었다고……?"

"예. 전하가 자주 도련님을 안고 귀여워하실 때……"

"그 탓이야."

히데요리의 볼에 비로소 장밋빛 미소가 떠올랐다.

"그래서 나는 첫눈에 그대를 알아보았어. 히데요리는 그대가 좋아. 그대의 이름을 알아오라고 누군가를 보내려던 참이었어. 천하님이 만나게 해준 것인지도 몰라……"

11

오미츠는 히데요리의 말을 이해하지 못해 당황했다.

'아까 그 이상한 시선은 어렸을 때의 기억을 더듬는 것이었을까?'

하지만 오미츠가 후시미 성에서 히데요리를 보았을 때 그는 아직 젖먹이가 아니었던가……

'말도 제대로 하지 못할 때의 기억이 과연……'

오미츠는 자기가 일곱 살 때가 아니었나 하고 마음속으로 손꼽기 시작했다. 이때 히데요리는 몸을 내밀듯이 하며 다시 물었다.

"이름이 뭐지?"

"그때는 오미츠…… 지금은 사카에라고 합니다."

"사카에라고? 그래, 좋은 이름이군. 사카에, 그대는 어머니를 어떻게 생각하지?"

"어머님…… 저어, 생모님을 어떻게 생각하다니요……?"

오미츠는 너무도 비약이 심한 히데요리의 질문에 그만 어리둥절해졌다. 이 성에서 일하는 자가 어떻게 요도 부인의 비평 같은 것을 할 수 있겠는가.

"어머니는 멋대로 하시는 분…… 그렇게 생각지 않아?"

"아니, 어찌 그런 생각을…… 저, 생모님은 고마우신 분이라고 생각합니다."

"히데요리는 어머니와 다투었어."

"어머…… 무엇 때문인가요……?"

"어머니에게 그대를 히데요리 옆에 있도록 해달라고 부탁했어."

"어머……"

순간 오미츠는 전신에 소름이 끼쳤다.

오쿠보 나가야스가 하던 말도 안 되는 소리가 히데요리의 이 한마디로 갑자기 뇌리에 되살아났다.

"이상한 성이야!"

나가야스는 말했다. 그렇더라도 이런 말을 들을 줄은 오미츠는 전혀 생각도 못했다.

'이제야 알겠다……'

그 기묘한 시선도, 그리고 띄엄띄엄 말하는 대화의 의미도.

"사카에, 이 히데요리는 그대가 첫눈에 좋아졌어. 좋아하는 사람을 옆에 두고 싶은 것은 나쁜 일일까. 나는 나이다이진內大臣°이야. 어머님은 그건 안 된다고 꾸중을 하셨어. 천하님이 살아 계셨다면 그런 매정한 말씀은 안 하셨을 거야, 어머님은 멋대로야……"

오미츠는 와들와들 떨기 시작했다. 아무래도 히데요리가 거실에 혼자 남아 있던 것은 그 까닭이었던 듯. 하필이면 이런 곳에 내가 심부름을 오게 되다니, 이 무슨 악연이란 말인가……

아니, 그보다 더 무서운 것은 이 자리에서의 일이었다. 적어도 상대는 이 성의 주인. 그 주인이 만일 다가와서 억지로 덤벼든다면…… 그야말로 이 성의 소동만으로 끝날 일이 아니었다. 센히메의 신변에까지 어려움이 미치지 않는다는 보장이 없다.

"호호호……"

오미츠는 웃었다.

"도련님은 말씀도 잘하시네요…… 마치 정말인 것처럼 말씀하시다니요. 어머, 늦어지면 꾸중을 받으므로 저는 이만……"

오미츠는 떨면서 일어나려 하였다.

"기다려!"

아무런 거리낌도 없는 히데요리의 목소리였다.

12

부르는 이상 그대로 일어날 수는 없었다.

오미츠는 당황했다. 당황하면서도 손위다운 침착함을 잃고 허둥거려서는 안 될 때라고 생각했다.

"또 하실 말씀이 있으신가요?"

태연한 체하며 무릎을 모으고 두 손을 짚었다.

"사카에는 센히메 님의 종입니다. 볼일이 끝나면 곧 돌아가야 합니다. 그렇지 않으면 꾸중을 듣습니다."

"뭐, 센히메가 꾸짖어?"

"아니, 꾸중이라기보다 불쾌하게 여기십니다."

"그럼, 센히메는 그처럼 방자하다는 말이야?"

"아닙니다……"

오미츠는 또다시 당황했다. 이 자리에서 센히메의 인상을 나쁘게 만든다면 돌이킬 수 없는 결과가 생긴다. 그렇다고 해서 여기 있는 것은 더욱 위태롭다. 뭐니뭐니 해도 상대는 마음먹은 대로 행동하는 아직 나이 어린 철부지.

"방자하다기보다…… 적적하시기 때문이라고 생각합니다. 참……
후시미에 있을 때부터 저는 센히메 님 곁을 떠나지 말라고…… 쇼군 님과 마님의 분부를 받았습니다."

이렇게 말하면 히데요리도 납득하리라 생각하고 일부러 이에야스

이름을 입밖에 내었다. 그러나 히데요리에게는 통하지 않았다.

"후시미와 여기는 달라."

히데요리는 대번에 고개를 내저었다.

"여긴 히데요리의 성이야. 여기 오면 모두 히데요리의 가신이야."

"예…… 예, 그야 물론……"

"사카에도 마찬가지야…… 그대는 히데요리와 센히메 중에서 어느 쪽이 더 소중하다고 생각해?"

대답하기 어려운 문제였다. 자기는 센히메의 하녀……라고 더 이상 주장한다면 이 소년은 오기가 나서 더더욱 무리한 말을 늘어놓을 것만 같은 예감이 들었다.

"그야 물론 이 성의 주인은 도련님, 도련님이 소중하다는 것은 말할 나위도 없습니다. 그러나 이런 소중한 도련님의 부인이시라……"

"그래, 히데요리가 더 소중하다는 말이지?"

"예…… 예."

"그 말을 들으니 히데요리도 기뻐."

"제발 센히메 님을 다시 찾아가시기를 부탁 드립니다."

얼른 말을 돌렸다. 히데요리는 또다시 뜻밖의 해석을 내렸다.

"그렇구나, 그대는 어머니를 꺼리는구나."

"예……"

"히데요리가 잘못했어. 어머니와 다투었다고 말했기 때문에 그대는 겁을 먹고 있는 거야."

"아……아닙니다. 별로 그렇지는 않지만."

"아니, 그럴 거야. 좋은 생각이 있어. 히데요리 쪽에서 자주 센히메에게 가겠어. 센히메를 만나는 체하고 그대를 만나러 가겠어."

오미츠는 망연자실하여 대답할 말을 찾지 못했다.

'어처구니없는 일이 생기고 말았다……'

오쿠보 나가야스가 이상한 말을 했다······

오쿠보 나가야스의 그 엉뚱한 말이 곧바로 사실이 되어 오미츠의 몸에 쏟아지는 엉뚱한 불티가 될 것 같았다.

"그래, 그게 좋겠어. 히데요리 쪽에서 그대를 자주 찾아가겠어."

13

오미츠는 무어라 대답하고 히데요리의 거실을 나왔는지 몰랐다. 적당히 달래면 당장에는 아무 일도 없을 것 같았다. 그러나 그 다음이 도리어 더욱 두려웠다.

'고독한 소년의 몽상······'

그 몽상 속에 사로잡힐 때 어떠한 약속을 강요할 것인가? 아니, 그 속에 깊이 빠져들면 그야말로 오미츠는 꼼짝도 못할 정도로 거미줄에 얽혀들고 말 것이었다.

"그럼 히데요리가 찾아가겠어. 알겠지······"

그리워하는 듯, 애원하는 듯한 목소리를 등뒤로 들으며 오미츠는 복도로 뛰어나왔다.

그리고 아까 지나왔던 건널목 근처까지 정신없이 걸었다. 다시 안뜰을 사이에 둔 요도 부인의 거실 쪽에서 흘러나오는 북소리를 깨닫는 순간 까닭 없이 눈물이 쏟아져내리며 멎지 않았다.

'사랑스런 히데요리 님······'

기분 나쁜 사춘기 소년을 만났다는 느낌은 전혀 아니었다. 오히려 지금 오미츠의 마음을 채우고 있는 감정은 크게 균형을 잃은 거대한 성의 내전에 감금된 죄인에게 느끼는 안쓰러움이었다.

'이 성의 주인으로 태어나지 않았다면 좀더 활발했을 텐데······'

더구나 이 죄수는 모든 인간이 자기만을 섬기는 줄로 알고 있다.

"그대도 좋아하나?"

입으로 이렇게 물을 줄은 알지만, 하는 말 모두가 그대로 통하는 것……이라고 착각하게 되어버린 히데요리의 불행은 구원할 길이 없다. 죽은 타이코의 불행은 가난한 농부의 아들로 태어난 데 있었지만, 그 아들인 히데요리는 어울리지 않는 죽은 아버지의 빛 속에 있었다. 머지않아 히데요리는 사랑을 통해 그 불행을 깨닫게 될 것이다.

'사랑스런 히데요리 님……'

오미츠는 처음 센히메 앞에 나갔을 때와는 전혀 다른 연민을 히데요리에게서 느꼈다.

센히메의 배후에는 건전한 이지理智의 뒷받침이 있었다. 그러나 히데요리에겐 그러한 뒷받침이 없었다. 죽은 타이코가 남긴 애정은 모두 슬픈 짐이 되어버렸다.

'어머니도 성도, 나이다이진이라는 관직도 막대한 황금도……'

히데요리는 지금 끝없는 고독의 밑바닥에서 인간의 정을 갈구하고 있다. 다만 그 갈구가 사춘기의 욕망과 하나가 되어 있다는 것을 그 자신도 깨닫지 못하고 있을 뿐……

오미츠는 종종걸음으로 센히메에게 달려가면서, 1년 전의 히데요리였다면 하고 문득 생각했다. 만일 1년 전이었다면 오미츠는 주저 없이 히데요리를 끌어안고 볼을 비벼주었을 수도 있었다.

그러나 지금은 히데요리도 더이상 섣불리 안을 수 없는 나이가 되어 있었다…… 이러한 일이 인생의 큰 야유로만 여겨져 오미츠는 안타깝기만 했다.

"어머, 사카에, 왜 그러지? 눈이 새빨갛게 되었어."

센히메의 전각으로 들어섰을 때 에도에서 따라온 로죠老女˚ 치요千代가 놀라며 말했다. 그 말을 듣고 비로소 오미츠는 자기의 화장이 지위졌으리라는 데 생각이 미쳤다.

"혹시 오사카 쪽 시녀에게 봉변이라도?"

"아닙니다, 그렇지 않습니다. 그럼, 화장을 고치고 내전에……"

오미츠는 당황하며 자기 방으로 들어가 거울을 보며 눈물로 지워진 화장을 얼른 고쳤다.

'아무리 울어도 한이 없겠어……'

히데요리의 파랗고 맑은, 그러면서 사무치도록 고독한 응시가 아직도 선하게 뇌리에 남아 있었다……

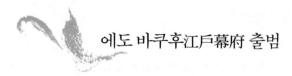

에도 바쿠후江戸幕府 출범

1

이에야스가 세이이타이쇼군으로서 후시미를 출발하여 에도로 향한
것은 10월 18일이었다. 쇼군이 된 2월 12일부터 계산하면 8개월 만의
일이었다. 그동안 바쿠후幕府°의 골격은 그의 가슴속에서 세워졌다가
무너지고 무너졌다가는 다시 세워져나갔다.

바쿠후를 위한 방침 중에서 그가 가장 고심한 것은 어떻게 하면 제후
들을 심복시키느냐가 아니었다. 오히려 어떻게 하면 제후들에게 각자
자기 영지를 다스릴 기준을 결정하여 지키게 하느냐였다.

모두가 진두陣頭에 설 때는 용병用兵과 작전에 자신만만했다. 그렇
지만 통치자로서의 능력은 아직도 미지수인 자가 많았다. 그들에게 시
대의 추이를 깨닫게 하고 통치술의 큰 틀을 알게 한다는 것은 쉬운 듯
하면서도 매우 어려운 문제였다. 농부를 함부로 죽이는 것을 엄금한다
거나 도박을 금하는 정도로 될 일이 아니었다.

이에야스가 일단 에도에 발을 들여놓았을 때는 벌써 바쿠후 정치의
방침을 확고한 것으로 결정해두어야만 했다. 물론 그런 자신이 있어 출

발한 것이었다. 출발 전날 이에야스는 일부러 우다이진右大臣˚ 직위를 사임했다.

일반사람들에게는 주자학朱子學으로 도덕의 기준을 삼고, 상인의 발흥을 고려하여 그들에게는 정권에 가까이하지 못하도록 방침을 세웠다. 곧 정치권력과 재물의 유착을 피하려 했다. 이는 실로 큰 의미를 지니고 있었다. 제후는 싸움이라면 몰라도 평화시의 경제운용 능력은 대상인과는 비교도 되지 않았다. 따라서 이 점을 명백하게 해두지 않으면 결국 영주는 그들에게 농락되어 머지않은 장래에 유명무실한 존재로 전락하기 쉬웠다.

정치를 담당하는 자는 무사, 무사 다음에는 농農을 두고 상商과 공工은 그 밑에 둔다. 돈을 벌 수 있는 자는 얼마든지 벌게 해준다. 그러나 그 돈으로 인간을 지배하려 하면 안 된다. 물론 이는 제후를 보호하려는 이에야스의 정책이었으나, 동시에 인간이 인간을 지배하는 근본은 '도의道義'여야 한다는 이에야스 이상의 한 단편이기도 했다.

교역의 장래를 생각해서 나가사키長崎에는 부교奉行˚와 다이칸代官˚을 두고, 각 지방의 특성을 생각해서 이세伊勢의 야마다山田에는 야마다 부교를 두었다.

무능한 통치자가 있으면 제거한다. 그러나 굳이 그들을 혼란하게 만들어 질서를 어지럽히는 막다른 골목으로 몰아넣어서는 안 된다. 대체로 카마쿠라 바쿠후鎌倉幕府˚ 초창기 정신을 제도의 뼈대로 삼았다. 그러나 그 단점은 자세히 그 원인까지 조사하여 연구에 연구를 거듭해 철저하게 대비했다.

에도에 있으면서 통치하려면 쿄토와 에도를 잇는 동맥 토카이도東海道의 도로 정비가 우선이었다. 이와 병행해 호쿠리쿠北陸, 토센東山 두 길도 정비해 유사시에는 실력으로 진압할 준비도 해야만 했다.

그러한 모든 구상을 드디어 에도에서 실행에 옮기려는 여행이었다.

그런 의미에서 이는 일본 개막을 위한 여행이며, 이에야스로서는 그 생
애의 마무리를 향한 여행이었다.

신변의 사사로운 일도 그동안 큰 변화를 보이고 있었다. 센히메와 히
데요리의 혼인이 끝난 8월 10일에는 츠루치요鶴千代라는 사내아이가
태어났다. 뒷날 미토 요리후사가 바로 그였다.

이러한 자식들이 성장했을 무렵에는 과연 이에야스가 그리는 이상
국가는 완성되어 있을 것인가……

2

금력, 재력과 정치권력을 혼동하게 하지 않겠다는 이에야스의 생각
은, 당연히 큰 영주는 정권에 접근시키지 않는다는 구상으로 나타났다.
그 구상의 밑바닥에는 ─

"재물도, 목숨도 모두 임시로 맡고 있는 것."

이러한 불교사상이 뿌리깊게 작용하고 있었다.

거듭 말하지만, 물욕이 많은 자에게는 축재를 즐기도록 허락하고,
모든 것은 임시로 맡고 있을 뿐이라는 깨달음에 도달하여 청빈을 터득
하는 자에게만 '공적 재물'을 맡겨 정치에 관여시킨다는 구도였다. 무
력을 정상에 두는 쇼군 정치, 봉건정치인 만큼 만약 재력과 결탁해 무
력의 남용을 초래하는 일이 발생한다면 큰일이라는 경계심에서였다.

특히 이에야스가 고심한 것은 '소유권' 문제였다. 관습에 따르면 무
력으로 빼앗은 것은 모두 빼앗은 자의 소유였다. 그 착각이 때로는 한
치의 땅을 차지하기 위해 숱한 피를 흘리는 원인이 되었다.

인간은 저마다 살아야만 한다. 이를 위해 천지는 태양 광선이나 공기
처럼 특정 개인을 위해 있지 않고 모든 사람을 위해 존재한다. 따라서

만인을 위한 것을 '내 것'이라고 생각하는 그런 사고방식을 철저히 부정하고 출발하지 않으면 이에야스의 구도는 무의미해진다. 말하자면 그의 의도는 '인간 혁명'이었다.

이 혁명의 필요성을 이에야스는 경건하게 불교의 교리에서 배우고 있었다. 노부나가 이래의 일본 통일을 위한 이상理想은 노부나가나 히데요시가 통일에 대해 확실히 자각하고 있었거나 아니거나에 관계없이 일본 전국을 그때까지의 찬탈자로부터 빼앗아 천지 자연의 올바른 질서에 따라 바르게 하는 데 있었다. 따라서 이에야스의 정치사상 밑바닥에는 '소유권' 관념이 완전히 부정되고 있었다. 누가 어느 정도의 영토를 지배하건 '위탁받아 지배'하는 것일 뿐, 인정되고 허락된 것은 그 '사용권'뿐이었다.

이에야스는 오쿠보 나가야스에게 명하여 36정町을 10리로 하고 10리마다 쌓게 한 '이치리즈카—里塚°'를 감회 깊게 바라보면서 토카이도를 내려갔다.

가는 곳마다 생각나는 사람이 있었다.

가마가 멈출 때마다 그곳 영주의 접대가 있었다. 그뿐 아니라, 수많은 백성들이 마중하고 구경꾼들이 넘쳤다. 이러한 사람들에게 ―

'토지는 내 것이 아니다.'

이러한 자각을 확실히 갖도록 하기 위해 부적절한 영주, 백성을 괴롭히는 영주는 이 이에야스가 엄격히 감시하고 훈계하며, 때로는 영지를 몰수하겠다고 말해주고 싶은 충동에 사로잡혔다.

'아무튼 이제 평화로운 세상이 되었다……'

농부들은 서로 수확량을 경쟁하고, 영주는 위탁받은 영토와 백성들을 어떻게 하면 행복하게 살게 하느냐를 경쟁하는 선정善政의 출발점에 세워졌다.

"나가야스, 이제 드디어 그대가 솜씨를 발휘할 세상이 되었어."

이에야스는 오늘도 가마 곁에서 수행하고 있는 오쿠보 나가야스를 돌아다보았다. 행렬이 그리운 오카자키岡崎를 눈앞에 두고 치리유池鯉鮒 신사 경내에서 잠시 휴식을 취하고 있을 때였다.

"그대 덕분에 에도까지 팔백사십 리 남짓, 쿄토까지는 사백십 리 남짓의 거리임을 앉아서도 알게 됐어……"

쌀쌀한 겨울 바람도 잊을 만큼 이에야스는 기분 좋은 표정이었다.

3

오쿠보 나가야스는 면전에서 이에야스의 칭찬을 받고 황송한 듯이 머리를 조아렸다.

"모든 것은 주군의 지혜, 저는 다만 일하는 사람들을 감독만 했을 뿐입니다."

"아니, 그렇지가 않아. 그대가 추진하지 않았다면 이처럼 뜻대로 되지 않았을 거야. 사람은 누구나 제 역할이 있어."

"황송합니다. 이 일이 끝나면 즉시 토센도와 호쿠리쿠 도로를 완성시키겠습니다."

"나가야스."

"예."

"금광도 잘되어가고 타다테루의 새 영지 정리도 잘되고 있겠지?"

"예. 카즈사노스케上總介 님 영지에서는 역시 카와나카지마의 물 흐름 처리가 중요합니다. 이이야마飯山, 나가누마長沼, 마키노시마牧之島, 카이즈海津 등 요지의 성과 성채는 이미 공사를 착수했습니다."

"좋아. 그대는 타다테루를 위해서도, 나를 위해서도 일을 잘하고 있어. 나는 그대에게 쇼무 부교所務奉行라는 직책을 내리겠네."

"쇼무 부교…… 말씀입니까?"

"그래. 전쟁 때의 이쿠사 부교軍奉行°에 필적하는 자리야. 평화를 위한 사무…… 이 모두를 관장하는 것일세."

"감사합니다."

"참, 그대는 오사카의 센히메에게 들렀다고?"

"예. 혼례 때 수행했으므로 그 후 어떻게 지내시는가 하고……"

그때 이미 이에야스는 다른 생각을 하고 있는 듯 잉어와 붕어가 떼지어 놀고 있는 연못에 시선을 두고 있었다.

"나가야스."

"예."

"그대는 어떻게 생각하나. 내 방침이 납득되었다고 생각하나?"

"예……? 누가…… 어느 분 말씀입니까?"

"오사카 말일세. 히데요리는 아직 납득하기 어렵겠지만…… 코이데나 카타기리는 어떤지."

"그것은……"

나가야스는 눈을 끔벅거리더니 품안에서 종이 한 장을 꺼내들었다.

"그곳 예배당 신부가 쓴 것입니다. 베껴왔습니다만…… 읽어보시겠습니까?"

"뭐, 천주교도가……? 어디 보세."

"신부가 때때로 본국 대본산大本山에 이쪽 사정을 써보내는 글의 초안이라고 합니다."

이에야스는 받아들고 초겨울의 바람을 피하듯 하며 읽기 시작했다.

쿠보公方(이에야스)는 성심성의껏 참된 군주가 되기를 노력하고 있으며, 또한 자신의 아들(타이코의 유언에 따른 구분) 히데요리를 보호하는 데 성의를 다하고 있다. 그리하여 히데요리의 사부이며 동시에 오사카의 부교인 두 제후(카타기리, 코이데)에게 쿠보가 부재중일 때 히데요리를 독살할 자가 있을 것을 우려하여 세심하게 경계하고 주의하도록 명했다. 이에 따라 오사카의 약방 및 의사에게 결코 독약을 매매하지 못하도록 엄명이 내려졌다……

이에야스는 그 종이를 접어 그대로 자기 품안에 간직했다.
"어떻게 이런 일까지 누설되었을까."
"예, 성안 사람들…… 아니, 생모님조차 모르시는 일인데 말입니다. 역시 그들의 신도 살아 있나봅니다."

4

나가야스는 말과 속셈이 결코 같지 않았다. 이에야스가 천주교 신부의 수기(『일본서교사日本西教史』)에 어떤 반응을 보일 것인가는 그로서도 매우 흥미로운 일이었다.

남만인南蠻人조차 이렇게 받아들이고 있다. 결국 카타기리 카츠모토도 코이데 히데마사도 이에야스의 모든 것을 이해하고 히데요리에게 그러한 점을 전하게 되리라는 의미로 보여주었다.

그런데 이에야스의 반응은 달랐다.

"그대는 천주교를 믿나?"

이에야스의 질문은 나가야스를 몹시 당황하게 만들었다.

"아닙니다…… 저는 결코 천주교도가 아닙니다."

"어떻게 이런 것이 그대 손에 들어왔지?"

"예…… 예, 저는 평화로운 시대가 되면 교역이 첫째라 생각하고…… 그때에 대비하려면 남만南蠻° 사정을 알아두어야 할 것 같아 종종 그들을 찾아갔습니다……"

솔직히 말해 나가야스는 더 이상 이 문제에 끼여들고 싶지 않았다. 그는 지식의 귀신…… 물론 처음에는 그럴 생각으로 접근했다. 그러나 지금은 차차 천주교에 기울고 있었다. 그로서는 불교 자체보다 승려의 처신에 반발하여, 만일 신앙을 갖는다면 훨씬 더 지적이고 깨끗한 느낌이 있는 천주교 쪽을 믿게 될 것 같았다. 그렇기는 하지만, 이에야스의 신앙을 알고 있기 때문에 섣불리 입에 올리지 못했다.

'어쨌든 나는 여섯째아들 타다테루의 싯세이가 될 사람.'

신앙 문제로 모처럼의 출세길이 막힌다면 큰일이었다.

'신부의 수기를 보이다니 서투른 짓이었구나……'

"나가야스."

"예."

"그대는 상당한 직관력을 갖고 있군."

"예……?"

"그대 육감으로는 어떤가, 이에야스의 꿈이 지상에 훌륭히 꽃필 것이라 생각하나?"

"그야 물론입니다!"

화제가 천주교에서 다른 것으로 바뀌었으므로 나가야스의 목소리는 저도 모르게 들떴다.

"반드시! 반드시 훌륭한 꽃도 열매도 맺을 것입니다."

이에야스는 얼른 고개를 돌렸다. 아마도 나가야스의 들뜬 목소리에서 아첨의 냄새가 풍겼기 때문인 듯. 이어서 뜻하지 않은 격한 말이 이에야스의 입에서 튀어나왔다.

"나는 그렇게 생각하지 않아!"

"예…… 뭐라고 하셨습니까?"

"이 정도론 꽃은 피지 않아! 꽃이 피지 않으면 열매도 맺지 못해."

"그건······ 그건 대관절······"

"모두 마음이 해이해졌어. 노력이 부족해. 정진이 부족해. 나도 마찬가지지만 그대도 모자라."

"예."

나가야스는 당황하며 다시 두 손을 짚었다. 그러나 이에야스의 질타는 그뿐, 말꼬리를 돌렸다.

"자, 저물기 전에 오카자키에 도착해야 한다. 가자."

나가야스는 찬바람 속에서 식은땀으로 흥건해진 자신을 깨닫고 일어났다.

'털끝만큼도 빈틈이 없는 분······'

그런 생각으로 수행하는 것은 결코 나가야스 혼자만은 아니었다.

5

요즘의 이에야스는 세키가하라로 진군해나갈 때보다 훨씬 더 엄한 사람으로 근시近侍들에게는 보였다. 말 한마디에도 전혀 빈틈이 없을 뿐만 아니라, 때로는 새삼스럽게 위압감을 가지고 대하려는 것처럼 느껴지기도 했다.

"몹시 긴장하고 계십니다. 혹시 불편하신 데라도?"

혼다 마사즈미가 물었다.

시의 유죠祐乘는 고개를 갸웃하고 대답했다.

"더욱더 건강하시다······고 생각하는데요."

"그러면 역시 승리하면 더욱 단단히 투구 끈을 졸라매라고 하신 세키가하라 교훈을 실행하고 계신 것이겠지요."

"그 증거로 숙박하시면서 무용담을 말씀하실 때는 농담하시는 일이 더 많아졌습니다."

나루세 마사나리成瀨正成˚, 안도 나오츠구安藤直次 등의 젊은이들은 이에야스가 농담하는 횟수까지 세고 있는 모양이었다. 그 정도로 이에야스는 나가이永井, 혼다, 오쿠보(타다치카), 토리이 등의 측근에게는 엄격하게 보였다.

오카자키에서는 옛날의 추억이 많은 다이쥬 사大樹寺에서 정성을 다해 성묘했다. 그런 다음 하마마츠浜松에서 슨푸에 들어설 무렵이 되어서야 이에야스의 태도는 약간 부드러워졌다.

슨푸 성에서 잠시 머무르게 되었을 때 이에야스는 성 보수 공사를 감독하고 있던 토도 사도노카미 타카토라藤堂佐渡守高虎와 오랫동안 밀담을 나누었다.

"사도, 이상한 일이야."

타카토라가 부름을 받고 들어왔을 때 이에야스는 서원書院을 감시하기 위해 수행원으로 따라온 야규 무네노리柳生宗矩 한 사람만을 남겼다. 그리고는 은근한 어조로 말했다.

"드디어 천하를 위임받았어…… 오랜 세월에 걸친 염원이 이루어진 셈이지. 그런데 그렇게 생각하는 순간 걱정이 훨씬 더 많아졌네."

"주군 같은 분도 역시…… 그러시군요."

"욕심이야, 토도…… 살아오는 동안에 말일세, 여러 사람에게 많은 것을 배웠어. 그 옛날의 요리토모賴朝˚ 공을 비롯하여 타케다도 오다도, 타이코도 모두 얻기 어려운 스승이었지. 그런데 그 누구도 나에게 가르쳐주지 않은 것이 하나 있어……"

"그것은 무엇입니까?"

"죽은 다음의 준비일세. 지옥이나 극락을 말하는 게 아니야. 내가 죽은 다음에 실행될 이 세상의 법도일세."

"과연, 지당하신 말씀입니다."

"요리토모 공은 삼대를 잇지 못했고, 타케다는 아들 대에서⋯⋯ 오다도 타이코도, 또 나도⋯⋯ 이렇게 생각하니 어깨가 뻐근해지는군."

"걱정이란 한이 없는 것 같습니다."

"사도, 나는 나름대로 평화로운 세상을 이루기 위해 일해온 사람들에게 내가 아니면 줄 수 없는 것을 선물하고 싶어."

"주군이 아니면 하지 못할 선물⋯⋯?"

"그래. 일 대나 이 대가 아니야. 삼 대나 오 대로 무너지거나 물거품처럼 사라지는 일이 없는 포상."

토도 타카토라는 대답 대신 고개를 갸웃하고 이에야스의 다음 말을 기다렸다.

"알겠나, 나는 한두 지방을 떼어준다고 해도 토지의 사유私有는 용서 않겠어. 말하자면 빌려줘서 쓰도록 한다⋯⋯ 그것이 실은 마음가짐 여하에 따라서는 영구히 소유할 수 있다는⋯⋯ 증거를 모든 사람에게 보여주고 싶네."

타카토라는 저도 모르게 무릎을 치며 말했다.

6

"역시 주군다우신 생각입니다."

나이가 비슷한 탓이기도 할 터. 타카토라는 언제부터인지 모르게 혼다 마사노부本多正信와 함께 이에야스에게 가장 심복하고, 심복하기 때문에 가장 신뢰받는 몸이 되었다. 다시 말하면 이에야스의 독실한 신자⋯⋯라고나 할까. 이에야스가 말하면 온몸으로 이해하고 또 받아들이려 애쓰고 있었다.

"알겠나, 내 생각을⋯⋯?"

토도 타카토라는 크게 고개를 끄덕였다.

"어찌 모르겠습니까. 주군은 때로는 엄하고 때로는 냉혹하십니다. 누구에게도 토지사유는 허락하지 않겠다고 정면으로 말씀하십니다. 타이코라면 당장 빼앗을 것이라도 주겠다, 주겠다 하고 기쁘게 해줄 텐데도, 주군은 맡기는 것이기 때문에 잘못이 있으면 뺏는다……고 하십니다. 실은 그것이야말로 이치에 맞는 말씀이십니다."

"그렇게 이해한다면 나도 말하기가 쉽겠어. 토지든 황금이든 진실로 자기 것이란 아무것도 없는 법. 소유했다는 생각 자체가 일시적인 착각…… 죽을 때는 누구나 빈손으로 가는 것일세. 간단한 것 같지만 이 이치를 좀처럼 이해하지 못해. 그래서 나는 일단 맡은 토지나 재물을 자손대까지 전하고 싶다면 맡은 것에 대해 철저를 기하라…… 아니, 이 조건만 지켜나가면 그 소원은 반드시 달성된다는 목표를 확실히 내세워 법도로 삼았어."

"바로 그것입니다."

토도 타카토라는 앞으로 몸을 내밀고 맞장구를 쳤다.

"주군의 마음에는 사심이란 없으십니다. 그러나 어떠한 마음으로 법도를 세우시더라도 이해하는 자는 반도 안 되는 것이 세상입니다. 그러므로 이 점을 심사숙고하신 다음 단호하게 실시하는 것이 좋으리라 생각됩니다."

"그러면 자네에게도 의견이 있겠군."

"예…… 예. 전혀 없지도 않습니다."

"어떤가, 말해보지 않겠나?"

"말씀 드려도 괜찮겠습니까?"

"그것을 알고 싶어 이렇게 둘이서 이야기할 기회를 만든 거야."

"그럼 말씀 드리겠습니다. 우선 첫째로 무리를 하십시오."

"아니, 무리라면 이치에 거역하는 일이 아닌가?"

"아닙니다. 귀여운 자식을 꾸짖는 무리 말입니다. 주군이 지금까지
처럼 겸허하게 제후들을 대하시면 그들 중에는 잘못 생각하는 자가 나
타나 좀처럼 정치가 바로 서지 않습니다. 우선 노부나가 공과 같은 위
엄을 보이십시오."

"노부나가 공과 같은……?"

"그런 다음 타이코처럼 친밀하게 대하여 충분히 신뢰감을 갖게 한
후에 법도를 세운다면…… 이렇게 하시면 모두 복종합니다…… 복종
하는 자는 자손 대대에 이르기까지 가문이 번창한다…… 그렇게 하셨
으면 합니다."

"으음, 그렇다면 에도에 가서 첫째로 착수할 일은?"

"말할 것도 없이 성과 도시의 대대적인 정비…… 주군 개인의 사치
를 위해서가 아닙니다. 쇼군 가문으로 대표되는 무사 모두의 위엄을 과
시하는 성과 도시, 그 규모는 쿄토나 오사카를 능가할망정 결코 그보다
못해서는 안 됩니다. 그래서 제가……"

타카토라는 말하다 말고 품안에서 자기가 설계한 도면을 꺼내 빙긋
이 미소지으며 말을 이었다.

7

"주군, 타카토라가 이런 것을 직접 그리고 있었다니 뜻밖이라 생각
하시겠지요?"

"으음."

이에야스는 신음했다.

무장으로서 거성은 거처인 동시에 한 가문의 생명을 맡긴 요새. 그
요새의 도면이 남의 손에 넘어간다…… 그것만으로도 이미 목에 올가

미가 씌워졌을 정도의 의미가 있다.

"주군, 만일 제게 잘못이 있다고 생각하시면 이 도면을 거두시고 여기 있는 야규 무네노리에게 눈짓을 하십시오."

"으음."

"그럼 무네노리는 곧 저를 한칼에 베어버릴 것입니다. 그래도 저로서는 후회 없습니다."

"……"

"이상한 인연으로 이 타카토라는 주군의 거처를 몇 번이나 설계하고 감독해왔습니다. 맨 처음에는 우치노內野 쥬라쿠聚樂 저택 안에 타이코 명으로 주군의 거처를 세웠습니다. 그때 타이코는 만약 주군에게 수상한 면이 보이면 즉시 응징할 수 있는 비밀 통로를 만들어두라고 했습니다…… 그런 명령이 있었기 때문에 저는 특히 면밀하게 주군의 인품을 관찰했고, 그것이 인연이 되어 그만 반해버리고 말았습니다."

"……"

"그리고 다음에는 후시미 성 공사에 관계하고, 현재는 이 슨푸 성 내부도 훤히 알고 있습니다. 그래서 드디어 에도 성까지 꿈을 펼치게 되었지요. 물론 불손한 짓인 줄은 알고 있습니다. 어서 이것을 거두시고 무네노리에게 눈짓을 하신다면……"

"사도."

"예…… 예."

"자네는 나더러 이처럼 거대한 성을 쌓으면서 제후들을 괴롭히라는 말인가?"

"아닙니다. 타이코는 조선朝鮮과의 전쟁 중에도 후시미 축성을 시작했습니다…… 거기에 비한다면 이 계획은 아무것도 아닙니다. 후시미 축성은 타이코의 일시적인 취향, 하지만 이것은 무인의 손으로 평화로운 시대가 열렸다는 주춧돌이며, 그 표적입니다."

"자네가 생각했다는 것이 알려지면 제후들은 자네를 미워할 텐데."

"각오하고 있습니다. 그들 각자의 사정을 숙고하시고 녹봉에 알맞은 부역을 분부하십시오. 이것만으로도 정치의 도道에 기초를 다지는 의미가 아주 큽니다. 결코 싫다고 할 수는 없을 것입니다."

"으음, 너무 어려운 문제야."

이에야스는 눈앞에 펼쳐진 도면에 시선을 떨구면서 내심으로는 타카토라의 생각에 혀를 내두르고 있었다.

물론 이에야스도 성의 개축과 도시 정비는 생각하고 있었다. 센히메까지 에도가 너무 작다고 했다는 말을 들었다…… 자기 개인의 성인 한은 일찍이 배의 널빤지를 깐 현관이라도 그대로 두라고 했을 정도의 이에야스였다. 그러나 바쿠후 공관公館이라면 사정이 다르다…… 그러나 지금 타카토라가 펴놓은 도면은 그러한 이에야스의 규모를 훨씬 능가하는 것이었다.

"그럼, 이 규모로 공사를 진척시키고, 법도를 정하라는 말인가?"

"아니, 그 전에 언젠가 말씀하신 텐카이天海 대사 등을 부르시어 깊이 의논하시면 어떨까요?"

타카토라는 아직도 여러 가지 복안을 갖고 있는 눈치였다.

8

"허어, 법도를 정하기 전에 텐카이를 만나라는 말인가?"

"예, 주군이 천하를 맡으시는 날에 진정으로 조언할 수 있는 사람들은 누구일까, 저는 그것을 자신의 꿈처럼 생각하고 있었습니다."

이에야스는 그렇게 말하는 타카토라의 표정에서 기묘한 환희를 찾아냈다. 물론 지금까지도 타카토라의 성의를 의심한 적은 없었다. 그러나 세키가하라 전투 이후 타카토라는 후다이譜代° 이상의 정성과 분별력으로 이에야스를 위해 일해오고 있었다.

'무엇을 바라고 저렇게……?'

때로는 이런 생각도 해보았다. 오늘의 태도로 이에야스의 그런 의문은 완전히 풀렸다.

타카토라 또한 지난날의 혼다 사쿠자에몬本多作左衛門이나 지금의 혼다 마사노부 등과 마찬가지로 이에야스를 통해서 자신의 꿈을 키우고 그것으로 만족하려 하고 있다. 그런 의미에서는 언제부터인지 이에야스의 그림자나 분신 같은 심정이 되어버렸는지도 모른다. 그렇지 않다면, 무엄하다면 야규를 시켜 베어버리라면서, 명령도 받지 않은 에도 성 개축의 도면 따위까지 꺼내보일 리가 없다.

"좋아, 그럼 자네 의견을 받아들이겠네. 성과 도시 정비, 그리고 텐카이를 부르는 일…… 텐카이에게는 여러 신사와 사원의 내력이라거나 일본 실정 등을 물어보라는 것이겠지. 그것도 알겠어. 그런데 자네가 나에게 조언하고 싶은 일은 그것뿐인가?"

"또 하나 중요한 것이 있습니다."

"허어, 그 말도 들어야겠군. 무엇인가?"

"전국 다이묘들에게 영지의 성을 개축하지 못하게 하는 일입니다."

"아니, 나는 성을 쌓고 다이묘들에게는 금하라는 말인가?"

"그렇습니다…… 수리만은 허가하셔도 괜찮겠지요. 그러나 새로운 구조의 확장이나 신축은 일체 금하시는 게 어떨까 싶습니다."

이에야스는 잠시 동안 망연한 표정으로 타카토라를 바라보았다. 타카토라가 무엇을 생각하고 이런 말을 하는지 어렴풋이 알 것 같았다.

이제는 평화로운 시대가 되었으므로 어마어마한 성채는 불필요하다. 만일의 경우 바쿠후가 이웃에 각각 병력 동원을 지시하여 도와줄 터이니 성을 멋대로 쌓지 말라……고 철저히 인식시키라는 것이리라.

"좀 가혹하다고 생각하신다면 허가 없는 신축은 금지……라고 하셔도 좋다고 생각합니다마는, 그때는 허가 없이 성을 쌓는 자는 반역심이 있다고 보고 가문을 없애겠다고 덧붙이십시오. 어떻겠습니까?"

"으음, 허가 없이 지으면 없앤다고?"

"주군! 그만한 결단도 없으시면 안 됩니다. 사나운 다이묘들이 평화로운 시대가 되었다고 해서 이웃을 침범하지 않는다……고 장담할 수 없습니다. 중요한 정지작업입니다."

이번에는 이에야스도 선뜻 대답을 못했다.

'세이이타이쇼군이 무장들에게 군비軍備를 금지한다……'

그 모순이 가슴에 와닿았다……

9

'타카토라 녀석, 묘한 소리를 하는구나.'

이에야스도 전쟁에서는 이런 수법을 늘 사용해왔다. 그러나 평화 시대의 정치에 이 수법이 과연 성공할 것인가?

"사도, 자네는 이 이에야스의 평판을 떨어뜨리려 하는 것 같아. 생각해보게, 나 자신은 에도에 대대적인 성을 쌓으면서 다이묘에게는 금지시키란 말인가?"

"예. 이 경우에는 좋은 평판이냐 일본의 평화를 택하시느냐, 그 어느 쪽이겠지요."

"으음, 미움을 받더라도 평화를 택하라는 것인가?"

"아닙니다. 설교를 할 생각은 없습니다. 큰 충격을 주지 않는다면 제후 이외의 자들도 새로운 세상이 열렸다는 실감을 하지 못합니다."

"으음."

"그리고 생각하기에 따라 주군의 어깨를 더욱 무겁게 하는 일이 되기도 할 것입니다."

"뭐, 내 어깨를 무겁게 한다고……?"

"예, 그대들의 도움은 별로 기대하고 있지 않다, 유사시에는 쇼군의 손으로 역적을 진압하겠다, 저택 신축까지는 간섭하지 않겠지만 성의 구조를 바꾸는 일은 안 된다고……"

"생각해보겠네."

이에야스는 더 이상 이야기할 필요가 없다고 생각했다. 이것은 하나의 충격요법. 감기 기운이 있기 때문에 찬물 속에 뛰어들어 헤엄을 친다…… 젊었을 때는 이에야스도 곧잘 그렇게 했다. 그러나 과연 통치하는 데까지 효과가 있을지, 감기를 악화시키지는 않을지……?

"주군."

타카토라는 웃었다.

"주군은 상인에게는 마음대로 돈을 벌라고 하셨다지요?"

"그래. 돈은 많이 벌게 하더라도 낭비만 시키지 않는다면 그것으로 좋지. 상인은 규정 이상의 사치는 안 된다고 억누를 수 있어."

"하하하…… 그처럼 상인까지 단속하시려는 주군께서 제후인 무장의 낭비를 억누르면 안 된다……고 생각하셨다면 잘못이 아닐까요?"

"다시 아까 그 이야기로 돌아갈 생각인가?"

"돌아가는 게 아니라 권해드립니다. 상인은 낭비의 길이 봉쇄되었는데도 부지런히 황금을 쌓아나간다, 이 황금이 언젠가는 새로운 사업의 자본이 되어 번영이 약속된다, 황금이 모든 물자를 생산하여 만백성이 그 혜택을 받는다면, 쿄토나 오사카의 대상인은 이미 영원한 번영을 약속받은 것과 마찬가지입니다."

"그럴 테지. 나도 그 점은 깊이 생각했다고 자부하네."

"그런데 무장에게는 아직 그런 보장이 없습니다. 무장이 경쟁적으로 성을 쌓으면 반드시 가난해집니다. 가난해지면 이웃과 말썽을 일으킵니다…… 말썽을 일으키면 벌해야 합니다. 무장은 계속 처벌을 받아 멸망하고 상인은 점점 번영해간다면, 이것은 한쪽에 치우친…… 역시 무장도 살아갈 수 있도록 밑 빠진 구멍만은 막아주는 것이 자비심이 아닌가 생각합니다마는……"

어떤 의미에서 타카토라는 이에야스 이상의 정치가였다.

10

이에야스는 그만 이 이야기에서 벗어나고 싶었다. 지금까지는 제멋대로 무력을 휘두르고 강도와 살인이 일상 다반사로 자행되고 있었다. 그러한 난세에 틀이 잡힌 사회 질서를 확립하려는, 국가를 위한 입정立正은 예사로운 일이 아니었다.

백성을 함부로 죽이는 일은 엄금……이라고 포고령은 내렸다. 그 포고 이면에는 백성을 죽여서는 안 되기 때문에 무사끼리의 싸움도 그 이상으로 엄히 다스리겠다는 뜻이 포함되어 있었다. 그러나 아직 그러한 내용을 깨닫고 있는 자는 거의 없었다.

그런 시대에 바쿠후 공관이라 하여 에도 성의 대대적인 개축에 막대한 부역을 명하면서도 자기 성에 대해서는 수리도 허락지 않는다고 하면, 이론은 어찌 되었건 제후가 격분할 것은 뻔한 일이었다. 그들의 머리에는 아직 싸워서 빼앗는 무사의 관습……이 깊이 뿌리내리고 있었다. 그러므로 시책에는 완급의 조절이 필요했다.

"하하하……"

타카토라는 웃기 시작했다.

"주군은 너무 갈등이 많으신 분입니다."

"물론이지. 인仁은 정치의 기본이니까."

이에야스는 겸연쩍어 일부러 씁쓸한 표정으로 대답했다.

"주군의 새로운 세상에서는 사농공상士農工商 네 계층을 엄격히 구분하시겠다는 생각, 씹으면 씹을수록 맛이 나는 일입니다."

"진심으로 그렇게 생각하나?"

"예. 계급과 비슷하나 실은 일종의 직계職階라고 생각합니다."

"으음, 그렇다는 것을 알 수 있겠나?"

"모른다면 비평할 수 없지요. 사士는 나라를 지킬 뿐만 아니라, 남의 위에 서서 정치를 행한다, 그런 만큼 무술과 학문 등 어느 하나도 소홀히 하면 안 됩니다."

"물론일세."

"결코 황금 따위로 눈이 뒤집히거나 엄한 규율에 불편을 느껴서는 안 됩니다."

"그 말도 옳아."

"그러나 인간은 모두 그처럼 남의 사표師表가 되어 일하기를 원한다고만은 할 수 없습니다."

타카토라의 말에 이에야스는 빙긋이 웃으며 고개를 끄덕였다.

"사람은 저마다 원하는 것이 다르고 능력의 차이도 있으니까."

"무사로 지내기가 싫은 자는 묵묵히 논밭을 가는 것이 좋겠지요. 그래서 묵묵히 농사를 짓는 자는 무사 다음 계층으로 취급한다……고 해도 모두 농부가 된다고는 할 수 없지요."

"그래. 세공에 뛰어난 자도 있고 화공畫工, 목공을 생업으로 삼고 싶은 자도 있겠지."

"따라서 농農 다음으로는 공工……"

즉석에서 다시 타카토라는 웃었다.

"하하하…… 주군도 어지간한 분이십니다."

"그럴까?"

"저 같으면 사, 공, 농, 상으로 했을지도 모릅니다. 그런데 농을 밑에 두면 전답의 수확이 모자라게 됩니다. 그래서 농을 위에 두셨다, 농을 위에 올려놓은 것은 전답의 황폐를 막기 위해…… 기근에 대한 대비라고 할 수 있겠군요."

이에야스는 비로소 목소리를 높였다.

"비슷하지만 그렇지 않아. 생각이 깊지 못하군, 자네도."

"허어, 그럴까요?"

"암, 깊지 못해. 그렇다면 자네에게 천하를 맡길 수 없어."

11

"깊지 못하다고 하신다면, 황송하오나 그 이유를 알고 싶습니다."

타카토라는 진지한 표정으로 머리를 숙였다.

"말해주지. 자네 정도나 되는 사람도 그렇게 해석한다면 농민폭동이 그치지 않을 것일세. 그렇지가 않아. 인간에게 타락이라는 질곡이 있다는 점을 염두에 두고 대비한 거야."

이에야스도 이번에는 이끌리듯이 몸을 앞으로 내밀고 있었다.

"농은 윗사람의 비위를 맞추거나 잘못된 인사人事에 불만을 느낀 무사가 물러나 휴식하는 자리야. 아니, 원래 농사를 천직으로 삼는 자도 상대는 자연…… 비오는 날은 글을 읽고 갠 날에는 논밭을 갈면서 천지의 마음과 대화하고 있어. 능력 있는 자, 이익을 좇는 데 급하지 않은 자들은 농에 안주할 길을 찾는다. 그러므로 무사들의 타락이 심할 때는 그들을 쫓아내고 농에서 대신할 자를 찾는다. 바로 그러한 이유 때문에 사, 공, 농이어서는 안 되는 거야."

"으음, 과연 제 생각이 부족했습니다."

"공에는 스스로 솜씨를 즐기는 경지가 있으나, 농은 해마다 자기 임의대로는 할 수 없는 날씨를 상대로 해. 그런 만큼 인간의 수양에는 도움이 되는 것일세."

타카토라는 무릎을 치면서 고개를 끄덕였다.

"알겠습니다. 이익을 추구하는 자는 상업을 하게 한다. 다만 황금을 산더미처럼 쌓더라도 사치는 법으로 금한다…… 요컨대 세상이 평화롭게 되어 이제부터 해마다 늘어날 떠돌이무사들은 저마다 자기가 원하는 자리에서 삶의 길을 가라는 뜻이로군요."

이에야스는 고개를 저었다.

"그 말은 옳지 않아."

"또 꾸중이십니까?"

"누구든지 자기가 원하는 길을 택해도 좋다. 이 점은 저마다의 기호와 재능의 차이가 있기 때문에 자연히 그렇게 될 수밖에 없어."

"그렇습니다."

"기호에 따라 정치가 좌우된다면 그야말로 백성들에게 폐를 끼치게 되지. 나는 매사냥을 좋아해. 그렇다고 일본 전국에 사냥터를 만들라고 한다면, 얼마나 전답이 없어지리라 생각하는가…… 이익을 추구하는 자는 이익을 좇아도 좋아. 세공을 즐기고 싶은 자는 즐겨도 좋아. 그러나 즐거움을 주로 하는 자에게는 절대로 정치를 맡기지 않겠어."

"아! 그런 뜻이었습니까?"

"정치를 담당하는 사는 무엇보다도 먼저 개인의 즐거움을 버려야만 해. 봉사가 첫째야."

"으음."

"나는 큰 다이묘에게는 정치를 맡기지 않겠네."

"으음, 그런 뜻으로……"

타카토라는 참으로 말귀를 잘 알아듣는 사람이기도 했다. 아마도 국가 경영에 대한 이에야스의 구상을 잘 알고 있으면서도 물었을 것이 틀림없었다.

"그런데 말씀을 듣고 보니 주군은 점점 악인처럼……"

"어째서 그런가?"

"사, 농, 공, 상의 구별로 세상의 틀을 잡으시면서 위에 오를수록 더 어렵고 많은 고생을 짊어지게 하시는 것 같아서 말씀입니다. 공연히 거들먹거리지 못하도록…… 역시 악인이십니다."

"그것이 정치야! 그러지 않고 어떻게 하겠나……"

이에야스는 타카토라의 말을 농담으로 받아들이지 않고 진지한 얼굴로 자신의 말에 힘을 주었다.

12

타카토라는 이에야스의 진지한 얼굴은 질색이었다. 세상에 농담도 우스갯소리도 통하지 않는 인간만큼 대하기 어려운 사람도 없었다. 처음에 그는 이에야스가 그런 것을 잘 알고 있으면서도 일부러 시치미를 떼고 점잔을 빼 상대의 농담을 봉쇄하려는 줄만 알고 있었다. 그런데 이에야스의 경우에는 그렇지 않았다.

이에야스는 철두철미 진지했다. 공작새 한 마리, 토끼 한 마리를 잡을 때도 호랑이나 사자를 대할 때도 똑같이 신중하게 대했다. 감탄할 것은 감탄하고 무시할 것은 매정하게 무시했다. 경우에 따라서는 이 때문에 상대가 몹시 어색하게 여기고 당황하지만, 그런 일에는 굳이 신경을 쓰지 않았다.

두 사람의 대화는 밤중 가까이까지 이어졌다. 처음에는 이야기에 여유를 갖게 하려는 타카토라의 말이 더 많았다. 차차 이에야스의 유도에 말려들어, 마지막에는 타카토라는 감탄하며 듣는 쪽이 되었다. 그에게는 이러한 자리가 더할 나위 없이 즐거웠다.

'정말 나는 천하의 첫째 과제인 일본 평화를 위하고 있다……'

일본 평화를 위해서는 이에야스를 도울 수밖에 없고, 또 그러자면 이해관계에 자리한 계산에서 벗어나도 전혀 아까울 것 없었다. 사실 타카토라뿐만 아니라 그날 두 사람의 밀담에 동석한 야규 무네노리도 지금은 완전히 이에야스에게 매료되어 있었다.

무네노리는 아버지, 형과 함께 병법으로는 일본에서 제일이라 자부하고 있었다. 그러나 이 검劍도 이에야스와 함께 있어야만 '천하의 검'이 될 수 있다고 열띤 어조로 타카토라에게 말한 바 있었다.

'이상하게도 흙냄새가 물씬 풍기는 분이야. 포상 같은 것은 타이코의 반도 주지 않는데……'

그날 밤도 새벽 가까이 되어서야 무네노리도 참석시킨 가운데 공복을 채우기 위해 밤참을 들었다.

"이 밥알 하나하나에 아까 말한 농부들의 땀이 배어 있어. 그걸 생각하면…… 나무아미타불……"

입속으로 중얼거리며 마주앉아 젓가락을 드는 이에야스. 그 모습에 지난날 타이코로부터 호사스러운 향응을 받았을 때보다 훨씬 더 감격스러움을 느끼게 되는 것이 이상할 정도였다.

밤참 상을 물릴 무렵에는 이미 이에야스의 에도 바쿠후 출범 구상을 타카토라는 완전히 납득하고 있었다.

이에야스는 이제부터 명령자로서 제후에게 임한다. 그리고 그 명령을 원활하게 제후들한테 이해시키는 것은 타카토라의 역할이었다. 그 타카토라의 설득이 과연 진심으로 이해되었는가, 아니면 이에야스의 무력에 굴복한 행동인가를 은밀히 탐지하는 역할은 야규 무네노리가 자청해서 맡고 나섰다. 그와 그의 일족은 전국의 거의 모든 제후에게 병법을 가르치기 위해 출입하고 있었다. 이러한 그가 뜻밖에도 이에야스에게 조력을 자청한 것도 그날 밤의 큰 수확이었다.

이에야스는 슨푸에 머무르기를 닷새, 11월 초에 드디어 사가미相模에서 무사시武藏로 들어갔다. 행렬이 에도 어귀 스즈가모리鈴ヶ森 하치만八幡 앞에 이르렀을 때.

이에야스는 철 지난 찻집 앞에서 앞치마를 두른 묘령의 미녀 열대여섯 명이 나란히 서서 맞이하는 모습을 보고 무릎을 쳤다.

13

이 여자들은 이에야스가 케이쵸 5년(1600) 가을에 세키가하라로 출전할 때 일행을 전송하고 차를 접대해준 여자들이 틀림없었다. 아니, 그 여자들임을 이에야스에게 상기시키려고 오늘도 같은 옷차림이었고 같은 찻집 구조였다.

'그렇구나, 그 유녀遊女들이로구나. 그래, 이 여자들의 포주는 분명히 쇼지 진나이庄司甚內였어.'

이에야스는 가마를 멈추게 하고 신발을 가져오게 하여 가벼운 마음으로 가마에서 내렸다.

"차라도 마시고 가세."

생각하면 우스운 일이었다. 전송해주었을 때는 9월 초하루, 이 바닷가도 아직 쌀쌀하지 않았다. 그러나 지금은 11월에 접어들고 있었다. 소나무숲 사이로 보이는 바다는 싸늘해 보였고, 파도도 나뭇가지를 흔드는 바람도 벌써 겨울의 문턱…… 그런 가운데 여자들을 나란히 세우고 나의 도착을 기다리고 있다니 얼마나 장사에 열성적인 사나이인가.

그 목적은 물론 잘 알고 있었다. 어떻게든지 이에야스의 눈에 띄어 유곽을 세울 토지를 할당받으려는 속셈이었다.

'분명히 야나기쬬柳町에서 유곽을 경영한 일이 있다고 했어……'

지난번 갈 때는 여자들이 여덟 명이었다. 그런데 지금 세어보니 열일곱 명으로 늘어나 있었다.

이에야스가 가마에서 내려섰을 때 당사자인 쇼지 진나이는 여자들 바로 앞 소나무 밑에 무릎을 꿇고 있었다.

"아니, 거기 있었구나."

"예…… 예. 아이들은 서 있게 하더라도 저만은 무례한 태도로 맞이할 수 없습니다."

"그대는 야나기쬬가 성 공사 때문에 철거된다고 짐작했구나?"

"예, 그렇기도 합니다마는, 그보다 약속을 지켰다는 것을 보여드리고 싶었습니다."

"뭐, 약속이라니……?"

"예, 쇼군 님은 말씀하셨습니다. 에도의 야나기쬬는 내가 오기 전부터 있던 윤락가…… 옛날부터 있던 것이므로 성에서 가깝지만 묵인한다, 창녀들의 포주라면 포주답게 여자들을 보호해주라……고."

"그런 말을 했던가?"

"예…… 예. 우선 저쪽 바람막이 곁에서 쉬시며 여자들을 보아주신다면 고맙겠습니다."

진나이가 이렇게 말했을 때 지금까지 나란히 서 있던 여자들이 일제히 무릎을 꿇고 절했다. 그 동작이 판에 박은 듯이 일정한 것을 보고 이에야스는 순간 눈살을 찌푸렸다. 그는 붉은 깔개 위에 마련되어 있는 걸상에 걸터앉았다.

'이 녀석이 길을 잘 들였구나……'

줄을 선 모양이나 인사법에도 훈련을 쌓은 자취가 역력했다. 이에야스가 걸터앉자 근시들이 주위를 경호했다. 갈대로 엮은 발을 쳐서 싸늘한 바닷바람이 직접 살에 닿지 않아 따뜻하다……고 생각했으나 깨닫고 보니 자리 밑에 벌겋게 숯불이 피워져 있었다. 그리고 일제히 일어난 여자들은 또 한 군데의 발 안에 마련된 솥에서 차를 날라와 근시들에게 먼저 나누어주었다.

'묘한 일을 하는군.'

이에야스는 일부러 사방을 둘러보며 잠자코 있었다.

14

우선 근시들에게 차를 주어 독이 있는지 확인하게 하고 나서 이에야스 앞에 바친다…… 순서가 바뀐 것 같지만 실은 야전에 임했을 때의 무사가 가져야 하는 마음가짐이었다.

"그대도 전에는 무사였군."

"아닙니다. 저는 아니지만 아버지는 호죠北條 가문을 섬기던 신분이 낮은 자였습니다."

"이름은 아마도 쇼지 진나이……"

"예. 그런데 생각한 바가 있어 진에몬甚右衛門이라 바꾸었습니다."

"생각한 바……라니 무엇을 생각했나?"

"예. 에도에는 저 말고도 진나이라 부르는 사람이 둘 더 있습니다. 한 사람은 코사키 진나이向崎甚內, 다른 한 사람은 토비자와 진나이鳶澤甚內…… 그리고 저까지 합해 에도의 세 진나이라고 사람들은 말합니다. 그러나 다른 두 사람과 혼동되면 약간 난처한 일, 그래서 진에몬이라고 고쳤습니다."

"하하하…… 그런가. 그대는 세 진나이라면 난처하다고 했는데, 그

난처한 까닭은?"

"예. 다른 두 사람의 진나이는 아직 천하가 평화로운 시대로 바뀐 것을 모르는 난폭한 자들로…… 저와는 생각이 좀 다릅니다."

"으음. 그대는 시대가 바뀌었다는 걸 확실히 알고 있다는 말인가?"

"그렇습니다…… 주군은 유곽도 좋다, 유녀의 포주가 되었거든 여자들의 훌륭한 보호자가 되라고 말씀하셨습니다. 그 후부터 저도 마음을 고쳤습니다."

"허어, 그대가 말한 약속은 바로 그것인가?"

"예. 일본은 신화 시대부터 여자 없이는 못 사는 나라…… 어떤 시대에도 유녀, 매음부는 없어지지 않는 것…… 그대로 방치하면 난폭한 자들이 덤벼들어 여자들의 피를 빨아먹습니다. 그러므로 훌륭한 보호자가 필요하다고 말씀하신 것으로 알고 있습니다."

"내가 그런 말을 했나?"

"예, 분명히…… 저는 그 말씀을 뼈에 새기고 있습니다. 과연 부모의 마음으로 보호를 하다보니 종종 여자들을 대신해 좋지 못한 무리들을 응징하거나 쫓아내거나 해야만 했습니다. 그렇게 했기 때문에 완력이 강하고 거친 사나이라는 말도 듣고 난폭한 진나이라고도…… 예, 그래서 이름도 바꾸었습니다마는 여자들을 위해서가 아니면 한 번도 싸우거나 말다툼은 하지 않았습니다…… 예, 사실입니다."

너무 진지하게 말하는 바람에 이에야스는 웃을 수도 없었다.

마침 이때 한 여자가 같은 솥에서 끓인 차를 받쳐들고 다가왔다. 이에야스는 그녀에게 말을 걸었다.

"너는 언제 쇼지에게 왔느냐?"

"예, 재작년 말입니다."

"부모에게 팔려왔나?"

"고아였습니다. 부모는 강도에게 살해되었습니다."

"나이는?"

"열일곱입니다."

이에야스는 그 여자를 발끝부터 목 언저리까지 찬찬히 훑어보았다. 열일곱이라면 어떤 여자라도 아름답게 보인다. 그러나 마음의 중심이 잡혀 있느냐의 여부도 그대로 피부에 나타날 나이이기도 했다.

"으음. 지금은 만족하고 있느냐. 그런데 계약이 끝나면 무엇을 하며 살아갈 생각이냐?"

15

짓궂은 질문이었다. 그러나 지금 이 여자가 무어라 대답하느냐에 따라 쇼지 진에몬의 말과 행동의 진위가 입증될 터.

여자는 약간 고개를 갸웃거렸다.

"저는 훌륭한 아내가 되고 싶습니다."

"허어, 아내가 되고 싶다는 말이지. 진에몬이 시집을 보내주리라 생각하나?"

"아닙니다. 제가 직접 택할 것입니다."

"직접 택한다고……?"

"예. 손님이 많이 찾아옵니다. 그 가운데서 친절하고 좋은 사람을 고른다…… 그러면 다음 일은 주인이 주선해줄 것입니다. 여자가 자기 남편을 자기 뜻에 따라 택할 수 있는 곳은 그리 흔하지 않습니다."

이에야스는 쓴웃음을 지었다.

"너희 주인이 그렇게 가르쳤군. 좋아, 좋은 남편을 만나도록 해라."

손을 들어 여자를 물러가게 했다.

이번에는 과자를 가지고 다른 여자가 나타났다.

'진에몬은 여자들에게 별로 미움을 받거나 가혹하게 대하는 사나이가 아닌 모양이다……'

이렇게 생각하던 참이어서 이에야스는 다음 여자도 불러세웠다.

"잠깐."

이번 여자는 쟁반처럼 둥근 얼굴로 자못 억세어 보이는 번쩍번쩍 빛나는 눈에, 앞서 그 여자보다 한두 살 아래로 보였다.

"분부하실 일이라도 계신지요?"

"너는 다도를 배웠나?"

"예. 차뿐이 아니라 렌가連歌°도 작은북도 배우고 있습니다."

아직 어린 소녀 같은데도 말하는 것은 아까 그 여자보다도 또렷했다. 이에야스는 이 여자가 약간 미워졌다. 누군가를 닮았다……는 생각이 들고, 이어 어렸을 적의 요도 부인과 같음을 깨달았다.

"너도 어떠냐, 역시 나중에는 좋은 아내가 될 생각이냐?"

"아닙니다. 지체 높은 무사나 다이묘를 측근에서 모시고 싶습니다."

"허어…… 그러면 손님 중에는 무사나 다이묘도 있다는 말이지?"

"예. 주군 덕택으로 더욱 그러한 손님이 많아졌습니다. 모두 고향에 처자를 두고 올라와 계십니다. 그 적적함을 위로해드리는 것이 제가 할 일입니다……"

"주인이 그렇게 말했나?"

"저도 그렇다고 생각합니다."

"네 이름은?"

"오카츠於かつ입니다."

"하하하…… 얼굴에 쓰여진 그대로의 이름이군. 오카츠는 이 일이 괴로워서 운 적이 있을 테지?"

"물론…… 예, 있습니다."

"그럴 때는 달아나고 싶은 생각이 있었겠지?"

"아니, 없었습니다. 다른 데서는 도둑이나 불량배도 손님으로 받아야 합니다. 그것이 무서웠습니다."

"으음. 지금 주인 밑에서라도 싫은 손님을 맞기도 할 것 아닌가?"

상대는 당당한 얼굴로 더욱 눈을 빛내면서 고개를 저었다.

"그럴 때는 딱지를 놓습니다. 사람에게는 인연이란 것이 있게 마련이어서 제가 딱지를 놓더라도 좋아하는 사람이 있습니다."

"뭐, 딱지……?"

이에야스는 옆에 대령해 있는 쇼지 진에몬을 돌아보았다.

16

따끈따끈한 걸상은 일어나기가 아쉬울 만큼 기분이 좋았다. 그뿐 아니라 여자들의 대답 또한 묘한 활기와 젊은 기분을 북돋아 이에야스의 흥미를 부추겼다.

"진에몬, 딱지를 놓다니 무슨 뜻인가?"

진에몬보다 먼저 오카츠가 대답했다.

"손님으로 받기 싫다고 솔직하게 거절하는 일입니다."

"뭐, 거절……?"

"예. 그렇게 하는 편이 손님에게 친절…… 이런 경우는 쿄토 유곽에도 없으나 에도의 새로운 규정으로 삼겠다고 주인도 허락했습니다."

이에야스는 당장에는 그 대답이 납득되지 않아 다시 한 번 날카롭게 진에몬을 돌아보았다. 그러나 진에몬은 도마 위에 올려진 잉어처럼 눈도 깜박이지 않았다. 물론 그도 이에야스가 여자들의 입을 통해 자신의 인물됨을 시험하고 있는 줄은 벌써 눈치채고 있었다.

"으음. 손님은 모두 오랫동안 처자 곁을 떠나 있으므로 성미가 거칠

어져 있을 거야. 그런데도 거절한다면 소동이 벌어질 텐데."

"아닙니다. 모두 일단은 그렇게 생각하지요…… 마음에도 없는 여자의 거짓 아양보다는 진정으로 마음이 맞는 상대와 노는 게 오히려 즐거운 일…… 딱지 놓는 것은 이치에 맞다고 생각합니다."

"하하하…… 과연 그렇겠군. 억지로 부리는 아양에는 진실이 있을 수 없을 테니까."

"그렇습니다. 에도 여자만은 그 진실을 자랑으로 삼고 싶습니다."

"알겠다. 물러가도 좋아."

이에야스는 좀더 무언가 이야기하고 싶은 생각이 들었으나 시각이 지체될 것 같아 웃으며 일어났다.

"진에몬, 잘 가르친 것 같아."

"예."

진에몬은 지금이 기회라는 듯이 말했다.

"유곽 설치를 허락해주시면 친자식같이 가르쳐 다이묘들이 고향에 있을 때와 같은 마음으로 쉬실 수 있도록……"

"좋아, 계획을 서면으로 출원하도록."

"물론 그렇게 하겠습니다…… 예, 아이들에게도 각각 등급을 매겨 서로 격려하고 희망을 가질 수 있도록……"

이때 벌써 이에야스는 고개를 끄덕이면서 가마 쪽으로 걸어가고 있었다.

사찰과 신사 앞이거나 항구나 성 근처 등 사람이 많이 모이는 곳에 유녀가 출현하는 것은 막을 길이 없는 암癌. 더구나 한데 모으는 노력을 게을리 하면 주택가까지 파고들어 미풍양속을 해칠 뿐만 아니라, 그 여자들의 피를 빨아먹으려고 못된 자들이 꿀 항아리에 모여드는 개미처럼 밀려들게 마련이었다.

'어차피 유곽을 만들어 한군데 모아야만 할 일……'

이런 생각을 하고 있었기 때문에 일부러 쇼지의 차 대접을 받았다. 출발하기 전에 벌써 이에야스의 방침은 정해져 있었다.

'진에몬은 맡겨도 좋을 만한 사나이야……'

다시 행렬이 움직였을 때 이에야스는 왠지 모르게 방금 헤어진 진에몬과, 이미 성을 나와 조조 사增上寺에서 타카나와高輪 부근까지 마중 나와 있을 히데타다의 얼굴을 비교하고 있었다.

어깨에 짊어진 짐의 종류는 다르더라도 자기 일을 진지하게 수행하려는 면에서 두 사람은 닮은 데가 많이 있었다.

'그렇다, 구상은 누구나 할 수 있다. 문제는 그것을 살릴 사람이 있느냐 없느냐에 달려 있다……'

이에야스는 새삼스럽게 그런 것을 생각하며 눈을 감았다.

싹트는 백화

1

이에야스를 수행하여 에도에 돌아온 오쿠보 나가야스는 얼마 후 쇼무 부교에 임명되어 토키와바시常盤橋 근처에 작은 저택이 주어졌다. 시대의 변천이 마침내 그의 재능에 찬란한 햇빛을 비쳐주기 시작했다. 오늘날의 지위로 말한다면 쇼무 부교란 서무과장과 총무과장을 겸한 것 같은 직위였다. 더구나 그는 금광 개발의 일도 보고 이에야스의 여섯째아들 타다테루를 보좌하는 직책도 맡고 있었다. 사도佐渡의 금광이 차차 유망해져서 산출량도 증가되고 있었으므로 어쩌면 머지않아 사도 부교를 겸하게 될지도 모른다.

이에야스의 측근은 이제까지 거의 어려서부터 키운 무장들이었다. 전투에 참가하지 않은 측근이라면 혼다 사도노카미 마사노부의 아들 마사즈미 정도라고나 할까.

그러한 가운데서 오쿠보 나가야스의 발탁은 그야말로 보기 드문 일이었고, 눈부신 출세였다. 물론 그는 교만해하거나 자만하는 철부지는 아니었다. 그는 이때야말로 이에야스뿐만 아니라 히데타다 측근에게까지 자신의 특기와 재능을 확실하게 인식시켜야 한다고 생각했다.

나가야스는 매일같이 등성登城하여 먼저 이에야스를 찾아뵙고 나서 히데타다를 찾아갔다. 이어 오에요 부인에게까지 인사를 드린 뒤 에도 시내를 자세히 순시하며 다녔다.

명령을 받고 순시하는 것이 아니었다. 어딘가 일거리가 떨어져 있지 않을까? 아무도 깨닫지 못하는 일로 나중에 불편의 원인이 될 것이 떨어져 있지는 않은가 하고……

출세란 결코 팔짱만 끼고 있는 자를 저쪽에서 손짓해 부르거나 일부러 길을 열어주는 것은 아니다. 나가야스는 이에야스의 이상과 방침을 터득하고 자기 눈을 이에야스의 눈으로 삼아 일을 찾아다녔다.

시바芝 근처에 한층 높은 언덕이 있고, 그 위로 부지런히 재목을 옮겨 집을 짓는 자가 있었다. 그는 지나가는 말로 물었다.

"어느 분의 저택이오?"

"예, 나이토 로쿠에몬 타카마사內藤六右衛門高政 님이 하사받은 저택입니다."

"그렇군요. 하지만 지대가 좀 높아 날마다 말로 오르내리기에는 불편하시겠군요."

이런 말을 남기고 사라졌다. 그리고 순시가 끝나면 다시 이에야스에게 돌아가 오토기슈お伽衆°에 섞여 잡담에 가담하고는 했다.

"주군, 주군은 우다이진 요리토모 공 부적을 가지고 계시겠지요?"

"오, 소중히 간직하고 있지. 노부나가 공이 혼노 사本能寺에서 습격받았을 때 사카이에서 즉각 미카와三河로 돌아가려고 고슈江州 시가라키信樂에 이르렀을 무렵이었지. 타라오 시로에몬 미츠토시多羅尾四郎右衛門光俊가 진심으로 나를 접대하고, 머지않아 천하를 호령하실 분이라고 비장했던 요리토모 공의 부적, 아타고愛宕 신사의 수호신 지장보살 상像을 내게 주었어."

이에야스가 밤에 터놓고 이야기를 할 때는 즐거운 자랑거리라든가 추억이 많았다.

나가야스는 지체 없이 말했다.

"그러한 유서 깊은 상이라면 곧 적당한 곳에 모셔야겠군요."

"그래, 적당한 곳이 있기만 하다면."

"그야 물론 있습니다. 실은 나이토 로쿠에몬 님에게 하사하신 저택 말씀입니다마는, 하타모토旗本° 저택으로는 불편한 점도 있으나 나무랄 데 없이 경치가 좋은 산언덕…… 이곳을 아타고야마愛宕山로 명명하고 백성들이 자랑하는 명소로 삼으면 어떻겠습니까? 에도에 쿄토 못지않게 명소가 많아도 좋다……고 생각합니다마는."

2

"아니, 그처럼 좋은 장소가 있었나?"

이에야스는 나가야스의 말에는 언제나 괄목할 만한 점이 있었으므로 기쁘게 그 말을 받아들였다.

"그렇다면 나이토 로쿠에몬에게는 즉시 다른 곳을 주어야겠군."

물론 나가야스는 이에야스가 기쁘게 받아들이지 않을 이야기를 꺼낼 만큼 어리석은 사나이가 아니었다. 그런 마음으로 다니다 보면 얼마간의 이야깃거리는 반드시 길에 떨어져 있고는 했다.

그 무렵에는 깎다가 중지한 칸다神田의 대지에 많은 일꾼들을 동원하여 텐쇼天正 18년(1590) 에도에 들어온 이래의 확장 공사가 시작되고 있었다. 도쿠가와 가문의 도시건설로 시작한 공사로, 아직은 바쿠후의 공관으로서 대대적인 동원까지는 하지 않고 있었다.

따라서 히데타다의 형 에치젠越前의 재상宰相 히데야스秀康와, 마츠다이라 시모츠케노카미 타다요시松平下野守忠吉가 주로 그 일을 담당하고 있었다. 여기에 카가加賀 츄나곤中納言˚인 마에다 토시나가前田利長, 우에스기 츄나곤 카게카츠上杉中納言景勝, 가모 시모츠케노카미 히데유키蒲生下野守秀行, 다테 무츠노카미 마사무네伊達陸奧守政宗 등이 자진해서 도와주는 형식을 취하고 있었다.

이에야스가 에도에 내려온다는 것을 알고 사이고쿠西國의 쿠로다 카이노카미 나가마사黑田甲斐守長政, 카토 카즈에노카미 키요마사加藤主計頭淸正, 아사노 키이노카미 요시나가淺野紀伊守幸長 등도 참가를 자청하고 있었다.

이에 대해 이에야스는 아직 아무 말도 없었다. 그러나 이에야스가 대대적인 바쿠후 공관 신축 계획을 벌써부터 세워놓고 있음을 나가야스는 잘 알고 있었다.

"앞으로는 후다이나 토자마外樣˚를 공평하게 대하는 것이 어떻겠습니까? 그렇지 않으면 그러한 처리를 도리어 마음 아프게 생각하는 다이묘도 많을 것입니다."

잡담을 하는 동안 나가야스는 넌지시 이런 말도 했다. 말을 하면서도 그 일에는 이미 토도 타카토라가 움직이고 있음을 잘 알고 있었다. 무슨 일에나 신중하게 '기회'를 보는 이에야스는 벌써 그 부역의 인원수까지 머릿속에 정하고 있는지도 몰랐다.

"일천 석에 한 사람……이라면 너무 과중할까?"

이에야스는 문득 혼다 마사노부에게 말한 일이 있었다.

나가야스는 너무 가볍다고 생각했다. 1,000석에 한 사람이라면 10만 석이라고 해도 고작 100명 아닌가. 그 뒤 그는 어느 자리에서는 이런 말도 했다.

"상인들이 사는 시가는 매립지에 세우게 될 것이므로 적당한 물길을 남겨두면 아무리 거리가 번성하더라도 물자수송에 편리합니다. 성의 축대에는 돌이 많이 소요되는데, 타이코가 오사카 성을 쌓았을 때처럼 이즈 부근에서 채석장을 찾아 제후들에게 운반하게 하면 어떨까요. 십만 석에 일백 명이라 해도 큰 돌 일천이백 개는 나르게 할 수 있습니다…… 크게 도움이 될 것이라 생각합니다……"

나가야스는 결코 같은 말을 두 번 되풀이하지 않았다. 상대가 반드시 귀를 기울일 말만을 살짝 입밖에 내고는 그뿐 그에 대해서는 전혀 구애받지 않았다. 구애받으면 참견이 되어 귀찮게 여기거나 미움을 받게 된다는 사실을 그는 잘 알고 있었다.

그는 거리를 순시하다가 타루야 도에몬樽屋藤右衛門이나 나라야 이치에몬奈良屋市右衛門과도 친해졌다. 쇼지 진에몬이 말한 세 진나이가 어떤 인물인지도 탐지했고, 에도 인구가 남자 100명에 여자가 50명도 못 되어 크게 차이가 난다는 사실도 알았다.

"정말 놀랐습니다. 일본 사람들이 모여들어 평화를 구가하며 가설한 다리라 해 새로운 큰 다리를 니혼바시日本橋라 부르고 있습니다."

이런 말을 하기도 하고, 중앙로에 이세야伊勢屋란 똑같은 이름의 점포가 열세 채나 된다고 하면서 웃기도 했다.

3

인간 중에는 시키는 일을 꼼꼼히 하는 관리형 인물과 무슨 일이나 시야를 넓히고 자신이 할 일을 이 세상의 일과 관련시켜서 생각하는 정치가형 인물이 있다. 따라서 관료는 정치가일 수 없고, 정치가 또한 뛰어난 관리자가 아닐 경우가 많다.

오쿠보 나가야스는 그 양면을 함께 지니고 태어났다. 아니, 지니고 태어났다기보다 광대 쥬베에十兵衛라 불리던 시절의 혜택받지 못한 오랜 방랑생활을 통해 이 양면의 활용이 점차 몸에 익숙해졌다고 하는 편이 옳을지 모른다. 그는 에도란 도시와 세이이타이쇼군과 자신의 재능 및 생활을 밀착시켜야만 한다는 것을 잘 알고 있었다.

어쨌든 에도는 앞으로 쿄토나 오사카에 비해 조금도 손색 없는 도시가 되어야 한다. 성이나 수로나 다리 따위 겉모습의 문제가 아니었다. 우선 에도에 사는 백성들이 이곳 백성임에 자부심을 느끼는 기풍을 심어주어야만 한다…… 이런 것까지 자연스럽게 생각하고 이를 어김없이 실행해나갈 만한 인물이었다.

"저는 요즘 백성들이 싸우는 것을 보면 그 자리에서 중재를 합니다. 그때는 우선 출생지를 묻습니다."

"허어, 무엇 때문에 출생지를 묻는가?"

"이 고장에서 태어난 자를 에도코江戶ッ子라 불러줍니다…… 그래, 그대는 쇼군 님 슬하에서 태어난 에도코란 말이지, 아, 그래서 성미가 급하군, 그러나 에도코라면 이야기가 통할 것이다, 이야기가 통하면 다음에는 뒤끝이 없어, 에도코는 말이지…… 이렇게 말하면 으쓱해져서 말을 잘 듣습니다."

"으음, 에도코라……"

"예. 쇼군 님이 계신 성 아래 사는 에도코란 말이다, 가슴에 응어리를 남겨두지 말고 탁 털어놓아라, 절대 응어리를 남기지 마라, 그런 비겁한 짓을 하면 에도코의 수치, 사람들의 웃음거리가 된다……"

이에야스는 그 말을 들었을 때 배를 끌어안고 웃었다.

"그대도 대단한 군사軍師로군."

"아닙니다. 쇼군 님 슬하에서 사는 에도코라면 그 정도의 자부심은 가져야 합니다. 따라서 부랑자나 난폭한 자들에게도 에도코다운 특성을 갖게 해야 합니다."

이런 말을 한 다음 이렇게도 말했다.

"그런데 에도에는 많은 도둑들이 흘러들어오는 것 같습니다. 차라리 이들 도둑은 도둑이, 부랑자는 부랑자가 다스리게 하는 방법을 생각하면 어떨까요. 유곽 포주 중에서 가장 질이 좋은 사나이를 뽑아 감독케 하는 것처럼 말입니다."

"그럼, 독으로 독을 제압하자는 말인가?"

"아니, 독을 약으로 바꾸도록 하는 것입니다. 그리고 뭐니뭐니 해도 지금 에도는 백화가 다퉈가며 싹트는 곳. 활기를 불어넣으려면 역시 킨자金座°, 긴자銀座° 등을 설치하여 금화, 은화를 주조하고……"

흘끗 이에야스의 얼굴을 쳐다보고는 이야기를 얼른 광산으로 옮기는 식이었다.

"그러자면 역시 금광 개발이 첫째입니다. 일본의 중앙은 니혼바시, 속히 도로 이치리즈카를 완성하고 사도에 갔으면 합니다."

4

이에야스는 때때로 나가야스에게 문득 경계심을 품는 일이 있었다. 나가야스의 눈은 너무 사방으로 뻗어나가고 있었다.

후시미에 있을 때 타이코는 젊었을 적 자랑을 많이 늘어놓았는데, 자랑할 때의 타이코는 나가야스와 같았다. 다만 다른 것이 있다면 그는 더이상 경박한 젊은이가 아니라 마흔을 넘긴 한창 분별력 있고 고생을 한 사람이라는 점이었다. 전쟁을 제외하고는 무슨 일을 시켜도 실수가 없었다. 더구나 일한 다음에는 성실성이 드러나 보이고는 했다.

이에야스는 문득 경계심을 품었다가는 곧 자신을 꾸짖었다.

'나는 아무래도 젊었을 때 오가 야시로大賀彌四郎에게 몹시 진절머리가 났던 모양이다……'

나가야스는 그 야시로에 대해서도 알고 있으며, 또 그와는 재능이나 고생의 정도가 하늘과 땅만큼 차이가 있었다. 야시로는 고작 다이묘가 되겠다는 야심으로 이에야스를 배신했으나 나가야스는 그토록 어리석지 않았다. 정성을 다해 이에야스를 섬기면 다이묘쯤은 될 수 있다……는 계산을 냉정하게 할 수 있는 사나이였다.

'부처님이 내 일을 도와주려고 보낸 자인지도 모른다……'

그런 생각을 하다가 다시 자신을 꾸짖었다.

'이 세상에 부처님이 보내지 않은 사람이 있을 리 없지 않은가.'

나가야스는 그러한 이에야스에게 여러 가지 정책을 제시해왔다. 도둑을 도둑에게 단속케 하라는 것도 그 중의 하나였다.

인간 가운데는 누군가가 따뜻한 마음으로 돌보지 않으면 가장 손쉬운 도둑질밖에 하지 못하는 자도 상당히 많다. 냉정하게 따지면 이 역시 난세의 가엾은 희생자. 도둑질을 책하기만 해서는 문제가 해결되지 않는다. 도둑질을 안 하더라도 살 수 있는 생업을 찾아 종사시켰을 때 비로소 도둑질이 '악'이라고 설득할 수 있다.

훨씬 후의 일이지만, 세 사람의 진나이 중에서 토비자와 진나이는 도둑의 우두머리 격이었다. 그는 후에 후루기 진나이古着甚內로 이름을 바꾸고 에도의 넝마장수 우두머리가 되었는데 그의 부하는 모두 도둑이었다.

이 도둑에게 관허의 낙인을 찍은 커다란 나무패를 단 자루를 짊어지게 하고, 두 사람씩 한 패로 만들어 여러 패에게—

"헌옷 삽니다, 헌 옷을……"

외치며 에도 시내를 돌아다니게 했다. 거리에서 수상한 자를 만나면 그들은 즉시 고발했다.

두 사람이 한 패이므로 한 사람이 눈감으려고 해도 그렇게 할 수 없다. 대개는 이들 두 사람으로 이루어진 패거리에 설득되어 진나이를 찾아오게 되고 올바른 일에 종사하게 된다.

진나이 쪽에서도 그렇게 모은 헌옷을 혼죠本所 한 구역을 배당받아 나란히 헌옷 상점을 차려놓고 파는 권리를 잃기가 아까워 엄하게 부하들을 단속했다. 도둑들에게 생업을 주고 그들에게 시내를 돌아보게 하고, 그와 동시에 인구가 늘어나 부족해지기 쉬운 의류를 활용케 한다는 1석一石 5조五鳥도, 6조六鳥도 되는 시책이었다. 근본은 도둑이면서도 좌우간 큼직한 감찰이 붙은 자루를 둘러메고 다니기 때문에 그들은 도둑질을 할 수 없었다.

이런 일을 끊임없이 생각해내는 재능의 샘을 오쿠보 나가야스는 가지고 있었다. 이에야스가 점점 더 그를 신뢰하고 높이 등용하는 것은 자연스러운 결과였다……

5

일단 평화로운 세상이 되고 보니 인간은 저마다 다른 꽃씨를 가지고 있었다. 전쟁터에서 창을 잘 쓰는 자, 말을 잘 달리는 자, 칼과 총포 솜씨가 뛰어난 자 등 저마다 특기를 가지고 있는 것과 같았다.

오쿠보 나가야스는 그러한 사람들 저마다가 지닌 꽃씨를 가려내는 놀라운 재능을 가지고 있었다.

성안에 있는 '시각을 알리는 종'이 너무 이에야스와 가까운 곳에 있다고 하여 코쿠쵸石町 근처로 옮기고, 에도에서 유일한 종각을 세우게 했다. 그런 다음一

"종각지기로는 이 사나이가 적합합니다."

전에 나라奈良의 코후쿠 사興福寺 동승으로 렌소蓮宗라는 종을 치던 겐시치源七를 추천한 것도 나가야스였고, 혼마치本町 타키야마 야지혜에瀧山彌次兵衛에게 도로 쪽 지붕을 기와로 잇게 한 것도 그였다.

코쿠쵸 종치기는 이렇게 해서 대대로 겐시치 자손이 세습하게 되었고, 처음으로 지붕의 반을 기와로 이은 타키야마 야지헤에의 집도 순식간에 에도의 명물이 되었다.

에도에서는 이보다 2년 전인 케이쵸 6년(1601) 11월 2일, 스루가駿河 거리의 유키노죠幸之丞 집에 불이 나서 큰 화재가 일어난 일이 있었다. 그래서 중심지에 초가집은 금지되고 판자로 지붕을 이으라는 명령이 내렸다. 그러나 아직 아무도 기와집까지는 생각하지 못했다. 이러한 때 타키야마가 바깥쪽 반을 기와지붕으로 하도록 했기 때문에 구경꾼이 밀려왔다.

"참 신기하고 특이하다."

타키야마 야지헤에의 별명 '반기와의 야지헤에' 란 이름은 순식간에 에도에 퍼졌으며, 이윽고 그 흉내를 내는 자가 꼬리를 물었다.

당시 계속 늘어가는 매립지 점포 분양에서 모퉁이 집만은 상인들이 아무도 사려 하지 않았다. 우선 도둑의 목표가 될 우려가 있고 다음에는 담이나 망루의 설치비용이 들었기 때문이다.

이 사실을 알고 나가야스는 즉시 히데타다에게 이렇게 권했다.

"어떻겠습니까, 모퉁이 집에 사는 사람에게는 특별히 접견을 허락한다고 하시면?"

"뭐, 접견을 허락해준다고……?"

"예, 그렇게만 되면 동네에서 훨씬 더 발언권이 강해질 것이므로 서로 다퉈가며 들어갈 겁니다. 모퉁이 집이 빈터로 있으면 아무래도 황량해 보입니다."

"그렇군. 그럼, 자네가 알아서 처리해보게."

반신반의하며 이렇게 말했다. 과연 두 달도 지나지 않아 모퉁이에는 훌륭한 건물로 메워졌다. 단지 메워졌을 뿐만 아니라, 그해 케이쵸 8년

(1603)에는 무료거나 고작해야 한두 냥의 권리금으로 양도되던 길가 집이 케이쵸 19년(1614)에는 그 100배인 100냥, 200냥으로 폭등했다. 에도의 번영이 얼마나 눈부신 것이었는지 이 하나만으로도 짐작할 수 있다. 나가야스의 놀라운 창의와 시기에 알맞은 선전이 참으로 훌륭하게 효과를 나타내며 활용되었다.

나가야스도 이런 일이 스스로 즐거워 견딜 수 없었다.

'도시의 건설, 국가의 건설은 내 성미에 맞는다……'

그러나 과연 그에게 인물 양성의 재능까지 있었을까……?

나가야스는 히데타다에게도 상당한 신임을 받아 아사쿠사淺草 강기슭 근처에 그의 주군이 될 이에야스의 여섯째아들 타다테루를 위해 큰 저택을 하사받았다……

6

타다테루는 그때까지 아직 어머니와 함께 슨푸 성에 있으면서 영지 카와나카지마에는 간 일이 없었다. 당연히 나가야스는 슨푸로 가서 열두 살 난 타다테루를 수행하여 일단 카이즈 성海津城에 들어가야만 할 처지였다.

이미 타다테루의 중신들은 신슈에 입주를 끝냈다. 타다테루의 거성이 될 카이즈 성에는 아버지가 다른 누이의 남편 하나이 토토우미노카미 요시나리가 들어가서 성주 대리 카로家老°로서 정사 일체를 돌보고 있었다. 그리고 데지로出城의 이이야마 성에는 미나가와 야마시로노카미 히로테루가 들어가고, 나가누마 성에는 야마다 하야토노쇼 카츠시게山田隼人正勝重, 마키노시마 성에는 마츠다이라 치쿠고노카미 노부나오松平筑後守信直가 들어가 있었다.

표면적으로는 이 네 사람에 오쿠보 나가야스를 포함시킨 다섯 사람의 합의로 모든 것을 처리하도록 되어 있었다. 그러나 솔직히 말해서 나가야스가 자세한 지시를 하지 않으면 어떤 일도 진행되지 못하는 형편이었다. 물론 그들로부터 계속 연락이 있고, 그때마다 나가야스는 그 독특한 창의로 성의 방비는 물론 새로운 전답의 개척, 도로, 교량, 제방의 문제에 이르기까지 마치 그것이 이에야스의 의사인 것처럼 지시하여 진행시키고 있었다.

타다테루는 이에야스의 여섯째아들. 머지않아 관직을 받으면 적어도 종4품 하의 사콘에 곤노쇼쇼左近衛權少將 정도는 될 것이고, 에도 성 근처에 저택을 하사받을 것이었다.

나가야스는 시시각각 면모를 일신하는 에도 거리를 보고 있는 동안, 그 일로 점점 이상한 꿈을 꾸기 시작했다.

'타다테루 님을 어떤 인물로 키워나갈 것인가……?'

오사카 성에서 같은 또래의 히데요리를 봤던 탓이리라. 아니 또 한 가지, 히데요리를 생각할 때마다 오사카 성에서 본 그 황금 훈도가 머릿속에 떠올라 견딜 수 없었다…… 히데요리가 타이코의 아들이라면 자신의 주군은 이에야스의 아들…… 더구나 금광 개발의 특기는 자기에게도 있다……는 생각 때문인지도 모른다.

'타다테루 님을 히데요리 님보다 월등한 분으로 만들어야지……'

반드시 그렇게 해야만 한다거나 오기로라도 해보이겠다고 할 만큼 절실한 문제는 아니었다. 어쩌면 막연한 경쟁심…… 누구나 느끼는 자연스러운 마음…… 그 정도의 것인지도 모른다. 그러나 동시에 이 집념으로부터 깨끗이 멀어질 수도 없었다.

타다테루의 약혼자는 이미 결정된 것이나 다름없었다. 오슈奧州 다테 마사무네의 장녀 고로하치히메五郎八姬(이로하히메いろ八姬)였다.

두 사람 사이에 혼담이 나온 것은 히데요시가 아직 살아 있던 케이쵸

3년(1598) 봄이었다. 중매인은 다인茶人 이마이 소쿤今井宗薫˙이었으나, 양쪽 아버지가 장래를 깊이 생각한 끝에 이루어졌음을 나가야스도 너무 잘 알고 있었다.

'그렇다면 다테 가문과도 아주 친밀해져야 한다……'

나가야스는 일부러 타다테루의 저택을 신바시新橋(토키와바시常盤橋) 안에 고르지 않고 오슈 가도와 가까운 아사쿠사에서 구했다.

나가야스를 신임하기 시작한 이에야스는 당연히 이를 허락하고, 나가야스는 그곳에 성의 공사에 방해가 되지 않도록 상인들의 협력을 얻어 거대한 전각을 지었다. 그리고 전각이 완성된 뒤 자신이 직접 슨푸로 타다테루를 맞으러 다녀왔다.

7

나가야스는 일단 타다테루를 새로운 아사쿠사 전각에 들여놓았다가 에도 성에서 부자를 대면시킨 다음 영지로 보낼 생각이었다.

이미 그 무렵에는 제후의 저택도 성 근처에 토지를 할당받아 착착 세워지고 있었다.

성 정문 앞에 있는 광대한 마에다 저택은 토시나가의 생모 호슌인芳春院을 위해 이미 케이쵸 5년(1600)에 세워졌다. 다이묘 저택으로는 에도에 처음 세워진 것이다. 이어 토도 타카토라와 다테 마사무네도 각각 대지의 하사를 청하고 있었다. 타카토라도 마사무네도 이렇게 함으로써 제후의 눈을 에도로 돌리려 했으며, 이로써 이에야스를 위해 선전을 하는 셈이었다.

계속 카토 키요마사, 쿠로다 나가마사, 나베시마 카츠시게鍋島勝重, 모리 테루모토毛利輝元, 시마즈 요시히사島津義久, 우에스기 카게카츠

등의 순서로 저택 위치는 결정되었다.

이미 최고 실력자인 이에야스가 세이이타이쇼군이 되었으므로 에도에 저택을 갖지 않으면 자기 가문의 존속을 기약하기 어려운 어쩔 수 없는 필요성에서였다. 어떤 의미에서 제후는 에도 성 개축에 부과된 경비로 각자 에도에 저택을 구입하는 것이라 할 수도 있었다.

더구나 이러한 저택은 일단 세우기 시작하면 저도 모르는 사이에 화려함을 경쟁하게 된다. 카토 키요마사까지 소토사쿠라다外櫻田의 벤케이보리弁慶堀와 쿠이치가이몬喰違い門(키오이사카紀尾井坂 부근) 안 두 군데 저택 중에서 쿠이치가이몬 안 저택에 다다미 1,000장이 깔리는 방을 만들었을 정도이니, 그 경쟁하는 모습은 가히 상상할 수 있다. 더구나 그 방을 상중하 3단으로 나누어 금박을, 난간의 살은 도라지 모양의 조각, 장지문 손잡이는 칠보로 만든 도라지 모양의 조각으로 장식했으며, 중방 역시 3단으로 만들어 호화롭기 그지없었다.

이들 제후의 저택이 생기기만 해도 에도는 이미 일본 제일의 면모를 갖추고 있었다…… 망치소리도 드높은 거리를 빠져나와, 아사쿠사 문 밖 오슈 가도에 면한 소나무 밭과 흰 모래밭 사이에 스미다가와隅田川를 등지고 세워진 전각 안으로 열두 살의 타다테루를 데리고 들어갔을 때는 나가야스도 흥분하지 않을 수 없었다. 슨푸에 있던 타다테루의 생모 챠아 부인도 따라와서 묵묵히 신축된 건물을 돌아보고 있었다. 그녀 역시 내심으로 적지 않게 놀라는 모양이었다.

세 사람이 대강 저택을 둘러보고 나서 타다테루의 거실로 돌아왔을 때 챠아 부인이 입을 열었다.

"중방에 새겨진 문장이 주군의 문장과 같은 것으로 보이는데, 주군도 알고 계신가요?"

나가야스는 그 질문을 기다리고 있었던 것처럼 대답했다.

"아닙니다, 제가 독단적으로 했습니다."

"그건 잘못이에요."

부인은 말했다.

"타츠치요 님은 주군의 아들이지만, 지금은 나가사와長澤의 마츠다이라를 계승한 시모우사下總 사쿠라佐倉 성주 마츠다이라 카즈사노스케 타다테루松平上總介忠輝…… 누구 허락으로 본가와 같은 접시꽃 문장을 사용했느냐고 꾸중을 들으면 어떻게 할 작정인가요?"

나가야스는 대답하지 않았다. 그는 어머니보다 상좌에 엄숙히 앉아 있는 타다테루의 늠름한 모습을 반한 듯이 보고 있었다.

'전에 뵈었을 때보다 한결 더 늠름해지셨어……'

어딘가 미덥지 못한 미남자인 히데요리의 모습에 비해 이 얼마나 믿음직하고 단정한 모습이란 말인가. 이런 아들 하나를 맡아놓고 아무 일도 할 수 없다면 나가야스란 인물은…… 그런 생각이 꼬리를 물고 뇌리에 떠오르고 있었다.

8

"나가야스 님, 무얼 보고 있나요? 나는 문장에 대해 물었어요."

챠아 부인에게 다시 재촉을 받고서야 나가야스는 비로소 부인에게 시선을 돌리고 고개를 숙였다.

"생모님, 그 일에 대하여 도련님에게 여쭤보려고 합니다. 도련님! 생모님 말씀처럼 이 전각에 그린 문장은 마츠다이라 가문의 문장이 아닙니다. 어째서일까요?"

"글쎄."

타다테루는 눈썹을 치켜올리고 생각하다 이윽고 생긋 미소지었다.

"이것은 타다테루가 지은 집이 아니야. 아버님이 지으시고 타다테루를 살게 했어. 그러므로 아버님의 문장이 좋아, 그렇지?"

무릎을 탁 치는 것과 동시에 나가야스의 얼굴은 대번 복숭아빛으로 물들었다.

"장하십니다! 생모님, 아셨습니까? 비록 마츠다이라 가문의 뒤를 이으셨다고 해도 도련님은 주군의 아드님이십니다. 이 나가야스는 도련님의 싯세이를 명령받았고 또한 주군의 쇼무 부교…… 이러한 제가 주군의 명을 받아 지어드리는 전각이므로, 이 문장은 추호도 불손하다는 꾸중을 받을 일이 못 됩니다. 도련님!"

"왜, 나가야스……"

"이 문장을 보실 때마다 주군의 은혜…… 아니, 아버님의 세상이 무궁하도록 기원하십시오."

"알았어. 효심을 잊지 말라는 것이지?"

"그렇습니다. 그리고 또 하나 도련님께 묻고 싶습니다."

강한 기질의 타다테루는 이런 문답이 마음에 드는 모양인지 무릎걸음으로 한발 앞으로 나앉았다.

"말해봐."

"주군이, 아니 나가야스라 생각하셔도 좋습니다. 일부러 저택을 성에서 멀리 떨어진 아사쿠사 문 밖에 세웠는데…… 어째서일까요?"

"으음, 경치가 좋아. 타다테루는 강을 좋아해…… 그러나 그뿐만의 의미는…… 아니야."

"그렇습니다."

"으음, 그렇다면 만약 문안 제후 중에서 수상한 행동을 하는 자가 있으면 아사쿠사 문을 닫아 적을 달아나지 못하게 하려는 뜻일까?"

이번에는 나가야스도 무릎을 치거나 맞장구를 치지 않았다. 그 이상의 기쁨을 얼굴에 나타내고 챠아 부인을 돌아보았다.

"생모님, 도련님의 그릇을 아셨습니까?"

"정말, 현명하군요."

"생모님이 상을 내려주시기 바랍니다."

"내가 상을…… 나가야스 님에게 말인가요?"

"아닙니다, 도련님에게 말씀입니다."

"글쎄, 무엇을 주면 좋을까요?"

"상으로, 생모님은 도련님과 함께 살려 하시지 말고 주군을 곁에서 평생 섬기시기를 부탁 드립니다."

"뭐……? 주군은 타다테루 님과 같이 살라는……"

"그렇지 않습니다. 사람의 일생에는 갖가지 잘못된 생각도 있고 모략과 중상도 있습니다. 그때 생모님이 주군 곁에 계시면 중상모략이 끼여들 여지가 없습니다. 이 점을 헤아리시고 아무쪼록 승낙…… 아니, 도련님에 대한 상으로 내려주십시오."

9

챠아 부인은 순간 눈살을 찌푸렸다.

나가야스가 말하는 뜻은 잘 알았으나, 이 '상'은 여자의 몸으로서 그리 쉽게 각오할 수 있는 일이 아니었다. 이미 서른다섯이 넘었고 일단 타다테루인 타츠치요와 같이 살라고 이에야스 측근에서 제외되어 있었다. 그러한 챠아 부인이 다시 측근으로 돌아가고 싶다고 한다면 이에야스를 비롯한 다른 소실들이 무어라 할 것인가……?

서른세 살을 넘은 사람은 자진해서 '잠자리 시중을 사양'하는 것이 당시의 관습이었다. 그 나이가 넘어서도 미련을 두고 곁에 있으면 당장 '색을 탐하는 여자'라거나 '염치없는 여자'라는 험담을 듣게 된다는 사실을 잘 알고 있었다.

더구나 챠아 부인은 전 남편이던 엔슈遠州 카나야무라金谷村의 대장 장이 딸을 데리고 들어왔는데, 이 딸은 이에야스가 소중히 키워 지금은 타다테루의 거성으로 결정된 카이즈 성의 성주 대리로 있는 하나이 토토우미노카미 요시나리에게 출가해 있었다.

하나이 요시나리는 원래 작은북을 치던 자로 렌가에 능숙한 자였다. 물론 이에야스가 그 인물을 인정하고 발탁하여 부인의 사위로 택했다. 따라서 그녀는 이미 타다테루의 생모로서 전 남편의 딸도 곁에 두고 유유히 노후생활을 즐길 수 있게 되어 있었다.

그런데도 나가야스는 부인에게 다시 한 번 자기 아들 타다테루를 위해 이에야스 곁으로 가라고 하고 있다.

"생모님, 제 말씀을 이해하지 못하시겠습니까? 도련님은 보시다시피 눈꼬리가 거꾸로 치솟은 늠름하고 용맹스러우신 분…… 그러므로 때로는 혈육에게서도 오해나 반감을 사시는 일이 없다고는 할 수 없습니다. 그럴 때 생모님이 주군 곁에 계시며 중재해주시면 그야말로 물고기가 물을 얻는 일…… 아니, 잠자코 곁에 계시기만 해도 모략 따위를 하는 못된 인간이 나올 수 없는 것은 당연한 이치입니다. 그것은 곧 군비를 튼튼히 하는 일, 조심에 또 조심을 하는 일입니다."

"잘 알고 있어요. 하지만……"

부인은 잊어버리고 있던 잠자리의 일을 떠올린 듯 얼굴을 붉히고 말했다. 나가야스는 다시 가볍게 부인의 말을 가로막았다.

"아무 말씀도 하지 마십시오. 생모님의 마음은 오랜 세월을 산 나가야스가 잘 알고 있습니다. 결코 질투나 사사로운 욕심으로 말씀 드리는 것이 아닙니다. 주군에 대해 감사하는 마음으로…… 이렇게 말씀 드리는 겁니다."

"아니, 감사하는 마음으로……?"

"그렇습니다. 도련님은 그렇다 해도 하나이 님 마님까지 보살펴주신 주군의 은혜, 너무 행복해 오히려 신불의 가호가 두렵다, 측근에 있으면서 시녀들을 감독하며 조금이나마 은혜를 갚았으면…… 하고."

"아니, 시녀들을 감독……?"

"예. 생모님에게 은혜를 갚으실 뜻이 있다면 반드시 주군께서도 받아들이실 것입니다."

"과연 그렇군요. 내가 잘못 생각했는지도……"

"이대로 늙으시면 도리어 은혜를 망각하는 것…… 그런 점을 고려하시기 바랍니다."

"정말 그럴지도 몰라요……"

드디어 챠아 부인은 나가야스에게 설득당했다.

10

원래 타다테루의 강한 기질은 아버지 이에야스보다 어머니 챠아 부인을 더 많이 닮은 것 같았다. 농부이고 대장장이인 전 남편 하치고로八五郞가 부인의 미모에 반했던 다이칸에게 살해되었을 때 이에야스에게 호소해 그 복수를 했을 정도의 부인이었다.

지금은 조용하게 다이묘의 어머니가 되어 있으나 천성적인 기질은 결코 사라지지 않았다……고 생각한 나가야스가 교묘히 부채질해보았는데 그 시도는 들어맞았다.

"그렇군요, 이 일은 내 각오에 달려 있어요."

이렇게 말했을 때 챠아 부인의 눈은 반짝반짝 빛나고 있었다. 아마도 그녀는 이제 끝났다고 체념하고 있던 자기 일생에서 다시 새로운 희망을 찾아낸 것이 틀림없었다.

'내가 측근에 있어도 총애받을 생각만 하지 않는다면 섬길 길은 얼

마든지 있다……'

젊은 소실들이 몇 사람이 있건 그들은 모두 젊기 때문에 생각이 미치지 못하는 점이 있을 터였다.

"주군도 이제 쇼군이 되셨어요. 그래, 여자의 마음 따위는 내던지고 남자로서 섬기겠다…… 이런 각오만 한다면."

"바로 그것입니다!"

나가야스는 마음속의 기쁨을 감추지 못하고 몸을 내밀었다.

"다른 분들의 생모님은 깨닫지 못했을 일. 코쇼나 측근이 아무리 많아도 역시 여자가 아니면 깨닫지 못하는 일이 반드시 있을 것…… 그런 점까지 깨닫다니 도련님의 생모는 역시 다르다……는 감탄은 그대로 도련님에 대한 애정으로 이어질 것입니다."

"해보겠어요…… 아니, 내가 그 뜻을 주군에게 전하겠어요."

"감사합니다. 이렇게…… 나가야스는 진심으로 감사 드립니다. 생모님께서 그렇게 하시면 이 나가야스는 즉시 도련님의 혼사를 말씀 드리겠습니다."

"하지만 그 일은 너무 서두르지 않도록 하세요."

"알고 있습니다. 중신들이 제안한…… 중요한 일이 세 가지 있습니다. 우선 이나즈미稻積, 젠코 사善光寺, 단바지마丹波島, 야시로屋代를 연결하는 각 역참에 파발제도를 만들어 영지내 교통에 편의를 도모할 것. 다음에는 스소바나가와裾花川에 토목 공사를 일으켜 백성들을 수해로부터 보호할 것. 또 사이가와犀川에는 산죠三條의 물을 끌어들여 농부를 위해 황무지를 전답으로 바꿀 것…… 이러한 시책을 먼저 말씀 드리고 기회를 보아 살짝 말씀 드리려고 합니다."

"그래요, 그것이 중요한 일…… 주군은 훌륭한 치적을 올리지 않으면 결코 자기 자식이라고 해서 용서하실 분이 아니에요."

"안심하십시오. 그 점은 이 나가야스가……"

여기서 나가야스는 자신의 가슴을 탁 쳤다.

"결코 사돈이신 다테 님의 비웃음을 살 일은 하지 않겠습니다. 이처럼 훌륭하신 도련님을 모시고 있으면서도 그런 일을 하시게 하면 저희들의 면목이 없습니다."

"그럼 도련님이 주군에게 문안인사를 갈 때 나도 따라갈까요?"

부인의 말을 듣고 나가야스는 다시 한 번 마음속으로 히데요리와 타다테루를 비교해보았다……

11

나가야스는 지금까지 자주 '운명'에 대해 생각해보았다. 길흉은 언제나 꼰 새끼처럼 교대로 인생을 찾아온다…… 이렇게 생각은 하면서도 자기만은 특별하다는 느낌이 들었다.

'아무래도 불행의 파도가 더 많은 것 같다……'

그런데 최근에 이르러 완전히 뒤바뀌었다. 어쩌면 사람의 생애에 찾아오는 길흉화복吉凶禍福은 항상 반반이면서도 찾아오는 시기에 차이가 있는지도 몰랐다. 전반생에 떼지어 불행이 닥쳤기 때문에 이제 그의 생애에는 불행이 끊어진 것인지도 모른다……고.

요즘 그는 만나는 일마다 행운이었으며, 모든 일이 마음먹은 대로 되었다. 그가 타다테루와 챠아 부인을 수행하여 이에야스 앞에 나갔을 때도 그랬다. 마침 무슨 지시를 받기 위해 히데타다를 비롯한 타다테루의 형들이 모두 얼굴을 보이고 있었다. 이런 일은 아마 정초가 아니면 좀처럼 있기 어려웠다.

히데타다와 그의 이복형 유키 히데야스, 그리고 동생 시모츠케노카미 타다요시가 이에야스와 같이 일제히 타다테루를 돌아보고 저마다

다정하게 말을 걸었다.

"오, 타츠치요로군, 많이 자랐어."

나중에 알았지만, 그들은 타다요시와 타다테루의 사이에 있는 이에야스의 다섯째아들로 미토水戸에 봉해진 노부요시의 병세가 위독하여 그 일 때문에 모여 있었다. 그러나 그때는 나가야스도 타다테루도 아직 그 사실을 알지 못했다.

'형님 세 분을 한자리에서 만나게 되다니 타다테루에게는 아주 잘된 일이다……'

타다테루 일행이 나타나고 곧 세 사람은 물러갔지만, 나가야스는 흐뭇한 기분이었다.

"좋아, 타다테루에게 할말이 있어. 잠시 그대는 물러가 있어라."

이에야스는 나가야스가 아사쿠사 전각에 대해, 카와나카지마에서 수행하고 있는 일정 등에 대해 보고한 뒤 물러가 있게 했다.

'이것도 나쁜 일은 아니다……'

나가야스는 생각했다. 부자가 마주앉아 무언가 훈계를 할 생각일 테지. 그렇게 되면 챠아 부인도 용건을 말하기 쉬울 것이다……

나가야스는 타다테루와 챠아 부인에게 살짝 눈짓을 하고 물러났다.

나가야스가 물러간 뒤 이에야스의 얼굴이 흐려졌다. 아무래도 처음부터 기분이 좋지 않았던 듯.

"챠아, 그대는 어떻게 생각하나?"

"예……? 어떻게 생각하느냐……고 하시면?"

"타츠치요가 몇 살이 되었다고 생각하나?"

"예…… 예."

"더이상 어린아이가 아니다, 언제까지나 어머니가 옆에 붙어 있을 셈이냐고 물었어."

챠아 부인은 그 말에 도리어 안도했다.

"주군은 제가 도련님을 어린아이로 생각하는 줄만 아시고…… 호호호…… 저는 도련님을 수행하기 위해 온 것이 아닙니다."

"그럼 무슨 일로 왔나?"

"예, 도련님이 아니라, 제 자신의 일로 말씀 드릴 일이 있어서 왔습니다."

그때야 이에야스는 다섯째아들 노부요시의 병에 대해 말했다.

"다른 용건이라면 나중에 하도록. 미토의 아이가 앓고 있어. 그것도 가벼운 병이 아니야."

12

챠아 부인은 섬뜩했다.

미토의 노부요시를 낳은 생모는 지금 시모야마下山 님이라 불리는 오츠마於津摩 부인이었다. 생모에게 타케다 가문의 피가 흐르고 있기 때문에 노부요시는 타케다란 성을 쓰고 있으나 어렸을 적부터 소중하게 다루어졌다. 그래서 챠아 부인은 자기 자식인 타츠치요와 비교하며 선망을 느껴왔다.

'그 노부요시가 중병……'

그렇다고 지금 이대로 물러가면 좋은 기회를 놓친다. 일단 타다테루와 같이 신슈로 내려갔다가 다시 에도로 나온다면, 시골생활을 참지 못해서라고 해석하거나 집안 분위기를 흐려놓는다 여길지도 몰랐다.

"어머, 뜻밖의……"

일단 결심하면 부인에게도 결코 물러서지 않는 고집이 있었다.

"그 말씀을 듣고는 더욱 이 챠아의 희망을 말씀 드리지 않을 수 없습니다. 제발 들어주십시오."

"뭐, 그 말을 듣고 더욱이라……?"

"예."

"좋아, 간단히 말하도록. 혹시 이번 영지 이봉移封에 불만이라도 있다는 건가?"

"당치도 않습니다! 어찌 그런 마음이 있겠어요. 주군의 마음을 생각하며 밤낮 없이 그 은혜에 눈물을 흘리고 있습니다."

"흥."

이에야스는 외면했다. 이 거센 여자의 말에는 늘 감정의 과장이 뒤따랐다. 자기 말이 한층 더 설득력을 갖게 하려는 의지 때문이었다.

"주군, 이 챠아는 불초한 탓으로 지금까지도 주군의 깊은 고심을 깨닫지 못했습니다."

"그래, 몰랐다면 그것으로 됐어. 원래 여자와 남자는 다른 거야."

"아닙니다. 깨달은 뒤에는 그럴 수 없습니다. 이제 주군은 모든 일을 다 이루시고 이 세상에서도 극락세계에 계신 분……이라고 단순하게 믿고 있었습니다마는, 가만히 생각해보니 뭇 정치를 일신—新하실 지금이 몇 번째인가의 귀중한 새 출발……이라고 깨달았습니다."

이에야스는 다시 흘끗 부인에게 눈길을 던졌으나 잠자코 있었다. 일단 말을 꺼내면 온갖 이론으로 자신의 뜻을 관철시키는 것이 이 여자의 버릇이었다.

"그런데 챠아는 어떠했을까요. 도련님 옆에 있으면서 딸에게도 섬김을 받고 이 나이에 벌써 아무 부족함 없는 평안한 은퇴생활…… 이는 부처님의 벌을 받을 일임을 아사쿠사 전각을 보았을 때 깨달았습니다. 주군! 지금까지 챠아가 저지른 불찰…… 용서해주십시오."

이번에는 이에야스도 멍하니 입을 벌리고 부인을 바라보았다.

챠아 부인이 희망……이라고 말할 때는 틀림없이 무언가 조를 일이 있다. 아마 친척의 등용을…… 이렇게 생각하고 있었다. 그런데 이번에는 이에야스의 생각과는 다른 모양이었다.

"허어, 그럼 다시 한 번 이에야스의 측근에 있고 싶다는 것이군."

"그렇습니다. 이대로 손을 놓고 늙는다면 그야말로 신불의……"

"잠깐, 그렇게 생각했다면 머리를 깎고 오로지 신불을 섬긴다 해도 이 이에야스는 말리지 않겠어."

이에야스는 짓궂었다. 일부러 싸늘하게 쏘아붙인 다음 상기된 챠아 부인에게 얼굴을 가까이 가져갔다.

13

듣기에 따라서는 여자에 대해 이처럼 가혹한 모욕은 없었다.

측근에 돌아오고 싶다는 소실에게 머리를 깎더라도 상관하지 않겠다……니. 물론 그 빈정거림을 깨닫지 못할 챠아 부인이 아니었다. 아니, 이에야스에게 남자가 그리워 측근에 돌아오겠느냐는 질문을 받았을 때의 대답까지 가슴속에 준비해온 부인이었다.

"주군의 말씀이오나 그러면 챠아의 마음이 편치 않습니다."

"신불은 말도 않고 손을 뻗어 위로도 해주지 않으니까 말이지."

"아닙니다. 신불은 저 같은 것이 섬기지 않더라도 여러 부처, 여러 보살님들이 많이 계십니다."

"그러면 이에야스의 측근에는 아직 보살의 손이 모자란다는 건가?"

"주군! 저도 역시 여자입니다."

"그러니까 타다테루를 낳았지."

"주군의 측근에 있는 젊은 여자들에게 아무 감정도 느끼지 않는다고는 하지 않겠습니다. 그러나 그런 감정만으로 이처럼 소원을 말씀 드릴 만큼 앞뒤를 분간 못하는 나이는 아닙니다."

"으음."

"제발 주군이 명하시어 이 머리를 깎도록 해주십시오. 그리고 곧 노부요시 님 간호에 저를 보내주십시오! 챠아는 주군에게 심로가 계신 한 이 몸을 편안하게 하고 싶지 않습니다. 아니, 그러면 부처님 벌을 면할 수 없습니다…… 이렇게 깨닫고 말씀 드리러 왔습니다."

이에야스는 자기 귀를 의심했다.

'거짓말이 아닌 것 같다……'

교묘하게 둘러대어 소박맞은 규방에 접근하려는 수단…… 이렇게 생각하고 있었으나 아무래도 예상이 빗나간 모양이었다.

이에야스는 마음속에서 부인의 머리를 깎아보았다. 그러자 거센 기질의, 그러나 작은 몸집의 여승이 소녀와 같은 싱싱한 눈으로 자기를 올려다보고 있었다.

'이 여자는 아직도 이렇게 젊었던 것일까……?'

그런데도 규방에서 내보낸 지 벌써 몇 년이나 된다. 문득 너무 잔인했다는 기분이 들었다.

"흐음, 그럼 머리를 깎고 내 측근에 있고 싶다는 건가?"

"곧 노부요시 님의 병간호……에 보내달라고 청하는 것입니다."

"그 일이라면 할 필요 없어. 아무래도 노부요시는 못 살 것 같아."

"옛? 그……그것이 정말입니까?"

그녀는 거의 자기를 잊은 표정으로 몸을 내밀었다. 거센 여자로서의 결점도 있었으나, 남을 걱정하는 이 여자의 마음에는 자기와 남의 차이를 초월한 면이 늘 있었다. 남을 잘 도와준다고도 할 수 있었고, 무슨 일에나 참견하고 나서는 점도 없지 않았다. 그러나 밑바닥에는 유달리 강한 모성 본능도 있는 것 같았다.

"노부요시의 일은 내버려두도록 해. 그러나 삭발한 심정으로 내전의 일을 돌볼 생각이라면 돌아와서 일하도록 해."

"그럼…… 그럼, 이미 노부요시 님은 회복될 가망이……"

이에야스는 일부러 그 말에는 대답을 않고 타다테루를 향했다.

"타츠치요는 형의 몫까지 일해야 한다. 그리고 어머니는 다시 이 성으로 불러들이겠다. 이제는 너도 어른이야. 다시 한 번 히데타다에게 인사하고 오늘은 물러가라."

타다테루는 당당하게 가슴을 펴고 머리를 끄덕였다.

14

인간의 감정에는 다루기 힘든 비뚤어진 데가 있다. 처음에 이에야스는 챠아 부인을 꾸짖어서 쫓아보낼 작정이었다.

'이 여자가 무엇을 바라고 왔을까?'

손바닥을 들여다보듯 뻔하다…… 이렇게 생각하고 있었으나 착각이라는 것을 깨달았을 때 갑자기 챠아가 가엾어졌다. 아니, 단지 가엾게 여겨졌을 뿐만 아니라, 이대로 멀리하여 썩이기에는 아까운 꽃인 듯한 느낌이 들기도 했다.

평소에는 남보다 갑절이나 거세면서도 잠자리에서는 마치 사람이 달라진 것처럼 고분고분하게 순종하고는 했다. 이에야스가 가장 싫어하는 것은 평소에는 순종하다가도 잠자리에서는 남자를 정복한 듯이 행동하는 여자였다. 그 점에서 챠아에 대한 기억은 정반대였다. 몹시 수줍어하고 다소곳해 이상하게도 신선감을 느끼게 하는 여자였다.

이에야스는 타다테루에게 상으로 칼 한 벌을 내리며 말했다.

"알겠느냐, 작은북 따위에만 흥미를 느끼지 말고 백성들로부터 진정으로 존경받는 자가 되어야 한다. 백성들이 기꺼이 심복하느냐의 여부는 평소의 네 마음가짐에 달렸다. 존경을 받지 못하면 네가 사랑해주지 않았던 탓이 아닌가 하고 먼저 자신을 반성해보아라."

이렇게 훈계한 다음 나가야스를 불러 말했다.

"타츠치요는 성격도 용모도 사부로三郞(적자 노부야스)와 똑같아. 이런 사람은 활달하고 성급한 것이 장점이면서도 결점이야. 결코 응석으로 제 고집대로 키워서는 안 돼."

타다테루 앞에서 이렇게 말하고 두 사람을 물러가게 했다. 그리고 오랜만에 챠아 부인과 단둘이 마주앉았는데, 이에야스는 문갑 속에 잠시 넣어두고 잊고 있던 사랑스런 장난감을 발견한 듯 야릇한 심정이 되어 새삼 아래위를 훑어보았다. 그 시선 앞에서 챠아 부인은 목 언저리부터 귓불까지 빨갛게 물들어 있었다.

"챠아……"

"예…… 예."

"그대는 이미 젊은 여자들에게 질투를 느낄 나이가 아니라 했지?"

"예…… 이미 더 이상 원이 없을 만큼 총애를 받았던 몸입니다."

"뭐, 더 이상 원이 없을 만큼……?"

"예. 앞으로는 오로지 은혜에 보답하는 것만으로도 충분합니다."

"거짓말!"

"예?"

"인간이 어찌 그렇게 쉽게 성자聖者가 될 수 있다는 말인가. 그런 뻔뻔스런 거짓말을 한다 해도 그대의 몸은 비명을 지르며 빨개지고 또 굳어 있어."

"어머…… 주군도……"

"무사는 말이지, 그 생애가 인내심의 싸움이야. 무서울 때는 무섭지 않다고 자신을 꾸짖고 아플 때는 눈을 크게 뜨며 웃어 보여. 푸념을 늘어놓거나 눈물을 흘리거나 하면 벌써 그때는 누군가에게 목덜미를 물어뜯기고 있는 거야. 난세의 사나이들은 모두 그와 같은 인내의 무거운 짐을 지고 살아남아 있는 거야. 그러니 여자라도 무언가 한 가지에 대해서는 인내할 수 있어야 해."

"그 점이라면 결코 다시는……"

"흥, 그처럼 굳어지고 빨개지면 인내는커녕 남을 원망하는 마음이 들 거야. 그대에게는 아직도 색정이 너무 많이 남아 있어."

15

챠아 부인은 원망스러운 듯 흘끗 이에야스를 쳐다보고 나서 전보다도 더 굳어지며 고개를 떨구었다.

이에야스는 약간 당황했다.

'도대체 무엇 때문에 이처럼 무자비한 말을 꺼냈을까……'

잠자코 측근에 두면 그런 성격이니 내전의 일을 잘 단속해나가리라…… 이렇게 생각하고 남아도 좋다고 한 이상 될 수 있는 한 상처를 건드리지 않는 것이 당연한 위로이기도 했다. 그런데도 일부러 상대의 상처에 손톱을 세워 어떻게 하겠다는 것인가……?

이에야스는 더욱 당황했다. 비로소 자기가 무엇을 원하고 무엇을 바라며 이런 잔인한 말을 했는지 깨달았기 때문이다.

'나는 일부러 챠아의 마음에 불을 지르려는 것인지도……'

그러고 보니 빨개져서 고개를 떨군 챠아의 모습은 더욱더 젊어 보였고, 안타까울 만큼 애처롭게 보였다.

이에야스는 스스로도 어이가 없어 혀를 찼다.

"정말 못 말릴 사람이군, 챠아!"

그녀는 움찔하고 고개를 들었다. 무언가 꾸중을 들으리라 생각했는지도 모른다.

"예…… 예."

"그대의 거짓말은 이대로 용서할 수 없어."

"아니, 그런 일은…… 반드시 삼가겠습니다."

"꾸짖는 게 아니야."

"예?"

"눈치가 없는 여자로군. 그대가 남을 원망하게 할 수는 없어."

"예."

"따라서 한 달에 한두 번은 전처럼 함께 밤을 보내겠어."

"어머……"

"정도가 지나치면 안 돼. 그 점은 새삼스레 말할 필요도 없겠지?"

"예…… 예."

챠아 부인은 순간 망연해졌다가 이번에는 불덩어리처럼 되어 고개를 떨구었다. 고개를 떨구었을 때는 그 꺾진 여자의 무릎에 뚝뚝 눈물이 떨어지고 있었다.

이에야스는 당황하여 시선을 돌렸다.

여자의 집념과 미련을 본능적으로 싫어하는 습관은 결코 이에야스만의 버릇이 아니었다. 노부나가 같은 사람은 극단적으로 이를 싫어해 그것이 승려와의 남색으로 향하게 한 원인의 전부라고 해도 좋았다. 그러나 오늘의 이에야스는 비로소 깨끗한 여자를 본 느낌이었다.

'이 여자는 정말 내게 접근하지 않겠다는 각오였다……'

그러므로 지금까지처럼 잠자리를 같이하겠다는 말을 듣고 믿을 수 없는 반응을 보였다……

"하하하……"

이에야스는 웃었다.

"좋아, 지난 일은 잊도록 해. 에도에 쇼군의 바쿠후가 생겼어. 그대도 다시 새로이 싹이 텄다고 생각하는 것이 좋아."

"예…… 예."

"그러나 그 마음속에는 인내가 첫째…… 이것만은 잊지 않아야 해. 아직 남자도 여자도 인내를 버려도 될 만한 평화로운 세상이 아니야. 인내에 인내를 거듭해 그러한 세상을 쌓아올려야만 할 때야."

"마음에 새기겠습니다."

"좋아, 오늘밤은 잠자리를 같이하겠어."

말하고 나서 이에야스는 얼른 이마의 땀을 닦았다.

봄빛 가을빛

1

이에야스가 에도로 내려간 뒤 오사카 성 공기는 또다시 다른 양상을 띠기 시작했다.

지금까지 거의 얼굴을 보이지 않던 다이묘가 때때로 얼굴을 내밀기 시작했다. 계절에 어울리는 물건을 바치면서, 요즘에 부쩍 눈에 띄게 성장하기 시작한 히데요리를 찾아뵈러 왔다.

카타기리 카츠모토가 걱정하는 것은 그런 사람들을 두 유형으로 구별할 수 있었기 때문이다.

그 하나는 말할 것도 없이 히데요리가 귀여워서 얼굴을 보지 않고는 못 견디는, 타이코가 키운 다이묘들이었다. 아사노 요시나가는 물론이고 카토 키요마사, 쿠로다 나가마사, 후쿠시마 마사노리福島正則도 그런 사람들이었다. 그들은 이에야스가 후시미에 있을 때는 무언가 주저하는 눈치를 보였다. 그러나 이에야스가 에도로 떠난 뒤 곧, 아직 가는 도중인데도 느긋해진 표정으로 얼굴을 내밀었다.

다른 하나는 카츠모토의 눈으로도 확실하게 알 수 있는 반反도쿠가

와 색채를 띤 사람들이었다. 이들은 판에 박은 듯이 히데요리 앞에서
타이코의 덕을 칭송하고 생전의 세상을 그리워했다. 그들 중에는 이런
말을 하는 사람들도 있었다.

"열여섯이 되시면 천하를 도련님에게 돌려줄 약속이었지요."

"바쿠후라니 당치도 않습니다."

정치에 대해서는 아무것도 모르는 히데요리에게, 카츠모토조차 이
해할 수 없는 그럴 듯한 이론을 늘어놓고 돌아가기도 했다.

그 사람들의 말로는, 이에야스가 세이이타이쇼군이 되어 시행하는
바쿠후 정치 형태를 생각한 것은 천하를 히데요리에게 돌려주지 않으
려는 음모라고 했다. 칸파쿠關白°나 섭정에 의한 천자 친정 체제에서는
천하를 히데요리에게 넘겨주지 않을 수 없는 의리상의 문제가 남는
다…… 그러므로 정치 체제가 바뀌었다, 지금은 타이코와 약속했을 때
의 세상이 아니다, 모든 무사는 조정의 백성인 동시에 쇼군 가문의 부
하이며 가신이다, 세상이 바뀌었으므로 이제는 천하를 돌려줄 필요는
없다…… 이렇게 평계대기 위한 속 검은 획책이라고 했다.

카츠모토로서도 전혀 그렇지 않다고는 단언할 수 없었다. 그러나 실
제로는 서로가 다 같이 동격인 조정의 백성…… 한 임금 밑의 만백성일
뿐이라면 백성끼리의 싸움을 다스릴 수 없다는 사실은 백 몇 십 년의
난세가 증명하고도 남았다. 노부나가나 타이코가 실력으로 제압해온
것을 이에야스가 확실하게 제도화시킨 데 지나지 않았다.

그렇지 않으면 천자에게 반역하는 반란죄가 아닌 이상 케비이시檢非
違使°와 같은 관리가 아니면 단속할 수 없게 된다. 그러나 그러한 자들
에게 굴복할 만큼 지금의 군웅群雄이 무력하지 않다는 사실은 카츠모
토 역시 잘 알고 있었다.

히데요리에게 접근하는 이 두 유형을 또 다른 각도에서 보면, 전자는
모두 '키타노만도코로北の政所 파', 후자인 불평분자는 '요도 부인 파'

124

가 되었다. 머지않아 히데요리 지지자들도 두 파로 분열되지 않으리라는 보장이 없었다.

'그렇게 되면 오사카에는 어떤 바람이 불어닥칠 것인가……'

어쨌든 오사카의 큰 실권자로서 그러한 일에서 생기는 잘잘못을 추궁받게 되는 것은 카츠모토 자신…… 이렇게 생각하는 그의 하루하루는 숨막힐 것만 같은 나날이었다.

2

대체로 세키가하라 전투에서 이에야스 편을 들고 중용된 사람들은 히데요시의 정실인 키타노만도코로, 지금의 코다이인高臺院을 따르는 사람들. 동시에 히데요리에게도 옛 주인의 유아로서 깊은 애정을 바치는 사람들이었다. 이 사람들은 이미 바쿠후 정치가 일본 통일을 위해 불가피함을 이해하고 있었다. 따라서 그들이 히데요리를 찾아오는 것은 카츠모토로서도 반가운 일이었다.

그러나 다른 한 파, 타이코 치세에 대해 묘하게도 감상을 버리지 못하는 사람들은 요도 부인이나 히데요리의 마음을 동요시킬 뿐만 아니라, 코다이인을 따르는 사람들에게 이상한 반감을 조성하는 결과가 될 것 같아 여간 마음에 걸리지 않았다.

"터놓고 말할 수는 없습니다마는, 카토, 후쿠시마, 쿠로다, 호소카와細川 등이 자기 가문을 생각하고 에도에 추파를 던지는 모양입니다. 키타노만도코로 님도 벌써 그런 생각을 하고 계신지 모릅니다."

종종 이런 말들을 하고는 했다. 카츠모토로서는 에도와 오사카 사이에 어려운 문제가 생길 경우, 코다이인과 그곳에 출입하고 있는 여러 장수들에게 주선을 부탁할 작정이었다. 그런데 두 파로 갈라진다면 이러지도 저러지도 못하게 될 터. 더구나 최근에는 요도 부인의 언동에도 분명히 그러한 기색이 나타나고 있었다.

카츠모토는 결코 여성 심리의 섬세한 움직임까지 읽을 수 있는 사람은 아니었다. 그런데 그날 와쿠 무네토모가 찾아와 쿄토의 코다이인에게 쇼시다이所司代° 이타쿠라 카츠시게板倉勝重가 이따금 문안을 하는 등 출입하는 듯하다는 말을 하고 돌아간 뒤, 요도 부인이 카츠모토에게 뜻밖의 말을 했다.

"이치노카미 님, 어떻게 생각하나요?"

그때도 요도 부인은 분명히 술에 취해 있었다. 사람을 물리치고 술잔을 카츠모토에게 건네면서 목소리를 떨구었을 때, 그는 몹시 당황하며 허둥거렸다. 평소의 요도 부인이 아니라, 그녀가 곧잘 오노 하루나가에게만 보이는 요염한 교태를 전신에 풍기고 있었기 때문이다.

"어떻게 생각하다니요?"

"나이다이진……이 아니라 지금은 쇼군이군. 쇼군과 키타노만도코로는 어느 정도의 사이인가요?"

카츠모토는 이 말을 어떻게 해석해야 할지 몰라 눈을 끔벅이며 요도 부인을 쳐다보았다.

"단지 쇼군에게 기대는 것이 자신에게 이익이라 생각하고 접근하는 것인지, 아니면 좀더 깊은 사이인지……"

"그렇다면 저 코다이인 님이……"

"호호호…… 그렇게 놀랄 건 없어요. 키타노만도코로도 여자예요. 아직 시들었다고도 할 수 없어요."

"그런 터무니없는 일이…… 설마 그런 일이야 있겠습니까?"

"하지만 여자란 남자의 유혹을 받으면 약해지는 거예요. 나도 한때는 쇼군에게……"

말하려다 말고 요도 부인은 당황하며 카츠모토에게 잔을 권했다.

카츠모토는 망연해 있었다. 그런 소문도 전혀 없지는 않았다. 이에 야스가 이 성의 둘째 성에 있을 때 요도 부인이 찾아가 단둘이 한 방에 잠시 있었다는……

'그런 말을 요도 부인의 입으로 직접 들을 줄이야……'

3

요도 부인은 다시 요염하게 웃었다. 보기에 따라서는 꾸민 이야기로 카츠모토를 놀리고 있는 것 같기도 했고 겸연쩍음을 숨기려는 것 같기도 했다.

"요즘 나는 귀에 거슬리는 소문을 들었어요."

"어……어떤 소문입니까?"

"실은 쇼군이 히데요리 님 아버지로서 나와 함께 살 생각이었다는 거예요."

"그럴 리가……"

"글쎄, 내 말을 들어보세요. 듣고 나서 웃고 잊어버리세요."

"예……"

"하지만 그렇지가 않았지요…… 나는 젊은 오카메인가 오만인가 하는 여자들 탓이라 생각하며 쇼군을 비웃고 있었어요. 하지만 그렇지가 않았다는 거예요."

"……"

"자, 술잔을 비우세요…… 그것이 실은 키타노만도코로의 농간이었다는 거예요."

"그런 소문을 누가?"

"호호호…… 그게 누구이건 상관없지 않아요?"

"설마 조금 전에 나고야 산자인가 하는 자가……"

"누구이건 상관없다고 했어요. 세상에는 그런 소문도 있다고 한 귀로 듣고 한 귀로 흘려버리면 되는 거예요. 어쨌든 그 때문에 쇼군은 마음이 변했다. 그래서 나에게 미안한 마음도 있고 하여 세키가하라 전투가 끝나자 곧 하루나가를 나에게 보냈다…… 호호호…… 그렇게 생각하면 그런 것도 같아요. 남녀간의 일이란 묘한 거예요."

"생모님, 그 사나이는 이런 꾸밈말로 술좌석을 장식하는 광대, 즉흥적인 재담입니다."

"그럼, 키타노만도코로에게는 결코 그러한 일이 없다고 믿고 있다는 말인가요?"

"말씀할 나위도……"

말하려다 카츠모토는 얼른 입을 다물었다. 단순한 농담이 아니었던지, 갑자기 경련이 일며 요도 부인의 표정이 일그러졌다.

'이 여자는 사실이라 믿고 이야기하고 있다……'

이에야스와 키타노만도코로 사이에까지 정사가 있다고 억측할 정도라면 요도 부인이 말한 이야기는 사실일지도 모른다.

카츠모토는 등골이 오싹하여 얼른 잔을 비우고 물러나려 했다.

"이치노카미."

"예…… 예."

"쇼시다이가 뻔질나게 키타노만도코로에게 출입한다면 나나 도련님이 의지할 데는 그대뿐이에요. 우리들 모자를 저버리지 마세요."

"어찌…… 그런."

카츠모토는 부아가 치밀다 못해 오한까지 느꼈다. 새삼스레 반문할 것도 없었다. 그 말속에는 코다이인과 요도 부인을 이간하려는 무책임한 악의가 농담조로 섞여 있는 게 아닌가……

카츠모토는 겨우 요도 부인의 거실을 나섰다. 벌써 넉 점(오후 10시)

가까이 되어 긴 복도에는 겨우 초롱 불빛이 조그맣게 깜박이고 있을 뿐
이었다.

어두운 이 복도에서 카츠모토는 다시 뜻하지 않은 사람의 그림자를
만나고 말았다. 히데요리의 거실에서 몰래 빠져나오는 여자의 그림자
를…… 다른 사람이 아니라, 이미 이 근처에 있을 리가 없는 센히메의
시녀 사카에의 모습이었다.

4

"누구냐?"

이런 시각에 여기 있어서는 안 될 자의 모습을 발견한 이상 불러세우
지 않을 수 없는 카츠모토였다.

우선 센히메 전각에서 이곳으로 건너오기까지는 통과해야 할 문이
있고, 로죠의 대기실이 있었다. 여섯 점 반(오후 7시) 이후의 출입은 로
죠의 동의 없이는 왕래할 수 없었다.

부르는 소리를 듣고 사카에는 천천히 걸음을 멈췄다.

"예, 센히메 님의 시녀 사카에입니다."

돌아본 젊은 시녀의 표정은 희미한 등불 밑에서 보는 탓인지 죽은 사
람처럼 창백했다.

"음, 사카에로군. 그런데 이 시각에 무슨 까닭으로 이런 곳에?"

"예…… 예, 센히메 님의 심부름을 왔습니다."

"뭐, 센히메 님의……?"

카츠모토는 고개를 갸웃했다.

"좋아, 물어볼 말이 있으니 따라오도록."

그대로 앞장서서 출입구 쪽으로 걷기 시작했다. 주위는 조용하기만

하고 겨울밤의 추위가 살갗에 날카롭게 파고들었다.

"저…… 실은 센히메 님의 심부름이 아니었어요."

사카에는 겁먹은 목소리로 앞서 한 말을 취소했다.

"도련님이 부르셔서 갔습니다."

카츠모토는 아무 말도 하지 않았다. 묵묵히 긴 복도를 걸어 그 복도가 강아지 그림의 문짝으로 굳게 막힌 출입구 앞에 이르러 대기실에 말을 걸었다.

"오늘밤 숙직은? 나는 카타기리 카츠모토다."

대기실 안에서는 로죠가 분명히 당황하고 있었다. 이마도今戸라는 로죠는 하녀에게 무언가 빠른 말로 이르고 안에서 문을 열더니 필요 이상으로 웃는 얼굴을 지으며 머리를 숙였다.

"사카에의 통과를 그대는 알고 있었나?"

"예…… 예."

"용건은?"

"저어, 센히메 님으로부터……"

"틀림없나?"

"예…… 아니, 사실은 도련님께서 부르심이 있다고 해서."

"언제인가?"

"예, 여섯 점(오후 6시)이 지나서라고 생각됩니다마는."

그 대답에 카츠모토는 크게 고개를 끄덕였다. 동시에 하나의 의혹이 머릿속에 떠올랐다.

아무래도 사카에는 히데요리의 부름을 받고 왔던 것 같다. 그러나 히데요리에게 접근할 생각만 있다면, 몸만은 크게 자랐지만 아직은 어린 아이인 히데요리, 부르게 하는 일쯤은 쉬운 노릇이었다.

'이 여자는 이 각(4시간) 동안이나 히데요리 곁에 있었다. 도대체 무엇 때문에……?'

"좋아, 할말이 있다. 잠시 그대는 자리를 비키도록."

"예…… 예."

로죠는 좀더 무언가 사정을 알고 있는 눈치였다. 그러나 카츠모토는 무시하고 사카에를 재촉하여 안으로 들어갔다.

"단둘이야. 자아, 거기 앉도록."

사카에는 시키는 대로 카츠모토 앞에 앉았다.

5

"너는 아마 사카이 태생이었지?"

"예. 전에는 코다이인 님 분부로 우키타 가문을 섬겼던 몸입니다."

"너는 위험한 짓을 했어."

"……"

"비록 도련님의 부르심이 있었다 해도 출입구가 닫힐 때까지는 돌아가야 해. 야간순찰 무사들에게 발견되었으면 어떻게 할 뻔했나?"

사카에는 고개를 푹 떨구고 눈도 들려고 하지 않았다. 여자에 대해 둔감한 카츠모토에게도 무언가 수상함을 느끼게 했다.

"너는 이 이치노카미에게 설마 숨기지는 않을 테지?"

"……"

"처음에 너는 센히메 님 심부름으로 왔다고 했고, 다음에는 도련님이 불러서 왔다고 말을 바꾸었어. 어째서 도중에 말을 바꾸었나?"

"예…… 예, 처음에는 도련님을 감싸려 했기 때문입니다."

"그럼, 도중에 감쌀 수 없다…… 그렇게 생각하고 진실을 말했나?"

"그렇습니다."

사카에의 목소리는 꺼질 듯이 가늘었다.

카츠모토는 잠시 동안 말끄러미 그녀를 바라보다가 말했다.

"좋아, 그럼 다음 질문을 하겠다. 너는 도련님의 부르심을 받아서 갔다고 했는데, 그렇다면 갈 때까지는 무슨 일인지 몰랐겠군……?"

"예…… 예."

"그 대답에 틀림이 없다면, 도련님은 네 얼굴을 보고 무엇 때문에 불렀는지 용건을 말하셨을 거야."

"……"

"그렇지?"

"예…… 예."

"좋아, 그 용건은 뭐지? 말씀하신 대로 말하라."

사카에는 비로소 얼굴을 들고 원망스러운 듯한 눈빛으로 카츠모토를 올려다보았다.

"말할 수 없다는 건가?"

"……"

"너는 지금 위험한 갈림길에 서 있어. 알겠나, 도련님은 아직 어린 몸…… 너는 훌륭하게 성장한 여자. 네가 무언가 꾀하는 일이 있어서 도련님에게 접근했다……고 해석한다면 어떻게 하겠는가?"

"……"

"네 눈에는 핏발이 서 있어. 이런 밤중에…… 도련님에게 위해를 가하려고 배회했다……고 하면 뭐라고 변명하겠어?"

"말씀 드리겠습니다!"

"그게 좋아. 여기는 아무도 없어. 듣는 사람은 나 혼자…… 말을 않고 끝날 문제가 아니야."

"도련님은 차라리 이 세상에 태어나지 않았더라면 좋았을 것이라고 하셨습니다."

"뭐, 뭐라고?"

"도련님은 볼일이 있어서 저를 부르신 게 아닙니다. 외롭다고 푸념을 하시려고…… 단지 그 때문에 부르신 것입니다."

"으음, 태어나지 않았으면 좋았을 것이라니…… 무엇을 생각하시고 그런?"

"예…… 예. 이 몸이 태어났기 때문에 어머님이 가엾게 되었다, 무언가 큰 불행이 닥쳐올 것 같아 마음이 쓰인다고도……"

카츠모토는 갑자기 온몸의 피가 굳어지는 듯한 느낌이었다.

'타이코의 하나뿐인 아드님이 그러한……'

6

있을 수 없는 일은 아니다…… 카츠모토는 뼈가 얼어붙는 듯한 생각으로 혼잣말을 했다.

요즘 요도 부인의 행실은 카츠모토로서도 이해할 수 없는 이상한 방향으로 빗나가고 있었다.

히데요리에 대한 애정은 누가 보기에도 확실히 비쳤고, 그것은 당연한 일로 생각되었다. 도리어 날로 그런 편애의 형태로 활활 불타오르는 것이 아닐까 싶을 만큼 이른바 키타노만도코로 파나 불평파를 가리지 않고 찾아오는 사람들 앞에서는 언제나 눈물이 글썽해지며 이런 말을 입에 올렸다.

"도련님이 사랑스러워요."

그러나 이토록 사랑스런 히데요리 옆에서 지내는 시간은 점점 적어지고 때로는 의식적으로 피하는 듯한 모순마저 느껴졌다.

카츠모토는 그것을, 어른이 된 히데요리에게 자주성을 갖게 하기 위한 어머니의 훈육…… 이렇게 이해하려 했다. 그러나 히데요리 쪽에서는 반대로 받아들일 수도 있었을 터였다.

'나를 거추장스럽게 여겨 멀리한다……'

엄격한 사부를 갖지 않은 히데요리는 역시 여자들 속에서 자라 버릇 없는 응석꾸러기가 되었다……는 생각이 들어 카츠모토는 다시 가슴 이 섬뜩했다.

히데요리가 푸념을 털어놓을 상대로 사카에를 불렀다 해도 그러한 분별 없는 일에 얼마나 시간을 소비했다는 말인가. 1각(2시간)쯤 이야 기를 나누었다면, 논쟁이 아닌 한 아무리 이야기를 잘하는 오토기슈라 도 화제가 궁해지는 법.

'그런데 이 각이나…… 또 무언가가 있다, 숨기고 있는 일이.'

카츠모토는 새삼스럽게 사카에를 훑어보았다. 사카에는 다시 침묵 한 채 창백하고 경직된 자세를 불빛에 내맡기고 있었다.

"도련님이 너에게 무언가를 호소하기 위해 불렀다…… 그것만은 아 니었을 거야. 시각이 맞지 않아. 그런 뒤 무슨 일이 있었어?"

"말씀 드릴 수 없습니다."

"뭐라고? 그 후 무슨 일이 있었는지 대답할 수 없다는 말인가?"

"예."

"무슨 소리를 하는 거야. 그러면 네 입장이……"

"그러면 법도대로 처벌해주시기 바랍니다."

"사카에…… 너는 이 이치노카미를 우습게 보고 있나?"

"……"

"너는 쇼군 가문에서 뽑혀온 센히메 님의 시녀. 그러므로 섣불리 처 벌하지 못할 줄 알보고 있어…… 그렇다면 큰 착각이야."

"……"

"가령 내가 너를 죽인다, 죽여 없애면 죽은 자에게는 입이 없다, 괴 한이 도련님 침실을 엿보고 있었으므로 한칼에 베어버렸다…… 아니,

죽이고 나서 보았더니 너였다고 통고한다면, 쇼군 님이라도 잘못이라고는 할 수 없을 거야…… 그렇다고 내가 너를 죽이겠다는 것은 아니야. 이 성을 맡고 도련님을 맡은 자로서 사실을 알고 싶을 뿐. 어떠냐, 그 후 도련님은 뭐라고 말씀하셨어? 결코 나무라지는 않겠다. 비밀을 지키겠다고 맹세할 수도 있어……"

감정에 호소하며 추궁했다. 고개를 푹 수그리고 있던 사카에는 어느 틈에 뚝뚝 눈물을 무릎에 떨구고 있었다.

카츠모토는 더욱 목소리를 낮추었다.

7

"네가 도련님을 감싸고 있는 것은 진심으로 도련님의 허물을 염려하는 충의로운 마음에서 나온 거야. 이 이치노카미도 헛되이 나이를 먹지는 않았어. 가슴속으로는 너에게 두 손을 모으고 있다."

"말씀 드리겠습니다."

참을 수 없는 듯 사카에는 흥분한 목소리로 입을 열었다.

"도련님은…… 도련님은…… 생모님 마음을 꿰뚫어보고 계십니다."

"뭐, 생모님의 마음을?"

"예…… 예."

"생모님의 마음에 무언가…… 도련님에게 해로운 불순한 것이라도 있다는 말인가?"

"그렇습니다!"

"으음, 단정해서 말하는군. 설마 너의 생각은 아닐 테지?"

"도련님의 말씀입니다. 마님은, 고령인 타이코 님 측근에 불려갈 때

136

는 너무나 싫어 참을 수 없었다…… 몇 번이나 죽으려고 했지만 그것도 할 수 없었다……고 도련님에게 말씀하셨다고 합니다."

"뭐, 도련님이 그 말을 너에게?"

"예, 그리고…… 원숭이를 닮은 늙은이였다고도."

"으음."

"히데요리는 저주를 받고 태어난 몸…… 아버지는 히데요리를 낳을 생각이 있었지만 어머니는 그럴 생각이 없었다, 나는 그러한 자식…… 그러므로 어머니의 사랑을 못 받는 것은 당연하다……고 말씀하시며 눈물을 흘렸습니다."

카츠모토는 너무나 충격적인 말이어서 대꾸하지 못했다.

요즘 요도 부인은 술이 지나쳐서 때때로 망언을 한다. 혹시 그런 말을 했을지도 모른다.

그러나 이 말이 가장 사랑하는 히데요리의 마음에 상처를 주었다고 하면 얼마나 큰 비극이란 말인가…… 아니, 그보다 더 카츠모토를 동요시킨 것은 요도 부인의 말이 실은 거짓이 아니라고 생각되는 일이었다. 확실히 요도 부인은 싫었을 터. 좀더 젊고 미남이며 늠름한 상대를 꿈꾸는 것은 처녀들에게 공통된 마음이다.

'그렇다면 히데요리가 한탄하고 있는 것처럼 정말 저주받은 태생……'

그럴지도 모른다고는 생각해본 일도 없는 의혹이었다.

"저는 그런 생각은 큰 잘못……이라고 입에 침이 마르도록 말씀 드렸습니다. 하지만 도련님은 막무가내였습니다."

"으음."

카츠모토는 다시 한 번 신음했다.

"확실히 잘못……이라고 너도 진정으로 생각하느냐?"

"예…… 예."

"어째서 잘못인지 네가 말한 대로 고하여라."

이렇게 말하고 카츠모토는 당황했다. 그 역시 히데요리와 같은 어린 아이가 되어 사카에에게 구원을 청하고 있었다. 이렇게 되어서야 나이도 지위도 말할 게 없지 않은가.

사카에 역시 깜짝 놀란 듯이 젖은 눈을 크게 뜨고 카츠모토를 쳐다보았다. 이윽고 그 얼굴도 목 언저리도 귓볼도…… 아니, 무릎에 얹은 손톱 끝까지 붉게 물들이며 고개를 떨구었다. 꺼져버리고 싶어하는 그 변화를, 그러나 카츠모토는 간과하고 있었다……

8

인간으로서 카츠모토는 결코 인정의 미묘한 움직임까지 남김없이 꿰뚫어보는 인물은 아니었다. 사나이와 사나이의 대결이나 전쟁터 경험은 남보다 몇 배 더 해왔으나, 남녀간의 일에 대해서는 다만 손이 닿는 한도 안에서 접촉해온 정도에 불과했다.

솔직히 말해서 히데요리의 탄식이라는 것이 그대로 카츠모토를 당황하게 하고 있었다. 그의 아들 또한 히데요리와 같은 생각을 하고 있는 게 아닐까 하는 마음까지 들었다……

카츠모토는 사카에의 표정이 변하는 것까지는 깨닫지 못했다. 그래서 사카에는 도리어 안도했으나, 과연 사카에나 카츠모토에게 다행한 일이었을까……

어쨌든 사카에는 그날 밤 묘하게도 무엇인가에 홀린 것처럼 어린 히데요리에게 몸을 맡기고 말았다……

결코 히데요리가 난폭하게 대든 것은 아니었다. 시녀도 코쇼도 물리치고 히데요리의 비뚤어진 술회를 듣는 동안 그녀의 동정심이 차차 이

성리性의 선을 넘게 했다고 보아도 좋았다……

"저주받은 인생이라니, 그렇지 않습니다! 실제로 키타노만도코로 님은 도련님이 탄생하셨다는 말을 듣고 즉시 이세로 사람을 보내 축원 까지 하셨고……"

이런 말을 꺼냈다가 사카에는 몹시 당황했다. 키타노만도코로가 여러 사찰과 신사에 사람을 보내 출생을 축원했다는 것은 히데요리의 '저주받은 인생'에 대한 설득은 될지언정 요도 부인의 망언을 취소하는 말은 되지 못함을 깨달았기 때문이다.

그러고 나서 사카에는 우물쭈물했다.

히데요리는 소년다운 순진함을 가지고 망상을 계속 키워나갔다.

"아버지의 죄야, 지금 이 히데요리가 괴로워하는 것은."

마지막으로 이런 말까지 듣게 되었을 때 사카에의 마음에서는 이상한 반발심이 치솟았다. 어렸을 적부터 타이코와 키타노만도코로 곁에 있었던 사카에. 순간 사카에는 전혀 도쿠가와 쪽 사람이 아니었다.

"도련님은 존엄한 생명이 싹트는 비밀을 아시지 못합니다. 비록 몸은 어떤 부모 사이에서 태어난다 해도, 그 자식의 생명이 싹틀 때는 범할 수 없는 신불의 뜻을 받고 있습니다."

그렇게 말했을 때는 아무리 강한 기질의 사카에도 이미 자기 쪽에서 한 걸음씩 커다란 함정으로 다가서고 있었다.

"신불의 뜻……이란 무엇을 말하느냐?"

"생명이 깃들일 때 하늘이 내리는 크나큰 자비와……"

대답하다 말고 사카에는 더욱 당황했다.

사카에가 남달리 강한 기질의 여자가 아니었다면…… 그리고 히데요리가 그녀보다 연하가 아니었다면…… 그 정도에서 물러났을 것이다. 그런데 사카에는 어린 도련님일 뿐인 히데요리를 설복시키겠다는 오기로 힘들여 자세히 설명했다.

비록 상대가 도둑이건 싸움을 벌인 뒤의 폭도이건 남자와 여자인
한…… 몸을 섞고 나면 한순간의 무아無我와 황홀이 찾아온다. 이것은
사람의 지혜를 벗어난 하늘의 뜻이어서 이 순간적인 황홀이 인간의 애
증을 모두 깨끗이 씻어준다고 설득했다.

"그렇다면 태어나는 자는 모두 신불의 뜻을 받고 있나?"

히데요리는 눈을 빛내면서 이렇게 말하고 느닷없이 손을 내밀어 흥
분한 표정으로 사카에를 끌어안았다……

9

히데요리는 그때까지 어떻게 해서라도 자신을 제어하려 했을 것이
틀림없다. 아직 상대의 빈틈을 발견하여 재빨리 덤벼들 재주도 배짱도
있을 리 없었다……

그런 히데요리에게 사카에는 그만 기회와 구실을 주고 말았다. 그런
의미에서는 남녀관계에 황홀이 찾아온다고 말한 것은 소년의 죄책감을
없애주고 스스로 몸을 던져 유혹한 일이 될 터.

아니, 그뿐 아니었다. 이미 마음속으로는 나의 남편은 챠야 마타시
로茶屋又四郎…… 언제부터인지 이렇게 정하고 있었는데도 사카에의
몸에는 생각지도 않은 부정不貞의 불길이 타오르고 있었다.

'이래서는 안 된다!'

두 팔에 끌어안긴 순간 절실하고 예리하게 느끼면서도 그녀의 팔은
거절하지 않고, 그녀의 육체는 마비된 듯 움츠러들고 있었다.

"안 됩니다! 이 손을 놓아주세요."

입으로는 이렇게 되풀이했으나 그녀의 두 팔은 오히려 히데요리를
안고 있었는지도 모른다.

"히데요리는 네가 좋아. 좋아하는 사람을 사랑하는 거야."

"아닙니다. 이것은……"

"너도 이 히데요리를 사랑해줘. 그래, 나를 좋아할 거야."

온몸으로 거부한다면 거부하지 못할 만큼 강한 힘은 아니었다. 그러나 다음 순간 히데요리는 이미 완전한 사나이였다. 아마 사카에의 내부에 깃들여 있는 여자가 자기를 거부하고 있지 않다고 느꼈기 때문임이 틀림없다.

그 뒤 이 소년의 어디에 그런 횡포한 힘이 숨어 있었을까 싶을 만큼 히데요리는 무서운 폭군으로 변해 있었다. 마음대로 사카에를 깔아누르고, 먹이를 즐기는 매처럼 행동했다.

'벌써 너무도 여자를 잘 알고 있다……'

히데요리가 그 정도에서 그녀를 놓아주었다면 사카에는 지금 카츠모토 앞에서 이처럼 당황하고 있지는 않을 것이었다. 그러나 히데요리는 사카에를 놓아주려 하지 않았다. 힘껏 두 팔로 누른 채 빠른 말로 사카에를 소실로 삼겠다고 했다.

지금까지의 여자들은 마음에 안 든다고. 사카에를 만나기 전의 본의 아닌 불장난에 지나지 않았다, 이제 똑똑히 알았으니 요도 부인에게 말하여 사카에를 자기 측근에 두겠다고 했다.

"안 됩니다. 용서받을 수 없는 일이에요."

사카에가 당황한 것은 그때부터였다. 이상하게도 챠야 마타시로는 걱정되지 않았다. 다만 센히메의 천진난만한 모습이 상기되었다.

"저는 센히메 님의 시녀, 어찌 그럴 수 있겠어요?"

히데요리는 다시 사납게 덤벼들면서, 센히메는 아내의 의무도 못하는 어린아이, 그녀가 스스로 사카에를 바쳐야만 한다고 했다.

"누가 뭐라고 해도 이 일만은 내 뜻대로 하겠어. 히데요리는 이 성의 주인이야."

사카에는 이때도 히데요리를 떠밀려고 하지 않았다. 어차피 허락하고 말았다……는 체념이 그녀의 저항을 전보다 한결 약화시켰다. 그 약해진 저항 속에서 사카에는 무슨 핑계를 대서 이 사랑스런 폭군의 품에서 달아날까 그것만 생각하고 있었다.

그렇다, 이 사랑스런 폭군의 품에서……

10

사카에는 자기도 모르는 가운데 히데요리의 유혹을 은근히 기다리고 있었는지도 모른다. 언젠가 이런 일이 생길 것만 같은 예감은 히데요리가 사카에를 좋아한다고 열띤 목소리로 말했을 때부터였다.

'벌써 몸은 어른이 되어 있다……'

참으로 낯간지러운 상상이었다. 이처럼 사양도 염치도 모르는…… 그러한 일이 전혀 필요 없는 세계에서 자라 사춘기를 맞이한 소년이 도대체 어떠한 일을 저지를 것인가? 아마 손을 댈 수 없는 안하무인격인 행동이 되지 않을까…… 하는. 공포라기보다 흥미였다고 사카에는 지금 와서 새삼스레 뉘우치고 있었다.

좋아한다는 말을 듣는 것은 여자에게는 불가사의한 올가미인지도 모른다. 아직 성숙하지도 않은 소년의 입에서 그 말을 듣고 사카에는 응하고 말았다. 더구나 지금 새삼스럽게 히데요리의 모습을 눈에 떠올렸을 때 말할 수 없는, 온몸에 넘쳐오는 애정이 느껴졌다.

카츠모토에 대한 대응도 센히메를 위해서라거나 도쿠가와 가문에 대한 입장이기보다 어떻게 하면 히데요리를 감쌀 수 있느냐 하는 데 큰 비중이 걸려 있었다.

'과연, 나는 그 소년을 연모하기 시작한 것일까……?'

자기 자신에게 반문해야 할 정도로 사카에의 마음은 크게 히데요리에게 기울고 있었다……

그러한 자신의 마음을 카츠모토에게 고백해야만 할 것이냐 하는 문제에 이르러서는 사카에는 전혀 판단을 할 수 없었다.

"으음."

카츠모토는 다시 나직하게 신음했다. 그로서는 사카에의 태도가 불가사의하기 짝이 없었다.

히데요리가 그녀를 불러 어머니에 대한 불만과 아버지에 대한 원망을 털어놓았다고 한다…… 무서운 사실이기는 하나 있을 수 있는 일일지도 모른다고 생각되었다.

그러나 사카에의 말 가운데 ──

"저주받은 인생……"

이러한 히데요리의 말에 대해 ──

"그렇지는 않습니다."

이렇게 사카에가 열심히 그 비뚤어진 마음을 버리게 하려고 노력했다 해도 소요된 시간이 생각보다 길었다. 더구나 사카에는 자기 말을 히데요리가 납득했느냐 하는 요긴한 대목에서 입을 다물고 돌처럼 굳어지고 말았다.

'무언가 또 있다……?'

이런 생각과 함께 카츠모토의 생각은 아무래도 어떤 '음모'가 있다는 상상으로 기울었다.

"어째서 잠자코 있느냐? 그대는 저주받은 인생이기는커녕 타이코 전하가 이 세상의 그 어떤 것보다도 도련님을 바라고 계셨습니다…… 기다리고 기다리던 출생이었음을 간곡하게 말씀 드렸을 테지?"

"예…… 예."

"그래서 도련님은 납득하시던가…… 아니, 쉽게 납득하지 않으셨을

거야. 생모의 입으로 그러한 가혹한 말씀을 들었으니까. 그래서 그대는
계속 설득을 했나……?"

"예, 그래서…… 그래서 지체되었습니다."

"그러면 마지막에는 납득하셨나?"

카츠모토는 일부러 아무렇지도 않다는 듯이 물었다.

"사카에!"

그리고 날카롭게 말끝에 힘을 주었다.

"저주받은 인생…… 그렇게 말한 것은 생모님이 아니라 바로 네가
아니었느냐?"

11

인간의 생각은 결국 자기 자신이 시발점이었다. 카츠모토는, 사카에
가 히데요리의 나이에서 오는 감상을 이용하여 엉뚱한 생각을 불어넣
었다면, 히데요리의 성격에 평생 지울 수 없는 화근을 남기기 위해서였
다고 단정했다.

"어머나……"

사카에는 깜짝 놀라 얼굴을 들었다. 그녀에게는 뜻밖의 말이었다.

"그대가 생모님에게 들었다……고 도련님에게 고하면 도련님에게
는 급기야 생모님 자신의 입에서 나온 것처럼 뿌리내리게 되는 거야.
그대 정도의 나이라면 그쯤은 잘 알고 있을 거야."

"그러면, 제가…… 도련님을 괴롭히려고……"

"아니, 놀리려고 그랬을지도 모르지. 괴롭히려고 했다면, 용서 못할
음모야."

사카에는 고개를 떨구었다. 일단은 오늘밤 일을 모두 고백하고……

이런 생각을 해보았으나, 지금의 말을 듣고 보니 안 될 말이었다.

"사카에, 내가 아직 그대를 돌려보낼 수 없는 것은 그대 말과 시간의 차이 때문이야. 도련님은 그대 말에 생모님에 대한 원망을 버렸느냐 아니면……?"

"모릅니다. 잘못된 생각이라고 말씀 드렸으나 더 이상 도련님의 마음을 움직일 힘은 제게 없습니다."

"으음, 그대는 화가 난 모양이구나."

"아닙니다. 의심을 받아도 할 수 없는 일이라고 생각합니다. 처분을 기다리겠습니다."

"그러냐. 그대를 이 자리에서는 죽일 수는 없겠지. 시간에 대해서는 불문에 부치고 일단 돌려보내달라는 말이냐?"

"그렇게까지는 말씀 드릴 수 없지 않겠습니까. 시간이 지체된 일에 대해서는 내일 아침 도련님에게 물어보시면 명백해질 것입니다."

"그대 지시는 안 받는다! 중요한 일이라 판단되면 지금이라도 일어나시도록 청하겠다…… 그런데, 사카에."

"말씀하십시오."

"분명히 도련님 쪽에서 그대를 부른 것이냐?"

"맹세코 틀림없습니다."

"누가 그대에게 도련님한테…… 명한 자가 있다면 이 이치노카미에게 말해주기 바란다. 이치노카미는 결코 생각이 얕은 자가 아니야. 절대로 그 때문에 그대에게 누가 미치도록 하지는 않겠다."

"믿어주십시오. 도련님이 쓸쓸해하셨으므로…… 그래서 그만 오래 지체했습니다."

"이 이치노카미가 따로 도련님에게 여쭙겠다. 나중에 도련님이 거짓말을 하신다……는 따위의 말을 해도 때는 늦어."

"그런 일이 있다면……"

혀를 깨물어 죽는 한이 있어도…… 이렇게 말하려다 그만 사카에는 참았다. 카타기리 카츠모토는 완전히 책임감뿐인 엄격하고 고지식한 사부가 되어 있었다. 그 앞에서 어린 히데요리가 저지른 청춘의 잘못만은 그대로 덮어주고 싶었다.

사카에가 히데요리의 거실에서 지체한 것은 그 자신의 입으로 소실로 삼겠다는 말은 삼가라고, 이를 설득시키려 했기 때문이었다.

카타기리 카츠모토는 또다시 사카에를 똑바로 바라보았다.

"좋아!"

그리고 나서 나직하면서도 무겁게 말했다.

조용한 폭풍

1

그날 요도 부인에게는 '문안'을 위해 찾아온 특이한 방문자가 두 사람 있었다. 한 사람은 자기와 마찬가지로 타이코의 소실이었던 쿄고쿠 京極 부인, 또 한 사람은 다인 이마이 소쿤이었다.

이마이 소쿤이 히데요시의 사후 특히 친근하게 이에야스에게 출입하고 있음을 알고 있는 요도 부인은 그를 별실에서 기다리게 하고 우선 쿄고쿠 부인을 만났다.

쿄고쿠 부인은 전에 보았을 때보다 눈에 띄게 나이들어 보였다. 이제는 누구에게 사랑받으려는 집착도 없어, 그 체념이 피부까지도 마르게 만든 느낌이었다. 그래도 마주앉은 두 사람, 자못 감회가 깊은 듯 화제는 요시노吉野와 다이고醍醐의 벚꽃놀이 추억에서부터 그 후 여러 사람의 신상 이야기로 옮겨갔다.

올해에도 다시 정원의 벚꽃은 피고 있었다. 세월은 빨라 벌써 히데요시가 죽은 뒤 여섯번째 맞는 봄이었다.

"참, 마데노코지 미츠후사万里小路充房 경에게 출가하신 카가加賀

부인은 폐병을 앓으신다고 합니다. 좋은 일이란 오래가지 않게 마련인 모양이에요."

쿄고쿠 부인이 카가 부인의 말을 꺼냈을 때 요도 부인은 당황한 듯 시선을 돌렸다. 쿄고쿠 부인은 눈치채지 못하고 말을 이었다.

"오마아おまあ 님(카가 부인)은 너무 아름다웠어요. 마데노코지 경과도 사이가 좋았는데, 운명의 신이 시샘을 하셨는지도 몰라요."

"그것 참, 안 되었군요."

요도 부인은 이렇게 말했으나 마음속으로는 카가 부인의 나이를 냉정하게 꼽아보고 있었다. 미모와 젊음으로 자기를 능가하는 카가 부인의 불행이 이상하게도 가슴을 울리지 않았다.

'만일 지금까지 전하가 살아 계셨다면······'

이런 생각과 함께 자기 앞을 가로막은 적은 카가 부인······이었을 것이라는 짓궂은 감회가 앞섰다.

"세상도 바뀔 거예요······ 벌써 도련님도 성인이 되셨으니까."

화제는 병을 앓는 사람들의 소식으로부터 신앙 문제로 옮겨갔다.

당시 코이데 히데마사는 노쇠하여 거의 출사를 하지 못하고 있었고, 쿠로다 가문에서도 죠스이如水 노인의 여생이 오래지 않을 것이라는 소문이었다.

"죠스이 님은 천주교를 믿어 시몬이란 세례명을 받으셨다 해요."

쿄고쿠 부인이 이 말을 꺼낸 것이 실마리가 되어 천주교 다이묘들의 세례명이 잠시 화제에 올랐다.

죠스이의 아들 쿠로다 나가마사는 다미안이라 했고, 죽은 가모 우지사토蒲生氏郷는 레온, 역시 지금은 없는 코니시 유키나가가 어거스틴, 그리고 부인의 남동생 쿄고쿠 타카츠구는 요한······ 등등. 호소카와 가라시아細川ガラシア 부인의 아들들도 모두 세례를 받았을 것이고, 큐슈九州 부근의 다이묘 중에는 천주교의 세례를 받은 자가 아주 많았다.

그러나 이 가운데 정말 신앙인은 몇 명이나 될까?

그런 이야기를 주고받다 말고 요도 부인은 문득 기다리게 한 소쿤을 만나고 싶었다. 자기는 지금 히데요리를 위해 열심히 사찰과 신사의 수리와 재건을 위해 축원을 하고 있었다. 처음에는 타이코가 남긴 황금을 없애겠다는 심정, 그리고――

'그 속을 뻔히 알면서도 눈감고 있다……'

이에야스를 조롱하는 마음에서였다. 그러나 언제부터인지 요도 부인의 축원은 진지한 기원으로 바뀌고 있었다.

'제발 다시 한 번 도요토미 가문의 천하가 되게 해주소서……'

이러한 축원의 변화를 도쿠가와 가문에서 눈치채기 시작했다고 한다…… 이에 대해 소쿤에게 물어보고 싶었다……

2

일단 생각이 떠오르면 태연하게 그 말을 입밖에 낼 수 있는 요도 부인이었다.

"참, 깜빡 잊고 있었어요. 소쿤과 만나야 하므로 오늘은 이만……"

어느 틈에 몸에 밴 이 성의 여주인다운 무례한 태도였다.

그 말에 쿄고쿠 부인도 흠칫 놀란 듯했다. 약간 안색이 달라지려 했으나 곧 표정을 바꾸고 일어났다.

"반가운 바람에 그만 지체했습니다. 도련님에게 안부 전해주세요."

요도 부인은 배웅하러 일어나지도 않았다. 갑자기 그녀의 마음에는 한 조각 불안한 구름이 떠오르고 있었다.

"소쿤을 들라 해라."

자신의 축원을 도쿠가와 쪽에서 어떻게 받아들이고 있느냐 하는 불안뿐만 아니라, 천주교 이야기를 하다가 과연 그러한 축원이 효과가 있을까 하는 신앙에 대한 의심도 포함되어 있었다.

소쿤은 여느 때와 다름없는 기품 있는 미소를 띠고는 들어왔다. 그리고는 예의 바르게 두 손을 짚고 인사했다.

"얼마 동안 카즈사노스케 님 혼례 때문에 에도에 가 있었기 때문에 문안 드리지 못했습니다."

"카즈사노스케…… 카즈사노스케는 누구의……?"

"예, 쇼군 님의 여섯째아드님 마츠다이라 타다테루 님입니다."

"오, 그렇군요. 난 정신이 없어서 그런 분이 있었던 것을 몰랐어요. 그분은 몇 살이나 되었나요?"

"예, 도련님보다 한 살 위, 올해 열세 살이 되셨습니다."

"열세 살…… 그럼 그 혼인 상대는?"

"예, 다테 님의 장녀 고로하치히메 님입니다."

"다테 집안의 딸을 그대가 중신했나요?"

"예…… 분에 넘치는…… 실은 말씀이 나왔던 것은 타다테루 님이 일곱 살 때의 일, 이번에 열매를 맺게 되었습니다."

"일곱 살 때라면…… 지금부터……"

말하다가 요도 부인은 손가락을 꼽던 손을 멈추었다. 히데요시가 죽은 해였고, 그것은 또 이에야스가 히데요시의 유명遺命을 위반하고 여기저기에 혼인을 주선한 해였다.

"그렇다면 경사스런 일이군요. 혼례는 언제 치르기로 정했나요?"

"내년이나 내후년…… 실은 다테 집안에서도 처음 하는 혼사라서 말입니다. 에도 저택에서 일단 오슈로 모시고 센다이 성仙臺城에서 조상 묘소에 참배를 마친 다음 가신들과도 가법대로 작별의 행사를 한 뒤 예의범절 기타에 대해서도 유감 없도록 한 다음에 혼례를 올렸으면 하는 청이 있어서지요."

"괜한 말을 묻는 것 같지만, 그 딸은 몇 살인가요?"

"예, 두 살 아래인 열한 살입니다."

"그러면 앞으로 이 년 지나면 열다섯과 열셋……"

"예, 아주 나무랄 데 없는 신붓감…… 혹시 알고 계신지요. 그 따님의 생모님 역시 오슈의 명문 시도쇼군四道將軍 타무라 마로田村麿 님의 자손인 타무라 집안 출신으로 어진 어머니라는 소문이 자자한 분입니다. 따님도 그 어머님을 닮아 더없이 현숙하고 천주교 신앙을 가지고 있습니다."

"아니, 천주교의……"

이야기가 신앙 문제로 바뀌자 요도 부인은 몸을 앞으로 내밀었다.

3

신앙에 대한 요도 부인의 태도는 요즘에 이르러 크게 세 번이나 바뀌었다.

처음에는 신사와 사찰의 존재를 알고 있기는 했으나 자신과는 전혀 관계가 없다고 여겨 별로 관심을 기울이지 않았다. 그러다가 히데요리의 형인 츠루마츠의 병으로 기원과 기도를 드리게 되면서 과연 의료 정도로 효과가 있을까 하고 약간 관심을 가지기 시작했다.

츠루마츠는 요절했다. 그 타격은 아주 컸다. 승려와 신관에게도 화가 났고 기도를 위한 시주에도 사기를 당하지 않았나 하는 불쾌감이 남아 있었다. 따라서 그 후부터 사찰과 신사에 대한 수리나 시주는 카타기리 카츠모토와 코이데 히데마사의 권고에 따랐을 뿐 그 이상의 의미는 없었다.

그러한 요도 부인이 수리와 시주의 일로 여러 승려와 신관을 만나는 동안 희미하게나마 '신앙'이란 눈에 보이지 않는 마음의 안식처가 있다는 것을 깨달았다.

사실 지난해부터 올해에 걸쳐 에이잔叡山의 요카와 츄도橫川中堂, 야마토大和 요시노의 킨부센金峰山 신사, 같은 요시노의 자오도藏王堂, 이세의 우지바시히메宇治橋姫 사당, 셋츠攝津의 나카야마 사中山寺 등 이미 끝난 것도, 현재 수리중인 것도 있었다. 쿄토로부터도 히가시 사東寺 남쪽 대문을 수리해달라거나 쇼코쿠 사相國寺에 법당을 세워달라는 등의 청원이 있었고, 그때마다 사찰의 내력에서부터 이생공덕利生功德에 대한 여러 가지 상세한 이야기를 들었다. 요시노의 수도자들에게 효험이 있다는 말을 듣는 동안 어느 틈에 요도 부인도 그 세계에 발을 들여놓게 되었다.

'효험이 있을까?'

이런 의문을 갖기 전에 이렇게 생각하게 되었다.

'어차피 시주자로서 기부할 바에는 정성을 다해 기원하는 편이 좋지 않은가……'

요도 부인의 기도는 자연스럽게 히데요리의 천하를 기원하게 되었고, 자칫 그 연장선상에서 이에야스에 대한 저주로 기울 것 같았다.

이럴 때 다시 홀연히 마음에 그림자를 떨구기 시작한 것이 천주교 신자의 존재였다. 요도 부인은 아직 그 교의를 들은 일이 없었으나, 그 무수한 신사와 사찰을 돌보지 않고 전혀 새로운 남만인(에스파냐와 포르투갈 인)과 홍모인紅毛人°(영국인이나 네덜란드 인)의 신에게 기도하는 사람들은 무엇을 생각해서일까……?

요도 부인은 소쿤을 만나 맨 먼저 신사와 사찰에 대한 자신의 기원이 에도에서는 어떻게 받아들여지고 있는지 물을 생각이었다. 그런데 이야기를 나누는 동안 이에야스의 아들로서 히데요리와 비슷한 나이인 카즈사노스케 타다테루의 아내가 천주교 신자라는 말을 듣고 그것을 먼저 화제에 올렸다.

"아니, 그러면 다테 집안의 딸도 천주교도인가요?"

"예. 조석으로 마리아에게 기도를 드립니다. 독실한 신자라는 말을 들었습니다."

"그것을…… 그것을 쇼군도 알고 있나요?"

"물론 알고 계십니다."

"소쿤 님, 그대에게 묻고 싶었어요. 천주교도가 된 사람들은 일본의 신불을 어떻게 생각하고 있을까요? 아무리 기도해도 기도한 보람이 없다…… 이렇게 생각하고 버렸을까요?"

다그치듯 묻는 바람에 불교신자 소쿤은 깜짝 놀라 말문이 막혔다.

"이상하지 않은가요? 쇼군은 분명히 정토종淨土宗 신자…… 그런데 며느리는 천주교도라니……"

4

세상에는 대답하기 어려운 일이 많다. 그러나 신앙의 옳고 그름을 따지는 것처럼 곤혹스러운 일도 없다. 더구나 상대는 일단 이야기에 집착하면 끝까지 파고드는 여성, 더구나 함부로 말할 수도 없는 이 성의 여주인이었다.

"글쎄요…… 그 일이라면 저 같은 사람에게 물으시는 것보다 고승과 명승을 초빙해 정확한 설명을 들으시는 편이 좋을 듯합니다."

"소쿤 님, 내가 여자라서 말을 피하려 하나요?"

"아니, 결코 그렇지는……"

"내가 묻고 싶은 것은, 쇼군 자신은 불법佛法을 믿으면서 어째서 아들에게는 천주교도 아내를 맞게 하느냐는 거예요."

"쇼군 님은, 신앙은 모두 마음을 깨끗하게 하는 것이므로 자유롭게 택해도 좋다고 보셨기 때문이라 생각합니다."

그 말을 듣고 요도 부인은 가볍게 웃었다.

"그대는 좀처럼 진심을 털어놓지 않는 사람이군요."

"원, 당치도 않은 말씀을……"

"호호호…… 쇼군은 신앙의 차이보다도 다테와 자기 자식을 혼인시키는 것이 현세에 공덕이 많다고 본 거예요."

"황송합니다."

"그대가 황송할 건 없어요. 호호…… 그보다 실은 나도 천주교도가 되어볼까 해서 이야기해봤어요."

"저, 생모님이 천주교를……?"

"그래요. 돌아가신 천하인께서도 전적으로 싫어하신 것만은 아니었지요. 다만 아내는 한 사람뿐이어야 한다……는 말씀을 듣고 단념하셨어요. 나중에 못된 자들을 내모신 것은 천주교도들이 사이고쿠의 가난한 백성을 노예선에 팔아넘겼다고 해서…… 그 노예선의 나쁜 짓을 노여워하셨기 때문이지요."

"그 말씀이라면 잘 알고 있습니다."

"어떨까요? 내가 천주교도가 되더라도 쇼군은 너그러우신 분이라 잠자코 용서해주실까요?"

일단 입을 열면 말이 적은 소쿤과 요도 부인 사이에는 두뇌회전보다도 혀의 회전에 너무 차이가 있었다.

"그야 결코 무리한 간섭은 하시지 않을 것으로……"

"호호호…… 소쿤 님, 내가 천주교도가 되면 신사와 사찰 수리는 모두 중지할 거예요."

"아…… 그러시겠지요."

"천주교란 그런 것이라고 들었어요. 차라리 나도 그러는 편이 좋을 거라고 생각하는 중이에요."

소쿤의 얼굴에 두번째로 곤혹스러운 표정이 떠올랐다가 사라졌다.
이미 그도 민감하게 요도 부인의 말이 무엇을 뜻하는지 눈치챘다.

"호호호…… 그렇게 묘한 표정은 짓지 마세요. 세상에는 내가 이곳
저곳 절과 신사에 시주하는 것은 도련님을 위해 에도 멸망 축원을 한
다……는 말을 퍼뜨리는 자가 있다고 해요. 천주교도가 되면 그런 터
무니없는 소리는 듣지 않게 되겠죠. 내가 어떻게 하면 좋을지 솔직하게
말해주지 않겠어요?"

요도 부인은 마침내 두 가지 질문을 교묘하게 하나로 압축시키고 내
용과는 전혀 다른 명랑한 표정으로 소쿤에게 웃음을 보냈다.

소쿤도 단단히 마음을 정했다. 상대가 그럴 생각이라면…… 이러한
반발이 노회한 그의 가슴에도 불을 붙였다.

5

소쿤은 단지 문안만 드리고 어디까지나 사교적인 말만으로 끝낼 생
각이었다. 그런데 요도 부인은 무언가 다른 속셈을 가지고 있는 것 같
았다.

자기가 천주교도가 되어 이에야스의 의심을 피하기 위해 시작한 사
찰, 신사의 수리와 재건을 모두 중지시켜도 좋으냐고 묻는 의논. 이 의
논에서는 진정한 신뢰감이 느껴지지 않았다. 오히려 소쿤에게 어떤 반
감을 품은 질문이라 여겨졌다. 그렇게 느낀 소쿤도 자신의 입장을 분명
히 설명해주어야겠다고 생각했다.

타이코 생전이었다면 이런 느낌은 들지 않았으리라. 만약 오해를 받
으면 리큐利休 거사와 같은 일을 당하게 될 터였다. 그러나 지금은 그

만한 힘이 오사카 성 주인에게는 없었다.

"지당하신 질문입니다마는 생모님의 말씀에는 약간 오해가 있는 것 같습니다."

"아니, 오해라니?"

"생모님은 에도 멸망의 축원……이라고 하셨습니다."

"그랬어요. 실제로 그런 소문이 에도에서 떠돌고 있지 않나요?"

"아닙니다. 잠시 에도에 머무르고 있었습니다마는 그런 소문은 누구에게서도 들은 일이 없습니다. 그런 소문이 있다고…… 고의로 에도와 오사카를 이간시키려는 말을 생모님에게 한 자는 누구입니까?"

부드러운 말로 역습당한 요도 부인은 순간 당황하는 빛을 감추지 못하고 반문했다.

"그래요? 그럼 근거도 없는 소문이었군요."

"글쎄요…… 근거가 있다면 생모님에게 그런 말을 한 자의 마음에 있을 것이라 생각합니다."

"좋아요, 그렇다면 나도 안심…… 말한 자는 하찮은 자였어요."

"그렇겠지요. 다음은 천주교로 개종하시겠다는 말씀입니다마는, 이건 자유롭게 택하실 문제라고 생각합니다."

"아니, 자유라니 내 마음대로 하라는 말인가요? 그래도 쇼군이 묵과할 것이라는 보증이라도 있다는 말인가요?"

"어찌 그런 말씀을 하십니까?"

소쿤은 기다리고 있었던 것처럼 자세를 바로 했다.

"무릇 신앙이란 내가 믿는 신불은 두려워할지언정 세상일에 대해서는 말하지 않는 것입니다."

"그렇다면……"

"쇼군 님이 묵과하고 안 하고는 문제가 아닙니다. 그보다 무서운 것은 신불의 노여움…… 천주교로 신앙을 바꾸시겠다면 쇼군 님의 의사는 조금도 생각하실 필요가 없습니다. 쇼군 님이 아무리 노하시고 설사 생모님을 제거하는 일이 있더라도 생모님은 천주님이 구해주시는 데 만족…… 그렇게 믿으시는 것이 참다운 신앙, 신앙은 아무도 간섭할 수 없다고 생각합니다."

듣고 있는 동안 요도 부인의 시선은 침착성을 잃고 허공을 헤매었다. 그런 것을 묻고 싶었던 게 아니다. 목적은 다른 데 있었다.

"그렇게 말하니 이야기를 계속할 수 없군요. 나는 그처럼 천주교를 믿고 싶다는 것은 아니에요. 하지만…… 만약 천주교 신에게 부탁한다면 쇼군과 도련님의 후손은 대대로 의좋게 지낼 수 있다……는 이익은 없을까…… 하고 물어본 거예요."

요도 부인은 교묘히 이야기를 돌리고 웃었다.

6

소쿤도 요도 부인에게 양보할 생각은 없었다.

"너무하십니다. 신앙에 대한 말씀을 하시기에 추호도 거짓을 말할 수 없어 땀을 흘리고 있습니다."

"그럼, 천주교도에게 그런 공덕, 이익은 없다는 것인가요?"

"예. 공덕이나 이익을 생각하는 신앙은 진정한 신앙이 아닙니다. 신앙을 가질 수 있는 행복…… 이는 믿지 않으면 알지 못할 경지로, 누구도 간섭하지 못하는 자기만의 것입니다. 이런 경지는 법열法悅이라 할 수 있을 정도입니다."

"그래요? 그럼, 내가 원하는 것은 신앙이 아니었던 모양이군요."

"황송합니다마는, 그렇게 느끼고……"

"소쿤 님, 그대는 거짓말이나 아첨은 못하는 사람인 것 같군요. 그대는 에도에 가서 어떻게 생각했나요? 도련님이 열여섯이 되면 쇼군이 약속대로 천하를 돌려줄 것이라고 보았나요?"

소쿤은 다시 한 번 배에 힘을 주고 요도 부인을 바라보았다.

'역시 이것을 묻고 싶었구나……'

너무나 무지하여 눈물이 날 것만 같은 연민과 구역질이 날 듯한 혐오감을 동시에 느꼈다.

세키가하라 전투 당시 ─

"히데요리와 요도 부인은 관련이 없다……"

이런 이에야스의 말을 들었을 때 요도 부인이 얼마나 기뻐했는가는 소쿤도 잘 알고 있었다.

상식적으로 보아, 그때 성에서 쫓겨나 모자가 어느 들판의 이슬로 사라지는 것이 난세의 관례임을 그녀 자신이 잘 알고 있었기 때문에 기뻐했고, 곧바로 감사의 사자를 보내기도 했다……

비록 히데요리가 열여섯 살이 되면 천하를 돌려준다는 약속이 사나이와 사나이의 절대적 신의를 건 약속이었다 해도 그때 이미 깨끗이 백지로 돌아갔다. 어쨌든 히데요리는 미츠나리에게 떠받들려 서군西軍의 호령자가 되어 있었다.

"생모님, 저로서는 그런 일은 알 수 없습니다마는, 며칠 동안 오토기슈로 참가하여 여러 가지 잡담을 하는 사이에 쇼군 님의 심정 중에서 두 가지만은 확실히 깨닫게 되었습니다."

"그……그것은 무엇이었나요?"

"한 가지는 쇼군 님이 육십삼 세를 넘기고는 은퇴하실 생각이라는 것이었습니다."

"육십삼 세……라면 올해가 아닌가요?"

"예. 올해만…… 내년에는 은퇴하신다…… 이 육십삼 세만 채우겠다고 하신 뜻을 생모님은 아시겠지요?"

"아니, 내가 어떻게 안단 말인가요?"

"모르시겠습니까? 타이코 전하가 돌아가신 연세입니다."

"아…… 그러고 보니 전하께선 육십삼 세에……"

"잊으셨다면 섭섭한 일입니다. 육십삼 세는 타이코가 돌아가신 나이, 그 나이만 채우고 은퇴하고 나서는 죽은 사람…… 죽은 사람에게는 욕심이 없습니다. 아시겠습니까…… 죽은 사람으로서 평화로운 천하 건설을 위해 도움을 주겠다고. 아직은 천하에 할 일이 많습니다, 그런 말씀을 하시기에는 이릅니다…… 측근에서 말리는 사람도 많았지요. 그러나 이르지 않다, 내 뒤를 잇는 자는 내가 죽은 것으로 알고 천하 일을 익혀두지 않으면 지금과 같은 세상이 어떻게 다스려질 것인가, 익혀두어야 한다고 거듭 분명히 말씀하셨습니다."

7

소쿤도 이제는 환상과 같은 아첨으로 요도 부인에게 허황한 꿈을 꾸게 할 생각은 없었다. 지금 어떤 노여움을 사도 좋다고 생각했다. 그는 사카이의 다인으로서 전국 다이묘에게 일단은 인사를 차려왔다. 도요토미 가문과 관련 없는 사람들은 은근히 이에야스의 너그러움에 위구심을 품고 있었다.

"언젠가는 오사카가 치세하는 데 방해가 될 때가 오지 않을까."

그 말은 세키가하라 전투 후 히데요리 모자에 대한 이에야스의 처리에 대해 은근한 불만을 나타내고 있다는 의미이다.

도요토미 가문의 은혜를 입은 사이고쿠 다이묘 중에도 천하가 다시 히데요리 손에 돌아오리라고 생각하는 사람은 하나도 없었다. 그들의 생각은 어떻게 하면 히데요리의 도요토미 가문을 무사히 존속시킬 것이냐 하는 데 마음을 쓰고, 그 때문에 애처로울 만큼 이에야스의 눈치를 보고 있었다.

히고肥後의 카토 키요마사 같은 사람은 당당히 에도에 저택을 짓고 말을 타고 다니며 볼에서 턱까지 내려오는 아름다운 수염으로 에도 사람들에게 필요 이상의 위엄을 보였다. 그러나 이에야스에게는 극도로 공손한 태도를 취하고 있었다. 이 모두 '도요토미 가문의 존속'을 위한 시위와 곧은 성심의 미묘한 표현으로 생각되었다.

이런 때인데도 오직 요도 부인만이 허황한 꿈을 꾸고 있다니……

소쿤은 다시 말했다.

"아시겠습니까, 생모님? 육십삼 세에 세상을 물려주겠다는 쇼군 님의 마음은 불변인 것 같습니다마는……"

"그럼, 아직 도련님은 어리다는 말인가요?"

"예. 쇼군은 아직은 안심할 수 없는 세상…… 도련님으로는 다스릴 수 없다고 생각하십니다."

"그럼, 히데타다 님이 다음의 쇼군……?"

"그렇습니다."

어느 틈에 소쿤은 이 가엾은 여인의 생각을 바꿔주지 않으면 안 되겠다는 동정심에 사로잡혔다.

"소인이 두 가지를 말씀 드린 것은…… 잘 아시겠지만 인간이란 몇 살까지 살 수 있는지 아무도 모르기 때문입니다."

"그건…… 나도 알고 있어요."

"쇼군 님도 깨달으시고 타이코 전하가 돌아가신 연세에는 은퇴를 하신다…… 어쩌면 타이코 전하에게 교훈을 받으셨기 때문인지도 모릅니다. 인간의 수명은 헤아릴 수 없는 것이므로 방심하지 말고 뒤를 이을 수 있는 자를 키워야 한다고……"

요도 부인은 점점 더 창백해져 입가의 근육을 희미하게 경련시키면서 소쿤을 쏘아보고 있었다.

"따라서 후계자는 비록 반년 후나 일 년 후 쇼군 님이 눈을 감으시더라도 훌륭히 천하를 호령할 수 있는 분이어야만 합니다."

"……"

"그런데 다음 쇼군 님에게는 아직 대를 이을 아드님이 없습니다. 아시다시피 마님의 소생은 모두 따님들뿐…… 그러므로 삼 대는 누가 될지, 아직 쇼군 님도 백지상태…… 제가 두 가지 말씀을 드린 것은 이 때문입니다. 다음 쇼군 님에 대해서는 백지라고……"

"그러면, 그러면 소쿤 님은 도련님이 삼 대 천하님…… 그렇게 본다는 말인가요?"

요도 부인은 설레는 목소리로 되물었다.

8

소쿤은 약간 당황했다. 자칫 요도 부인의 허황한 몽상에 자신까지 끌려들어갈 것 같았다. 그도 실은 이에야스가 인물 여하에 따라서는 히데타다의 맏사위인 히데요리를 3대째로 생각하는 것이 아닐까……? 에도에서 오는 동안 이런 상상을 하며 왔다.

그러나 이는 어디까지나 상상, 소쿤이 지금 말하려는 것은 그런 내용이 아니었다. 3대째는 아직 결정되지 않았다, 그러므로 충분히 자중하는 것이 도요토미 가문을 위하는 길……이라고 충고할 작정이었다. 그런데 오히려 필사적으로 매달린다면 큰일이었다.

"생모님, 그 천하님……이라는 말씀에 대해 약간 의견을……"

과연 소쿤의 이야기 솜씨는 노련했다.

"천하님……이라고 하면 안 되나요?"

"아니, 좋고 나쁨을 말씀 드리는 것은 아닙니다마는, 타이코 전하와 쇼군 님 시대는 다르다는 사실을 생모님은 모르시지 않나 하고."

"뭐라구요, 전하와 쇼군의 시대가 다르다니?"

"쇼군 님은 무사의 총대장으로서 천자로부터 정권을 위탁받으신 분…… 그 시작은 겐페이源平° 시대의 요리토모 공부터입니다."

요도 부인은 의아한 듯 눈을 깜박거렸다. 그러나 히데요리가 2대 쇼 군이냐 3대냐 하는 이야기의 계속, 굳이 말을 하지는 않았다.

"원래 시작은 요리토모 공의 부친과 조부 시대에 인세이院政°가 있 어서, 은퇴한 선대 천자가 천하 정치를 행한 일이 있었습니다."

"아주 오래 전 이야기로 돌아가는군요."

"예. 이 인세이에 무장들은 무척 애를 먹었습니다. 인院에서 갑甲이 란 자를 편드는가 하면 이번에는 을乙이라는 자를. 그래서 을이 안도하 고 있으면 이번에는 병丙을. 그때마다 편드는 자에게 총애를 잃은 자를 치라고 명합니다. 요리토모 공의 부친도 조부도 골육상쟁骨肉相爭으로 결국 목숨을 잃었지요. 이렇게 인의 명령 여하로 오늘의 총신이 내일은 조정의 적. 조금만 아비가 마음에 들지 않으면 아들을 불러 치라고 명 하시고…… 그러면 아비는 조정의 적, 아들은 쳐야 합니다…… 이런 일이 되풀이되면서 나라에는 소동이 그칠 날 없고…… 이러한 폐단을 막기 위해 요리토모 공은 일본에 있는 모든 무사의 총대장, 쇼군이 되 어 천하를 다스렸습니다."

요도 부인은 순간 날카로운 시선으로 반발했으나 생각을 바꾼 듯 잠 자코 있었다.

"생모님은 요리토모 공과 그의 동생 미나모토노 쿠로 요시츠네源九 郎義經° 사이에 어째서 불화가 생겼는지 아십니까?"

"잘은 모르지만 요리토모 공은 질투심이 많은 분이었다고."

"아니, 절대로 그렇지 않습니다. 요시츠네 공의 무공은 원래 형의 부하를 이끌고 대리로 나가서 세운 무공, 요리토모 공이 질투했을 리가 없습니다. 요시츠네 공은 형님이 반드시 지키라고 한 가장 중요한 것을 지키지 않았습니다."

"그 가장 중요한 것이란?"

"인에서 포상으로 벼슬을 내리더라도 받아서는 안 된다는 것이었습니다. 일본의 무사는 모두 요리토모 공의 가신, 그러므로 공로가 있으면 요리토모가 인에 상신하여 받게 할 것이므로 직접 받아서는 안 된다고 굳게굳게……"

그때 문득 요도 부인이 날카로운 소리로 가로막았다.

"그런 이야기가 나하고 무슨 관계가 있단 말이에요!"

9

"관계가 있습니다!"

소쿤도 날카롭게 대답했다.

"아무 관계가 없는 일을 어째서 일부러 말씀 드리겠습니까. 이 모두는 생모님의 질문에 대한 대답입니다."

요도 부인은 다시 꿈틀 얼굴의 근육을 경련하며 시선을 돌린 채 작은 소리로 말했다.

"그렇다면 계속하세요."

"예. 평생 단 한 번 주어진 인연으로 알고 후회 없이 말씀 드리겠습니다. 직접 인의 임관은 받지 말라는 엄명을 어기고 요시츠네 공은 사에몬노죠 케비이시左衛門尉檢非違使란 벼슬을 받았습니다. 바로 불화의 시초. 무사들이 다시 인으로부터 벼슬을 받게 되면 요리토모 공의 이상理想도 고심도 물거품…… 인은 벼슬을 받는 사람만 있다면 누군가 세력을 줄 때마다 반드시 그 적을 만들어 치라는 명을 내릴 것이므로……
결과는 그대로 되었습니다. 형의 이상을 이해하지 못한 요시츠네 공은
형에게 호되게 추궁당해 원망하는 마음을 품다가 인院으로부터 요리토
모 정벌의 명을 받고 적이 되었습니다. 이 형제분의 비극…… 결코 생
모님이나 도련님과 관계없는 일이 아닙니다. 생모님도 요리토모 공을
본받은 쇼군 님과 천자 밑에서 정사를 보신 타이코 전하의 세상이 다름
을 깊이 마음에 새기셔야만 합니다.”

요도 부인도 어느 정도 소쿤이 말하려는 뜻을 이해한 모양이었다.

“그러면, 천하님의 시대와 지금은 세상이 바뀌었다는 말인가요?”

“예. 전에는 아시다시피 전하가 공경公卿이 되셔서 천자 곁에서 정
치를 하신 칸파쿠 다죠다이진關白太政大臣, 지금은 쇼군이라는 무사의
총대장으로서 천자의 위탁을 받고 하시는 바쿠후 정치입니다.”

“소쿤 님! 이 차이가 우리 가문에는 불리하다는 것인가요?”

“유리와 불리는 별문제, 만일 히데요리 님이 무장이 되시려 한다면
표면적으로는 쇼군 님의 지배 아래, 곧 가신이 됩니다.”

소쿤은 담담하게 말했다. 요도 부인의 표정은 그 한마디로 대번에 굳
어졌다.

“이런 화창한 봄날에 이상한 말을 듣게 되는군요, 소쿤…… 도련님
도 지금은 나이다이진…… 그래도 에도의 가신이란 말인가요?”

“그것과 이것은 다릅니다.”

“그럼, 어떻게 하면 에도의 가신이 안 될 수 있나요?”

“예. 이 성을 떠나 천자 곁으로 가셔서 무장과 다이묘 지위를 버리시
면 될 것입니다……”

요도 부인은 세게 혀를 찼을 뿐 잠자코 있었다. 아마 머릿속에서 쿄
토에 있는 공경들의, 가문만 높을 뿐 실속 없는 생활을 그려보고 있었
을 것이다.

소쿤은 말이 너무 지나쳤다……고 문득 생각하다가, 아니 그렇지도 않다고 자기 자신에게 말했다.

'언젠가는 알게 될 일……'

그는 다시 미소를 띠고 무릎걸음으로 한발 다가앉았다.

"생모님, 지금까지 쇼군 정치, 바쿠후 정치의 표면적인 이치만을 말씀 드렸습니다. 그렇지만 내년에는 센히메 님의 아버님이 쇼군 님, 그러면 도련님은 소중한 쇼군 님의 사위님, 불화만 없다면 가문은 더더욱 만만세일 것입니다."

10

요도 부인은 소쿤의 말이 멀리서 나뭇가지를 스치며 들려오는 바람소리처럼 여겨졌다.

어느 틈에 이런 세상이 되고 말았을까……?

지난해 2월 4일에는 일부러 후시미에서 히데요리에게 신년 인사를 하러 왔던 이에야스가 지금은 천자에게 천하를 위임받은 무사의 총대장, 히데요리도 그 명령에 따라야 한다고 한다…… 히데요리까지 가신 취급을 받는다면 카토, 후쿠시마, 아사노 등이 아무리 굽실거린다 해도 화를 낼 수 없다. 아니, 이에야스는 그래도 좋았다. 그의 아들 히데타다가 내년에는 쇼군이 된다…… 그렇게 되면 요도 부인과 동생 오에요 부인의 지위는 반대가 된다.

지금까지는 동생의 자식이므로 받아들였다…… 그런 눈으로 보고 있던 센히메까지도 언니의 자식인 히데요리이므로 보내주었다는, 생각지도 못한 역전된 현상이 벌어질 터.

세상이 바뀌었다고 소쿤은 말했지만 아무도 모르는 사이에 그러한

급변이 있을 수 있는 것일까. 그렇다고 소쿤의 말대로 오에요 부인에게
는 아직 아들이 없으므로 섣불리 화를 낼 수도 없었다.

이에야스나 히데타다가 무엇을 생각하고 있을지 대강은 짐작한다고
생각했으나 실은 아무것도 모르고 있었다.

"아마도……"

다시 소쿤이 말했다.

"쇼군 님은 천하를 물려주시고 과연 자신의 국가를 위한 건설이 어
느 정도 세상사람들에게 인정받았을까, 면밀히 살펴보실 생각이 틀림
없습니다. 말씀 드린 요리토모 공과 요시츠네 공의 불화와 관련되는 미
묘한 점…… 요시츠네 공은 형님에게서 절대로 인의 벼슬은 직접 받지
않도록, 받으려면 반드시 요리토모 손을 거쳐 받으라, 카마쿠라 바쿠후
의 생명줄이라고 단단히 다짐받고도, 아마 내게 한 말이 아니겠지, 많
은 가신들에게 말한 것…… 형제 사이이므로 이렇게 생각해서 별로 마
음에 두지 않았다……고 소쿤은 해석합니다."

"……"

"그런데 이것이 방심이었습니다. 요시츠네 공이 요리토모 공 손을
거치지 않고 벼슬을 받자 많은 공신들이 가만히 있지 않았습니다. 쿠로
님은 명령을 어겼다! 형제라고 해서 그대로 묵인하는가, 동생은 적용
되지 않는 명령이냐며 반발했습니다. 그런 때 천하에 법도를 펴는 사람
으로서 그냥 둘 수 없습니다. 그래서 부득이 눈물을 머금고 요시츠네
공을 꾸짖습니다…… 그러나 꾸중받은 쪽은 처음부터 가볍게 여기고
있던 일, 왜 꾸짖는지 납득이 가지 않았습니다. 그래서 참지 못하고 적
이 되었다…… 아시겠습니까? 도요토미 가문과 도쿠가와 가문은 육친
형제는 아닙니다. 그러나 돌아가신 전하와 쇼군 님은 처남 매부 사이,
또 다이나곤 님 부인과 생모님은 끊으려야 끊을 수 없는 혈육, 더구나
도련님의 이종인 센히메까지 출가해오신 이중 삼중의 사이로 요리토모

공과 요시츠네 공 이상의 친척…… 이러한 사실이 중요합니다."

소쿤은 요도 부인이 시선을 자기에게 돌리지 않을 수 없을 만큼 열변을 토했다.

<h2 style="text-align:center">11</h2>

인간으로서의 소쿤은 별로 남의 불행에 신경을 쓰는 인물이 아니었다. 때로는 냉정한 방관자가 되어 깨끗이 잊어버리는…… 그런 면도 다분히 가진 사나이였으나 오늘은 평소와 달랐다.

처음에는 말로 납득시키려고 예를 들었던 요리토모와 요시츠네 형제에 대한 이야기였다. 그런데 말을 하는 동안에 에도와 오사카의 경우와 꼭 들어맞는 큰 불안으로 바뀌었다.

그 불안은 결코 남의 일일 수 없었다. 평화로운 시대를 이룩하기 위해 애쓴 것은 결코 노부나가나 히데요시, 이에야스뿐만은 아니었다. 오닌應仁의 난° 이후 사카이 사람들이 바라던 희망이었다. 리큐도 쇼안도, 소로리曾呂利도 소큐宗及도 모두 그 때문에 생명을 단축시켰다. 다시 에도와 오사카가 싸우게 된다면 타이코가 건설한 이 오사카뿐만 아니라 사카이도 쿄토도 결국은 초토로 변하고 말 터였다.

"생모님, 이처럼 깊은 이중 삼중의 사이이므로 세상이 바뀌었다 해도 우리 가문은 아닐 테지 가볍게 생각하는 것이 사람의 마음입니다. 그러나 천하의 법을 펴나가는 입장이 되면 좀처럼 그럴 수가 없습니다. 요리토모 공 형제의 비극이 그 좋은 보기라고 도요토미 가문에서 다이묘들에게 모범을 보이신다…… 그러면 틀림없이 도련님에게 그만한 행운이 있으리라고 생각합니다."

"알았어요, 잘 알았어요."

어느 틈에 요도 부인의 두 눈에는 희미하게 눈물이 맺혀 있었다.

"세상은 바뀌었다…… 그러므로 솔선하여 도련님도 쇼군 님의 법을 따라야 한다는 것이로군요?"

"황송합니다. 평화를 위해, 돌아가신 전하의 명복을 빌기 위해…… 또 도련님을 위해, 백성들을 위해……"

소쿤은 요도 부인의 눈물에 당황했다. 비로소 자기의 말이 너무 가혹했음을 깨달았다.

"용서해주십시오. 저는 요리토모 공 형제의 옛일을 생각하면 가만히 있을 수 없었습니다."

"잘 말해주었어요."

요도 부인도 이제는 말속에 야유를 숨기고 있지 않았다.

"세상이 바뀌어 천하 일은 이제 조정에서 쇼군에게 일임……"

"그렇습니다."

"이러한 사태를 바꾸려면 싸움에 이기고 나서 다시 조정에 청원할 수밖에 없겠군요?"

"이치는 그렇습니다."

"좋아요. 내가 그 이치를 도련님에게도 잘 설명…… 아니, 도련님만이 아니라 후쿠시마에게도, 카토에게도…… 이 성에 오는 모든 사람에게 잘 부탁하겠어요. 세상은 변했다, 도련님에 대한 충성을 생각한다면 에도의 지시를 따르라고……"

이렇게 순순히 말했다. 요도 부인의 태도에 소쿤은 그만 몸둘 바를 몰랐다.

'이런 분에게 어째서 지금까지 아무도 세상이 되어가는 진실을 고하지 않았을까……?'

카타기리나 코이데의 태만을 책하고 싶은 심정마저 들었다.

"그래요, 이제 내 마음도 정해졌어요…… 쇼군은 전하가 돌아가신 연세에 맞추어 은퇴하신다니……"

12

'요도 부인은 결코 이해를 못하시는 분은 아니다……'

소쿤은 절실하게 깨달았다.

문제는 역시 측근들의 견식과 성의에 달려 있었다. 이 성과 더불어 타이코 유업이라는 역사상에도 드문 큰 짐을 한 여성에게 짊어지게 하는 것은 무리. 측근에 있는 자가 착실하게 보좌하고 떠받치면서 거듭 유업의 소중함을 설득하지 않는다면 동요하는 것이 당연했다.

소쿤이 보기에는 이 성에 그런 중요한 견식과 성의가 충분하다고 할 수 없었다.

'대관절 누가 타이코의 유업이 지닌 뜻을 확실히 마음속에 새기고 있는 것일까?'

소쿤은 사카이 사람 중에서는 의외로 냉정하게 노부나가, 히데요시, 이에야스의 3대에 걸친 이상과 업적을 평가할 수 있는 입장에 있었다. 그가 보기에는 노부나가도 위대했다. 그리고 히데요시의 재능도 뛰어났다. 이에야스의 경륜에 이르러서는 그 역시 미약하나마 헌신하면서 존중하고 있었다.

그러나 지금의 평화는 이들 세 사람에 의해 이룩되었는가? 이런 질문을 받는다면 ——

"아니오."

이렇게 대답할 수밖에 없었다.

노부나가는 인재 발굴의 명인이었다. 히데요시는 사람을 부리는 재주가 뛰어났다. 이에야스는 그 두 사람의 장점을 본받아 인물의 식별과 인간에게 숨겨져 있는 장점을 찾아내어 활용하는 지도자적인 그릇이었다. 따라서 저마다 훌륭한 가신을 가지고 있었고 정세를 그릇되게 판단하지도 않았다. 그러나 이것만으로는 하나의 시대를 창조해낼 수 없다. 또 하나의 것이 보이지 않는 곳에서 그 위업을 크게 도와주고 있었다. 많은 사람들은 그 '무언가'를 간과하기 쉽다.

말할 것도 없다. 그것은 개개인으로는 어리석게 보이는 민중의 희원希願이고 대중의 뜻이 향하는 곳이었다.

이 힘은 개별적으로는 눈에 보이지 않을 만큼 작은 것이었으나, 실은 역사를 지배하고 시대의 방향을 결정짓는 큰 강이라고 소쿤은 생각하고 있었다. 이 강은 소쿤이 보기에 싸움으로 날이 새고 지는 백수십 년 동안 도도하게 흐르고 있었다. 그들은 이미 평화가 무엇이었는지도 잊어가고 있었다. 그러나 마음 어딘가에서 바라고 동경하며 그것을 찾고 있었다. 따라서 ——

'이것으로 천하가 다스려질 수 있다……'

이렇게 느껴질 때는 누가 부르지 않더라도 어딘가에서 도와주고 있었다.

소쿤은 그 '무언가'의 힘을 요도 부인에게 이해시키고 싶었다.

"생모님, 저에게 한 가지만 더…… 버릇없는 소리를 할 수 있도록 허락해주시겠습니까?"

"오, 좋아요. 그대의 말로 나도 가슴이 후련해졌어요."

"아닙니다, 이 말은 혹시 생모님 심중에 파도를 일으키게 할지도 모릅니다만 하겠습니다. 소쿤은 생모님의 외숙부이신 소켄總見(노부나가) 공으로부터 타이코 전하, 쇼군 님 등 삼 대에 걸친 불가사의한 인연을 생각하고 있습니다."

"불가사의한 인연을……?"

"예. 이 세 분이 계시지 않았다면 아직도 밤낮 없이 싸움이 계속되어 백성은 도탄에서 헤매고 있었을 것이 분명합니다."

소쿤의 말에 요도 부인도 솔직한 표정으로 고개를 끄덕였다.

"정말, 이상한 인연……이라고 할 수도 있겠어요……"

13

"그렇습니다!"

소쿤은 요도 부인의 솔직한 태도에 지금이야말로 설명을 주저해서
는 안 된다고 생각했다.

"이 세 분이 만나시지 않았다면 우선 이 오사카의 거리도 없었을 것
입니다. 지금까지도 이시야마石山 혼간 사本願寺의 문전거리이고, 사
방은 갈대가 무성한 한촌이었을 것이 분명합니다."

"그럴 테지요."

"이것을 생각하면 소켄 공은 위대하신 분입니다."

요도 부인은 타이코의 이름이 나오지 않고 외숙부인 노부나가의 이
름이 먼저 나왔으므로 약간 당황한 듯 눈을 깜박였다.

"생모님도 알고 계시겠지요. 이 오사카에 성을 쌓으시려 생각하신
것은 소켄 공, 타이코 전하는 그 뜻을 이으신 것뿐입니다."

"오오, 역시 그렇겠어요."

"저는 이 세 분을 백성의 고생을 보다못한 신불이 일부러 이 세상에
보내신 분이 아닌가 하고 종종 생각하고 있습니다."

"호호호…… 그렇다고 해도 난폭하고 피에 굶주린 분들이었어요."

"아니, 그렇지 않습니다. 그 증거로 이 세 분은 진짜 싸움은 한 번도
하시지 않았습니다. 소켄 공을 중심으로 타이코 전하도 쇼군 님도 열심
히 일만 하셨습니다."

"그것은 사실이에요."

"예. 쇼군 님은 처음부터 소켄 공의 친동생이나 마찬가지…… 소켄 공은 언제나 쇼군 님을 미카와의 친척, 미카와의 친척이라 부르시며 힘을 합하셨고, 타이코 전하는 소켄 공의 원한을 눈 깜짝할 사이에 풀어드리고 유업을 이으셨습니다."

"정말, 그렇군요."

"전하 또한 소켄 공과 쇼군 님 사이를 충분히 잘 알고 계셨기 때문에 코마키小牧 전투가 있기는 했습니다만, 이에 구애되지 않고 여동생을 출가시켜 인척이 되셨습니다…… 이 세 분의 화목이 없었다면 평화로운 세상은 없습니다. 생각할수록 백성들에게는 이 모두 고마운 불가사의한 인연입니다."

"그 말을 듣고 보니 과연 그렇군요. 세 사람이 싸우고 있었다면 분명히 세상은 아직 전국戰國의 난세였을 거예요."

"물론입니다!"

소쿤은 자기가 어느 틈에 몸을 내밀고 있다는 사실조차 깨닫지 못했다. 그 정도로 오늘의 그는 여느 때의 다인다운 근엄한 면모에서 벗어나 있었다.

"말씀 드려두고 싶은 것이 있습니다. 이 불가사의한 인연으로 맺어져 만민을 위해 서로 도와오신 세 분, 그 가운데 소켄 공도 타이코 전하도 이미 이 세상에 계시지 않습니다. 쇼군 님이 그 뒤를 이어 마무리하며 유업을 계승하고 계십니다…… 이 소중한 인연의 실을 끊고 만일에 두 가문이 싸운다면 그야말로 신불의 저주와 만민의 원성을 들을 것입니다. 아니, 이 점은 쇼군 님도 충분히 아시고 계실 터…… 부디 생모님도 잊지 마시기를…… 지금까지 세 분이 모두 부처님의 화신으로 여겨질 만큼 쌓아올리신 좋은 인연을 나쁜 인연으로 바꾼다면 그야말로 소켄 공도 타이코 님도 낙담하셔서 귀신이 되어 나타날지 모릅니다."

소쿤은 단호하게 말하고 나서 요도 부인의 반응이 궁금했다.

14

지금까지의 요도 부인은 여자라는 피해의식이 상당히 강했다. 평소 이를 건드리면 이야기는 곧 이성理性의 선에서 벗어나고는 했다.

소쿤은 그러한 사태가 두려워 마른침을 삼키며 요도 부인의 반응을 살폈다. 그런데 지금 요도 부인은 조금도 감정이 날카로워진 기색이 없었다. 앞서 빈정대며 하던 응대도 잊어버린 듯 소쿤의 말에 진심으로 동의하고 있는 것 같았다.

소쿤은 이쯤에서 물러갈 때……라고 판단했다.

그로서도 결코 입에 발린 아부나 추종을 위해 말한 것은 아니었다. 만약 이에야스와 사이가 벌어지면 노부나가나 히데요시가 귀신이 되어 나타난다고 한 것은 그 자신 정말 그렇게 믿고 있었다.

"이거 너무 분별 없는 말씀을 드렸습니다. 그럼, 저는 이만 물러가려 합니다."

"벌써 가시겠어요? 정말, 여러 가지로 좋은 말을 들었어요. 참, 무언가 드리고 싶은데……"

요도 부인은 손뼉을 쳐서 우쿄右京 부인을 불러 무어라 속삭였다. 옷 한 벌의 하사였다.

"참으로 분에 넘치는 영광, 고맙게 받겠습니다."

소쿤이 물러간 뒤 요도 부인은 잠시 동안 꼼짝도 않고 정원의 한 점을 응시하고 있었다. 불쾌한 눈빛이 아니었다. 마음에 떠오른 아름다운 환영을 지우지 않고 기억 속에 간직하려는 눈빛이었다.

"그래, 쇼에이니正榮尼만 따르도록. 도련님 거실에 가보겠어. 지금쯤 글씨 공부도 끝났을 거야."

이렇게 말하고 일어났다. 그러다 문득 생각이 바뀐 듯.

"아니, 도련님보다도 먼저 센히메를 찾아보아야겠어. 미리 연락할 것도 없어. 혈육인 이모와 조카딸이니까."

그리고는 입에 손을 대고 밝게 웃었다.

"호호호…… 나 좀 보게, 센히메는 조카딸이 아니라 며느리였어. 호호호……"

"정말 그렇습니다."

쇼에이니는 안도한 표정으로 머리를 숙이고 물었다.

"그럼, 수행할 사람은?"

"괜찮아, 며느리한테 가는데 거추장스런 예의를 찾을 필요가 어디 있겠어. 그대만으로 충분해."

"정말, 센히메 님이 기뻐하실 거예요."

"기뻐할까?"

걸으면서도 요도 부인은 들떠 있었다.

"생각해보니 오에요 부인에게는 아들이 없었어."

"예, 따님들뿐이라고 합니다."

"그러면 센히메가 맏이이고, 그 맏이가 내 며느리……"

문득 요도 부인은 입을 다물었다. 그러나 그녀가 무엇을 생각하며 들떠 있는지는 쇼에이니도 알고 있었다.

이에야스가 타이코가 세상을 떠난 63세란 나이만 채우고 은퇴한다고 들었을 때부터, 다음의 쇼군은 히데타다이지만 그 다음은 히데요리라 공상하고 한 말임이 틀림없었다. 그리고 이 공상은 오랫동안 잊고 있던 센히메의 존재를 생생하게 떠올리게 했다.

히데요리가 3대 쇼군이 된다고 상상하면 히데타다와 히데요리 사이를 잇는 중요한 사슬은 다름 아닌 센히메였다. 그 센히메는 지금 에도

에서 데려온 마음에 드는 꼬마 시녀 오쵸보와 둘이 주사위판을 사이에
두고 마주앉아 있었다.

15

요도 부인이 긴 복도를 밝은 표정으로 건너가 센히메의 전각 입구에
이르렀을 때 시녀들은 몹시 당황했다. 아무런 연락도 없이 갑자기 요도
부인이 나타났기 때문에 무리가 아니었다. 당황하며 한 사람은 그 앞에
무릎을 꿇고 한 사람은 안으로 달려갔다.

"괜찮아. 보아라…… 여기서도 센히메의 얼굴이 잘 보이는구나. 정
말 마음에 들어. 아무런 사심도 두려움도 없는 그 기품, 깨물어주고 싶
을 만큼 사랑스럽다니까."

그러나 센히메 전각의 시녀들에게는 그 말이 액면대로는 통하지 않
았다. 요도 부인의 까다로움과 말속에 숨은 빈정대는 버릇은 널리 알려
져 있었다.

"지금 마중 나오시도록 하겠습니다."

"괜찮아. 그저 센히메의 웃는 얼굴이 보고 싶어 왔을 뿐이야."

이때 로죠가 허둥지둥 달려와 그 자리에 엎드렸다. 그리고는 땀을 뻘
뻘 흘리며 인사의 말을 했다. 그러나 그때까지도 요도 부인은 그저 담
담하기만 했다.

'모두 나를 위해 애를 쓰는구나.'

이렇게만 생각하고 들어갔다. 그런데 들어가보니 이전의 장소에는
센히메도 오쵸보도 있지 않았다.

"아니, 센히메는?"

"예. 마중을……"

그 말을 듣고서야 요도 부인은 깜짝 놀랐다. 장지문 밖에 센히메가 오쵸보와 나란히 앉아 두 손을 짚고 있었다.

"오오, 센히메……"

요도 부인의 표정이 흐려졌다. 이렇게까지 예의를 차리지 않아도 되는데…… 이런 생각과 함께 버럭 화가 치밀었다. 이쪽에서 정말로 반가움을 느끼고 있는데도, 센히메 전각의 시녀들은 싸늘한 경계심을 버리지 않고 있었다.

요도 부인은 허리를 구부려 센히메의 손을 잡았다.

"센히메, 이제는 내 딸이야. 이런 데까지 나와 마중하지 않아도 좋아. 어째서 놀이를 계속하지 않지?"

"계속해도 좋을까요?"

"좋고 말고! 자, 저쪽으로 모시고 가라."

어린 두 아이는 흘끔 얼굴을 마주보며 끄덕이고 이전의 장소로 돌아갔다. 그러나 눈짓 속에는 뜻밖이라는 어리둥절한 기색이 역력히 떠올라 있었다.

"너희들은 센히메에게 무슨 말을 했느냐? 내가 무서운 사람이라고 가르쳐주었구나."

요도 부인이 생각한 것을 참지 못하고 그 자리에서 입에 올리는 태도는 타이코가 살아 있을 때부터 몸에 밴 버릇이었다. 그러나 이 한마디로 로죠는 더욱 몸둘 바를 몰랐다.

"아닙니다, 결코 그런……"

"그럼, 어째서 저렇게 센히메가 무서워하고 있느냐? 조금 전까지만 해도 천진난만하게 놀고 있었는데……"

"저어…… 그에 대해서는 차차 말씀 드리겠으니 우선 저쪽으로 옮겨주십시오."

요도 부인은 몹시 불쾌해졌다.

로죠는 양지 쪽에 있는 센히메의 주사위판과는 방향이 다른 위쪽으로 요도 부인을 안내하고 그 앞에 머리를 조아렸다……

"자, 변명을 하겠다고 했으니 어서 말해보도록."

"황송합니다. 실은 저도 오늘까지 설마 그 사카에가 임신한 줄은 꿈에도 몰랐습니다."

16

"뭐, 뭐라고 했어! 그게 무슨 소리냐?"

요도 부인이 다그치며 물었다.

"사카에가…… 어쨌다고?"

로죠는 원망스러운 듯 요도 부인을 쳐다보고 있을 뿐 당장에는 답하려 하지 않았다. 당연히 그 일 때문에 왔으면서도 시치미를 떼고 있다, 무슨 속셈일까…… 이렇게 생각한 조심성 많은 로죠의 눈이었다.

"왜 잠자코 있느냐, 사카에가 어쨌다는 거냐?"

"예…… 임신을 했습니다."

"그렇다면 누가 이 전각에서 간통을 했다는 거냐?"

로죠는 얼굴을 일그러뜨리며 고개를 저었다.

"아니, 이 전각이 아닙니다."

"그럼…… 상대는 본성에 있는 젊은 무사?"

"아닙니다. 본성에 계시기는 합니다마는 대기소 무사는 아닙니다."

로죠는 묘하게도 침착성을 되찾았다. 혹시 요도 부인이 젊은 무사와의 간통으로 일을 처리하려는 생각이 아닐까…… 로죠는 이렇게 생각하고 한결 반감이 강해졌는지도 모른다.

"대기소의 무사도 아니다…… 그렇다면 출입하는 상인들이거나 아니면 정원을 경비하는……"

로죠는 엄한 얼굴로 다른 시녀들에게 물러가라고 눈짓을 했다. 모두 물러가기를 기다렸다가 다시 말을 이었다.

"처분은 이미 생모님 마음속에서 결정된 줄 압니다. 사카에를 어떻게 하면 되겠습니까. 분부를 내려주십시오."

요도 부인은 안타깝다는 듯이 혀를 찼다.

"결정할 테니 먼저 간통한 상대의 이름부터 말하도록 하라. 여주인이라고 깔보는 모양인데…… 일에 따라서는 두 사람 모두 살려두지 않을 터이다."

"두 사람 모두……?"

"그래. 그대는 이미 상대의 이름을 알고 있겠지?"

"생모님! 좀 지나치시지 않습니까? 사카에의 성미나 기질은 잘 알고 있습니다. 터무니없는 상대를 만들어 처형하신다면 사카에가 너무 가엾습니다."

"뭐, 터무니없는 상대를 만든다고……?"

"예, 그런 조작은 좀 잔인하다 싶어서…… 어쨌든 사카에도 처음에는 거실에 불려가 강요를 당했습니다…… 틀림없습니다."

"거실에 불려가……?"

"예. 도련님은 그 후에도 자주 부르셨습니다…… 그러나 어리시므로 그런 일이 있었는지 당사자인 사카에 외에는 아무도 몰랐습니다."

그 말에 요도 부인은 망연히 입을 반쯤 벌린 채 정신이 나간 듯 침묵하고 말았다.

로죠는 그때야 비로소 요도 부인이 아직 아무것도 모르고 있다는 것을 깨달았다. 몰랐다면 달리 보고할 수도 있었을 텐데.

"빚이 생겼어. 오에요 부인에게……"

얼마 후 요도 부인은 힘없이 이렇게 중얼거렸다. 중얼거리며 외면하는 그녀의 눈은 빨갛게 되어 있었다.

그 문제를 에도에 무어라 고할 것인지 모두 입을 다물고 고민하고 있을 때 도리어 에도에서 소식이 온 것은 8월 초였다.

7월 17일 드디어 오에요 부인이 기다리던 사내아이를 낳았다. 물론 그것은 훗날의 이에미츠家光, 기쁨에 넘친 출생 소식이었다.

아침의 접시꽃

1

이에야스는 그해(케이쵸慶長 9년, 1604) 3월 29일에 다시 상경하여 후시미 성에 있었다.

세이이타이쇼군이 된 지 1년 2개월, 그동안 나라의 기틀은 웬만큼 잡혔다. 그렇다고 그 정도로 안심할 이에야스가 아니었다. 에도에서 보고 듣는 세상사람들의 평가는 결코 공평하다고 할 수 없었다. 이에야스의 천하에 얼마나 민심이 따르는가 하는 것은 에도를 떠나봐야 비로소 알 수 있는 일이었다.

이에야스는 그해 2월에야 겨우 허락해 모리 테루모토에게 성을 쌓을 수 있게 했다. 100만 석 이상의 영지를 가지고 이에야스와 부귀를 다투던 모리 가문이 30여만 석으로 삭감된 뒤 쌓는 성이었다. 테루모토는 예정된 미타지리三田尻, 야마구치山口, 하기萩 등 세 지역에서 한 곳을 정해달라고 정중하게 이에야스에게 청해왔다. 쵸슈長州는 말할 나위도 없이 오우치大內 가문 이래 조선과 중국 대륙으로 왕래하는 문호. 결코 사소한 감정이나 나라 안 사정만으로 결정할 문제가 아니었다. 이에야스는 하기를 택하여 성을 쌓도록 허락했는데, 이에 대한 세상의 평가와 반응도 살펴보고 싶었다.

큐슈 역시 국방을 고려하여 시마즈 가문과 충분히 의사를 통할 수 있도록 대비해야만 했다.

후시미에 온 이에야스는 때마침 상경해 있던 시마즈 타다츠네島津忠恒를 불렀다. 이에야스는 먼저 시마즈 가문을 위해 쿄토의 키노시타木下에 저택을 지을 부지를 줄 생각이었다.

시마즈와 모리 모두 세키가하라 전투 때 적으로 돌아섰던 사람들이었다. 하지만 그들이 이에야스의 새로운 정치에 복종하기로 맹세한 이상 격의 없는 태도를 보여 충분히 안심시킬 필요가 있었다.

이번 이에야스 상경의 또 하나의 목적은 궁중과 공경들이 자신의 새로운 정치를 어떻게 보고 어떻게 생각하는가를 알아보는 데 있었다.

공경들은 그때그때의 정권이나 여론에 대해 놀라울 만큼 예리한 감각을 가지고 있었다. 일천 년 이상 궁중의 그늘에서 살아남은 그들은 이 천하의 지속 여부와 함께 세상의 어지러움과 안정 문제에 이르면 이상할 만큼 예민한 후각과 촉각을 활용하고는 했다. 그들은 1년에 걸친 이에야스의 시책에 이미 그들 나름으로 판단을 내렸을 터.

이에야스는 6월 22일 조정에 들어가 인사하고, 23일에는 후시미 성에서 찾아오는 공경들을 맞아 그들의 모습을 조용히 살펴보았다. 그들의 반응은 이에야스의 예상 이상이었다. 공경들뿐만 아니라 왕족이나 승려들까지 모두 찾아와, 올해 들어 처음으로 이에야스를 만난다고 하면서 정중하게 신년 인사를 했다. 한결같이 히데요시 시대 이상으로 안도하고 있음을 느낄 수 있었다.

이에야스는 그날 이세, 미노美濃, 오와리尾張 등 일곱 지역 다이묘들에게 미츠나리의 거성이었던 사와야마佐和山에 있는 이이 나오카츠井伊直勝를 도와 새로 히코네 성彦根城을 쌓도록 명했다. 이이 가문은 난

보쿠쵸南北朝˚ 때부터 황실을 받들어온 명문. 이이 가문에게 궁성을 지키게 해 궁정도 쿄토도 완전 장악하겠다는 일종의 시위이며, 아직 시대의 변화를 믿지 못하는 사람들에 대한 이에야스의 답이었다.

그런 즈음 이에야스를 기쁘게 하는 세 가지 보고가 잇따라 들어왔다. 첫째는 현재 사도에 있는 오쿠보 나가야스로부터 예상외의 황금이 산출되기 시작했다는 보고. 둘째는 히고의 히토요시人吉 성주인 사가라 나가츠네相良長毎가 자기 어머니 료겐인了玄院을 자진해 인질로 에도에 보내겠다는 것이었다. 결코 이에야스가 요구한 것이 아니었기 때문에 그 의미는 매우 컸다. 무장들 또한 이에야스의 새로운 정치를 이해하기 시작했다는 증거였다.

이 두 가지보다 이에야스를 더 기쁘게 한 세번째 소식……

"히데타다가 아들을 낳았다!"

이것이었다.

2

후시미 성에서 '남아 출생' 소식을 들은 이에야스는 즉시 거실 탁자 위에 불을 밝히게 했다.

무엇 때문인가……는 근시들도 알 수 있었다. 그러나 어떤 신불에게 무엇을 기원하고 무엇을 감사하는가 하는 것까지는 알지 못했다.

에도에 있는 동안 이에야스는 카마쿠라 하치만八幡 신사 신축을 명해두었다. 오카자키에서 이가伊賀 신사에 참배하고 오토코야마男山 신사에 참배한 것과 같은 의미가 아니라, 이에야스는 마음속으로 에도의 뿌리가 될 남아 출생을 기원하고 있었는지도 모른다.

"역시 태어났구나."

불이 켜지자 이에야스는 정성껏 써서 보낸 히데타다의 서신을 펼치고 안경을 썼다.

"이번에야말로 타케치요竹千代로 이름을 지어야겠다."

지금까지 히데타다에게 전혀 아들이 없었던 것은 아니다. 제일 먼저 태어난 센히메, 이어서 네네히메子子姬와 카츠히메勝姬가 태어난 뒤 실은 아들이 태어났다.

히데타다는 그 아들을 자기 아명을 따서 나가마루長丸라고 이름지었다. 솔직하게 말해서 이에야스는 그 이름이 탐탁하지 않았다. 히데타다가 이에야스의 뒤를 잇는 이상 그 아이는 도쿠가와 가문의 주인이 될 사람. 그런데도 나가마루라니 부당하다는 생각이었다.

이에야스가 히데타다의 아명을 지을 때는 히데타다를 후계자로 삼을 생각은 하지 않았다. 도쿠가와 가문의 후계자라면 이에야스나 이에야스의 할아버지처럼, 또 이에야스의 적자였던 사부로 노부야스처럼 어엿하게 '타케치요'라고 부르고 싶었다.

그 나가마루가 1년도 되지 않아 시름시름 앓다가 짧은 인생을 끝내고 말았다.

"그것 보아라……"

이에야스는 말했다. 그러나 말하고 나서 아직 히데타다에게 그 일에 대해 아무 불만도 말하지 않았다는 사실을 깨닫고 당황했다.

히데타다 역시 낙담한 모양이었다.

"이번에는 아버님이 이름을 지어주십시오."

할아버지로서는 당연한 이에야스의 불만을 깨닫고 이렇게 말했다. 그러나 다음에 태어난 아이 역시 딸이어서 그 이름은 하츠히메初姬…… 이렇게 되어 히데타다도 오에요 부인도, 또 이에야스까지도 왠지 모르게 이제 사내아이는 태어나지 않을 모양이다, 태어나더라도 인연이 없는 모양이다 하고 거의 체념해가고 있었다.

그러한 때 에도로부터 남아 출생 소식이 왔다.

히데타다의 서신을 가지고 말을 달려온 사자 나이토 지에몬 마사츠구內藤次右衛門正次, 그 역시 흥분해서 어깨를 들썩거렸다.

"히키메야쿠引目役°는 사카이 카와치노카미 시게타다酒井河內守重忠였다는 말이지. 좋아, 가법에 맞는 일이야."

탯줄을 자른 것은 사카이 우효에노다이부 타다요酒井右兵衛大夫忠世, 아이를 받은 것은 시녀의 감독관 사카베 사고에몬 마사시게坂部左五右衛門正重, 태어난 것은 7월 17일 미시未時(오후 2시), 모자 모두 건강하다고 했다.

"마사츠구, 어떻더냐, 다이나곤의 기색은?"

"지금 하치만 신사를 건조 중이어서, 이는 신이 내려주신 아이라며 무척이나 기뻐하고 계셨습니다."

"으음. 삼 대째는 변변치 못하다는 말도 있으므로 잘 키워야 해."

"예……"

"어쨌든 축하해주어야겠네. 마사즈미, 곧 성안에 알리도록 하라. 모두에게 술을 내리고. 참, 소식을 듣고 다이묘들이 축하하러 올지도 몰라. 주안상도 준비하도록."

그때부터 성안은 온통 기쁨으로 들끓기 시작했다.

3

이에야스는 기쁜 표정으로 잇따라 찾아오는 하객들에게 웃는 얼굴을 보였다. 그리고 상대 인사가 끝나면 누구에게나 이 말부터 했다.

"이번에는 타케치요로 이름짓도록 해야겠어."

하객들 중 어떤 이는 이에야스의 말이 지닌 의미는 알았으나 어째서 찾아오는 사람들 모두에게 그런 말을 하는지는 깨닫지 못했다.

'타케치요'라고 하는 이상, 도쿠가와 가문의 적손嫡孫, 히데타다의 뒤를 이을 아이임은 누구나 다 알게 된다. 평소에는 과묵한 이에야스가 어째서 찾아오는 사람마다 그 사실을 일일이 말하는 것일까.

지금까지의 이에야스 태도로 보면 있을 수 없는 일이었다. 말할 나위도 없이 타케치요가 잘 자랄지도 아직 알 수 없었고, 그 심신의 강약도, 현명할지 어리석을지도 미지수였다.

이에야스만큼이나 사려 깊은 사람이 그러한 사실을 모를 리 없었다. 불길한 상상이기는 하나, 만약 이 아이가 보통사람보다 못한 백치가 된다면……? 물론 그런 것을 입밖에 내어 말할 수는 없다. 그렇게 상상할 수 있는 것처럼 이 아이는 또한 뛰어난 현인이 될 수도 있다.

아버지는 가신들 모두 이에야스의 후계자임을 인정해 추호도 의심하지 않는 히데타다이고, 어머니는 노부나가의 조카로 아사이 나가마사淺井長政라는 뛰어난 인물의 딸이었다. 부모 모두 전혀 나무랄 데가 없었다.

"인간은 키우기에 달렸다."

입버릇처럼 말하는 이에야스가 이를 무시하고 필요 이상으로 '타케치요'라고 널리 선전하는 데는 무슨 의미가 있을 터. 혼다 마사즈미도 이타쿠라 카츠시게도 고개를 갸웃거리고 있었다.

앞으로 이에야스가 그 '타케치요'의 유모와 사부師父에 대해 히데타다에게 일일이 의사를 전할 것이므로 곧 알게 되기는 하겠으나, 아무튼 오늘의 이에야스는 너무 기뻐하여 평소와는 약간 달랐다.

그러한 이에야스의 태도에 의문을 갖게 된 것은 이 두 사람만이 아니었다. 잇따라 축하인사를 드리러 온 소실 중에서도 그런 의문을 던지는 사람이 나타났다.

지난해와 올해에 걸쳐 연달아 여덟째아들(키슈 요리노부紀州賴宣), 아

홉째아들(미토 요리후사)을 낳은 마사키正木 부인과 친하며 텐쇼 18년 (1590)에 13세로 소실이 된 오카츠お勝 부인˚이었다. 그녀는 오하치 부인이라고도 불렸는데, 이에야스의 소실 중에서는 보기 드물게 처녀로 들어온 여자로 거침없이 말하는 활달한 성격이었다. 세상에 대해 별로 꺼릴 것이 없었기 때문일까.

"주군, 타케치요라는 이름은 바로 주군의 아명이 아닙니까?"

"그래. 내 아명이기도 하고 할아버님 아명이기도 한 아주 소중한 이름이지."

"어머⋯⋯"

그녀는 아양떠는 듯한 표정으로 의아하다는 듯 눈을 깜박거렸다.

"그토록 소중한 이름을⋯⋯ 주시다니요."

"그게 잘못이란 말인가, 오하치?"

이에야스도 이 오카츠 부인에게만은 응석을 허락하고 있었다. 그 미모와 재능을 사랑했다기보다 역시 열세 살 때부터 자기를 섬겨왔으므로 사랑스러웠기 때문일 터.

"잘못인지 아닌지는 모릅니다. 그러나 평소의 주군 말씀과는⋯⋯ 약간 다릅니다."

4

"그래, 다르다고 생각하나?"

이에야스는 27세의 애첩에게 진지한 얼굴로 물었다.

"그대는 어떻게 다르다는 건가?"

"주군은 언제나 사람은 키우기에 달렸다고 하셨습니다. 그러므로 슨푸에 계시는 고로타마루 님의 생모님도 나가후쿠마루(키슈 요리노부)

님의 생모님도 엄격하십니다. 그런 점을 떠올려보면 이번 경우는 약간 다른 듯이 생각됩니다."

이에야스는 웃는 대신 시선을 돌려 옆에 있는 이타쿠라 카츠시게를 바라보았다. 카츠시게는 시선을 떨구었다. 그로서도 이에야스가 무어라 대답할 것인지 짐작이 가지 않았다.

"오하치, 그대도 아이를 길러보고 싶다고 했지?"

이에야스는 슬쩍 화제를 바꾸었다.

"예…… 예."

"그대가 낳은 이치히메市姬는 키우지 못했어. 그래서 적적하다고 했어. 그대가 키우고 있는 것은 나가후쿠마루의 동생 츠루치요鶴千代(미토 요리후사), 그대는 츠루치요를 아들로 삼고 싶겠지?"

"예. 하지만…… 그것은……"

"알고 있어. 내 말을 잘 듣도록 해. 이번에 태어난 타케치요에게는, 아깝게도 노부요시는 지난해에 죽었지만, 키요스의 타다요시를 비롯하여 타다테루, 고로타마루, 나가후쿠마루, 츠루치요 등 숙부가 많아. 그들 모두 엄한 훈육을 받아 훌륭한 부하로서 타케치요를 도울 터, 그러므로 타케치요는 몸이 좀 약하더라도 충분히 해나갈 수 있을 거야. 중요한 것은 부하니까."

그 말에 오카츠보다 먼저 이타쿠라 카츠시게와 혼다 마사즈미가 서로 얼굴을 마주보며 고개를 끄덕였다.

"그만 물러가도록 해. 앞으로도 많은 다이묘들이 찾아올 테니."

"예."

"의아하게 생각하는 자가 있거든 그대가 설명하도록. 이미 훌륭한 부하 될 사람이 많으므로 타케치요는 태어나면서부터 타케치요라고."

오카츠 부인도 그 뜻을 깨달은 모양이었다.

"알겠습니다."

눈을 빛내며 정중히 절하고 물러갔다.

혼다 마사즈미도 이타쿠라 카츠시게도 안도했다. 이제 더 이상 물을 것도 없었다. 이에야스는 요즘 연달아 태어나는 자식들의 생모와 그 주변 사람에게 허황한 꿈을 꾸지 못하게 하기 위해 미리 못을 박는 게 목적이었던 모양이다.

아닌 게 아니라 두 살밖에 되지 않은 나가후쿠마루에게는 지난해에 죽은 다섯째아들 노부요시 뒤를 잇게 해 히타치常陸 미토에 25만 석을 주기로 정했다. 그 형 고로타마루도 코후에 25만 석을 주었다. 두서너 살밖에 안 된 아들에게 각각 영지를 주는 이에야스를 보고——

"자기 자식은 귀여운 모양이다."

이렇게 보는 사람도 적지 않았다. 그러나 지금은 히데타다의 아들이 태어났을 때를 대비한 분가分家였음을 알 수 있었다.

다시 하객들이 찾아왔고, 이어 그 발걸음이 뜸해졌을 때 에도에서 두 번째 서신이 왔다. 이번에는 태어난 아이의 유모, 사부, 코쇼 등의 이름을 적어 이에야스의 결재를 받으려는 것이었다.

해가 저물어 방에는 촛대가 준비되었다. 이에야스의 타케치요라고 이름지으라는 명을 전하는 사자는 이미 에도로 향한 뒤였다.

5

이에야스의 말을 듣고 깨달은 일이지만, 지금까지 히데타다에게 아들이 없었기 때문에 소실들 중에 허황한 꿈을 꾼 자들도 있었을 터. 여자에게 자식은 그야말로 인생의 전부이다. 자기 배에서 태어난 아이가 히데타다의 후계자가 되어 3대째로 종가를 잇는다면…… 누구나 그런 꿈을 꾸기 쉽다.

이에야스는 이러한 사태를 경계하고 있음이 틀림없다. 새로운 치세의 이념을 유교儒敎에서 찾고 백성들에게 사농공상士農工商의 계급제를 펴려고 하는 통치자 자신이 장유유서長幼有序의 질서를 어지럽힌다면 치세의 기둥이 세워질 리 없었다.

오카츠 부인도 연년생으로 태어난 나가후쿠마루의 동생 츠루치요를 자기 양자로 들여 기르고 싶다고 청했을 정도이므로 혹시 그런 꿈을 어렴풋이 지니고 있었을지도 모른다. 그녀는 지금 그러한 꿈이 허용될 수 없음을 깨달은 표정으로 물러갔다.

"타케치요는 훌륭한 숙부들을 부하로……"

이 말에 허황한 꿈이 개입할 여지는 없었다.

'그렇구나, 그래서 젖먹이 아들의 영지까지 정하셨구나……'

인생이란 음미하는 것…… 음미하면서 현실을 처리해나가는 것이 살아 있는 정치…… 최근에 이르러 이를 절실하게 실감하며 정진하고 있는 이타쿠라 카츠시게였다.

"이제 올 사람은 거의 온 것 같다. 모두 거실에서 식사하도록."

이타쿠라 카츠시게는 큰방에서 나오는 이에야스의 뒤를 따르면서 마음속까지 씻긴 듯 상쾌한 충실감을 느끼고 있었다.

"자, 모두 앉거라. 다이나곤이 적어보낸 이름을 마사츠구가 읽도록. 마음에 들지 않는 자가 있거든 누구든지 주저 말고 소신을 말하게. 유모, 사부, 코쇼 이 모두는 천하 일과 이어지는 중요한 인선이야."

이에야스는 정면에 있는 상 앞에 앉아 먼저 잔을 들었다.

상 위에는 평소처럼 국 한 그릇에 채소 다섯 가지, 오늘은 특별히 도미구이가 올라 있었다. 가신들과의 연회 치고는 보기 드문 사치였다.

배석이 허락된 사람은 혼다 마사즈미, 나가이 나오카츠永井直勝, 이타쿠라 카츠시게, 나이토 마사츠구, 나루세 마사나리 외에 보쿠사이ㅏ齋와 수덴崇傳이 있었다.

나이토 마사츠구는 히데타다의 두번째 서신을 자기가 작성한 초안과 비교해보고 말했다.

"유모에는 이나바 사도노카미 마사나리稻葉佐渡守正成의 아내였던 후쿠코福子가 어떨까 합니다. 그분은……"

마사츠구의 설명에 이에야스가 손을 들어 가로막았다.

이타쿠라 카츠시게가 싱긋 웃었다.

이나바 마사나리의 부인 후쿠코라면 이에야스도 카츠시게도 잘 알고 있었다. 태어날 아기가 남아인지 여아인지도 모를 때, 오에요 부인이 킨키近畿˚에서 유모를 구해달라는 부탁을 카츠시게에게 해왔다.

서쪽에서 유모를 구하려는 의미는 또 딸……이라 생각하고 쿄토 여자를 생각했기 때문인 듯. 그때 후쿠코는 양아버지 이나바 효고노카미 시게미치稻葉兵庫頭重通의 서신을 가지고 미노에서 쿄토로 떠났다. 카츠시게가 신분을 조사해보니, 후쿠코는 야마자키山崎 전투 때 오미近江 오츠大津에서 체포되어 아와타구치粟田口에서 처형된 아케치 미츠히데의 가신 사이토 쿠라노스케齋藤內藏介의 막내딸이었다. 그래서 카츠시게는 잘 알고 있었다.

이에야스가 손을 흔들자 나이토 마사츠구가 걱정스러운 듯 물었다.

"마음에 드시지 않습니까……?"

6

"아니, 그렇지 않아. 좋다고 했어."

이에야스가 말했다.

"그 여자라면 신원도 잘 알고 있어. 타케치요를 맡기면 평생 동안 감격하면서 책임을 다할 여자일세. 사내아이가 태어났을 경우를 생각하고 카츠시게에게 데려오도록 해 나도 얼굴을 보았어. 무슨 일도 할 수 있는 여자야. 그렇지, 카츠시게?"

"예. 주군의 분부로 조정의 민부노쿄民部卿 부인에게 보내두었던 여자입니다."

"그럼, 주군께서는 이의가……?"

"좋은 유모일세, 분명한 여자야."

나이토 마사츠구는 하마터면 웃을 뻔했으나 얼른 표정을 굳혔다.

에도에서 후쿠코가 후보에 올랐던 때의 일이 생각났다. 어쨌든 유모로 선택받은 건 축하할 일. 개중에는 처형당한 자의 딸이…… 하며 고개를 갸웃거리는 자도 있었다. 그러나 민부노쿄 부인과 오에요 부인은 끝까지 후쿠코를 추천했다. 다른 후보자가 두 사람 더 있었으나 모두 오에요 부인보다 용모가 뛰어났기 때문이다.

'마님은 건강하고 그다지 예쁘지 않은 쿄토 여자를 구하고 있다.'

그런 의미에서 후쿠코는 아주 적당했다. 그때의 일이 새삼 마사츠구의 웃음을 유발했다.

"그럼, 사부도 이 자리에서……"

"아, 그래. 읽어보게. 모두 흉허물없는 사이이니 망설일 것 없네."

마사츠구는 그 말을 듣고 남자가 태어났을 경우는 이미 이에야스와 히데타다 사이에 충분한 합의가 있었을 것이라고 추측했다. 그렇지 않다면 이에야스가 이렇게 공개적으로 말할 리 없었다.

"그럼 말씀 드리겠습니다. 사카이 빈고노카미 타다토시酒井備後守忠利, 아오야마 호키노카미 타다토시青山伯耆守忠俊, 나이토 와카사노카미 키요츠구內藤若狹守清次입니다."

"으음, 모두 같은 생각이로군. 좋아, 이에 대해 이의가 없나?"

이에야스는 이렇게 말하고, 새삼스럽게 생각난 듯이 마사츠구의 손을 바라보았다.

"초이레는 늦었으나 삼칠일에 대한 것도 씌어 있나?"

"아니, 여기엔……"

"그러면 안 되지. 타케치요로 이름을 지은 이상에는 하마마츠 때부터의 선례를 따라야 해."

"예."

"집안의 기쁨은 후다이의 기쁨. 거기다 이름을 적어넣게. 물론 다이나곤에게 실수가 있을 리 없으나 만에 하나라도 누락되는 사람이 있으면 안 돼."

"알겠습니다."

마사츠구의 말에 보쿠사이가 얼른 일어나 종이와 붓을 건넸다.

"삼칠일이 팔월 팔일, 날도 좋군. 마츠다이라 우마노죠 타다요리松平右馬允忠賴, 마츠다이라 카즈사노스케 타다테루, 마츠다이라 카이노카미 타다요시松平甲斐守忠良, 사이고 신타로 야스카즈西鄕新太郎康員, 마츠다이라 탄바노카미 야스나가松平丹波守康長, 마츠다이라 토노모노스케 타다토시松平主殿助忠利, 혼다 이세노카미 야스노리本多伊勢守康紀, 마키노 스루가노카미 타다나리牧野駿河守忠成, 모가미 스루가노카미 이에치카最上駿河守家親, 마츠다이라 게키 타다자네松平外記忠實, 마츠다이라 이즈노카미 노부카즈松平伊豆守信一, 오가사와라 효부노타유 히데마사小笠原兵部大輔秀政, 미즈노 이치노카미 타다타네水野市正忠胤, 마츠다이라 스오노카미 야스시게松平周防守康重……"

이에야스는 눈을 감듯이 하고 손을 꼽으면서 말했다.

"다만, 초이레 행사에 참석한 자 중에서 중복되는 사람이 있으면, 그것은 다이나곤의 재량에 맡긴다."

이에야스로서는 사내아이의 탄생도 또한 평화를 굳히는 하나의 좋은 기회라 생각하고 있었다. 듣고 있는 동안 이타쿠라 카츠시게는 가슴이 뭉클했다.

'주군은 평화로운 세상을 만드는 데 모든 것을 다 걸었구나……'

7

생각해보면 무리가 아니었다.

현재 살아 있는 다이묘 중에서 이에야스만큼 난세의 피해를 혹독하게 당한 자는 없었다.

할아버지와 아버지를 잃고, 태어난 지 1년 반 만에 어머니와 헤어졌다. 또 여섯 살 때부터 열아홉 살이 되는 초여름까지 큰소리 한 번 못하는 인질생활을 했다. 아니, 그 후에도 이에야스의 인생에는 갖가지 풍파가 그치지 않았다. 겨우 토토우미까지 날개를 폈을 때 미카타가하라三方ヶ原에서 처참한 패전을 맛보았다.

그때 일이 얼마나 사무쳤나 하는 것은 다음 말에서 알 수 있다.

"나에게 싸움의 스승은 타케다 신겐武田信玄이었다. 신겐이 없었다면 나는 그 후 전투에서 패배하여 벌써 죽었을 것이다."

지금도 이렇게 술회하고 있는 것이 무엇보다도 확실한 증거.

가정 역시 말할 수 없이 비참했다. 이마가와 요시모토今川義元의 조카 츠키야마 부인은 이에야스가 노부나가와 손을 잡은 뒤부터는 아무리 설득해도 남편에 대한 적의를 버리지 않았다.

그녀로서는 결코 무리가 아니다.

남편 이에야스가 친정이나 다름없는 요시모토를 멸망시킨 원수 노부나가와 제휴했을 뿐만 아니라, 결국은 자기가 낳은 맏아들 노부야스의 아내까지 오다 가문에서 데려왔다. 자기 친정이 흔적도 없이 사라지게 되었을 때 며느리의 친정은 나날이 융성해갔다……

첫 부인을 죽여야만 했던 이에야스도 무척 고통스러웠을 터.

그것만이 아니었다. 오다 가문을 증오하고 남편을 저주하는 츠키야마 부인, 혹시 타케다 카츠요리武田勝賴와 결탁해 음모를 꾸미지 않을까 하는 우려 때문에 맏아들 사부로 노부야스가 할복을 강요당하는 것까지 막지 못했다……

지금도 가끔 옛일로 무언가를 심각하게 생각하고 있을 때의 이에야스, 그때는 노부야스에 대한 생각을 떨치지 못한다는 것을 이타쿠라 카츠시게는 잘 알고 있었다.

이에야스는 할아버지도 아버지도 어머니도 아내도 모두 난세에 빼앗긴 피해자였다. 그런 의미에서 그는 인생의 실패자이기도 했다.

이러한 이에야스가 평화를 이룩하는 데 모든 것을 걸지 않았다면 마침내는 그 역시 비참한 시대의 흐름에 짓밟혔을 터. 그는 똑같은 실패를 결코 두 번 다시 되풀이하지 않았다. 참담한 고통은 한 번으로 씹어삼키고, 그 실패의 상처 위에서 힘껏 다음의 성공으로 인생의 걸음을 내딛었다……

카츠시게가 지난해 정월 이에야스에게 쇼시다이로서 백성을 다스리는 자의 마음가짐에 대해 물었다.

"인생에서 무엇이 가장 중요한지 말씀해주십시오."

이때 이에야스는 이렇게 대답했다.

"사람의 일생은 무거운 짐을 지고 먼길을 가는 것과 같다. 서둘러서는 안 된다…… 불편함을 일상이라 생각하면 부족함에 대한 불편은 줄어들게 마련. 마음에 욕심이 생기거든 곤궁할 때를 생각하라……"

이렇게 말하고 희미하게 웃으면서 말을 덧붙였다.

"인내는 무사태평의 근원이요, 분노는 적이라 생각해야 해. 이기는 것만 알고 지는 것을 모르면 그 피해는 자신에게 돌아오고 말지. 그리고 자신을 탓하되 남을 나무라지 마라. 모자란 것은 지나친 것보다 나은 법이야."

이는 이에야스의 엄격한 자기 처세훈處世訓이었던 듯. 카츠시게는 그 말을 적어두었다가 매일 아침 읽고는 했다.

그런 이에야스가 세이이타이쇼군을 할아버지로 둔 행복하기 그지없는 손자를 보았다. 아무리 기뻐도 할 일을 잊을 수 없는 것도 무리가 아니었다. 이에야스는 현재의 행복을 스스로 쟁취했기 때문에……

8

이에야스도 오늘밤엔 모든 것을 잊고 마음 좋은 할아버지 노릇을 하고 있다고 생각하는 듯했다. 그렇지 않다면 흥허물없이 술잔을 드는 자리에서 이런 중요한 이야기를 할 리 없었다. 그러면서도 화제에 올리는 한마디 한마디가 모두 '치세治世' 문제와 관련되어 있었다.

삼칠일 축하잔치에 초대할 사람의 인선이 끝났다. 이에야스는 더욱 기분이 좋아 손자의 코쇼가 될 후보자를 고르기 시작했다.

"에도 다이나곤 님은 나가이 님의 삼남 쿠마노스케熊之助를……"

마사츠구는 흘끗 쿠마노스케의 아버지 나오카츠를 바라보면서 말을 이었다.

"미즈노 이치노카미 요시타다水野市正義忠 님의 이남 세이키치로靑吉郎, 또 후쿠코 님의 아들…… 그러니까 이나바 사도노카미 마사나리의 삼남 치쿠마千熊……"

"뭣이, 후쿠코의 아들도 들어 있다는 말이냐? 요즘의 다이나곤으로서는 놀라운 분별심이로구나."

"허어, 정말 놀랐습니다."

이타쿠라 카츠시게도 뜻밖이라는 듯 입을 열었다.

"후쿠코 님은 사도노카미와 뜻이 맞지 않아 이혼했다는 말을 들었습니다마는."

"그것이 훌륭한 점일세. 고지식한 다이나곤으로서는 용단을 내리기 어려웠을 것이야. 이혼한 사람의 자식을 택한다는 게…… 그러나 바로 그게 중요한 점일세. 부부 사이는 어떻든 여자에게는 자식처럼 귀여운 것도 없어. 그런 아이 하나를 데려온다…… 후쿠코는 마음으로부터 기뻐하며 일할 수 있을 것일세. 인간이란 기쁜 마음으로 일하게 하지 않으면 전력을 다하지 않는 법이야."

이에야스는 이렇게 말하고 카츠시게에게 물었다.

"오후쿠お福에게는 자식이 몇이나 있지?"

"예. 분명히 아들만 셋……이라고 들었습니다만."

"아들만 셋…… 하하하…… 그런데도 남편과 뜻이 맞지 않았다는 말이지. 강한 기질의 여자로군. 아무튼 일하는 태도를 보고 나머지 두 아이도 등용하겠네…… 마사츠구, 다이나곤에게 그렇게 전하도록."

"예."

"또 그 밖에는?"

"현재로서는 세 명뿐입니다."

"너무 적어! 아무것도 모르는 어린아이 때부터 코쇼였다……고 하면 그 정은 여간이 아니야. 셋으로는 안 돼. 참, 다이나곤의 유모였던 오우바大姥 부인과 남매지간인 오카베 쇼자에몬岡部庄左衛門의 막내아들이 있을 거야. 아마 시치노스케七之助라는 이름이었지. 그 아이도 데려다 쓰라고 해라."

"알겠습니다."

"조금 전에 나오카츠의 셋째아들 이름도 나왔지?"

"예. 쿠마노스케, 역시 쿠마熊(곰)입니다."

"곰이 둘이란 말이지. 좋은 상대가 되겠어. 그런데 쿠마노스케는 몇 살인가?"

"올해 다섯 살이 되었습니다."

"그렇다면 시치노스케가 좀 위겠군. 타케치요를 돌볼 아이들이니 나이도 여러 층이고 인원수도 많은 것이 좋아. 참, 마츠다이라 우에몬노스케松平右衛門佐에게도 아들이 있었어. 아마도 쵸시로長四郎(후의 노부츠나信綱)란 이름이었을 게야. 그 아이는 양자일세. 오코우치 킨베에大河内金兵衛 아들인데 영리해서 양자로 삼았어. 그 아이도 좋겠네. 또 아베 사마노스케阿部左馬助의 아들도 있어. 그 아이도 훌륭해. 이처럼 타케치요 주위에서 많은 인물을 기르는 거야. 그런 마음으로 좀더 넓게 내다보라고 다이나곤에게……"

역시 이 자리에서도 인재 양성을 언급하고 있었다.

이타쿠라 카츠시게는 술기운에 그만 웃고 말았다.

9

결국 인간의 그릇은 집착하는 대상이 무엇인가에 따라 결정되는지도 모른다.

이타쿠라 카츠시게가 봐온 세계에서 인간이 집착하는 대상은 각각 달랐다. 야마토의 코야규小柳生 마을에 사는 야규 세키슈사이柳生石舟齋 같은 사람이 그 좋은 예였는데, 그는 무엇을 보건 병법의 수련과 결부시키려 했다. 선승禪僧을 만나거나 차 모임에서도, 유학의 강연장에 얼굴을 내밀거나 국학國學과 신토神道°에 대해서도. 그는 이 모두 병법의 깨달음으로 이어진다고 이해하고 있는 듯했다. 그는 병법이 곧 생명이라는 식의 집착을 보였으며, 그 결과 병법의 달인이 되었다고 이타쿠라 카츠시게는 생각했다.

지금은 이미 세상을 떠났으나 요도야 죠안淀屋常安은 나카노시마中

の島를 개간할 때는 개간의 귀신이었고, 전국에서 쌀을 사들이기 시작하면서부터는 쌀의 시세에 자신을 잊고 있었다.

　'아무튼 철저하게 집착하는 사람은 어딘지 모르게 맑고 아름다운 면을 보여준다……'

　일본의 통일을 위해 기울인 노부나가나 타이코의 무서운 집착은 말할 나위도 없지만, 쵸지로長次郎의 도자기, 에이토구永德의 그림, 챠야의 상법商法, 리큐의 다도茶道 등…… 생각해보면 그 집착력은 극히 순수하면서도 격렬함으로 일관되어 있다.

　이타쿠라 카츠시게는 그와 같은 격렬함을 최근 이에야스에게서 확실하게 보고 있었다. 이에야스 자신은 혹시 깨닫지 못하고 있을지도 모른다. 그러나 이에야스는 입만 열면 '치국治國'을 말하고, 생각에 잠기면 '평화'를 떠올린다.

　'그야말로 평화를 이룩하기 위해 태어난 분……'

　그런 의미에서 이렇게 말할 수밖에 없었다. 그리고 이러한 분위기가 차차 주위에 어떤 감화를 주고 있었다.

　카츠시게는 이에야스가 어린 아들들을 미토에 혹은 카이에 영지를 주고, 이어 시나노에 배치하는 것을 보고 처음에는──

　'주군도 역시 자식은 귀여운 모양이다……'

　이에야스의 인간적인 약점을 들여다본 듯한 느낌이 들었다.

　그러나 카츠시게는 지금 타케치요라고 부를 인간의 탄생에 즈음하여 그러한 자기의 생각은 부끄러운 추측에 지나지 않음을 알게 되었다. 자기 자식들이 정착할 곳을 미리 정해놓음으로써 이에야스는 가문에 움직일 수 없는 '적서嫡庶의 질서'를 확립시키려 했다.

　이에야스의 지시는 히데타다에게 자기 의견을 제시하는 형식으로 그날 저녁 내내 계속되었다. 나이토 지에몬 마사츠구는 내일 아침 일찍 후시미를 떠나 이러한 이에야스의 의견을 에도의 히데타다에게 전하러

갈 것이었다.

당시 히데타다는 종2품 곤노다이나곤權大納言°으로 우콘에다이쇼右
近衛大將를 겸하고 우마료노 고칸右馬寮御監에 보직되어 있었다. 그러
나 그는 아버지를 다시 없이 존경하고 있었으므로 이에야스의 의견은
거의 모두 그대로 실현될 것이 확실했다.

'내년에는 주군이 쇼군 직을 물려주실 생각……'

그 결의를 남몰래 굳히고 있을 때 타케치요가 태어나다니 이 얼마나
하늘의 큰 축복이고 또 경사스런 암시란 말인가.

'이제 이 대, 삼 대 바쿠후의 기초는 다져질 것이다……'

카츠시게는 결국 그날 밤을 후시미 성에서 머물렀다.

<h1 style="text-align:center">10</h1>

혼아미 코에츠本阿彌光悅°가 축하하기 위해 3대째 챠야 시로지로茶
屋四郎次郎를 데리고 찾아온 것은 그 이튿날이었다. 나이토 마사츠구
는 이미 에도를 향해 출발하고, 그를 전송한 이타쿠라 이카노카미 카츠
시게板倉伊賀守勝重가 이에야스로부터 할 이야기가 있으므로 남으라
는 말을 듣고 기다리는 중이었다.

3대째 챠야 시로지로는 바로 초대 챠야의 차남인 마타시로. 형 키요
타다淸忠가 아직 처자도 없이 스무 살로 지난해 말에 죽었기 때문에 동
생 마타시로가 시로지로의 이름을 계승해 3대째가 되었다.

3대째 시로지로는 이에야스의 사랑을 받았다. 그의 인물이 비범함을
알고 있는 쇼시다이 이타쿠라 카츠시게도 형 이상으로 그를 중용했다.
현재 챠야 시로지로가 된 마타시로는 스무 살의 젊은 나이로 쿄토의 도
시 계획을 도우면서 쿄토 주변 다섯 지역 상인들을 이끌었으며, 쿄토

상인대표, 시가지 자치책임자라는 거창한 직책을 가지고 종종 나가사키에도 왕래하고 있었다.

혼아미 코에츠는 아버지 챠야와의 관계도 있고 하여 말하자면 시로지로의 고문 역할을 하고 있었다.

두 사람이 찾아왔다는 말을 듣고 이에야스는 카츠시게와의 이야기를 중단하고 그들을 곧 거실로 불러들였다.

카츠시게는 그러한 이에야스의 마음을 잘 알고 있었다. 이에야스는 아직 자기 구상을 확실하게는 카츠시게에게 말하지 않았다. 그러나 쇼군 직을 히데타다에게 물려준 뒤 자문에 응하면서 외국 무역에 손을 댈 생각임은 짐작할 수 있었다.

히데요시는 사람들이 알고 있듯이, 처음에는 노부나가의 생각을 이어받아 천주교를 배척하지 않았으나 나중에는 크게 탄압했다. 한때는 천주교를 일본의 국교로 삼자는 타카야마 우콘高山右近의 상의에도 응할 것처럼 보였던 히데요시였다. 그러던 그가 갑자기 천주교를 싫어하게 된 것은, 천주교도들이 포교한 나라는 모두 에스파냐와 포르투갈의 영토가 되었다는 사실과, 아마쿠사天草 지방의 많은 가난한 백성들이 노예선에 태워져 인도 방면으로 팔려갔다는 사실에 경악과 분노를 느낀 결과였다.

이에야스는 별로 천주교를 두려워하지도 않고 경계하지도 않았다. 일본 내정이 확립되어 있기만 하면 천주교도들 중에 섞인 악인의 준동은 막을 수 있다고 생각하고 있었다.

히데요시는 정치와 경제를 분리할 수 없는 것으로 보고 천주교도들을 탄압했다. 그러나 이에야스는 정치는 정치, 경제는 경제라 하여, 일본에 중앙집권이 확립되어 있기만 하면 통상을 크게 확대해도 불안할 것이 없다고 자부하고 있었다.

이에야스의 그러한 마음을 이타쿠라 카츠시게도 잘 알고 있었다.

'외국 사정을 챠야에게 물으시려는 것이겠지……'

이렇게 생각하고 그 역시 이에야스 곁에 남아 있었다.

거실에 들어온 혼아미 코에츠와 챠야 시로지로 두 사람은 형식대로 이에야스에게 축하인사를 했다. 그런 뒤 혼아미는 마음에 걸리는지 흘 끗 카츠시게를 한 번 보았다.

"실은 은밀히 말씀 드릴 일이 있습니다."

의미심장하게 말하고 나서 얼른 물었다.

"오사카에서 축하의 사자를 보내왔습니까?"

그렇게 보아서인지 챠야의 얼굴은 파랗게 질려 있었다.

11

이에야스가 세이이타이쇼군이 된 뒤 상인 중에서 거실에 들어와 직 접 대화할 수 있는 사람은 거의 없었다.

챠야 시로지로와 혼아미 코에츠도 다이묘들이 동석한 거실이라면 이러한 방식이 아니라 일일이 측근을 통해 말해야 했을 터. 그러나 거 실이 아닐 때는 전혀 경우가 달랐다. 오토기슈가 되기라도 한 것처럼 희롱하는 말까지도 허용되었다.

"오사카에서……?"

코에츠의 질문에 이에야스가 먼저 반문하듯 되묻고는 카츠시게에게 시선을 던졌다.

"오사카에서는 아직 모르고 있지 않나 생각합니다. 알고 서둘러 오 늘 사자를 보냈다고 해도 도착은 내일이나……"

이에야스 시선의 의미를 깨닫고 카츠시게가 대답했다. 순간 코에츠 가 카츠시게에게 시선을 보내며 말했다.

"아니, 이미 알고 있습니다."

코에츠도 이에야스보다는 카츠시게 쪽이 더 말하기 쉬웠던 듯. 요즘 그는 쇼시다이인 이타쿠라 카츠시게에게 사설 고문과도 같이 인생이나 세상일에 대해 이야기하는 친밀한 사이가 되어 있었다.

"후시미에서 누군가가 소식을 전했다는 말인가?"

"아니, 다이나곤 님 마님이 자매간이므로 알리시지 않았을까 생각합니다. 따라서……"

코에츠는 잠시 말을 중단하고 카츠시게와 이에야스를 번갈아 바라보았다.

"지금 말씀 드리려는…… 소동이 일어나지 않았으면, 벌써 축하의 사자가 도착했을 것이다…… 생각하고 여쭈어보았습니다."

"뭣이, 지금 말하려는 소동…… 그럼, 오사카에서 무슨 소동이 일어났다는 말인가?"

이에야스는 다그치듯 사방침 위로 몸을 내밀었다.

"예. 그 소동 중에 소식이 전해졌는지, 소식을 들은 뒤 소동이 일어났는지는 종이 한 장의 차이일 것입니다."

"그런 차이 같은 것은 아무래도 상관없어. 그 소동이란……?"

"주군도 잘 아시는 챠야 님의 약혼자, 센히메 님의 시녀로 동행한 사카에가 쫓겨나게 되었습니다."

"뭣이, 센히메의 시녀가…… 챠야의 그……?"

이에야스도 깜짝 놀라 눈이 휘둥그레지며 챠야 시로지로 키요츠구茶屋四郎次郎淸次를 바라보았다.

키요츠구는 창백한 얼굴로 아래를 내려다보고 있었다.

"실은 카타기리 사다타카片桐貞隆 님이 갑자기 챠야 님에게…… 정말로 갑자기 전한 말이라고 합니다."

"무언가 그녀에게 잘못이 있었기 때문이었나? 센히메와도 관계가 있는 일인가?"

"……잘못이 있었던 것은 아니다. 그러나 내보내야겠으니 챠야 쪽에서 사퇴를 청원하라는 이야기인 것 같습니다…… 그렇지, 챠야?"

"예. 그……그렇습니다."

"어째서 분명하게 말하지 못하느냐! 무엇 때문에 카타기리의 동생이 그런 말을 했다는 말이냐?"

"사카에가 임신했기 때문에…… 챠야 쪽에서 사퇴를 청하도록…… 하라고 한 것입니다."

코에츠는 말하고 나서 얼른 이마의 땀을 닦았다.

12

"평소의 코에츠답지 않은 말투로군. 그럼, 키요츠구는 사카에가 휴가를 얻어 나왔을 때 그만 실수를 했단 말인가? 여자 혼자서는 임신할 수 없으니까."

말하다 말고 이에야스는 스스로도 놀란 듯 숨을 죽였다. 무언가 짐작되는 것이 있는 얼굴이었다.

코에츠가 섬뜩하여 목소리를 낮추었다.

"주군, 챠야로서도 갑작스런 일이고, 또 전혀 기억이 없다고 합니다. 물론 챠야는 그렇게 대답을 했습니다. 그러자 카타기리 님이 두 손을 짚고 그 점은 너무나 잘 알고 있다, 아무 말도 말고 그대의 자식으로 맡아달라고……"

"으음."

이에야스는 신음했다.

"그래서 챠야는 무어라고 대답했나?"

"하루 이틀 생각해보겠다……고 돌려보냈습니다만…… 이 일은 챠야의 양해만으로 끝날 일이 아닙니다. 그쪽을 생각하고 이쪽을 생각한 끝에 챠야가 제게 상의를 해왔습니다. 그러나 저 역시 마찬가지입니다. 주군의 말씀처럼 챠야가 실수했다면 사퇴를 청하는 것으로 일단 사태는 마무리되겠지만, 과연 사카에가 납득할 수 있을지. 어쨌든 태어날 아기가 타이코 전하의 손자라면…… 예, 여자아이인 경우에는 그렇다 해도 만약 사내아이라면……"

"잠깐 코에츠."

"예."

"그 일을 요도 부인도 알고 있나?"

"예…… 예. 생모님은 그 때문에 광란상태에 빠져 도련님과 말다툼을 했다고…… 처음에는 모르셨기 때문에 카타기리 님이 숨겨왔으나, 우연히 아시게 되어 사정을 말씀 드린 모양입니다."

"요도 부인도 처음 알았나?"

"그렇습니다."

"센히메는 아직 아무것도…… 그 아이는 아직 어려……"

이에야스는 크게 탄식하고 불쾌한 듯 고개를 돌렸다. 그는 일부러 중요한 일 한 가지를 묻지 않았다.

히데요리가 저지른 것이냐, 사카에가 원한 정사냐 하는 ─ 그에 따라 처리방법도 자연히 달라질 터였다. 만약 여자 쪽에서 먼저……라는 사실이 밝혀지면 챠야 키요츠구의 상처는 너무 크다. 이에야스는 아버지 못지않게 슬기로운 키요츠구가 사카에를 마음으로부터 사랑하고 있다는 것을 잘 알고 있었다.

"센히메 님이 성장하셔서 명실상부한 마님으로 임신……하시면 사퇴를 청하겠습니다."

어느 기회에 이렇게 말한 것을 기억하고 있다.

"별로 오래 걸리지 않을 것일세. 여자는 빨리 자라니까."

이에야스도 그때는 생각나는 대로 대답했다. 그런데 두 사람의 소중한 꿈이 지금 산산이 부서진 것 같다.

"그래, 잘못은 센히메에게 있는지도…… 아니, 어른인 우리에게도 있어…… 그러나 이렇게까지 되리라고는."

이타쿠라 카츠시게는 무어라 말하지 않을 수 없었다. 이에야스도 코에츠도, 챠야 키요츠구도 모두 입을 다물고 말았다……

13

"저는 사카에가 먼저 그랬으리라고는 생각지 않습니다마는……"

이에야스가 일부러 묻지 않은 질문과 일치하는 의문이었다.

"카타기리 님도 그런 말씀을 하셨다고 합니다. 이 일에는 그녀의 잘못이 없었다, 말하자면 세상에서 말하는 강간이라고……"

혼아미 코에츠는 처음부터 챠야 키요츠구에게는 말을 시키지 않을 각오를 하고 온 듯했다.

"제가 보기에는 상대가 계획적으로 불러서 그렇게 했다……고 생각됩니다마는, 그 강한 기질의 사카에가 과연 카타기리 님의 생각처럼 잠자코 챠야 님에게 출가해올지 그 일이 걱정스럽습니다."

"분명히 그렇기는……"

코에츠와 카츠시게가 대화를 주고받고, 이에야스도 키요츠구도 안타깝게 이야기를 듣는 쪽이 되었다.

"성에서는 잠자코 물러날지 모릅니다만, 도중에 자결할 우려가 있지요. 임신 사실을 알면서도 아내로 삼겠다면 모르지만, 챠야에게 누명을 씌워 출가시키려는 속셈, 오미츠 님의 기질에 맞지 않는 처사입니다.

챠야 님이 우려하는 것은 바로 그 점입니다."

"과연 그럴 수도 있겠지."

"예. 만약 오미츠 님이 자결이라도 하면, 죽은 자에게는 입이 없습니다. 챠야가 도요토미 가문 도련님에게 적의를 품고 그의 자식을 밴 오미츠 님을 궁지에 몰아 죽였다는 소문이라도 나면 그야말로 엄청난 타격…… 저도 어떻게 해야 할지 난감하기만 합니다."

"그럴 테지. 단지 난감한 것만으로 끝나지는 않아. 코에츠, 무슨 좋은 방법이 없을까?"

"글쎄요…… 바로 그 점입니다. 차라리 생모님도 도련님도 이 사실을 분명히 인정하고 맞아달라시면 저도 챠야에게 부탁해보겠습니다마는, 챠야가 외출도 하지 않은 오미츠 님을 임신시켰다니…… 그런 거짓말은 제가 신앙하는 니치렌日蓮° 대선사의 뜻에도 맞지 않습니다."

"으음, 그렇다고 자네 말대로 생모님이나 도련님이……"

카스시게가 고개를 갸웃거렸다. 코에츠는 드디어 그다운 의견의 일단을 털어놓기 시작했다.

"이렇게 하면 어떨까요. 어쨌든 도련님이 그런 일을 하셨다…… 몰랐다고 해도 오사카 성 일인 만큼 생모님 책임이라 생각합니다."

"으음, 그래서……?"

"결단을 내려 책임을 묻자는 것입니다. 과오를 범했을 때는 솔직하게 사죄한다…… 그런 용기가 있어야 합니다. 진정으로 사죄한다면 이쪽에서도 임신한 채 아내로 맞겠다고 하면…… 그러면 챠야의 면목도 어느 정도는 서리라고 생각합니다마는."

"허어, 그러면 이쪽에서 카타기리 님은 제쳐놓고 직접 생모님과 담판을 하자는 말인가?"

"그렇습니다."

"그럼, 누가 간다는 말인가?"

"물론 쇼시다이 님입니다."

코에츠가 말했다.

이에야스의 입에서 무서운 질타의 소리가 나왔다.

"주제넘게 나서지 마라, 코에츠!"

14

이에야스의 꾸중을 듣고도 코에츠는 태연했다. 이 니치렌 대선사의 신자는 처음부터 그런 것쯤은 각오하고 있었는지도 모른다.

"황송합니다. 이 코에츠는 주군에게 말씀 드린 것은 아닙니다. 쇼시다이 님의 질문에 대답하지 않으면 성의가 아니라고 여겨 생각한 대로 말씀 드린 것뿐입니다. 심기를 상해드린 점은 깊이……"

"으음."

이에야스는 씁쓸한 표정으로 물었다.

"그대는 지금 오사카 생모님이 얼마나 고민하고 계실지 알겠나?"

"이 코에츠 나름대로 알고 있다고 생각합니다."

"그대 나름대로…… 나름대로 어떻게 알고 있다는 말인가?"

"꾸중을 각오하고 말씀 드리겠습니다. 생모님은 지금 에도의 다이나곤 님에게 도련님이 탄생하셨음을 아시고 무어라 말할 수 없는 실망을 느끼고 계실 것입니다."

"알고 있나, 생모님도 그것을?"

"예. 생모님은 도련님과 센히메 님 사이에 아드님이 탄생해 천하를 물려받는 꿈을 꾸고 계셨다고…… 그런데 에도에 도련님이 탄생하시고, 오사카 도련님은 자기도 모르는 사이에 어이없는 잘못을……"

"그만, 더 이상 듣고 싶지 않다."

"예."

"그렇기 때문에 분명히 잘못을 인정하도록 하라는 말이지?"

"예. 잘못의 책임은 생모님이 지셔야…… 그 도리를 바로잡지 못하면 두번째, 세번째 잘못이 도요토미 가문에서 일어나지 않을까 하고."

"그대는 도요토미 가문의 대단한 충신이로군! 그러나 코에츠, 지나치게 가혹해."

"죄송합니다만, 잘못을 고치는 데 지나치게 가혹한 일은 없다고."

"좋아, 이번에는 카츠시게가 묻는 것이 아니라 이 이에야스가 묻는다. 쇼시다이는 보내지 않겠어. 그대더러 오사카에 가서 사카에에 관한 일을 생모님과 담판하라고 하면 어떻게 하겠느냐?"

"황송합니다마는, 그런 분부는 있을 수 없다고 생각합니다."

"그렇지 않아. 어쩌면 그대에게 부탁할지도 몰라. 그랬을 때는 어떻게 하겠는지 순서대로 말해보아라."

코에츠는 흘끗 카츠시게를 바라보고 나서 고개를 끄덕였다.

"분부시라면…… 우선 축하 사자를 보내지 않은 것은 무슨 까닭인가, 병환이라도 나시지 않았나 싶어 달려왔다고 말하겠습니다."

"그래서?"

"그 대답을 듣고 나서 담판에 들어가겠습니다. 생모님이 먼저 사카에 말씀을 꺼내는가 아니면 끝까지 숨기는가 하는 데 따라……"

"끝까지 숨길 경우에는?"

"그때는 분명하게 이 일은 주군도 알고 계신데 어떻게 할 생각이냐고 추궁할 수밖에 없습니다. 아니, 추궁하는 것이야말로 진정 대자대비와 통하는 길이라는 생각이 이 코에츠의 신념입니다."

15

이에야스는 혀를 찼다. 그러나 화는 내지 않았다.

'이것이 바로 이 사나이의 장점……'

거짓말을 싫어하는 사나이. 남의 눈에는 종종 편협하게 보일지도 모르지만, 그 이면에서는 언제나 성의가 부족하지는 않을까 엄하게 반성하고 있다. 그런 점에서 이에야스는 젊었을 때의 자기 모습을 이 사나이에게서 발견하는 듯한 생각이 들기도 했다.

"으음, 이것이 그대의 대자대비란 말이지."

"또 지나친 말씀을 드렸습니다."

"괜찮아. 그대는 상대에게 솔직하게 사실을 인정시킬 자신이 있나?"

"없습니다. 있다고 말씀 드려도 마찬가지겠지요. 제가 할 수 있는 것이라고는 나무묘법연화경南無妙法蓮華經……"

"그럼, 아무리 해도 그대의 성의가 통하지 않을 때…… 그때는 어떻게 하겠나?"

"그때는 챠야가 사카에를 맞아들일 수 없다고 분명하게 말하겠습니다. 그리고 사카에와 태어날 아이의 처리를 주군에게 알리겠다고 다짐하고 돌아오겠습니다."

이에야스는 홀끗 카츠시게를 바라보았다.

"어떤가 쇼시다이, 달리 생각하는 바가 있나?"

카츠시게는 두 손을 다다미에 대고 고개를 저었다.

"세상에는 뜻하지 않은 어려움이 있기 때문에……"

"코에츠."

"예."

"참고삼아 한 가지 더 묻겠는데, 상대가 솔직하게 그대의 의견을 물을 때는 어떻게 하겠나? 지금 이 자리에서 그대는 도쿠가와 가문을 위해 생각하고 있어. 그러나 저쪽에서 그대의 생각에 맡길 테니 좋은 생각을…… 하고 말했을 경우에는 도요토미 가문의 입장에서 생각하지 않으면 안 될 것 아닌가?"

"당연한 말씀입니다."

코에츠는 깊이 생각했던 모양이어서 전혀 주저하지 않았다.

"그 경우에는 출산할 때까지 성안에서 산모를 정양시킬 것, 이것이 첫째라고 말하겠습니다. 그리고 출생한 아기가 남자인가 여자인가에 따라 생각이 달라질 수밖에 없습니다. 남아라면 비록 다른 가문으로 양자를 보낸다 해도 상당한 다이묘가 아니면 안 되고, 여아라면 그때 가서 챠야에게 다시 머리를 숙여 모녀를 함께 맡도록…… 아무튼 이 일로 해서 생모님과 도련님이 다투는 일이 없으시도록……"

"그럼, 나도 사카에를 잠정적으로나마 소실로 인정한다, 이것이 도리에 맞는 일이겠지."

"황송합니다마는, 주군께서는 이 일은 우리에게도 책임이 있다고 하셨습니다."

"그래, 좋아. 그렇다면 코에츠, 새삼스럽게 그대에게 부탁하겠네. 다만 그대의 성의가 상대에게 통하지 않더라도 절대로 언쟁을 벌이고 돌아오면 안 돼. 부드럽게 이치만을 설명하고 돌아와야 하는 거야. 그런 뒤 챠야와는 이 이에야스가 다시 잘 상의하겠네. 이미 저질러진 일, 무엇보다 조용히 낳도록…… 그 밖의 것은 모두 나중에 생각할 일…… 어떤가, 맡아주겠나, 코에츠?"

이에야스의 말에 코에츠는 이 역시 예상하고 있었던 듯.

"조금이나마 세상에 도움이 된다면……"

코에츠는 예의바르게 자세를 바로 하고 머리를 숙였다.

젊은 오동나무

1

사카에, 곧 오미츠는 성문 앞 무사주택과 이어진 카타기리 사다타카의 집에 맡겨졌다.

그곳에 맡겨지기까지 성안 '여자 감옥'에 가두자는 말도 나왔다. 여자 감옥에 갇히게 되면 그녀는 당장 자결할 생각이었다. 감옥에 갇힐 정도라면 당연히 어미도 태아도 어둠에서 어둠으로…… 운명이 그렇게 결정된 것으로 판단해도 좋았기 때문이다.

그러나 그렇게 되지는 않았다. 센히메나 그 측근의 많은 시녀들을 통해 반드시 모든 사실이 도쿠가와 쪽에 새나갈 것으로 추측되었기 때문인지도 모른다. 어쨌든 사카에는 사다타카에게 맡겨져 단검이 회수되고 엄한 감시를 받게 되었다.

신변은 열너더댓 살 된 여자아이가 불편 없이 돌봐주었고, 식사에도 정성을 다하고 있었다. 그러나 안채에서 조금 떨어진 중문 밖에는 대나무 울타리가 둘러쳐져 있었고, 그 너머에는 여섯 자나 되는 몽둥이를 가진 감시자가 등을 돌리고 엄하게 지키고 서 있었다. 숙직하는 무사의 대기실도 중문 밖에 있는 것 같았다.

사카에가 그곳에 갇힌 뒤 주인 사다타카는 두 번 찾아왔다. 한 번은 자기와 형 이치노카미 카츠모토가 요도 부인의 노여움을 달래고 그녀를 이곳에 데려왔다고 전했다. 그리고 이렇게 말했다.

"절대 나쁘게는 처리하지 않겠으니 도련님과의 관계를 숨김없이 말해주기 바란다."

사카에가 어떻게 말하는가에 따라 자기들의 태도를 결정하겠다는 뜻을 강력하게 내비쳐 보였다.

"그 전에, 센히메 님에게 저에 대해 어떻게 말씀하셨는지 그것을 알고 싶습니다."

"센히메 님에게는 그대가 갑작스럽게 병이 났다고, 그래서 잠시 집에 돌아가 정양하게 되었다고 말씀 드렸어."

그 말에 머리를 끄덕이며 사카에는 숨김없이 사다타카에게 사실을 이야기했다. 사다타카는 일부러 감정을 얼굴에 나타내지 않으려고 몇 번이나 강하게 혀를 찼다. 사카에를 책하는 것이 아니었다. 도리어 히데요리를 그렇게 만든 것은 요도 부인의 술자리 때문이었다는 분노인 듯했다.

두번째 왔을 때는 이미 형 카츠모토와 요도 부인과도 충분히 상의하고 나서였다.

"무사히 아기를 낳기 위해 그대는 우리 말을 잘 따라야 해."

이렇게 다짐을 할 때는 안도한 듯 가벼운 미소가 떠올라 있었다.

"그럴 생각입니다마는 두 가지 경우만은 받아들일 수 없습니다."

"두 가지 경우라니…… 그 첫째는?"

"이대로 도련님 곁에 있게 하는…… 그것만은 결코 받아들일 수 없습니다."

"으음, 그럼 또 하나는?"

"뱃속 아기와 함께 챠야 님에게 보내는…… 이것도 받아들일 수 없습니다. 그러나 다른 일이라면 무엇이든 지시대로……"

사다타카의 얼굴에서 대번에 미소가 사라졌다.

순간 사카에는 카타기리 형제의 생각을 쉽게 알아차릴 수 있었다.

'모든 것을 비밀에 부치고 나를 챠야 키요츠구에게 강제로 떠맡길 작정이었다……'

그러나 이 일은 그녀로서는 고집으로라도 할 수 없는 일. 우선 히데요리의 아기를 가졌다…… 이렇게 생각한 순간부터 키요츠구의 모습은 멀어졌다. 그 대신 그때부터 자신의 마음을 차지하고 있는 것은 믿음직하지 못한 도련님, 히데요리였다……

2

적령기가 되었을 때 오미츠는 자기 남편이 될 사람은 남보다 한층 더 강한 기질의 믿음직스럽고 늠름한 상대이지 않으면 안 된다고 생각했다. 그러나 그러한 생각은 어디까지나 공상. 실제로 이성에 대해 눈을 떴을 때, 연약하고 믿음직스럽지 못한 상대가 오히려 이상하게도 그녀의 관심을 강하게 끌고는 했다.

'히데요리 님은 고독하다……'

표면적으로는 요도 부인의 사랑을 독차지하고 있는 듯이 보이는 히데요리, 실은 요도 부인과는 거리를 둔 자리에 내버려져 있었다.

요도 부인이 말끝마다 '도련님'을 내세우는 것은 어쩌면 속내의 냉담함을 숨기기 위해서가 아니었을까……?

요도 부인은 히데요리 입장 따위는 깊이 생각지도 않고 멋대로 살고 있다. 때때로 그러한 자신을 깨닫고는 '도련님'을 들추지 않으면 안 될 정도로 미안해진다…… 물론 모자 사이이기 때문에 그 이름을 입에 올리면 애정이 되살아나겠지만, 자기 몸을 희생하면서까지 자식을 사랑……하는 그런 몰아의 애정이라고는 받아들여지지 않았다.

'히데요리 님에게 진정한 자기편이 있을까……?'

히데요리를 위해서는 몸이 찢기고 뼈가 부러져도 후회하지 않을 그런 뜨겁고 진실한 애정이……

사카에는 조용히 머리를 흔들 수밖에 없었다. 그리고 그런 생각을 할 때마다 히데요리에 대한 애정은 묘한 형태로 자라났다.

정부인가? 아니면, 누나나 어머니…… 아니, 그 모든 것을 합친 노예라도 후회는 없다……는 생각마저 들었다.

사실 처음에는 강간을 당했다 해도 과언이 아니었다. 그러나 나중에는 그녀 쪽에서 타오른 경우가 없었다고도 할 수는 없다.

사카에가 지금도 괴로워하는 것은 히데요리에 대한 이러한 애정 때문만이 아니었다. 두 사람의 관계를 눈치채고 엄하게 책망하는 요도 부인의 입장 역시 사카에로서는 동정하지 않을 수 없었다. 이들 어머니와 아들은 그녀를 가까이 두고 심하게 말다툼을 한 적이 있었다.

"어머님도 기억하고 계실 것입니다…… 일부러 쿄토에서 못된 자를 불러다 총애하시지 않았습니까. 어머님이 하셔도 되는 일을 히데요리는 해선 안 된다는 말씀입니까……"

그때 요도 부인의 당황함과 분노는 사카에가 이 세상에서 본 여성의 모습 중에서도 가장 비참한 것이었다.

사카에는 나중에 곰곰 생각했다.

요도 부인의 체내에는 정욕의 수레가 불이 붙여진 채 남아 있었다. 불을 지핀 것은 말할 나위도 없이 타이코, 그는 이 수레를 태워버리지도 꺼버리지도 못하고 세상을 떠났다. 그 수레가 타면서 굴러가는 것은 요도 부인의 죄가 아니다. 그녀 자신으로서도 어떻게 할 수 없는 애처로운 숙명……

그 숙명의 불타는 수레를 체내에 지닌 요도 부인이 그 후 어떻게 사카에를 이 집에 맡길 마음이 들었을까……? 그 점까지는 사카에로서도 생각이 미치지 않는 세계……

"말씀 드립니다. 주인님과 혼아미 코에츠 님이 오셨습니다."

어둑어둑한 입구에서 두 손을 짚고 조심스럽게 소녀가 말했다.

3

사카에는 코에츠란 이름을 듣는 순간 갑자기 옛날의 오미츠로 돌아가 몸둘 바를 모르는 부끄러움을 느꼈다. 당황하여 옷깃을 여미고 일어나 입구까지 나가려다 그만두었다. 임신부의 몸은 움직이면 움직일수록 흉하게 보인다는 생각이 들어서였다.

"자, 이리 오시지요. ……촛대를 가져오너라. 곧 어두워지겠구나."

코에츠를 안내하고 온 카타기리 사다타카는 전보다 훨씬 더 기분이 좋은 듯. 목소리가 밝고 탄력이 있었으며, 웃음기마저 느껴졌다.

"실례하오."

코에츠는 허리를 굽히고 들어왔다.

"오미츠, 오랜만이군."

처음부터 나야 쇼안納屋蕉庵의 손녀를 대하는 말투였다.

"아저씨도…… 변함 없으시군요……"

오미츠는 그만 목이 메어 눈물이 쏟아질 것 같았다.

"코에츠 님은 쇼군 님 뜻을 받들고 오셨는데, 우리 형제를 비롯해 생모님과 도련님, 센히메 님도 만나보고 오시는 길이야."

사다타카는 사람이 달라진 듯 가벼운 말투로 말했다.

"그럼 코에츠 님, 제가 이 자리에 없는 것으로 아시고 기탄 없이 말씀 하십시오."

"감사합니다."

코에츠는 정중하게 말하고 진지한 얼굴로 오미츠를 향해 앉았다.

"실은 실수를 하지 않으려고 생모님을 뵙기 전에 소쿤 님을 만나 지혜를 좀 빌렸어."

"걱정을 끼쳐……"

"이미 지난 일. 문제는 이제부터지. 어떻게 원만히 해결하느냐는 인간의 지혜에 달려 있어."

"……"

"오미츠, 나는 여러 사람들의 생각을 우선 그대로 전하겠어. 내 생각은 빼고……"

"예…… 예."

"우선은 생모님, 부인은 일단 크게 노하셨어. 센히메 님에 대한 체면도 있고…… 이 문제는 바로 쇼군과 다이나곤, 그리고 오에요 부인에 대한 면목과 의리와도 연결되니까 말이지."

"그 말은 잘……"

"이 일은 벌써 쇼군에게 알려졌다…… 그러니 그냥 밀고 나가시겠다는 것이었어. 문제는 도련님이 약간 조숙하셨다는 것뿐. 쇼군과 다이나곤 님…… 아니, 센히메와 오에요 부인도 그대로 인정해주시는 길밖에 없다고."

"어머……"

"그대의 뱃속에 있는 아기는 천하인의 귀중한 핏줄. 따라서 그대를 소실로 삼아 도련님 곁에 두시겠다는 것이었어."

"……"

"그런데 카타기리 이치노카미 님의 의견은 그렇지 않았어. 비록 알려졌다고 해도 그래서는 너무 무례하다, 일단 그대를 멀리하고 태어나는 아기는 어디에 맡기자고."

"그럼, 도련님의 의견은……?"

질문을 하고 나서 오미츠는 아차 했다. 히데요리에게는 별로 의견이 있을 리 없었기 때문.

4

"도련님은 어머님 뜻대로……라고 양보를 하셨다더군."

코에츠는 오미츠에게서 그런 물음이 나오리라 예상하고 있었던 것 같았다.

"도련님이 양보하시는 바람에 생모님도 반성하셨다……고 나는 생각해. 세상일이란 그런 거야. 양쪽이 격앙하고만 있으면 싸움은 커질 뿐이지만, 한쪽이 물러서면 다른 쪽도 양보할 마음이 들거든."

오미츠는 잠자코 코에츠를 바라보고 있었다. 언제나 사리를 분명히 밝혀 옳고 그름을 판단하지 않고는 못 견디는 코에츠에게서는 보기 드문 말이었다.

그런 만큼 오미츠는—

'아직 할말이 남은 것 같다……'

이런 심정으로 자신을 억제하고 있었다.

아니나다를까 코에츠는 날라온 차로 목을 축이고는 무릎걸음으로 한발 다가앉았다.

"결국 생모님이 양보할 마음이 드셨기 때문에 도련님도 변하셨어."

"변하셨다……니요?"

"나는 처음부터 사카에를 좋아했어, 곁에 두고 싶다! 이런 말씀을 하셨다 해도 전혀 이상할 것은 없지."

"어머……"

"그런 뒤 나는 새 전각으로 센히메 님을 찾아뵈었어. 센히메 님은 그동안 부쩍 자라셨더군. 내가 인사를 드리기도 전에 사카에의 일로 왔겠지, 수고가 많다고 하시더군."

오미츠의 전신이 굳어졌다.

'누가 벌써 말씀 드렸구나……'

오미츠는 무척 마음이 아팠다. 아무것도 모르는 센히메의 마음을 상하게 하는 일이 오미츠로서는 가장 괴로운 일이었다.

"저어, 센히메 님은 그 뒤에 무슨……?"

"아니."

코에츠는 천천히 고개를 가로저었다.

"모든 일은 에도에서 같이 온 로죠들과 잘 상의하도록…… 이렇게 말씀하셨을 뿐 자신의 의견은 없으셨어. 당연한 일이야. 센히메 님에게 의견이 있다면, 틀림없이 누군가가 가르쳐준 지혜일 테니까. 다음은 로죠들의 의견인데……"

코에츠는 흘끗 사다타카를 바라보고 말을 이었다.

"이번 일로 후시미에 계시는 쇼군 님이나 에도의 다이나곤 내외분에게 죄송할 뿐이라고. 이 말도 무리는 아니지…… 개중에는 죄송하므로 자결을 해야 한다……고 하는 사람도 없지 않았어. 그러나 이는 분별 없는 일, 인간이란 목숨을 버리는 것만으로 책임을 벗지는 못해. 쇼군에게도 생각이 계실 터이므로 그런 무분별한 일은 삼가도록…… 이렇게 말하고 물러나왔어."

"……"

"지금까지의 대체적인 이야기. 이제는 그대도 알았을 테지. 모두의 의견을 전하고 이치노카미 님 형제분과 다시 상의를 드렸어. 결과는 그

218

대의 의견…… 그대가 바라는 것이 무엇인가……"

말하다 말고 코에츠는 갑자기 무릎을 쳤다.

"참! 또 하나 중요한 일을 잊고 있었군. 챠야의 의견이야."

오미츠는 귀를 막고 싶었다. 마타시로……가 아니라 지금은 챠야 가문의 주인 챠야 키요츠구…… 지금으로서는 오미츠의 양심에 아픔을 주는 가장 큰 가시의 하나였다.

5

"챠야는 이렇게 말하고 있어……"

코에츠는 아무렇지도 않은 무심한 얼굴로 말을 이었다.

"쇼안 님과 챠야 집안의 일, 작은 풍파쯤은 아무것도 아니다, 오미츠 님이 파혼을 청한다면 몰라도 그렇지 않는 한 챠야 쪽에서 파혼할 생각은 추호도 없다고……"

"어머……"

"의붓자식을 데려와도 좋고 임신한 몸으로 와도 좋다, 또 아기를 낳고 오미츠 혼자 와도 좋다, 챠야는 사나이, 사나이의 약속은 반드시 지키겠으니 염려하지 말라……는 것이었어."

갑자기 오미츠는 얼굴을 가리고 울기 시작했다.

지난날 오미츠는 키요츠구를 조롱했던 적이 있었다. 사실 그녀는 챠야의 둘째아들이었던 그를 별로 높이 평가하지 않았다.

히데요리와는 비교도 안 되었으나, 키요츠구의 어머니도 카잔인 산기花山院參議 종3품 마사츠네雅經 일족으로 그 풍모도 귀족을 연상케 했다. 그러나 그는 가문을 이을 때까지는 지금처럼 뛰어난 기량을 인정받지는 못했다.

그 키요츠구는 가문을 이은 뒤 이에야스라는 뒷받침 때문이기는 했으나, 점점 두각을 나타내 지금은 세상에서 불가사의한 실력자의 한 사람으로 손꼽히고 있었다.

"앞으로 시로지로가 모든 상인의 법도를 다스리도록……"

쇼군의 뜻에 따라 쿄토 부근 지방의 상인들을 지배하게 된 그를 세상에서는 작은 다이묘들과는 다른 비중으로 평가하고 있었다.

"시로지로는 무사이면서 상인이기도 하고, 공경이기도 하다. 더구나 조정의 밀정 노릇까지 하고 있다."

도쿠가와 가문이 천하를 지배하기 이전, 텐쇼 19년(1591)까지 22회에 걸쳐 해마다 백조 두 마리, 황금 열 장을 은밀히 조정에 진상해오고 있었다. 그 심부름을 계속 챠야가 하고 있었다는 소문이 카쥬지 하루토요勸修寺晴豊를 통해 새나왔기 때문이기도 했다.

왕실, 공경들과도 가깝고, 외교, 무역 등을 맡아보는 호코 사豊光寺나 콘치인金地院과도 사이가 좋은 키요츠구, 그는 또 다이묘는 물론 쇼군 가문과도 친교가 있는 '상인'으로 이미 나이를 초월한 거목이라 해도 과언이 아니었다.

이러한 키요츠구가 그런 소문을 뒷받침하기에 충분한 뱃심좋은 의견을 전해온 것일까……

의붓자식을 데려와도 좋고 임신한 채로 와도 좋고, 또 홀로 와도 좋다……는 그의 말은 오미츠를 사랑하기 때문이라고 해석되지만, 전혀 그렇지 않은, 오히려 일종의 무시라고 해석되기도 했다.

'여자란 다 그런 것. 곤란에 처해 의지해온다면 거두어준다……'

이런 뜻이 아니라고도 단언할 수 없었다.

"이제 빠뜨린 말은 없는데…… 어떤가? 이제는 그대의 의견을 들을 차례야. 카타기리 님도 말씀하셨듯이 망설일 것 없어. 무리를 하면 오히려 결과가 좋지 않으니 생각하고 있는 대로 말해."

오미츠는 새삼스럽게 챠야와 히데요리, 히데요리와 요도 부인, 그리고 카츠모토와 로죠의 말을 되새겨보았다.

'나 혼자만의 일이 아니다. 뱃속에는 또 하나의 생명이……'

그러므로 더욱 모두의 의견은 저마다의 이유를 가지고 오미츠의 가슴을 휘저었다.

"어때, 이례적인 일이야. 이런 온정은…… 무언가 생각한 것이 있을 테니 서슴지 말고 말해보도록."

사다타카의 재촉을 받는 순간 오미츠는 외치듯이 말했다.

"키타노만도코로 님…… 아니, 코다이인 님을 한 번만 만날 수 있게 해주십시오!"

6

말하고 나서 오미츠는 스스로도 깜짝 놀랐다. 지금까지 그녀의 뇌리에 코다이인의 모습은 없었다. 그런데 사다타카가 재촉하는 순간 문득 그 이름이 입밖에 나왔다.

"뭐, 코다이인 님을?"

사다타카는 뜻밖의 말이어서인지 다시 물었다.

"코다이인 님에게 이 문제를 상의하겠다……는 말인가?"

"예…… 예. 한 번 뵙고……"

혼아미 코에츠가 조용히 웃었다.

그는 오미츠가 비로소 고민을 호소하고 처리할 곳을 발견했다고 생각했다. 할아버지 쇼안이 살아 있었다면 그곳으로 찾아갔을 터. 그러나 쇼안은 이미 이 세상 사람이 아니다…… 그렇다면 오미츠가 응석을 부리고 호소하며 결단을 내릴 수 있는 사람은 어릴 때부터 사랑을 받으며 자라온 코다이인밖에는 없으리라.

"으음."

사다타카는 신음했다.

"코에츠 님, 어떻겠습니까?"

"글쎄요, 카타기리 님 의견부터……"

"솔직히 말해서 이런 일이 코다이인 님 귀에 들어가는 것을 생모님은 좋아하지 않으실 텐데요."

"그야 당연하지요. 그러나 뵙는다 해도 코다이인 님은 아무 말도 안 하실지 모릅니다."

"아무 말씀도 안 하시다니요?"

"아무 말씀도 안 하시고 불쌍한 오미츠…… 하시면서 어깨를 끌어안 아주실 뿐……일지 모릅니다. 그래도 오미츠는 뵙고 싶은가?"

오미츠는 힘없이 고개를 끄덕였다.

"예…… 예."

오미츠 역시 그럴지 모른다는 생각. 하루라도 빨리 진정으로 세상을 버린 사람의 경지에 들고 싶다고 늘 말하던 코다이인이었다.

'그래도 좋다…… 코다이인 님을 만나기만 하면 무언가 큰 계시를 받을 것만 같다.'

사다타카는 다시 한 번 나직이 신음하고는 요도 부인의 이름을 입에 올렸다.

"생모님은 감정이 격하신 분이야. 세키가하라 전투 후, 측근 무장들을 쇼군 가문으로 쫓아보낸 것은 모두 코다이인 님의 조종…… 이런 소문을 모두 그대로 믿고 계셔."

"그런 일도 있을 수 있겠지요."

"그래서 나도 형님도 되도록 찾아뵙는 것을 삼가고 있어. 그런 형편인데, 오미츠가 찾아간다면 모처럼의 이야기가 다시 원점으로 되돌아간다……고 생각하는데 어떨까?"

"옳은 말씀입니다."

코에츠는 진지하게 맞장구를 치며 말을 이었다.

"뵙도록 주선한다 해도 비밀로 해야겠지요."

"비밀로? 맡고 있는 이렇게 중요한 사람을……"

"예. 모두 원만하게 되기를 바라고 하는 일, 일부러 생모님에게 불쾌감을 드린다면 의미가 없습니다. 이 일은 이치노카미 님에게도 비밀로 하는 것이 좋겠습니다."

"형님에게도……?"

"예. 나와 카타기리 님 둘이서 한 일, 만일의 경우에는 우리가 몰래 쿄토로 모시고 가서 챠야와 만나게 했다……고 해야 합니다. 그 정도는 알고 있겠지, 오미츠도?"

코에츠는 오미츠의 희망을 이루게 해줄 작정이었다.

7

카타기리 사다타카는 잠시 동안 묵묵히 코에츠가 한 말의 뜻을 새기고 있었다. 그는 두뇌회전이 빠른 편이 못 되었다.

"형님에게도 비밀로……?"

입속으로 중얼거렸다. 얼른 코에츠가 그 다음 말을 이었다.

"만약 꾸중을 듣게 된다고 해도 그 편이 나을 것 같습니다."

"꾸중을 듣다니, 형님에게?"

"아니, 생모님에게 말입니다. 그때 이치노카미 님은 몰랐던 일, 그래서 저희를 꾸짖고 나서 주선해주시는 방법도 있겠지요. 그러므로 비밀로 하는 것이 좋다고."

사다타카는 겨우 납득이 된 것 같았다.

"그렇군, 그 일이었군."

다시 신중하게 고개를 갸웃거렸다.

오미츠를 맡고 있는 사다타카로서는 쉽게 동의할 수 있는 일이 아니었다. 더구나 형에게도 비밀로 한다면 그 책임은 모두 자기 어깨에 걸리게 될 터였다.

"괜찮을까?"

"뱃길입니다. 차질이 생길 것 같으면 이 코에츠도 이런 말은 드리지 않습니다."

"괜찮겠지."

사다타카가 이번에는 오미츠에게 같은 말을 했다. 그리고는 오미츠가 뜻밖에 순순히 수긍하는 모습을 가만히 지켜보았다.

"좋아."

비로소 사다타카는 작은 소리로 말했다.

이로써 일은 생각지도 않은 방향으로 움직여갔다.

사다타카는 코에츠를 집에서 내보내고 직접 요도야淀屋에 가서 배를 준비시키고 돌아왔다. 저녁에 강을 거슬러올라가는 요도야의 배로 가기로 했고, 동행하는 사람은 남의 눈에 띄지 않기 위해 일부러 코에츠 한 사람으로 정했다. 얼굴을 가린 오미츠는 상인의 아내처럼 차렸다. 물론 두 사람과 아무 관계도 없는 것처럼 보이도록 하고 호위 세 명이 몰래 같은 배에 탔다.

사다타카는 선착장까지 나와 코에츠에게 자신의 목을 가리켜 보이면서 다짐했다.

"나의 이것도 걸려 있으니 잘 부탁하네."

두 사람이 배에 오른 순간 뱃사공은 석양 속에서 밧줄을 당겼다.

"좋은 세상이야. 마음놓고 여행을 할 수 있게 되었으니."

코에츠는 고물을 향해 앉은 채 물끄러미 강물을 바라보고 있는 오미츠에게 슬쩍 말을 걸어보았다. 그녀의 시선은 움직이지 않았다.

코에츠의 목소리가 들리지 않은 것은 아니었다. 그러나 감옥이나 다름없는 곳에서 나와 석양이 비치는 저녁 경치 속에서 새삼스럽게 자신이 미미하게 느껴져 서글픈 감회가 가슴을 적셨다.

'과연 나는 살아 있었던 것일까……?'

코에츠는 더 이상 말을 걸지 않았다. 그는 지금 한 여성이 어머니로 바뀌는 과정에서 조용한 사색을 계속하고 있다고, 지금은 가만히 내버려두는 것이 좋다고 생각했다.

도리어 점점 더 걱정스러워지는 것은 코다이인 쪽이었다.

'과연 이 소문을 알고 계실지……?'

전혀 모르고 있는데 불쑥 찾아가 모든 것을 털어놓는다면…… 비록 코다이인이 인간으로서 성숙한 사람이라 하더라도 오미츠가 납득할 만한 대답을 그 자리에서 해줄 수 있을까……

어느 틈에 코에츠는 계속 한숨을 쉬고 있었다.

8

이튿날 아침 두 사람은 후시미에서 배를 내려 산본기三本木에 있는 코다이인의 집까지 가마를 타고 찾아갔다. 그때 코다이인은 마침 큐신弓箴 선사의 설법을 듣고 있어서 잠시 별실에서 기다렸다.

큐신 선사는 코다이인이 친정부모를 위해 테라마치寺町에 건립한 코토쿠 사康德寺 개조로 선종禪宗의 일파인 조동종曹洞宗°에 속했다.

1각(2시간) 남짓 기다렸다가 거실로 안내되었다. 기다리는 동안 코에츠는 조금이라도 마음의 준비를 하라는 뜻에서 오미츠와 함께 찾아온 뜻을 케이쥰니慶順尼를 통해 귀띔해두었다.

"오, 오미츠로구나……"

두 사람이 거실로 들어갔을 때 코다이인은 시선을 곧바로 오미츠에게 보냈다. 그러나 반가운 표정을 그대로 나타내지는 않았다.

'노했는지도 모른다!'

코에츠가 순간적으로 이렇게 생각했을 만큼 쌀쌀하게 나무라는 시선이었다.

"가까이 오너라. 용케 죽지 않았구나."

코에츠는 뒤의 한마디가 너무나 뜻밖이어서 되물었다.

"예?"

"용케 죽지 않았다고 칭찬했어."

오미츠에게도 코에츠에게도 인사말 할 틈도 주지 않는 코다이인.

"웬만한 사람 같으면 부끄러워 자결했을 터. 그런데 죽지 않았어."

코에츠는 당황하여 오미츠를 돌아보았다.

이 얼마나 상상을 벗어난 통렬한 비난이고 빈정거림이란 말인가. 오미츠는 멍한 표정으로 코다이인을 쳐다보고 있었다.

"나도 세상이란 서로 도우며 살아야 한다 싶어 양보하며 사는 것이 옳은 길이라 생각했는데, 자신을 망치는 잘못이었어. 나는 타이코의 정실, 종일품 키타노만도코로…… 칙령으로 코다이인이란 호를 하사받았을 정도의 여자야. 나 자신을 위해 절 하나쯤 건립을 청했다 해서 불손할 것은 없다, 생각했기 때문에 쇼군에게 그 취지를 청원했지. 쇼군은 사카이 타다요, 도이 토시카츠土井利勝 두 사람에게 일러 히가시야마東山에 있는 다이토쿠 사大德寺 개조 다이토大燈 국사가 수련하던 운코 사雲居寺와 호소카와 미츠모토細川滿元 위패를 모신 레이하이 사靈牌寺 이와스인岩栖院을 다른 데로 옮기고, 그 자리에 코다이 사高臺寺를 지어주기로 하셨어."

"참으로 경사스럽습니다."

"다시 테라마치 코토쿠 사도 옮겨 코다이 사 분원으로 하고 싶다고 했어. 좋다고 하셨지. 모처럼의 코다이 사, 나의 거처는 오사카 후시미에서 그리운 타이코와의 추억을 간직한 건물을 그대로 옮기고, 영원히 이 절이 지속되도록 사전寺田을 내려달라고 청했지……"

"원, 그렇게까지!"

"지나치다고 하겠지. 뜻대로 되었다고 우쭐해선 안 된다고 사양하는 게 지금까지의 나였어…… 쇼군은 지당한 말이라면서 건축 책임자로 쇼시다이 이타쿠라를 임명했어. 어떤가, 옳은 일은 말하면 통한다…… 그렇지 않다면 쇼군의 정치는 잘못되었다고 할 수밖에 없지. 너 역시 마찬가지야. 옳다고 생각하는 일은 마음먹은 대로 말해야 해. 센히메에 대한 의리나 다이나곤 부인에게 미안하다고 해서 자결 따위를 하면 안 돼. 용케 죽지 않았어. 죽지 않았을 정도니 자기 몸도 뱃속의 아이도 훌륭히 살릴 방안이 마음에 정해져 있을 게야…… 과연 내 손에서 자란 오미츠! 장하다. 칭찬해주마."

혼아미 코에츠는 어안이 벙벙하여 눈을 끔벅거리면서 곁에 앉은 오미츠를 다시 돌아보았다.

9

오미츠의 눈은 조금 전의 망연했던 방심상태에서 차차 어떤 종류의 생기를 되찾고 있었다. 아마도 그녀가 코에츠보다도 한발 먼저 코다이인의 말을 이해한 듯.

"코다이인 님!"

갑자기 오미츠가 격앙된 목소리로 불렀다.

"이제 마음이 편해졌습니다! 한결 편하게……"

"그렇겠지. 넌 어리석은 여자가 아니야. 내 말뜻을 알았을 거야."

"예, 잘 알겠습니다……"

자애로운 어머니에게 하는 딸의 응석 같은 대답. 그 말끝이 그대로 울음소리로 바뀌고, 오미츠는 그 자리에 엎드렸다.

코에츠는 한층 더 얼떨떨한 표정이었다. 원래 여자의 감정만은 '불가사의한 것'으로 멀리하고 두려워하던 그였다. 그 불가사의한 여자 두 사람이 신선 같은 선문답禪問答을 하고, 이어 —

"알았다!"

이렇게 서로가 주고받는 말, 정말 놀라운 일이었다.

"호호호……"

코다이인은 웃으면서 시선을 코에츠에게 돌렸다.

"좀 있으면 오미츠는 울음을 그치고 마음먹은 대로 그대에게 말하겠지. 그때는 충분한 힘이 되어주게."

"예, 그것은……"

"호호호…… 무엇을 알았는지 모르겠다는 표정이군, 코에츠."

"예, 저는 아직 도무지 이해가 가지 않습니다."

"내가 쇼군에게 절의 건립을 청한 이유 말인가?"

"예…… 예. 그러나……"

"잠깐. 나는 타이코 전하에게 한 치도 양보하지 않았던 고집스런 여자였어. 별로 얌전한 여자는 아니었지."

"예……"

"그래서 상대방의 태도를 살피면서 쇼군에게 알맞은 난제를 두세 가지 청해본 것이야."

"후시미와 오사카에서 추억의 건물을 옮겨달라는 그런……"

"잘 들어봐, 그건 사람으로서 당연한 소원. 그 소원을 들어줄 아량이

쇼군에게 있는지 없는지는, 그분에게 돌아가신 타이코 전하의 뜻을 이을 자격이 있느냐의 여부와도 관련이 있어."

"앗!"

"그렇게 놀랄 것은 없어. 타이코 전하의 정실로서, 또 그 미망인으로서 그만한 시험 질문쯤은 해도 좋다고 생각해."

"쇼군은 그 시험에 합격했는지요……"

코다이인은 태연한 얼굴로 고개를 끄덕였다.

"합격했어. 그러니 앞으로 히데요리가 청하는 말이 천하를 어지럽히는, 타이코 전하의 참뜻에 위배되는 것이 아닌 한 반드시 순순히 들어줄 것이야. 히데요리를 위해 내가 대신 시험해보았다고 해도 좋아. 이 사실을 그대로 쇼군에게 전하더라도 그분은 거센 기질의 미망인이라고 웃을 뿐 나무라지는 않을 거야. 아무튼 쇼군은 내년쯤 은퇴해. 그렇게 되면 당연히 에도의 다이나곤이 다음의 쇼군…… 이 일은 우리 가문에서도 깊이 명심해두지 않으면 안 돼, 코에츠……"

오미츠는 어느 틈에 깨끗이 눈물을 닦고 두 사람의 이야기에 귀를 기울이고 있었다……

10

코에츠는 새삼스럽게 숨을 죽이고 코다이인을 똑바로 쳐다보았다.

'정녕 이분은 여자 칸파쿠……'

쇼군의 기량을 시험하다니 이 얼마나 속이 후련한 말인가.

'이분의 기량은 타이코 이상이다!'

그녀가 만일 남자였다면 이에야스는 어떻게 되었을까.

"이보게, 코에츠……"

코다이인은 자기 말이 상대에게 통했음을 알고 눈을 가늘게 떴다.

"에도에서 아들이 태어났다더군."

"예…… 예. 참으로 경사스러운 일이라 생각합니다."

"아니, 나는 자네만큼 경사스럽게는 생각할 수 없는 입장이야."

"이것, 죄송합니다."

"내게는 꿈이 있었지…… 다이나곤에게 아들이 없다면 다이나곤에게 히데요리를 후계자로 삼지 않겠느냐고 교섭해볼 작정이었어."

"그야, 당연한 일입니다."

"내년에 쇼군이 은퇴하면 다이나곤은 당연히 상경해 직책을 물려받겠지. 물론 그때 전국 다이묘들이 가신들을 거느리고 올라올 테고, 그 행렬은 전대미문의 것이 되겠지. 그때 히데요리를 니죠 성二條城으로 보내 문안 드리게 하고 그 자리에서 후계자로 지명받는다…… 그렇게 하면 삼 대째이므로 히데요리의 처세는 동요하지 않을 것이라고. 그러던 때 에도에서 아들을 낳았으니 꿈은 무너졌어……"

코에츠는 대답할 수 없었다. 처음 듣는 일……이라기보다 이야기가 천하를 다스리는 후계자의 일이고 보면 자기 같은 사람은 참견할 처지가 못 된다 싶어 사양했다.

"이런 생각은 요도 부인에게도…… 있었을지 몰라. 있었다면 나 이상 낙심했을 거야. 그렇지만 이쪽만의 생각, 꿈이 깨졌다 해서 불평을 품거나 사이가 벌어지면 안 돼. 그렇지 않나, 코에츠……?"

"예…… 예."

"이것으로 정해졌어. 타이코 전하가 소켄인總見院(노부나가)의 유지를 이어받아 펴놓은 태평성대를 마무리짓는 것은 우리 가문의 직계가 아니라는 엄연한 사실 말이야……"

"그……그것은 그럴지도 모릅니다."

"이렇게 되면 히데요리는 한 걸음 물러나 쇼군 가문의 소중한 친척,

가까운 다이묘로서 아버님의 뜻을 조용히 이을 생각을 하지 않으면 안 되지. 어디까지나 도쿠가와 가문과 하나가 되어."

"참으로 옳으신 말씀……"

코에츠는 온몸에 땀을 흘리며 말을 더듬었다.

"그런 때 오미츠가 임신을 했어. 쇼군에게는 내가 어떻게든지 주선하겠어. 그러므로 이상한 행동은 전혀 할 필요 없어. 히데요리가 벌써 어른이 되었다고 내가 웃으면서 말한다면 쇼군 스스로도 경험한 바가 있는 일, 낯을 붉히고 그냥 흘려버리시겠지. 그런 일은 조금도 마음쓸 것 없어. 구애받지 말고 처리하라고 자네가 카타기리 형제에게 말해주게. 여자 걱정 따위는 할 틈이 없다, 천하 일이나 걱정하라, 그것이 오사카를 책임진 사람의 역할이라고……"

11

코에츠는 다시 코다이인의 말에 넋을 잃고 당황하며 머리를 숙였다. 결코 과장된 허세로는 보이지 않았다. 진심으로 상대를 새삼 우러러보게 되었다.

'과연, 이 정도이니 그 도도한 타이코도 꼼짝 못했던 것이리라.'

지금까지 뛰어난 여성, 도요토미 가문의 기둥……으로 추앙했던 마음이 새삼스레 '일본의 기둥……'이었다고 다시 생각하지 않을 수 없었다. 히데요리가 이 여성의 배에서 태어났더라면 아마도 역사는 달라졌을 터. 솔직히 말해 세키가하라 전투 때 이에야스를 도와 천하를 대란에서 구한 것도, 히데요리 모자에게 이에야스가 관대한 처분을 내리게 한 것도 그 이면에 자리한 이 여성의 존재 때문이었다.

이에야스도 물론 그러한 사실을 잘 알고 있었다. 알고 있었기 때문에 코다이 사 건립 등도 그녀가 원하는 대로 들어주었을 터였다. 사실 코다이인만은 타이코의 자랑스러운 치세를 조금도 손상시키지 않고 세상 사람의 존경을 이어받기에 합당한 인물이었다. 다만 그녀가 여성이라는 사실이 안타까운 것은 코에츠가 지나칠 정도로 공평한 비평가이기 때문이 아닐까.

이만한 견식을 갖춘 인물을 지금 오사카에서는 찾아볼 수 없다. 코다이인의 이러한 견식과 성의가 그대로 받아들여지고 이해될 수 있을지는 심히 의심스러운 일. 카타기리 카츠모토 형제조차 코다이인에 대해 그리워하는 감정은 있어도 그 기량까지는 모르고 있었다.

"물론 말씀 드리고 말고요!"

코에츠는 감회를 담고 대답했다.

"참으로 옳으신 말씀입니다. 천하 일도 일이려니와 도련님 장래는 모두 카타기리 님 형제분과 생모님 생각에 달려 있습니다."

"바로 그거예요. 히데요리는 정확하게 말한다면 내 아들. 타이코께서도 생전에 그 점을 분명히 하여 생일 축하와 이세伊勢 신사의 기원은 모두 내 이름으로 하셨어. 지금 와서 그런 말을 하면 도리어 풍파가 일 것 같아 참고 있지만 중대한 때는 나도 참견을 하겠어."

"그야 당연한 일입니다."

"호호호…… 나 좀 보게, 오늘은 완전히 본색을 드러내고 말았어. 어떠냐, 오미츠, 너도 나에게 더 물을 말은 없을 거야."

"예…… 예."

"언제까지 남을 의지한다면 꿋꿋하게 살아갈 수 없어. 나도 언제 부처님이 불러가실지 몰라. 자기 일은 자기가 해야 하는 거야."

"예."

오미츠가 밝은 표정을 되찾고 대답했을 때였다.

"아뢰옵니다. 방금 챠야 시로지로 님이 뵙고자……"

케이쥰니가 들어와 일부러 큰 소리로 전했다.

우연은 아닐 듯. 카타기리 사다타카가 만일의 경우를 염려해 챠야에게 오미츠의 상경을 알렸다……고 코에츠는 생각했다.

12

"뭐, 챠야가 왔어?"

코다이인은 흘끗 코에츠를 보고는 태연하게 오미츠에게 물었다.

"어떨까 오미츠, 이 자리에 챠야를 불러도 거북하지 않을까?"

코다이인도 키요츠구의 내방을 예기하고 있었다고 생각될 만큼 자연스러운 물음이었다.

과연 오미츠는 당황했다. 어깨를 떨며 얼른 고개를 숙이고 무릎 위에 겹친 손가락의 떨림을 참고 있었다.

"네가 지금 만나고 싶지 않다면 나도 그렇게 하겠다. 사양할 것 없다. 생각대로 말해라."

코에츠는 숨을 죽였다. 키요츠구가 찾아온 뜻은 알 듯했다. 그러나 지금과 같은 입장에 놓인 여자의 감정에 어떻게 반응할지는 전혀 알 수 없었다.

"들어오도록…… 하십시오."

오미츠는 용기를 내어 얼굴을 들었다.

"훌륭하다! 그래야 한다."

코다이인은 오미츠를 빤히 바라보고는 가만히 눈두덩을 눌렀다.

"불행이란 과감히 떨어버리지 않으면 이중 삼중으로 뿌리박는 법. 지금 안 만난다 하더라도 언젠가는 반드시 만나게 된다. 그렇다면 지금 만나는 것이 차라리 좋아."

"저도 그렇게 결심했습니다."

"그게 좋아! 코에츠도 있고 나도 있어. 너를 도울 사람뿐, 챠야건 귀신이건 전혀 무서울 것 없어. 케이쥰니! 자, 챠야에게 단단히 각오하고 들어오라고 해. 여기엔 오미츠 편이 잔뜩 기다리고 있다고."

"호호호…… 알겠습니다. 그렇게 전하지요."

케이쥰니는 무심결에 웃음을 떠올리다가 찔끔하여 입을 다물고 밖으로 나갔다.

순간 물을 끼얹은 듯 조용해지며, 좌중의 말이 끊어졌다. 입으로는 큰소리쳤지만 모두의 생각은 이제부터 나타날 키요츠구의 감정을 추측하는 데로 모아졌다.

챠야 키요츠구는 만나지 못한 사이에 더욱 늠름한 사나이가 되어 있었다. 이곳에 오기까지 많은 생각을 했을 터. 그는 두 사람에게 가볍게 고개를 숙여 보이고 또렷한 말로 코다이인에게 인사했다.

"언제나 변함 없으신 모습을 뵈오니 기쁘기 이를 데 없습니다."

"오, 그대도 더 훌륭해졌군. 나가사키에 갔다는 말을 들었는데 재미있는 이야기라도 들려주러 왔나?"

"예. 오늘은 아주 좋은 소식을 말씀 드리려고 왔습니다. 타이코 전하께서 살아 계실 때 쇼군과 전하가 상의하시어 처음으로 허가하신 아홉 척의 배(외국과의 무역을 위한 슈인센朱印船°), 여러 사정으로 지지부진하던 것을 오늘 쇼군의 지시로, 앞으로는 십 년 동안 스무 배인 일백팔십 척 이상으로 하라, 나라의 부를 스무 배로 늘려야 한다는 하명을 받고 왔습니다. 해외 발전에 대한 전하의 유지遺志…… 쇼군이 드디어 적극적으로 실행에 옮기시는 것입니다. 코다이인 님! 이 얼마나 좋은 소식입니까."

이렇게 말하는 챠야 키요츠구의 표정에서는 어둠은 티끌만큼도 느껴지지 않았다.

13

"아니, 아홉 척의 배를 스무 배인 일백팔십 척으로 늘리라고……"

코다이인도 구원을 얻은 듯 맞장구를 쳤다. 마음속으로는 챠야 키요츠구의 훌륭함에 합장하고 싶을 만큼 감동을 맛보면서……

"예, 앞으로 십 년 동안에 스무 배를 늘리라고…… 그래서 저도 지지 않고 말씀 드렸습니다. 국내에 싸움만 없도록 해주신다면 맹세코 삼십 배, 사십 배로도 만들어 보여드리겠노라고."

"호호호…… 참, 용감한 허풍을 떨었군. 그래, 쇼군은 뭐라시던가?"

"고얀 녀석 같으니라고, 싸움은 이제 없다, 이제부터 있는 것은 고작 다이묘 집안 소동 정도, 쓸데없는 걱정은 말고 세계의 바다로 진출하라, 이기리스(영국)에도 오란다(네덜란드)에도 져서는 안 된다고."

"뭐, 이기리스……라고 했는데 그게 무슨 말인가?"

"유럽의 새로운 나라 이름입니다. 지금까지의 남만인이란 에스파냐와 포르투갈 인을 말했습니다. 쇼군께서는 누구에게 들으셨는지 그들은 이미 몰락해가는 낡은 나라, 앞으로는 남만인보다 홍모인…… 곧 이기리스 인이나 오란다 인의 움직임을 살펴야 한다고 마치 저와 지혜라도 겨루시는 것 같은 말씀을 하셨습니다. 다른 일과는 달리 이 점에서만은 저도 질 수 없습니다."

"놀라운 기백. 그대도 타이코 전하를 닮은 데가 있는 것 같아."

"황송합니다. 하지만 사람이란 한 가지쯤은 아무에게도 지지 않는 데가 있어야 할 것 같습니다."

"정말이야, 한 가지쯤은 있어야 하겠지. 나도 남자였다면 그대에게 큰 배를 만들게 해서 서방정토 그 앞까지 나가보고 싶지만……"

얼떨결에 이렇게 말했다가 얼른 입을 다물었다. 챠야 키요츠구의 시원스러운 눈이 그때는 이미 오미츠 쪽으로 옮겨져 있었다.

"오미츠 님."

키요츠구는 조금 전과 같은 어조로 불렀다.

"예."

"말한 대로 난 잠시 쿄토를 떠나 배 만드는 일에 몰두해야 하오."

"원하시는 일에 몰두할 수 있다니…… 부럽습니다."

"그대는 허용해주는군, 나를."

오미츠도 코다이인도, 그리고 코에츠도 전혀 생각지 않은 키요츠구의 화제전환이었다.

"앞으로는 전국이 한집안이 되어 일하고, 일할 보람이 있는 세상이 되었소. 나의 아버지와 그대의 조부님이 생애를 걸었던 꿈. 그 꿈을 소켄 님, 타이코 님, 쇼군 님 세 분이 드디어 우리 앞에 이룩해 보여주셨소. 생명의 불안을 느끼지 않고 마음껏 일할 수 있다는 것은 얼마나 행복한 일인지 모르오."

"정말……"

"그 은혜에 보답하기 위해 나도 일하겠소. 그대도 젊은 오동나무를 위해, 도요토미 가문의 도련님을 위해 조금만 더 은혜에 보답할 수 있는 일을 해주오. 머지않아 내가 일을 끝내고 그대의 사퇴를 청원하겠으니 그때까지 잘 부탁하겠소."

코다이인은 손에 들고 있던 부채를 힘없이 떨어뜨리고 코에츠를 쳐다보았다. 코에츠는 눈을 둥그렇게 뜨고 오미츠를 바라보았다. 언뜻 오미츠가 생긋 웃으며 고개를 끄덕인 것 같은 느낌……

기량과 기량

1

인간의 기량이란 누가 키워주는가? 핏줄일까, 신불일까, 고생일까.

혼아미 코에츠는 웃음이 그치지 않는 심정으로 산본기 코다이인 저택을 나왔다.

이 저택에 사카에, 곧 오미츠를 데리고 들어갈 때 코에츠의 마음은 파도처럼 물결치고 있었다. 오사카 성 내전에 센히메의 시녀로 들여보냈던 나야 쇼안의 손녀 오미츠가 아직 어린 히데요리에게 강간을 당해 임신하고 사느냐 죽느냐를 코다이인과 만나 결정하고 싶다고⋯⋯ 오미츠에게는 챠야의 3대째, 시로지로 키요츠구라는 약혼자가 있었기 때문이었다.

그래서 코다이인과 만나게 해주려고 쿄토에 데려왔던 것인데, 그 자리에 찾아온 당사자 챠야 키요츠구가 깨끗이 오미츠의 고민을 씻어주고 말았다.

상대가 무슨 말을 할 겨를도 없었다. 세상은 평화롭게 되었다, 앞으로 일본인은 손을 마주잡고 세계의 바다로 진출해야 한다, 그러기 위해 슈인센 아홉 척을 앞으로 10년 안에 20배인 180척으로 늘려라……고 이에야스로부터 명령받았으므로, 자기는 이제부터 교역선 만들기에 신명을 바치겠다고.

'아니, 국내 싸움만 없애주신다면 이십 배가 아니라 삼십 배, 사십 배라도 만들어 보이겠습니다.'

이렇게 호언장담하고 왔으므로 그대도 사퇴를 청할 때까지 도요토미 가문의 은혜에 보답하는 일을 해달라고 아무 거리낌 없이 챠야 키요츠구는 말했다. 그 말에는 오미츠보다도 코에츠 쪽이 더 놀랐다.

챠야 키요츠구는 스무 살을 넘긴 지 얼마 되지 않았다. 그 젊은 나이로 쿄토 부근 지역의 전체 상인을 지배하도록 이에야스가 맡겼을 정도의 사나이, 훌륭한 기량을 가진 사람인 줄은 알았다. 그러나 코에츠가 애를 먹은 이번 오미츠의 일을 한칼에 베듯 결단할 수 있을 만큼 성장해 있으리라고는 생각지도 못했다.

"유쾌하군! 정말 유쾌해."

코에츠는 문 앞에 기다리게 한 가마에 오를 때까지 같은 말을 되풀이했다.

'정말 그 말이 급소였어.'

오미츠도 나야 쇼안의 손녀인 만큼, 생명을 걸고 세계의 바다로 진출하는 교역선 문제에 이르러서는 골똘히 생각한 자기 마음의 옹졸함을 깨달은 듯. 그것이 마음의 전기가 되었다. 이렇게까지 사랑받고 있었던가 놀라기도 했을 것이다. 어쨌든 죽을 생각은 없어지고 자기도 뱃속의 아이도 살리려는 반응으로 바뀌어갔다.

"아저씨, 오미츠 님은 제가 카타기리 님 댁까지 바래다주겠습니다. 여러 가지로 수고를 끼쳤습니다."

키요츠구로부터 이 말을 들었을 때 코에츠는 안심하고 혼자 돌아갈 수 있는 마음이 되었다. 코다이인은 지금쯤 키요츠구와 오미츠에게 무엇을 대접할까 하는 마음으로 즐거운 화제를 삼고 있을 터.

"자, 돌아갈 때는 혼자, 혼아미 네거리까지 가자."

코에츠는 몸을 구부려 가마에 오르면서 다시 중얼거렸다.

"역시 평화가 인간을 키워주는구나."

지금까지의 센고쿠 시대에는 인간은 살아남기 위한 준비로 그 정신을 마모시켰다. 이제 싸움이 없는 시대를 맞은 인간들, 이제까지 키우지 못했던 또 다른 기량이 싹터 무럭무럭 자라는 일 또한 기대할 수 있다. 챠야 키요츠구가 그 좋은 예일지도 모른다……

2

지금까지는 무엇보다 완력. 칼을 휘두를 줄 모르고 창을 쓸 줄 모른다면 이야기가 되지 않았다. 그러나 완력은 아무리 단련해보아도 결국은 인간이 인간을 살상하는 능력에 지나지 않는다. 이제 평화로운 세상이 되었다. 그렇게 되면 인간에 대한 가치평가는 크게 바뀐다.

'나도 칼의 감정에만 몰두하고 있을 수 없다.'

리큐는 다도를 남겼고, 쵸지로는 찻잔을 남겼다.

'내가 오는 세상을 위해 남길 수 있는 게 있다면 무엇일까……?'

챠야 키요츠구는 앞으로 일본의 부富를 낳은 위대한 선각자로 칭송받게 될지도 모른다……

이런 공상에 잠겨 있는 동안 가마는 혼아미 네거리의 자기 집 처마 밑에 도착했다.

"수고가 많았어."

기분 좋게 가마에서 내려 문을 여는데, 어머니 묘슈妙秀가 남이 들을까 염려하는 듯 작은 목소리로 손님이 왔다고 알렸다.

"재미있는 분이야, 말솜씨가 뛰어나고. 내 성격에는 안 맞는 분이지만 본가本家의 오코於こう˚와 뜻이 맞아 이야기를 나누라고 부탁했어."

어머니는 할말만 하고 얼른 뒷문 쪽으로 가려고 했다.

코에츠는 당황하여 어머니를 불렀다.

"어머님, 무언가 잊고 계십니다. 손님 이름을 말씀하시지 않았어요."

"오, 깜빡 잊었구나…… 여자들과 매실 절임을 담그느라 정신이 없어서 그만. 오쿠보 나가야스라는 분이야."

"아니, 오쿠보 님이……?"

"그래, 본가 오코와 잘 어울리는 분이야."

본가 오코란 어머니의 남동생 혼아미 코세츠本阿彌光刹의 딸로, 결혼에 실패하고 돌아와 있는, 코에츠에게는 처제이기도 한 외사촌 여동생이었다.

코에츠의 어머니는 좀 특이한 성격으로, 지난날 집에 도둑이 들었을 때 수고한다고 차를 대접했다는 일화의 주인공이며, 지금까지도 비단옷은 입지 않는 검소한 사람이다.

이미 60이 가까운 나이인데 여기저기서 비단을 선물받으면 그때마다 보자기로 만들어 약간의 돈과 같이 집에 출입하는 사람들에게 나누어주고는 했다. 독실한 니치렌 신자여서 올바르지 않은 일과 사치는 결코 용납하지 않았다. 그 때문에 코에츠의 동생 소치宗知는 지금까지도 집에서 쫓겨나 들어오지 못하고 있었다.

"허, 여전하신 분이야."

남들은 코에츠의 성격이 묘슈와 똑같다고 하지만, 그로서도 함께 살면서 모시기에는 상당히 마음이 쓰이는 어머니였다.

코에츠는 쓴웃음을 지으면서 긴 마당을 지나 안방으로 들어갔다. 과연 오쿠보 나가야스가 오코를 상대로 계속 무슨 말인가를 하면서 웃기고 있었다.

"아니, 언제 오셨습니까?"

코에츠가 단정히 앉아 절을 했다.

"코에츠, 크게 실수를 했어."

나가야스는 코에츠의 머리 위로 수선스럽게 말했다.

"타이코 님의 칠 주기까지 며칠 남았다고 생각하나. 듣자니 에도에서는 도련님이 태어나셨다고 하는데, 이런 경사스러운 때 무얼 어물어물하고 있나. 황금 따위는 사도의 모래알이나 다름없는데, 자네가 그 용도를 좀 생각해주어도 좋다는 말일세."

코에츠는 깜짝 놀랐다. 바로 이렇기 때문에 어머님이 좋아할 리가 없다…… 이렇게 생각하고 있는데 처제인 오코가 갑작스럽게 퉁겨내듯이 웃음을 터뜨렸다.

3

"쿄토 상인의 실권자……라고는 하지만 챠야 님은 아직 어려. 코에츠 님이 돌보고는 있다지만 그래도 마음이 놓이지 않아서……"

또다시 빠르게 떠들어대는 나가야스의 말을 코에츠가 언짢은 표정으로 가로막았다.

"오쿠보 님, 무슨 말씀입니까?"

"사도에서 너무 많은 황금이 쏟아져나와 곤란하다는 말일세."

그런 뒤 나가야스는 비로소 목젖을 보이며 웃었다.

"알겠나, 코에츠? 에도에서는 도련님이 태어나셨어."

"저도 그 소식을 듣고 진심으로 경사스럽게 생각하고 있습니다."

"정말 그럴까, 코에츠?"

"그러시면……?"

"그야 물론 경사스럽지! 경사임에는 틀림없지만, 그러나 낙심하고 계신 분이 없다고는 할 수 없겠지."

"과연 그럴 것 같군요."

"오사카 요도 부인은 도련님만 태어나지 않았다면 히데요리 님을 삼 대째로…… 아니, 그렇게 생각하고 있지 않더라도, 지금은 칠 주기를 성대하게 치러야 한다고 생각지 않나?"

코에츠는 잠시 상대를 똑바로 쳐다보았다.

일도 잘하고 머리도 비상한 사나이다. 그러나 만날 때마다 오만해지는 것이 어머니인 묘슈뿐만 아니라 코에츠도 어쩐지 마음에 들지 않는다……고 생각했다.

'아니, 그렇지 않다!'

코에츠는 곧 자신의 생각을 부정했다.

옛날에는 광대였던 쥬베에지만 지금은 오쿠보 이와미노카미 나가야스大久保石見守長安. 이에야스의 광산 감독관이자 물자 조달관이며 동시에 여섯째아들 타다테루의 후견인으로 싯세이 물망에도 오른 4만 석의 고관이다. 성城은 갖지 못했으나 부슈武州 하치오지八王子에 있는 저택은 훌륭하다. 과거를 생각하여 상대를 멸시한다는 것은 야비한 질투라 하지 않을 수 없다.

'그렇다, 나가야스는 평화로운 시대가 배출한 기량인의 한 유형인지도 모른다.'

"하하하…… 모든 것을 알고 있으면서 내 지혜를 시험할 작정인 모양이군."

"당치도 않습니다. 그런 일은……"

"아니, 모든 것을 다 알고 있을 거야. 정치란 분별, 확실하게 분별하는 일…… 비록 도련님의 탄생이 없었다 해도 성대하게 타이코의 칠 주기를 치러야만 한다는 말일세."

"과연 옳은 말씀입니다."

"이 일을 성대히 치러야만 우선 민심이 쇄신되지."

"……"

"둘째로 오사카 쪽에서는 모두 감사할 거야."

"……"

"셋째로 오사카 쪽에서 감사하면 당연히 천하를 안정시키는 지진제
地鎭祭가 되지."

"……"

"더욱 중요한 이익은, 이로써 도련님에 대한 저주가 풀리는 일일세.
이 점을 쇼군 님에게 말씀 드려서 반드시 성대하게 치러야 한다고 생각
하는데, 지혜롭기로 유명한 자네의 의견은……?"

"아니, 잠깐만."

코에츠는 당황하며 반문했다.

"도련님에 대한 저주란 어느 분을 말씀하시는지……?"

"에도에서 태어나신 도련님 말일세. 모르고 있을 리 없을 텐데. 지금
까지 오사카 생모님은 히데요리 님이 삼 대 쇼군이 될 수 있도록 신사
와 절에 열심히 기도 드렸어. 그럴 때 태어나신 도련님, 저주받지 않을
리가 없지 않겠나?"

4

혼아미 코에츠는 나가야스의 말을 이해하기까지 한참이나 걸렸다.
그리고 분명하게 알았을 때는 오히려 어안이 벙벙해지고 말았다.

'이 재주꾼은 어쩌면 이렇게도 묘한 데로 머리가 돌아갈까……?'

코에츠는 그 말을 듣기까지 그런 것은 상상해본 적도 없었다.

'요도 부인이 에도에서 사내아이가 태어나지 않도록 신불에게 저주하는 기도를 드리고 있다……'

전혀 있을 수 없는 일은 아닐지도 모른다. 그러나 이 얼마나 끔찍한 독을 품은 상상일까. 이 말이 히데타다 부인의 귀에 들어가면 어떻게 될지 생각해본 적이 있을까.

자매지만 요도 부인과 오에요 부인의 이해와 희망은 상반될지도 모른다. 에도에 사내아이가 태어나지 않았다면 맏딸 센히메의 남편으로서 히데요리가 히데타다의 뒤를 잇는다 해도 전혀 이상할 것이 없다.

오에요 부인은 계속 사내아이를 바라다가 하나 낳은 아이가 죽었을 때는 자기 선조가 비참한 죽음을 당한 재앙이 아닐까 하여 아사이 히사마사淺井久政, 나가마사長政 부자의 불공을 드렸다고 한다…… 그러다가 이번에 다시 아들이 태어나고, 이에야스도 이를 축복하여 '타케치요'라 이름지었다…… 이런 마당에 그 어린것의 생명을 오에요 부인의 언니가 저주하고 있다니…… 저주나 적의는 있다면 있고 없다면 없다. 증명하기 어려운 무형의 것이므로 한번 귀에 들어가면 평생 사라지지 않는 마음의 응어리가 될지도 모른다.

갑자기 나가야스가 다시 웃었다. 코에츠가 자기 말에 걸려들었다고 민감하게 깨달았기 때문인 듯했다.

"하하하…… 이거, 실언했군. 저주한다는 증거 따위는 있을 리 없지. 그러나 그런 일이 없더라도 사내아이가 출생했으니 오사카의 꿈 하나가 사라진 것은 당연한 일. 성대하게 타이코의 명복을 빌어 살아 있는 사람들을 위로하는 것도 에도의 도련님을 축하하는 일이 된다……고 생각하는데, 어떤가?"

나가야스가 몸을 앞으로 내미는 순간 행사를 좋아하는 오코가 재빨리 끼여들었다.

"오쿠보 님은 쿄토 사람들이 놀랄 큰 불사佛事를 하라는 거예요."

"너는 잠자코 있어."

코에츠는 엄하게 꾸짖고 다시 말했다.

"과연, 미처 깨닫지 못했습니다."

"어떤가, 묘안 아닌가?"

"묘안……이라기보다 그렇게 해야만 할 일이겠지요."

"하하하…… 과연 자네다워, 코에츠 님다워. 원래 타이코와 쇼군은 서로 뜻이 통하는 사이. 세상에서는 이러쿵저러쿵 말이 많지만 타이코가 있기에 쇼군이 있고, 쇼군이 있기에 평화가 왔지. 지금쯤 과감하게 타이코 시대를 능가하는 훌륭한 세상을 보여주는 것이 좋아."

"오쿠보 님 말씀은 이해할 수 있습니다. 제게 말씀하실 용건은?"

"참, 그렇군. 이 오쿠보 나가야스가 주군에게 권하면 주제넘은 일이 되지. 그러므로 자네가 챠야 님과 이타쿠라 님을 통해 주군의 허락을 얻는다…… 혼아미 코에츠는 그러기 위해 있는 사람……이라고 이 오쿠보 나가야스는 생각하는데 어떤가, 와하하하……"

코에츠는 진지한 표정으로 자세를 바로 했다.

5

'왠지 마음에 들지 않는다. 그렇다고 들어야 할 의견을 듣지 않는다면 니치렌 대선사에게 죄송스러운 일……'

코에츠는 다시 나가야스에게 목례를 했다.

"알겠습니다. 과연 오쿠보 님의 착안, 저는 곧 그 취지를 쇼시다이 님에게 전하겠습니다."

"이해하겠나?"

나가야스는 만족한 듯이, 그러나 조용히 목소리를 낮추었다.

"내가 말씀 드리면 천한 녀석이 출세하더니 또 주제넘게 나선다고 질시를 당할 거야. 그러나 이 일은 하지 않으면 안 돼."

"옳은 말씀입니다…… 감탄했습니다."

"세상에는 일석이조一石二鳥라는 말이 있네. 그러나 이것은 일석오조, 육조도 되는 정치의 요점일세."

코에츠가 싫어하지 않으리라 생각해서인지 나가야스도 결코 거만하다고는 생각되지 않았다.

"주군은 검소하신 분일세. 아직도 근검절약이 미덕의 첫째라고 굳게 지키고 계시지. 그러나 코에츠, 세상이란 그것만으로는 참다운 활기가 넘치지 않는 법일세."

"그럴지도 모릅니다."

"자나깨나 싸움이 계속되던 때 낭비는 그야말로 큰 죄…… 그러나 지금은 달라졌어. 사람들이 모두 활기차게 일하기 시작해서 점점 물자가 풍부해지고 있어."

"그……그것이 평화로운 시대의 장점이지요."

"나는 말일세, 지난해 오사카 성에 갔을 때 타이코 님이 남기신 사십여 관짜리 황금 훈도를 보고 눈이 아찔해졌네."

"그 말씀은 들은 기억이 있습니다."

"그런데 지금은 현기증을 느끼지 않아. 나는 그런 것을 얼마든지 캐내 보일 수 있어. 사도에서도 이쿠노生野에서도 이즈에서도…… 아니, 생각하기에 따라서는 온 일본이 모두 황금…… 그런 때이므로 조금은 생각을 바꾸어도 좋아."

코에츠는 흘끗 오코 쪽을 보았다.

"때가 되었으니 식사준비를."

그리고는 오코에게 물러가게 했다. 화려한 것을 좋아하는 오코에게는 이 이야기가 독이 될 것 같다는 생각이 들어서였다.

"확실히 그럴지도 모르지요."

"입으로는 그렇게 말하지만 자네에게는 다른 의견이 있겠지. 아직 그 황금이 널리 퍼진 것은 아니라고……"

"그렇습니다. 아직 강가에는 머물 곳 없는 거지도 많고, 도둑도 사라지지 않았습니다."

"따라서 한층 더 화려하게 보이지 않으면 안 돼. 일만 하면 부유해지는 것이 인간이라고 큰 희망을 갖도록 할 때일세."

코에츠는 그 이상 더 들을 필요가 없었다. 기량 중에도 수동적인 기량과 공격적인 기량이 있다. 오쿠보 나가야스는 뜻밖에도 금광이 들어맞아 상당히 들떠 있었다. 문제는 타이코의 7주기에 대한 일이었다. 그 점에서는 생각하면 할수록 나가야스의 생각과 주판은 확실했다. 아니, 그것도 벌써 기일이 박두해 있었다.

코에츠는 나가야스가 담배합을 끌어당겼을 때, 문득 생각했다.

'잠시 쇼시다이 댁에 다녀올까.'

두 사람을 만나게 하면 일은 결정될 터. 쇼시다이 이타쿠라 카츠시게는 선대 챠야가 죽고 나서 코에츠와는 한층 더 친밀해져 있었다.

"저, 오쿠보 님……"

바로 그때 자리를 떴던 오코가 다시 야단스럽게 복도를 건너왔다.

"오라버님, 귀한 손님이 오셨어요."

6

코에츠는 오쿠보 나가야스에게 말을 하다 말고 뒤돌아보았다.

"이야기 중인데, 누가 오셨느냐?"

"예, 챠야 님이에요."

"뭐, 챠야라면 바로 조금 전에……"

그때 당사자인 키요츠구가 벌써 모습을 보이고 있었다.

"먼저 와 계신 손님이 오쿠보 님이시라기에 무례를 무릅썼습니다. 아까는 실례를……"

"챠야, 그럼 오사카의 오미츠 님은……?"

"예, 조급하셨던지 카타기리 사다타카 님이 마중을 오셨습니다. 그래서 카타기리 님에게 맡기고 아저씨 뒤를 쫓아왔습니다."

"으음, 역시 사다타카 님이…… 무리가 아니지. 자, 올라오게."

코에츠는 직접 일어나 방석을 가지고 왔다.

"실은 지금 오쿠보 님 말씀을 듣고 쇼시다이 님 댁까지 잠깐 다녀올까 생각하던 참이야."

"그럼 제가 방해를……"

"아니, 괜찮아. 자네도 힘을 써주어야 할 일이어서."

코에츠의 말이 끝나기도 전에 나가야스가 입을 열었다.

"챠야 님은 그 젊은 나이에 쿄토 일대의 상인을 다스리는 실력자, 여러 가지 바쁘겠지만 중요한 일을 잊어서는 안 되오."

"황송합니다. 만사에 부족한 이 미숙한 자를 잘 지도해주십시오."

"그런데, 오늘은 코에츠 님에게 무슨 급한 용무라도?"

"예. 지시받을 일이 있었는데 아저씨가 오사카에 가 계셔서."

나가야스는 연장자답게 점잖게 고개를 끄덕였다.

"그럼, 일을 먼저 끝내게. 내 일은 이미 끝난 것과 마찬가지니까."

"그렇습니까. 그럼 곧…… 실은 오쿠보 님에게도 지혜를 빌렸으면 하는 일입니다."

"오, 내 지혜도 소용된다면 얼마든지."

챠야 키요츠구는 상쾌하게 웃는 얼굴로 허리를 굽히고 나서 코에츠

쪽으로 돌아앉았다.

"아저씨, 이번 팔월 열여드렛날에."

코에츠는 얼떨결에 나가야스와 얼굴을 마주보며 물었다.

"팔월 열여드레라면 돌아가신 타이코 전하의 기일인데, 그러면 토요쿠니豊國 신사에서 제를 올리겠다는 말인가?"

"그렇습니다. 오늘날의 이 평화는 제가 말씀 드릴 것도 없이 쇼군 님의 힘이기는 하나 타이코 님이 계시지 않았다면 이룰 수 없었을 것, 이칠 주기 기일에 상인들의 총의로 감사를 드리고 싶어서……"

"챠야!"

저도 모르게 코에츠는 긴장된 목소리로 말했다.

"먼저 쇼군 님께 말씀 드려 허락을 얻어야 한다고 생각하는데."

"이미 끝냈습니다."

챠야 키요츠구는 선뜻 대답했다.

"쇼군 님은 이렇게 말씀하셨습니다…… 내가 먼저 말하려 했는데 잘 생각했다, 내가 말을 꺼내면 모양새가 좋지 않아, 자진해 행사를 갖지 않는다면 참다운 평화라 하기 어려워, 이타쿠라 님과 상의해 난폭한 자가 나오지 않도록 충분히 조심해서 성대하게 행하라고."

코에츠는 나가야스의 얼굴을 보기가 거북했다.

7

당대에 보기 드문 기량을 가진 오쿠보 나가야스가 착안한 것을 챠야 키요츠구도 그 젊은 나이에 이미 생각하고 있었다. 더구나 키요츠구는 벌써 이에야스의 허가를 얻었다고 한다. 코에츠는 선뜻 허락하는 이에야스의 단안도 그렇거니와 챠야 키요츠구의 기량을 재평가하지 않을 수 없었다.

"그런가, 이미 쇼군 님의 허락을 얻었구나."

앞지름을 당해 쑥스러워하지 않을까 걱정했던 오쿠보 나가야스가 갑자기 무릎을 탁 치며 몸을 앞으로 내밀었다.

"훌륭해! 과연 쇼군 님의 눈에 든 기린아로군. 그래야만 하지. 그런데 자네가 그 행사를 해야 한다고 생각한 이유는……? 이 오쿠보 나가야스는 그것을 알고 싶어."

키요츠구는 놀랐다는 듯이 나가야스와 코에츠를 번갈아 보았다.

"하하하……"

코에츠는 밝게 웃으면서 말했다.

"실은 지금 오쿠보 님과 이야기하고 있던 것도 바로 그 일이었어."

"그렇습니까. 저는 욕심이 많아, 일석오조의 생각으로 이 일을 해야 한다고 깨달았습니다만."

"허어, 일석오조……"

이 말까지 같았으므로 나가야스의 눈은 더욱 휘둥그레졌다.

"자네의 그 오조를…… 들어보세. 그 첫째는?"

"첫째는 쿄토 사람들에게 안도감을 주자는 것입니다. 사실은 아직까지도 세상에는 엉뚱한 소문이 돌고 있습니다. 칸토關東와 오사카 사이가 좋지 않은 것이 아닌가 하고."

나가야스는 빙긋이 웃고 코에츠를 보면서 말했다.

"그 소문을 없애버린다니…… 과연 좋은 생각이군. 그럼, 둘째는?"

"둘째는 제 일과 관계가 있습니다. 이 제례를 성대하게 함으로써 스미노쿠라角倉 님, 카메야龜屋 님, 스에요시末吉 님, 아마가사키야尼崎屋 님, 키야木屋 님 등 쿄토와 오사카, 사카이에 걸친 대상인들과 친해질 수 있습니다."

"으음, 놀랍군! 그 대상인들에게 배를 만들게 하기 쉽다는 말이지."

"그래서 저는 욕심이 많다고 했습니다."

"그럼, 셋째는?"

"이로써 일본에 흔들림 없는 평화가 뿌리를 내렸다고……"

"천하 만민에게 보여줄 생각이군."

"아닙니다."

키요츠구는 태연한 표정으로 고개를 가로저었다.

"수많은 천주교도들에게 보여주겠습니다."

"천주교도들에게……?"

"예. 칠십만 천주교 신도들은 전세계에 이 일을 말로나 글로 전할 것입니다. 그렇게 되면 우리는 안심하고 슈인센도 보낼 수 있고, 남만선도 올 수 있습니다."

"으음."

이번에는 나가야스도 크게 신음했다. 지혜주머니인 그도 여기까지는 아직 생각하지 못하고 있었다.

"전세계에 일본의 평화를 말이지……"

나가야스는 감동을 억제하지 못하며 코에츠를 돌아보았다.

"어떻소 코에츠 님, 세상은 변했군요."

반은 자랑스럽게, 반은 쑥스러운 듯 어깨를 움츠리며 한숨쉬었다.

8

"세번째 말을 듣고 놀랐다고 해서 넷째, 다섯째 말을 듣지 않을 수는 없지. 챠야, 다음은?"

더욱 눈을 빛내고 말하는 나가야스에게 재촉을 받고 키요츠구는 고개를 갸웃했다. 그는 자기가 오기 전에 두 사람이 무슨 이야기를 나누었는지 몰랐으므로 나가야스의 놀라는 모습이 납득되지 않았다.

"다음은 오사카 생모님을 위로해드리고 싶습니다. 생모님이 기뻐하시면 도요토미 가문의 은혜를 입은 여러 다이묘는 물론 도련님도 센히메 님도 안도하실 것입니다."

"으음, 넷째는 인정이라…… 그것도 좋지. 그러면 다섯째는 무엇일까요, 코에츠 님?"

"글쎄요……"

코에츠는 키요츠구를 바라본 채 전혀 다른 것을 생각하고 있었다.

키요츠구의 아버지 챠야 시로지로는 아들의 일을 간곡하게 코에츠에게 부탁하고 죽었다. 그런데 그 아들 키요츠구는 이미 코에츠보다 훨씬 더 큰 기백으로 세계에 눈을 돌린 어른으로 성장해 있었다.

'이러다가는 내가 키요츠구에게 거추장스러운 존재가 될지도……'

기쁨인 동시에 회한과도 비슷한 쓸쓸함이기도 했다.

"다섯째는……"

키요츠구는 천진스럽게 말했다.

"이 제례를 그림으로 그리게 하여 이 시대의 치세가 어떤 것이었는지 증거로 합니다."

"뭐……뭐라고, 그림으로 남겨서……?"

나가야스는 생각지도 못한 일인 듯 당황하며 물었다.

"예, 그림으로 그려두면 새로 찾아오는 남만인들에게나 후세 사람들에게도 보일 수 있습니다. 실은 그래서 아저씨께 상의…… 아니, 부탁드리러 왔습니다."

코에츠는 깜짝 놀라 제정신으로 돌아왔다.

"제례의 광경을 그림으로 그려둔다는 말이지."

"예. 그런데 그릴 만한 화가가 눈에 띄지 않습니다. 모두 정해진 화제畵題를 가진 사람뿐…… 한두 사람의 인물이나 화조를 그리는 것이 아닙니다. 쿄토 주변의 각 조직이 경쟁적으로 내놓은 물건을 비롯해 구경하는 수천, 수만의 군중들까지 그대로 그려줄 화가…… 그리고 천주교도도 보고 있을 것이며 흑인 노예도 구경하러 오겠지요. 그런 것까지도 낱낱이 있는 그대로 그릴 화가…… 그런 사람이 없을지, 부탁하면 그려줄 사람이……"

나가야스는 고개를 흔들면서 과자를 집어들고 있었다. 어쩌면 그는 키요츠구의 젊은 꿈에 손을 들고 말았는지도 모른다.

"제례를 그림으로 그려 남기고 싶다……"

역시 키요츠구는 아직 어리다고……

그러나 코에츠는 그렇게 생각하지 않았다. 과연 싱싱하고 소중한 집념이라는 생각이었다. 인간은 모두 늙고 죽지만, 나이도 먹지 않고 늙지도 않은 채 남는 것이 세상에는 있었다.

'그림도 역시 그 중 하나가 아니었던가……'

"아저씨는 발이 넓습니다. 쿄토 안에서는 찾지 못하더라도, 일본이 처음으로 평화로운 세상이 되었으니, 그 기쁨을 그려 남기고 싶은 제 마음을 이해할 사람이 어딘가에 한두 사람쯤은 있지 않을지…… 그럴 만한 사람이 없겠습니까?"

9

코에츠도 키요츠구의 물음에 당장에는 대답할 수 없었다. 키요츠구가 바라는 화가가 있느냐 없느냐보다, 자기와 세대차이가 큰 데 놀라 어안이 벙벙해지고 말았다.

오쿠보 나가야스는 타이코의 7주기에 토요쿠니 신사의 제례 계획이 없어서는 안 된다고 코에츠를 책망하러 왔다. 그런데 젊은 챠야 키요츠구는 그런 계획은 벌써 세우고 이에야스의 허락까지 받았을 뿐 아니라, 그 제례를 후세에까지 전할 작정을 하고 있다. 아니, 그가 진정으로 노리는 것은 후세라기보다 이제부터 더욱 빈번하게 찾아올 남만 상인들에게 보여 일본의 평화로운 모습을 온 세계에 알리려는 데 있는 듯했다. 지금까지 그림은 풍류객의 벗이었다. 그런데 키요츠구는 기록과 선전의 두 가지 의미를 갖게 하여 활용하려 하고 있다.

'많이 변했어……'

코에츠는 절실히 느꼈다. 그도 젊었을 때는 어머니 묘슈를 놀라게도 기쁘게도 한 일이 한 번 있었다.

리큐가 아직 살아 있을 무렵, 다도에 열중하기 시작한 코에츠가 코소데야 소제小袖屋宗是가 가지고 있는 차 그릇을 황금 30장에 산 일이 있었다. 물론 그런 큰돈이 수중에는 없었다. 그래서 신마치新町 별장을 팔아 열 장을 마련하고 나머지 스무 장을 여기저기 빌리러 다녔다. 코소데야는 딱하게 생각해 좀 에누리를 해주겠다고 했다.

"농담이 아닙니다. 삼십 장짜리 차 그릇을 그보다 싸게 산다면 내 체면이 서지 않습니다."

간신히 30장을 모아 차 그릇을 산 그는 맨 먼저 아버지의 은인인 마에다 토시나가를 찾아가 차를 끓여 바쳤다. 토시나가는 매우 기뻐하며 은 300장을 주려고 했다. 물론 코에츠는 사양했다. 돈을 받는다면 다인의 긍지가 손상된다.

이 일로 코에츠는 꾸중을 들을 줄 알았던 두 사람으로부터 크게 칭찬을 받고 꽤나 자랑스러웠던 일을 기억하고 있다. 그 한 사람은 절약가로 소문난 이에야스, 다른 한 사람은 절대로 비단옷을 입지 않는 어머니 묘슈였다.

"호호호…… 아들녀석도 차의 향기 정도는 아는 것 같습니다."

그런데 지금 챠야 키요츠구의 말은 그 정도 규모가 아니었다. 행사하나에 일본의 장래와 세계가 달려 있었다.

"알았어, 그 화가는 내가 찾아보지. 자네는 열심히 행사에 대해서나 생각하게. 그렇지 않습니까, 오쿠보 님."

이 말에 나가야스도 웃었다.

"암, 그렇고말고. 타이코 님의 은혜를 잊지 않고 평화의 고마움을 아는 사람이라면 비용을 아끼지 말라고 쿄토 대상인들에게 선전하도록. 돈을 아끼지 말아야 해."

"아니야, 돈은 되도록 아껴야 하는 거야."

깨닫고 보니 이 집 노모 묘슈가 오코와 함께 상을 들고 생글생글 웃으며 입구에 서 있었다.

"오오, 모친이시군요. 귀도 밝으십니다."

"호호호…… 돈을 소중히 하지 않으시면 이렇게 도미 대신 전갱이 구이가 되는 거예요…… 하지만 이것이 우리 집 수준에 맞는 대접이니 용서하세요."

오코는 얼굴이 빨개져 고모를 따라 나가야스 앞에다 상을 놓았다. 고모의 검소함이 몹시 부끄러운 모양이었다.

10

상 앞에서 화제가 바뀌었다.

"사람의 사고방식에는 두 가지가 있지."

젓가락을 들면서 나가야스가 말했다.

"언제나 절약하여 물자를 소중히 여기는 사고방식과 그 소중한 것을 아낌없이 써서 보다 많은 일을 하려는 사고방식. 모친님은 전자에 해당하지."

묘슈도 지고 있지 않았다.

"아니, 그 밖에 또 한 가지가 있어요."

"뭐, 또 한 가지라니?"

"예. 미식만 찾고 전혀 일하지 않는 자…… 이 부류가 세상에 제일 많은 것 같아요. 호호호……"

상 자리의 시중을 오코에게 맡기고 묘슈는 다시 부엌으로 돌아갔다. 스스로도 자기 입이 험하다는 사실을 잘 알고 있는 모양이었다.

"자, 술은 이 집의 자랑이에요. 이것만은……"

오코는 질색인 고모가 나간 뒤 갑자기 들뜬 모습이 되었다.

"오쿠보 님은 이와미에서 돌아오시는 길인가요?"

오코는 고개를 기울였다.

"그래. 금은이 너무 나와 곤란하다고 후시미에 계신 쇼군 님에게 말씀 드리러 가는 길이지."

"어머, 금은이 너무 나와 곤란하다…… 그런 산에 가보고 싶어요."

"뭐, 산에 가보고 싶다고……?"

"예. 저는 집에 있어도 거추장스러운 존재, 언젠가는 산으로 가야 할 몸이니 남보다 먼저 수업하러 가는 편이 모두를 위하는 길이에요. 한번 데려가주세요."

말하는 동안 오코는 공연히 화를 냈다.

난처해진 코에츠는 오코를 애처롭게 여기면서도 나무라지 않을 수 없었다.

"오코, 챠야 님에게 잔을."

"예, 죄송합니다."

흘끗 나가야스에게 교태를 보이면서 오코가 키요츠구 쪽으로 몸을 돌렸다. 나가야스는 진지한 얼굴이 되어 엄숙한 어조로 물었다.

"어떤가 챠야, 그 아담스라는 사나이를 주군은 여전히 후시미로 불러들이고 계신가?"

"예. 윌리엄 아담스는 이번에 소슈相州 미우라고리三浦郡에 이백오십 석 땅을 하사받고, 미우라 안진三浦按針*이라는 일본 이름으로 당분간 일하기로 결정된 것 같습니다."

"허어, 미우라 안진. 운 좋은 사나이야. 그래, 자네는 벌써 그 안진의 기량을 꿰뚫어보았나?"

"예. 주군이 신뢰하실 정도, 의리가 있는 사람으로 보았습니다."

"아니, 내가 말하는 것은 그게 아니라 기량. 쓸모 있는 사나이인가 하는 점이야."

"글쎄요, 저는 아직 거기까지는……"

"그럴 테지. 미우라 안진은 남만인이지만 에스파냐나 포르투갈 사람과는 서로 적이 되어 있는 나라에서 태어났다니까."

"예. 태생은 이기리스 켄트 주 질링엄 마을. 오란다 탐험함대 수로안내인으로 대서양을 항해하다가 마젤란 해협에서 말라카 섬을 향해 태평양으로 나가 남쪽으로 가던 도중에 난파했다고 합니다."

물 흐르듯 한 대답에 그만 나가야스도 나직이 신음했다. 두 사람 사이에도 시대는 바뀌어 있었다. 나가야스로서는 이기리스도 켄트 주도 전혀 머릿속에 떠오르지 않았다.

11

"이것 참 놀랍군! 챠야의 머리에는 세계지도가 들어 있어. 그럼, 그 말라카……라는 섬의 위치도 알고 있나?"

나가야스는 반쯤 젊음을 시기하는 심정으로 물었다.

"예. 그 섬은 아직 세계 바다가 둥글다는 것을 알지 못한 채 동쪽에서 바다로 나간 포르투갈 사람과 서쪽에서 바다로 나간 에스파냐 사람이 바다 위에서 딱 마주친 남쪽 섬이라고 들었습니다."

"미우라 안진이라는 아담스는 그 섬으로 가려다 분고豊後 앞바다에서 난파했다…… 그렇다면 항해술이 미숙하다는 답이 나오는데."

"아직은 모험 시대라, 용기 있는 사람……이라 해석할 수도 있습니다. 그보다 오쿠보 님은 어째서 남만인이 이토록 열심히 일본을 향해 오는지 그 이유를 아십니까?"

거꾸로 질문을 받은 나가야스는 적지 않게 화가 났다. 코에츠는 젊은 키요츠구의 당당한 태도에 놀라고 있었다. 나가야스에게는 아직 격렬한 경쟁심이 남아 있었다. 그 역시 겨우 뜻을 얻어 왕성하게 일하기 시작한 키요츠구와 같은 현역이기 때문일 것이다.

"자네는 모르고 있는 모양이군. 옛날 원元나라 침입 때 원나라 수도에 마르코 폴로라는 남만인이 와 있었는데, 이 사람이 뒤에 귀국해 책을 썼지. 그 책에 일본은 황금의 나라다, 집과 지붕까지 모두 황금으로 되어 있다고 썼다는 거야. 나는 그것을 역이용했지. 그 정도로 선전된 일본이라면 반드시 땅속에 많은 황금이 있을 것으로 생각하고 팠는데, 그게 들어맞았어."

"정말 죄송합니다."

키요츠구는 진심으로 놀라움을 얼굴에 나타냈다.

"저는 그 일을 안진에게 들은 지 얼마 안 됩니다. 그 밖에 또 한 가지를 들었습니다. 포르투갈의 인도 총독 아폰소 알부케르케라는 자의 말라카 점령보고에 말레이에서 교역하는 일본인의 모습이 상세하게 기록되어 있다는 것입니다."

지명과 인명이 물 흐르듯이 키요츠구의 입에서 나와 나가야스는 더욱 얼떨떨했다.

'잘난 체하는 애송이 녀석……'

그러나 가능한 한 그 지식을 섭취하지 않고는 못 배기는 것이 나가야스의 성격이기도 했다.

"허어, 말라카라고 하면 샴 너머에 있는 곳이로군. 거기서 일본인이 어떻게 교역을 했다는 말인가?"

"수려한 용모의 사나이가 터키 사람이 쓰는 언월도 비슷하나 이보다는 좀더 가늘고 긴 칼과 예닐곱 치 되는 단도를 차고, 많은 황금으로 토산물을 사들이는데, 황금의 풍부함에 놀랄 뿐이었다고 합니다."

"으음, 황금을 말이지."

"과연 일본에서 실어간 것인지는 의문입니다. 저는 타카사고토高砂島(타이완) 동해안 근처에 그야말로 황금의 산이 있어 발굴해 사용하지 않았나 생각합니다. 그들은 황금 산출지는 말하지 않고 어느 나라 사람이냐고 질문받았을 때 고레 사람이라 대답했다고 합니다. 고레는 코라甲螺, 명나라 사람이 말하는 왜구倭寇입니다."

나가야스는 그만 입을 다물고 말았다. 그렇다면 황금의 섬은 마르코 폴로가 말하는 지팡구(일본)가 아니라 타카사고토가 된다. 그렇게 되면 나가야스 자신은 어떻게 된다는 말인가……

꽃과 악몽

1

오쿠보 나가야스가 이상하게도 만취했다고 느낀 저녁때였다.

'어째서 이렇게 취했을까?'

말할 나위 없이 오코가 계속 술을 따르는 바람에 쉴새없이 마셨기 때문이다. 아니, 오코가 아무리 권했다 해도 나가야스가 마다할 수도 있었다. 그런데 오늘 나가야스는 술이 과한 것을 알면서도 잔을 놓을 수 없는 묘한 응어리가 가슴에 있었다.

오랜만에 쿄토 흙을 밟고 코에츠의 집을 찾기까지는 지나칠 정도로 마음에 활기가 넘치던 나가야스였다. 사도와 이와미에서는 일이 뜻대로 되었다. 이에야스는 더욱더 나가야스의 수완을 인정하고 기뻐해줄 것이며, 이는 그대로 다음 출세와 연결될 것이다.

이러한 자부심과 자신감이 나가야스 정도나 되는 인물을 어린아이같이 들뜨게 만들었다.

'그렇다, 코에츠에게도 한번 좋은 지혜를 선물로 주어야겠다.'

혼다 마사노부 부자나 오쿠보 타다치카 같은 중신을 제외한다면 혼아미 코에츠는 이에야스가 가장 신뢰하는 오토기슈. 그러한 코에츠와 친교를 맺어둔다는 것은 이에야스가 무엇을 생각하고 무엇을 하고자 하는지 정확하게 타진할 수 있는 중요한 통로가 될 수 있다. 그래서 코에츠에게 토요쿠니 신사 제례에 대한 지혜를 가르치자는 생각에서 들렀는데, 거꾸로 되었다. 그런 행사는 이미 실행에 옮겨져 있었고, 오늘 챠야 키요츠구에게 들은 말은 모두 나가야스의 기분을 상하게 하는 것뿐이었다.

젊음과 활달함에서도 기가 죽었고, 지식에서나 두뇌활동에서도 압도당했다. 아니, 그뿐이라면 굳이 구애될 게 없었다.

"과연, 챠야의 후계자, 선대도 지하에서 기뻐하시겠지."

이렇게 칭찬하며 끝났을 터, 그런데 크게 응어리가 남았다.

계속 오쿠보 나가야스가 가슴에 담고 있던 '꿈' 앞에 큰 그림자가 막아선 듯한 느낌. 챠야 키요츠구도, 그리고 일본에 영주할 듯한 미우라 안진도 결국 나가야스의 적으로 돌아선 듯한 생각.

'이대로 나는 평생 광산기술자로 끝나게 될지 모른다……'

나가야스의 꿈은 오사카 성에서 그 거대한 황금덩어리를 보았을 때부터, 그 황금을 이용해 화려하게 세계와 교역해보고 싶다는 것이었다. 물론 이에야스를 설득해 일본의 운명을 걸 만한 큰 일을…… 그런데 자본이 될 황금 발굴을 목표로 삼고 보니 이에야스의 외국무역 상대자는 따로 정해져가고 있었다.

세계의 바다를 돌아다니다 온 미우라 안진의 지식과 경험에, 젊고 날카로운 챠야 키요츠구의 신뢰가 밀착되면 나가야스가 나설 무대는 없어질 것만 같았다.

'결코 세상에 흔히 있는 질시가 아니다. 나에게는 꿈이 곧 사는 보람 아니었던가……'

이렇게 생각한 순간부터 나가야스는 키요츠구의 말에 맞장구를 칠 수 없었다. 그리고 그 결과 기억이 오락가락할 만큼 취했고, 정신이 들었을 때는 전과는 다른 별채에서 다시 혼자 술잔을 들고 있었다.

어떻게 이곳까지 옮겨온 것일까?

날이 저물기 시작한 별채의 작은 방에서 오코가 혼자 난처한 표정으로 술을 따르고 있었다.

2

"오코, 여기가 어디지?"

코에츠의 집 별채라는 것을 알면서도 나가야스는 물었다. 지나치게 취한 자신을 숨기려 한다기보다 무엇인가 말을 하지 않고는 배길 수 없는 고독이 가슴에 남아 있었다.

"어머, 기억이 없으세요?"

오코는 어이없다는 듯 눈을 크게 뜨고 짐짓 한숨을 쉬었다.

"혼아미 코에츠의 집이에요."

"처음에는 안채 거실이었는데. 참, 챠야도 와 있었어. 챠야는 어떻게 됐나?"

"오쿠보 님이 돌아가라고 하셨어요."

"뭐, 내가 챠야에게?"

"예. 빨리 돌아가 제례준비나 부지런히 하라, 네 얼굴도 오래 보고 있으면 싫증이 나니 더 이상 보기 싫다……고 하셨어요."

"으음…… 그런 말을 했다면 어지간히 취했군."

"예, 오빠도 오쿠보 님이 이렇게 취하신 것은 처음 보았다…… 여행의 노독 때문에 그렇겠지 하면서 이리로 안내했어요."

나가야스는 실망했다. 광대 쥬베에로 떠돌아다니던 무렵에는 종종 있는 일이었다. 그러나 오쿠보 이와미노카미 나가야스가 된 후로는 처음 있는 일…… 큰 실수였다.

"무엇을 생각하고 계셔요, 불을 켤까요?"

"그럴 것 없어. 그런데, 내가 좀 잤나?"

"어머, 그것도 기억 못하세요?"

오코는 갑자기 불안한 얼굴이 되었다.

"그럼 저와의 약속도 잊으셨나요? 몇 번이나 말씀하시고도……"

"그대와의 약속……?"

"예. 산에 데리고 가주신다는. 아니, 저만이 아니라 산에는 많은 여자가 필요하므로 모집하러 오셨다고……"

그 말을 듣고 나가야스는 갑자기 새로운 불안을 느끼고 당황하며 크게 손을 내저었다.

"아니, 아니, 잊을 리가 있나. 잊어선 안 될 일이지."

이렇게 말하기는 했으나, 사실은 기억이 희미해 불안은 한층 더 가중되었다. 지나치게 취했다. 술이 지나치면 나가야스는 충동대로 있는 말 없는 말 마구 지껄이는 버릇이 있었다.

'내가 무슨 말을 했을까?'

지금 그것을 확인하여, 경우에 따라서는 정말로 오코를 산으로 데려가야 할지도 몰랐다.

"그대 일을 잊을 리가 있나."

나가야스는 슬쩍 얼버무리고, 목소리를 낮추며 눈치를 살폈다.

"오코 님, 그 밖에 또 무슨 귀에 거슬리는 말을 하지 않았나?"

오코가 비로소 살짝 웃었다. 자기와의 약속을 잊지 않았다는 말을 듣고 마음을 놓은 듯.

"여러 가지를 말씀하셨어요. 정말 너무 취하셨나봐요."

"누구…… 누구, 남 욕이라도 했나?"

"예, 많이 하셨지요."

"많이……라니, 누구 욕을 했지?"

"이 집 고모님과 아담스인가 하는 이방인, 혼다 마사노부 님과 에도의 다이나곤 님……"

오코가 노래하듯 말하자, 나가야스는 깜짝 놀라 얼굴을 찌푸렸다.

3

"원, 이런. 에도의 다이나곤 히데타다 님 욕까지 했단 말이지?"

나가야스가 귀밑머리를 긁으며 물었다. 오코는 갑자기 상냥해졌다.

"하지만 죄는 아니에요…… 그리고 저와 고모님과 오빠 이외에는 아무도 곁에 없었어요."

나가야스는 다시 한 번 크게 한숨을 쉬고 얼굴을 찌푸린 채 식은 술잔을 입으로 가져갔다.

"그대의 고모님…… 코에츠 님의 어머니더러는 뭐라고 하던가?"

"이 노파는 처치하기 곤란한 구식 노인이라고."

"으음…… 그리고, 히데타다 님에게는?"

"이 대째의 못난이, 좀스럽기는 이 집 노파와 닮았다고."

"그 말뿐이었나?"

"아닙니다. 쇼군 님이 돌아가시면 아무도 그 좀스러운 사람에게 공양을 하지 않을 것이라고. 부처는 부처지만 덜된 부처여서 자신의 후광은 비치지 않을 것이라고……"

"이제 그만."

나가야스는 괴로운 듯 고개를 돌렸다. 그러한 나가야스를 위로할 생각에서인 듯 오코는 이렇게 말을 덧붙였다.

"오빠는 감탄하고 있었어요. 말씀하신 것 모두 옳다고."

나가야스는 웃지 않았다. 웃는 대신 어깨를 잔뜩 올리고 점점 어두워지는 방 한구석을 노려보고 있었다.

'이대로 끝날 일이 아니다……'

코에츠의 어머니에게 독설을 퍼부은 것쯤은 애교로 보아줄 수 있지만 히데타다를 못난이라고 하다니, 이 무슨 큰 실수란 말인가.

이에야스는 이미 예순셋, 히데요시가 세상을 떠났을 때와 같은 나이다. 따라서 머지않아 히데타다의 대가 될 터인데 그를 못난이라고 험담을 했다…… 이 말이 세상에 새나간다면 나가야스의 목 따위는 몇 개가 있어도 모자랄 터였다.

'도대체 무슨 생각을 하고 그런 경솔한 말을 입밖에 내었을까……'

"한 가지 더 묻겠어."

그는 마음 단단히 먹고 선후책을 강구하지 않으면 안 되었다.

"예, 무엇인데요?"

"아담스에 관한 일. 참, 미우라 안진이라고 이름을 바꿨다는 이방인 말이야."

"그것이 무슨……"

"아니, 그 이방인에 대해 내가 무어라고 했지?"

"호호호…… 내가 고생해서 파낸 황금을 아담스 따위에게 멋대로 쓰게 해서야 될 말인가. 그렇게 하면 교역이 일본의 부를 늘리는 일이 되지 않고 모두 이기리스나 오란다에 빨리고 만다. 그런 일은 이 나가야스의 눈에 흙이 들어가기 전까지는 시키지 않겠다고."

"으음, 훌륭해."

나가야스는 스스로를 칭찬했다.

"그것을 코에츠 님도 들었나?"

"예, 옳은 말씀이라고……"

"좋아. 그런데, 오코."

"예…… 예."

"이제 그대의 신분도 결정됐어. 취했다고는 하나 내가 그런 말을 했을 때는 전적으로…… 그대를 믿고 한 말…… 아니, 취한 눈에도 그대를 믿을 수 있는 여자로 보았다는 증거야. 알겠나, 그대는 오늘부터 내 소실이야."

고자세로 딱 잘라 말하고 눈을 가늘게 떴다.

4

인생의 표리를 훤히 꿰뚫어보아온 나가야스로서는 정말 낯간지러운 광언이었다.

큰 꿈을 품은 자가 술에 취했다고는 하나 입밖에 내어서는 안 될 말을 했다……고 하면, 그 말을 들은 사람들의 입만은 어떻게 해서라도 막아놓지 않으면 안 된다.

코에츠는 걱정할 필요가 없다. 그는 성격상 누구 앞에서도 거침없이 인물비평을 하는 사나이. 그런 만큼 나가야스의 견해에 틀림이 없는 한 감탄을 할망정 경멸은 하지 않을 사나이다. 만일 경멸당한다면 그것은 나가야스의 주정일 뿐.

또 한 사람 코에츠의 어머니 묘슈는 절대로 안전하다고 해도 좋다. 어떤 경우에도 자신의 신념을 굽히지 않는 대신 사람의 생활방식에 좋고 나쁨을 인정하면서도 동정도 하는, 진정으로 고생한 사람이었다. 그것을 알고 있는 나가야스도 응석삼아 욕을 했고, 그쪽 또한 그만한 것쯤은 충분히 알고 받아주었을 터.

'그렇다면 문제는 오코뿐……'

아닌 밤중에 홍두깨라는 비유처럼 당장 광산 현장으로 데리고 가서 문자 그대로 '산속의 아내'로 삼아 입을 봉하는 것이 상책이었다.

"다른 말은 않겠어. 그대도 산에 데려가달라고 조르지 않았나?"

"어머……"

오코는 순간 숨을 죽이는…… 듯한 모습으로 나가야스를 똑바로 쳐다보았다. 나가야스는 이러한 오코의 자태와 이성理性의 격투를 환히 알고 있었다.

산에 데려가달라고 조르기는 했지만 나가야스의 소실이 된다는 그런 의미였을까……? 그러한 자문자답이 여자의 가슴속에서 묘하게 물결치고 있었다.

"그대는 쿄토에 있어서는 안 될 여자야."

"예? 그건, 어째서입니까?"

"낡은 사고방식을 가진 묘슈 님이 걱정하고 있어. 그대는 사내를 모르는 숫처녀가 아니야. 뿐만 아니라 그대는 형부 코에츠를 은근히 좋아하고 있어."

"어머……"

"그대가 깨닫고 있는지는 별문제로 쳐도 묘슈 님은 이를 간파하고 있어…… 알겠나, 한집안에서 자매가 한 남자를 두고 다툰다면 말이 안 돼. 그래서 그대를 일부러 내 곁에 두려는 거야."

산으로 납치할 결심을 한 나가야스의 언변은 이미 놀라운 주술사의 그것이 되었다.

"그대도 쿄토에 있는 게 괴로워 이따금 반성하며 고민하고 있어. 그런 것도 모를 나가야스가 아냐. 알겠나, 그대가 갈 길은 정해졌어."

"……"

"새삼스럽게 떨 것 없어. 한두 잔 더 술을 따르고 나서 이부자리를 깔도록 해."

오코는 눈을 크게 뜬 채 상대의 얼굴에서 가만히 시선을 돌렸다. 그 돌린 시선 쪽을 돌아본 나가야스는 깜짝 놀랐다. 자기가 앉아 있는 바로 뒤에 이부자리가 깔려 있고 물병까지 놓여 있었다.

"아, 벌써 준비되어 있었군. 좋아, 그럼 한 잔 더 따르도록."

오코는 무엇에 홀린 듯 잔에 술을 따랐다. 그리고 술병을 놓고 갑자기 옷소매로 얼굴을 가리고 울기 시작했다.

5

"왜 우는 거야. 이 오쿠보 나가야스를 좋아할 수 없다는 말인가?"

나가야스는 굳이 서두를 것 없다고 생각했다. 처녀가 아니다. 살짝 어깨에 사내 손이 닿기만 해도 마음과는 관계없이 여자의 본능이 그 육체를 미치게 한다. 그러한 원숙기에 접어든 오코였다.

이러한 점을 오코도 의식 밖에서 의식하고 있을 터. 그래서 눈물을 흘리며 항의의 자세를 취하지만 실은 정복되기를 기다리는 수동적인 교태를 부리고 있다고 나가야스는 해석했다. 그렇게 해석하고 보니 오코도 결코 매력 없는 먹이는 아니었다.

"자, 생각한 대로 말해도 좋아. 나는 여자의 눈물에 약해. 그대가 슬퍼하니 몸이 말라붙는 것 같아."

오코는 그래도 계속 울었다. 울면서도 교태만은 더해갔다.

나가야스는 가만히 잔을 놓고 고개를 내밀어 여자의 귓불에다 살짝 입술을 대었다.

"괜찮아. 그렇게 슬프다면 취소하지. 나는 그대를 불행하게 만들고 싶지는 않아."

이쯤 되면 나가야스는 쥐를 어르는 고양이였다. 갖은 수법을 다 알고 있고, 점점 상대를 달아오르게 하는 옛날의 탕아로 돌아가 있었다.

오코는 나가야스의 말에 천천히 눈물을 닦았다.

대부분의 여자는 이 정도에서 그치려고 한 번은 정열을 억제하려 든다. 그러나 결국 보다 더 뜨겁게 불탈 다음의 불길을 부채질하는 데 지나지 않는다.

나가야스는 눈을 가늘게 뜨고 다시 잔을 들었다. 긴 목에서부터 둥글고 가느다란 목덜미에 이르는 살이 빨려들어갈 듯 희게 눈부셨다. 온몸으로 사내를 원하는 최상급의 여체로 보였다.

'어쩌면 뜻밖에도 놀라운 수확일지 모른다.'

그렇다면 히데타다에게 욕설을 한 것도 뜻밖에 별로 나쁘지 않은 황금맥이었다…… 이렇게 생각했을 때 오코는 무릎을 가지런히 하고 앉은 채 상반신을 나가야스의 왼쪽 어깨에 살짝 기대왔다.

'드디어 왔구나!'

나가야스는 생각했다. 상반신을 기대는 태도까지 상상한 대로였다. 오른손으로 꽉 끌어안으면 모든 것이 해결된다고……

이때 비로소 오코가 입을 열었다.

"오쿠보 님은 무서운 분이에요."

"뭐, 내가 무서워? 천만의 말씀. 나는 여자의 눈물에는 약해……"

"아니에요. 그런 언변에 농락될 만큼 이 오코는 순진하지 않아요."

"허어, 그럼 여자로서 산전수전 다 겪은 중늙은이인가?"

"오쿠보 님은 저를 산에서 죽일 작정인 거예요."

"뭐, 죽인다고……? 하하하…… 아니, 그럴지도 모르지. 나도 거기서는 훌륭한 산사나이니까. 사랑하고 사랑하다 끝내 죽여버릴지도 모르지, 오코."

오코는 몸을 꼿꼿이 일으켰다. 그리고 이번에는 정면으로 나가야스를 노려보았다.

"저는 들어서는 안 될 말을 듣고 말았어요."

"뭐……뭐……뭐라고?"

"저는 에도의 다이나곤 님에 대한 험담을 들었어요…… 저는 산에서 살해될 거예요."

나가야스의 얼굴에서 대번에 핏기가 사라졌다.

6

나가야스로서는 대책은 있었으나, 오코 편에도 정확한 계산이 있었던 듯. 꼼짝없이 함정에 걸려들 줄 알았던 오코가 훤히 나가야스의 속셈을 꿰뚫어보고 있었다. 순간 나가야스와 오코의 입장은 역전되었다.

"오쿠보 님은 무서운 분이에요. 제 입을 봉하기 위해 산으로 유인할 뿐만 아니라 이 집의, 제 비밀까지 간파하고 입밖에 내었어요."

"무슨 소리야…… 이 집의, 그대의 비밀?"

"그래요. 제가 형부를 남몰래 연모한다는 부끄러운 비밀까지."

"아."

오쿠보 나가야스는 순간적으로 말을 잇지 못했다.

그는 오코가 코에츠를 사모한다고 별로 깊은 생각으로 말한 것은 아니었다. 그럴 수도 있는 가정의 농담이라면 아무도 상처받을 리 없다고 생각해 흔히 하는 농담으로 말했을 뿐이다.

"오쿠보 님은……"

일단 입을 연 오코는 공세를 늦추지 않았다.

"자매가 형부를 놓고 다투면 안 되므로 고모님이 저를 싫어하신다고 하셨어요. 사실이라면 저는…… 저는…… 어디로 가야 하나요?"

"오코, 농담이었어."

"아니에요. 진실을 꿰뚫어보시고 말씀하셨어요. 그 정도의 것도 모를 만큼 철부지는 아니에요. 사실 고모님은 저를 싫어하셔요."

나가야스는 씁쓸한 표정으로 혀를 차고 얼른 잔을 비웠다.

"자, 내가 한잔 주겠어. 이제 그런 말은 하지 말아."

오코는 무릎걸음으로 다시 몸을 뒤로 뺐다. 타오르는 몸을 맡기기는 커녕 오코 쪽의 계산은 분명한 모양이었다.

나가야스도 그만 취기가 싹 가시는 것 같아 몸을 바로 가누려고 필사적이었다. 그러나 안타까울 만큼 마음의 활동은 둔해져 있었다. 무엇보다 이 여자에게 해서는 안 될 히데타다의 험담을 늘어놓았기 때문에 여간 부담이 되지 않았다.

'하필 히데타다를 못난이라고 하다니……'

아니, 그보다 산으로 유인하여 입을 봉하려는 것을, 죽일 작정인 줄 알다니 곤란한 일이었다.

"오코, 내 잔은 받지 않겠어?"

오코는 무릎걸음으로 물러앉은 채 똑바로 나가야스를 쳐다보고만 있었다. 분명히 겁을 먹은 얼굴이었다. 그 증거로 반쯤 벌린 작은 입술이 바르르 떨리고 있었다. 아니, 그 입에서 내다보이는 하얀 이빨까지 이상하게 나가야스의 마음을 흔들어놓았다.

"오코!"

나가야스는 언성을 높였다

"내 말을 듣지 않겠다는 거냐?"

"죄송합니다."

오코는 갑자기 나가야스 앞에 두 손을 짚고 또다시 가슴 찌르는 소리를 했다.

"산에 데려가시겠다는 말씀만은 취소해주세요. 그 대신 저도 오늘 나눈 정은 없었던 것으로 하겠어요."

"뭐, 나……나와 오늘 나눈 정?"

"예…… 그래요. 오직 한 번 사랑해주신 정…… 오코는 결코 입밖에
내지 않겠어요."

7

나가야스는 살며시 뒤에 깔린 이부자리를 보았다. 그 말을 듣고 보니
확실히 한 번 사용했던 흔적이 있었다.

철렁 가슴이 내려앉았다.

'그렇다면 나는 이미 이 여자에게 손을 댄 것일까……?'

그런 기억이 있는 것 같기도 하고…… 없는 것 같기도 했다. 아무튼
너무 취해 기억이 끊어져나간 노끈처럼 여기저기 흩어져버렸다.

오코는 망연해 있는 나가야스의 모습을 보고 일어나서 부싯돌을 쳐
불을 붙였다.

찰깍찰깍 하는 부싯돌 소리가 먼 별세계의 일처럼 고막을 때리고 곧
훤하게 주위가 밝았다. 불은 촛대가 아니라 엷은 옥색 비단을 바른 둥
근 등잔에 옮겨졌다. 순간 곁에 있는 촉촉하게 젖은 듯한 오코는 요염
하고 새침한 여자가 되었다.

'사실이었던 것 같다……'

본바탕이 탕아인 나가야스, 모든 것을 알았다. 어이없는 계산착오였
다. 당장에라도 불타리라 생각했던 눈앞의 여체가 이미 한 번 불탄 뒤
의 냉정함을 되찾은 여자였을 줄이야……

'정말 어이없는 웃음거리가 됐다……'

마음껏 야유할 작정이었는데, 처음부터 속이 들여다보여 놀림을 당
한 것은 도리어 나가야스 쪽이었다. 어째서 그토록 취했던 것일까. 혹

시 무슨 약이라도 들어 있었던 것은 아닐까……?

이런 생각을 했을 때 오코가 피식 웃은 것 같았다.

"오코."

"예."

"그대는 지금 웃었지?"

"아닙니다. 웃기는커녕 안타까워 견디지 못할 정도입니다."

"으음. 그럼 마음 탓일까. 그렇더라도 납득할 수 없는 점이 있어. 코에츠를 사모하는 사람이 어째서 내게 몸을 허락했지?"

말하고 나서 나가야스는 스스로가 증오스러워졌다.

이 무슨 비열하고 어리석은 질문인가……

오코는 조용히 둘 사이에 등잔을 옮겨놓았다.

"저도 지금 그것을 생각하고 있었어요."

"뭐…… 계속 놀라게 만드는 여자로군. 그것을 생각하고 있었다니, 무슨 뜻이냐?"

"글쎄…… 저도 잘 모르겠어요."

"모르다니…… 그럼, 그대는 모르는 채 아무에게나 몸을 맡기는 그런 여자인가?"

오코는 푸른 눈동자를 조용히 내리깔았다.

"그렇기 때문에…… 없었던 일로 하고 잊어버리겠다고…… 약속 드렸어요."

"닥쳐, 잠자코 있어! 누가 약속했단 말이야. 약속이란 두 사람이 동의해야만 성립되는 것이야. 나는 아직 동의하지 않았어. 알겠나, 그대는 나에게 몸을 맡겼어. 여자가 몸을 맡기는 일은 전적으로 자기 몸을 바친다는 것……이야. 나는 잊지 않겠어. 그대를 데리고 가겠어."

이미 나가야스는 제정신이 아니었다. 수단도 체면도 모두 내던지고 가련한 사나이의 모습을 그대로 드러냈다.

8

"어머, 이대로는 잊을 수 없다는 것인가요……?"

오코가 놀라는 모습에는 나가야스의 초조감과는 전혀 보조가 맞지 않는 느긋함이 있었다.

나가야스는 혀를 찼다. 일단 몸을 섞었던 남녀 사이에 이러한 공기가 감도는 것은 남자의 불리한 입장이 여자에게 간파된 경우에 한한다. 이 승부는 처음부터 나가야스의 패배였다. 입밖에 내어서는 안 될 말을 하고 그 비밀이 누설될 것을 극도로 두려워한다…… 이미 두 사람은 비슷한 입장이 아니다. 오코는 아마도 그것을 알고 있는 듯.

'역시 코에츠의 외사촌 동생답다……'

코에츠는 어떤 일에나 빈틈 없는 사람이지만, 오코 역시 겉으로는 잘 익은 감처럼 보이면서도 속에는 무서운 주판을 감추고 있었다.

"아무 일도 없었던 것으로……"

이 경우, 이 말만 부드럽게 되풀이하고 있으면 나가야스는 점점 더 초조해져 본심을 드러내리라 계산하고 있는 듯했다. 나가야스도 고집이 생겼다. 무슨 일이 있어도 이 열세를 만회하지 않으면 안 된다.

'지금 여자에게 속셈을 드러내 보이고 물러가도 될 것인가……'

"그래, 꼭 잊어달라는 말이로군."

"예…… 부탁하고…… 싶어요. 저는 결코 누설하지 않겠어요."

"그런가. 그대는 내가 산으로 데려가 죽일 줄 알고 무서워한다는 말이지. 내 실수였어. 아니, 내가 그대를 너무 믿고 만취한 것이 실수. 그렇다면 그대의 생각에 맡기겠어."

나가야스는 역공을 가했다. 그 효과가 어떤지는 훤히 알고 있었다.

"좋아, 저기 있는 물통을 가져와."

토코노마床の間° 기둥 옆에 한 쌍의 칼과 함께 놓아둔 푸른 대나무통을 가리켰다.

"예…… 예. 저어 이것 말씀입니까?"

집어들다가 오코는 약간 낯빛이 변했다. 물이 들어 있는 통의 무게가 아니었다.

"그래. 정표로 남기고 가겠어. 아니, 정표라 생각할 것도 없어. 모든 것은 없었던 일이니까…… 가지고 있다가 급할 때 쓰도록."

나가야스는 대나무통 뚜껑을 열고 다다미 위에 거꾸로 세웠다. 둔탁한 소리가 나고, 통을 치우자 눈부신 황금빛이 남았다. 직경은 세 치 가량이고 높이도 거의 비슷하다. 말안장에 매달거나 싣는다면 모르지만, 허리에는 차고 다닐 수 없을 정도의 무게였다.

"어머……"

"놀랄 것 없어. 물통 밑바닥에 황금을 넣어두면 여행 중 물에 중독되지는 않아. 그래서 만들어두었는데 그대에게 남기고 가지."

이번에는 오코가 떨기 시작했다. 아니, 떨기 시작했다고 나가야스는 생각했다. 그래서 이번엔 곁에 놓아두었던 지갑을 열었다.

"참, 내가 날마다 쓰던 귀이개가 있어. 머리장식으로 다시 만들어서 쓰면 좋을 거야. 알겠나, 그대에 대한 이 나가야스의 사과야."

나가야스는 진지한 표정으로 귀이개를 꺼내 오코 앞으로 던졌다.

9

오코가 떫은감이라면 나가야스도 그 떫은맛을 빼는 방법쯤은 알고 있었다. 어떤 경우라도 독기나 떫은맛은 황금으로 뽑는 수밖에……

"남의 눈에 띄면 내가 부끄러워. 어서 치우도록."

오코는 아직 눈앞에 있는 두 가지 물건에 손을 대려 하지 않았다.

'이쯤에서 손을 들겠지.'

나가야스는 태연히 잔을 들면서, 열세를 만회할 수 있다고 생각했다. 이 여인은 다시 한 번 울지도 모른다. 그 눈물로 이번에야말로 여자의 정체를 드러낼지도 모른다. 정체를 드러내면 역시 고독한 여자. 일단 몸을 허락한 사나이와 산으로 갈 생각이 들지 않을 리 없다.

처음부터 오코는 그것을 꿈꾸고 있었다. 그런데 나가야스가 어이없는 탈선을 하는 바람에 상대를 겁에 질리게 만들어버린 데 지나지 않는다. 그렇게 생각하자 아직도 황금에 손을 내밀지 못하는 오코의 모습이 가련해 보였다.

'이토록 생각해주시는데……'

그러한 감회로 무어라고 감사해야 할지 고민하는 듯.

"자, 어서 간직하고 한 잔만 더 따르도록. 그런 뒤 나는 자야겠어. 쇼군께는 내일 등성하겠다고 말씀 드렸으니까."

말하다 말고 섬뜩한 것은 오코가 고개를 떨군 채 피식 웃은 것 같은 느낌이 들었기 때문이다.

"오코, 왜 그래……?"

순간 오코는 몸을 비틀며 웃기 시작했다.

"호호호…… 이제 그만 하세요. 호호호…… 호호호……"

나가야스는 온몸에 소름이 끼쳤다. 이치로 따질 일이 아니었다.

'아차!'

또다시 한 느낌이 번개처럼 가슴을 스쳐갔다.

"호호호…… 사과하겠어. 저는 형부하고 내기를 한 거예요."

"뭐……뭐라고! 코에츠와 내기를 걸었어?"

"예…… 예. 호호호……"

"웃고만 있으면 모르지 않아, 무슨 내기를 걸었단 말이야?"

"형부는, 네가 술을 권한다고 해서 정신을 잃을 분이 아니라고……"

"그것을…… 그대는 취하게 만들어보겠다고 내기를 걸었나?"

"호호호…… 형부가 너무 진지하게 우기시기에."

"오코!"

"예."

"그대는 어떤 여자란 말인가. 나는 적어도 쇼군을 섬기는 부교야."

"그렇더라도 세상에서 흔히 볼 수 있는 멋없는 무사는 아니십니다. 산전수전을 다 겪으신 인간 세상의 달인이라고."

"칭찬 따위는 듣고 싶지 않아! 나는 정말 화가 치밀었어."

"호호호…… 죄송합니다. 어쨌든 내기에는 비겼어요."

"뭐……뭣이?"

"반은 이기고 반은 졌어요. 나가야스 님이 하신 험담, 저에게 손을 대셨다는 것은 모두 거짓말! 거짓말이었어요. 호호호……"

10

나가야스는 큰 갈퀴가 머릿속을 휘저어놓은 것 같아 당장에는 대꾸할 말을 찾지 못했다.

'이런 여자가 다 있다니……'

지금까지의 일은 모두 거짓말……이란, 나가야스 정도나 되는 사나이를 보기 좋게 손에 넣고 희롱하면서도 그 연극을 전혀 거짓으로 느끼게 하지 않는 놀라운 재주를 가진 여자……라는 말이 아닌가.

"그럼, 내가 어느 분을 못난이라고 했다는 것도 거짓이란 말이지?"

"물론입니다."

오코는 태연하게 대나무통을 바로 세우고 아까 그 황금을 두 손으로 들어올려 그 속에 덜컥 떨어뜨렸다.

"혼아미 가문에서는 저를 내버린 사람으로 취급하고 있어요."

"으음."

"어려서부터 말썽부리고 장난이 심하다……고 놀려댔기 때문에 정말 그렇게 되고 말았어요. 한 번 시집갔던 하이야灰屋 집안에서도 시아버지를 조롱한다고 해서 쫓겨났어요…… 나가야스 님이 저에게 놀림을 당했다 해서 섭섭해하실 것은 없어요."

그리고는 대나무통을 나가야스 무릎 앞으로 밀어놓았다.

"조금 전에 반은 이기고 반은 졌다고 한 말씀을 아시겠어요?"

오코는 목을 움츠리며 방긋 웃었다. 어처구니없게도 훨씬 어려 보이고 정말 장난을 좋아하는 말괄량이가 되어 있었다.

'마성魔性을 가진 여자란 바로 이런 여자를 말하는 게 아닐까?'

나가야스는 차차 기분이 나빠졌다.

"반은 이겼다는 것은 보기 좋게 나가야스 님을 취하게 만들었다는 거예요. 술에 두꺼비 침 같은 것은 타지 않았어요. 형부는 앞뒤를 가리지 못할 만큼 오쿠보 님이 술을 드실 리 없다…… 아니, 아무리 드셔도 취할 분이 아니라는 거예요."

"……"

"그럴 리가 없어요. 살아 있는 인간이라면 누구든지 과음하면 취하고, 지나치면 주정을 해요. 저는 시집에서 시아버님이나 찾아오시는 손님들을 상대로 여러 번 시험해보았기 때문에 잘 알고 있어요. 나가야스 님도 그랬어요. 그러나 이제부터 주정을 부리실 것이라 생각했더니 그대로 잠이 드셨어요. 그래서 반은 제가 진 것입니다."

나가야스는 이처럼 가증스런 여자를 지금까지 만난 적이 없었다.

이 여자가 하는 말은 유곽에 있는 여자라면 누구나 알고 있다. 그러나 점잖은 가정으로 끌어들여 정말 시험해보다니, 대관절 어떻게 생겨먹은 여자일까.

"그대는 시가에서도 시아버지를 시험했다는 말이지?"

"호호호…… 그랬더니 시아버님은 저를 시어머니로 착각하고……"

"으음, 그렇다면 이혼당할 수밖에 없지."

"예. 달리 결점은 없으나 캐내기를 좋아하는 것이 옥에 티라고 하여 쫓겨났어요."

"알겠어. 과연 그대로는 둘 수 없겠지."

"자, 다시 돌려드리겠어요. 그러나 이런 것을 아무 데나 함부로 내놓지 마세요. 나가야스 님이 산의 황금을 착복했다는 소문이라도 나면 그야말로 큰일이에요."

나가야스는 벌린 입을 다물지 못했다.

11

제한된 인생에서 같은 시대에 태어나는 자체가 큰 인연이라는 것은 나가야스도 알고 있다.

오코를 만났을 때 나가야스는 처음부터 싫지는 않았다. 그러나 이 여자를 놓칠 수 없다고 결정한 뒤, 실은 아무 일도 없었다는 말을 들었을 때는 안도보다 화가 났다. 더구나 멋대로 희롱한 상대가 아무 죄책감도 갖지 않고 태연한 표정으로 자기 앞에 앉아 있는 것이 아닌가.

이렇게 되고 보니 나가야스는 인연의 좋고 나쁨을 생각하고 있을 여유가 없었다.

'참으로 가증스런 여자도 다 있군……'

"몇 살이지?"

"나가야스 님의 눈에는 몇 살로 보입니까?"

"질문은 내가 먼저 했어. 순순히 대답하지 못할까?"

"스물여섯이에요. 그럼, 나가야스 님은?"

"뭐, 나 말인가……?"

"예…… 형부가 오쿠보 님은 젊어는 보이시지만 연세는 꽤 드셨을 것……이라고."

"무슨 소릴 하는 거야, 아직도 이처럼 왕성하게 산을 오르내리고 있어. 그대와 꼭 어울리는 나이지. 그건 그렇고, 쫓겨난 뒤 시댁에는 아무런 미련도 없나?"

오코는 목을 움츠리며 다시 장난꾸러기 같은 표정이 되었다.

"어째서 그런 일에 신경을 쓰시지요?"

"또 그런 눈을 하는군. 내가 그대에게 묻고 있는 거야."

"호호호…… 그런 일을 물어서 어떻게 하시려고……"

새침한 태도를 보이면 이 역시 농락하는 수단이 된다.

나가야스는 더욱더 흥미와 화가 치솟아 혀를 차면서도 몸을 앞으로 내밀지 않을 수 없었다.

"그대는 아까 시댁이 하이야라고 했지?"

"예…… 하이야였어요."

"하이야라면 나도 잘 아는 사이, 만일 미련이 있다면 다시 돌아갈 수 있게 주선할 생각이었어. 그대 같은 여자를 이렇게 풀어놓는다면 위험 천만이야."

오코는 얌전히 자세를 바로 하고 두 손을 짚었다.

"친절은 고맙습니다마는 남편은 이미 재혼했어요. 호호호……"

그 순간 나가야스는 낯을 찌푸리고 대뜸 오코의 멱살을 잡았다.

그리고는 깜짝 놀랐다. 아무래도 이렇게 될 것만 같아 아까부터 속으로 경계는 하고 있었으나……

"말이 많은 여자로군. 나에게 대들 때는 죽을 각오를 하고 있었겠지. 아니, 각오가 없더라도 이미 용서할 수 없어. 오쿠보 나가야스나 되는 사람을 용케도 이처럼 놀려댔어. 이젠 용서하지 않겠다. 산으로 데려가서 갈가리 찢어 죽이겠어."

오코도 이번에는 웃지 않았다.

똑바로 눈을 뜨고 반은 겁을 내는 것 같고 반은 깔보는 듯한 모습으로 나가야스의 품속으로 파고들었다.

"가증스런 여자 같으니……"

나가야스는 다시 한 번 말했다.

세계의 바람

1

이튿날 혼아미 코에츠는 오쿠보 나가야스가 후시미에 가서 이에야스에게 금광에 대한 보고를 끝냈을 즈음 자기 집을 나섰다.

코에츠는 어젯밤 자기 집 별채에서 무슨 일이 있었는지 알고 쓸쓸한 기분이었다. 그러나 이에 대해서는 입을 다물고 있을 작정이었다.

오코는 본가의 가족. 솔직히 말해 이대로 본가에 있어도 불쌍하고 골치 아픈 존재였다. 그런데 오쿠보 나가야스를 따라 금광에 갈 마음이 생긴 듯했다.

원래 광산은 사나이들만이 있는 거친 돈벌이 장소였다. 나가야스는 이에야스의 허락을 얻어 현장에 촌락을 만들고 거기서도 충분히 살림을 할 수 있도록 시설을 마련해야 한다고 했다. 그렇게 되면 감독관의 임시저택은 사도, 이와미, 이즈 등에도 제법 훌륭하게 세워질 터. 아니, 집만이 아니라 각각 주부 대신 소실이 배치될 터였다.

오코는 이러한 상황을 계산하고 있는 듯. 어쩌면 교묘하게 나가야스를 조종해 어딘가의 광산에서 여장군이 될지도 모른다.

코에츠가 자기의 성향을 떠나 생각한다면 오코와 나가야스는 어울릴 만한 데가 있었다. 싸움이 벌어지면 꽤나 요란하겠지만 서로 의좋게 지낼 수도 있을 것 같았다.

코에츠는 나가야스가 쇼시다이 저택에서 후시미 성으로 돌아가 이에야스 앞에서 보고하는 데 반 각(1시간)쯤 걸릴 것으로 보고 정오가 조금 지나 후시미 성의 문을 들어섰다.

이에야스의 명으로 오사카에 가서 요도 부인과 카타기리 형제를 만나고 온 전말을 보고해야 하므로, 이쪽이 나가야스보다 시간이 오래 걸릴 것 같았다. 그나마 마음이 놓이는 일은 사카에 사건에 밝은 해결의 실마리가 보인다는 것, 이에야스도 한시름 놓으리라 생각했다.

'그렇다. 보고하는 김에 토요쿠니 신사 행사도 여쭈어두자. 챠야와 주군 사이에 견해 차이가 있어서는 안 되지.'

내전 객실에 들어가 살짝 형편을 물었다. 오늘도 밖에서는 많은 손님이 기다리고 있다고. 오쿠보 나가야스는 이미 접견을 끝낸 듯했으나, 아직도 5, 6명의 다이묘가 있다고 낯익은 도보同朋°가 일러주었다.

"정말 죄송합니다. 손님이 있지만 여기서 잠시 기다려주십시오."

코에츠는 평소 자주 기다리던 휴게소와 가까운 객실로 안내되었다. 과연 먼저 온 손님이 기다리고 있었다.

거무스레한 비단 카타기누肩衣°를 걸친 머리 색깔이 빨간 사람이 넓은 어깨를 보이고 앉아 있다……고 생각했을 때 그 손님이 이쪽을 돌아보았다.

"미우라 안진 님이십니다. 이분은 혼아미 코에츠 님, 잠시 잡담이라도 나누시라는 주군의 말씀이십니다."

도보는 정중히 두 사람에게 말하고 물러갔다.

코에츠로서는 처음 보는 윌리엄 아담스였다.

"높으신 이름, 일찍부터 들어 알고 있습니다. 저는 주군의 도검을 만지는 혼아미 코에츠, 인사가 늦었습니다."

파란 눈의 무사는 또렷한 일본어로 지나칠 만큼 정중하게 머리를 숙였다.

"미우라 안진입니다. 잘 부탁 드립니다."

2

'후시미 성에서 푸른 눈의 홍모인을 만나다니……'

바로 새 시대의 물결이라고 코에츠는 생각했다. 그렇지만 그 홍모인의 정확한 언어구사는 놀랍기만 했다. 지금까지 만났던 신부 등과는 비교도 안 되었다. 복장도 완전히 일본식, 별로 당당한 풍채는 아니었으나 일본에 호감을 가진 듯해 코에츠에게 친근감을 주었다. 오른쪽에 일본도를 얌전히 놓고 있었으며, 엇비스듬히 꽂은 단도도 별로 어색하게 보이지 않았다.

"미우라 님이 이 나라에 오신 것은……?"

"예, 케이쵸 오년(1600)입니다."

"그렇다면 바로 세키가하라 전투가 벌어졌던 해이군요. 처음에는 분고 해변에 표류하셨다고요?"

"그렇습니다. 그 후 주군에게 많은 은혜를 입었습니다."

안진은 코에츠를 바라보면서 또박또박 말했다.

"처음 오사카 성에 끌려갔을 때 포르투갈 사람에게 무고를 당해, 주군이 아니었다면 오란다 사람과 같이 목숨을 잃었을 것입니다."

그 이야기는 코에츠도 들어 알고 있었다. 천주교에도 여러 종파가 있다. 포르투갈, 에스파냐 등의 교도와 이기리스, 오란다 교도와는 종파가 다르고 사이도 좋지 않았다. 이기리스 사람인 미우라 안진이 수로안

내인으로 타고 온 오란다의 배가 분고에 표류했을 때 포르투갈 선교사들이 그들은 해적이므로 모두 죽여야 한다고 강력하게 청원했다고 한다. 이것을 이에야스가 구해주었다.

"주군을 처음 오사카 성에서 뵌 것은 케이쵸 오년 삼월입니다."

안진은 말했다. 함께 기다리라고 했으므로 이야기해도 좋은 상대……라고 그는 판단한 모양이었다.

"감옥에 갇혀 죽을 줄만 알고 있는데, 주군이 제 말씀을 들어주셨습니다. 포르투갈과 에스파냐는 구교 나라이고 이기리스와 오란다는 신교 나라. 그들은 포교나 교역의 이익을 도모하기 위해 우리를 모함하고 있습니다. 결코 우리는 해적이 아니라고 말씀 드렸지요."

"으음, 그런 사정이 있었군요."

"그 후에도 얼마 동안은 다시 감옥살이…… 다음에 끌려나가 뵌 것이 오월 중순…… 그때 주군은 우리가 악인이 아니라는 것을 조사하시고, 너는 돌아가기를 원하느냐고 하셨습니다."

"허어, 그 말은 처음 들었습니다."

"물론 원한다고 말씀 드렸더니 좋다, 사카이로 돌아가라고 하시며 풀어주셨습니다. 그때 우리가 타고 온 리프데 호°는 이미 사카이에 끌려와 있었지요. 저는 다른 동료와 부둥켜안고 울었습니다……"

코에츠는 상대 목소리가 떨리는 것을 들으며 얼른 화제를 돌렸다.

"이번에는 무슨 일로 에도에서 후시미로 오셨습니까?"

"주군이 틈을 보아 천문학과 기하학을 가르쳐달라고 하셨습니다."

"천문……은 알겠는데, 그 기하학이란 어떤 학문입니까?"

"그것은…… 역시 산학算學과 통하는 학문의 하나입니다."

"으음."

코에츠는 다시 신음했다. 이에야스가 그런 학문을…… 이 역시 시대의 탓이리라……

3

이에야스의 지식욕은 보통 사람을 능가한다. 한창 때의 누에처럼 무언가 의문이 생길 때마다 욕심 사납게 그것을 먹어치우려고 덤빈다. 유학도 불교도 천주교도 납득될 때까지 파고든다. 자기가 쓰는 약까지 의사 손을 빌리지 않으려는 것은 곤란한 일이었지만……

'드디어 미우라 안진도 그 지식욕의 대상으로 선택되었구나……'

이런 생각을 하며 우습기도 했고 고개가 수그러지기도 했다. 머지않아 손수 배를 만들어 직접 타고 다니겠다고 할지도 모른다.

"주군은 보기 드문 분입니다."

다시 안진이 말했다.

"대부분의 지배자는 게으르고, 무고하는 자나 모함하는 자가 있으면 옳고 그름을 가리지 않고 죽이려 합니다. 그런데 주군은……"

안진은 아직 자기가 이에야스의 지식욕을 위한 과녁이 된 줄도 모르고 무언가 호소하지 않고는 못 배길 감동을 지니고 있는 듯했다. 그는 띄엄띄엄 화제를 오사카 성에 갇혔던 당시의 일로 옮겼다.

당시 유럽에서는 포르투갈과 에스파냐의 구세력과 이기리스와 오란다 등의 신흥세력이 몇 번인가 전쟁을 했다고. 이 전쟁에는 종교 문제도 뿌리깊게 작용했고, 따라서 일본에 있던 선교사들이 미우라 안진이나 오란다 사람을 대하는 태도는 상당히 잔인했다고.

"오란다는 도둑의 나라입니다. 도둑질을 하러 왔습니다. 이대로 허용하면 장차 일본에 큰 화근이 될 것입니다. 표류한 열여덟 명은 즉시 목을 베어야 합니다. 그렇게 하면 그들은 겁을 먹고 두 번 다시 일본에 오지 않을 것입니다."

입을 모아 열심히 이에야스를 설득했고, 이에야스는 그에 대해 세밀히 조사하여 그들을 두둔해주었다고.

"오란다는 나에게 해를 끼친 일이 없다. 우리나라 사람에게도 아직 손해를 끼친 예가 없다. 그런데도 죽인다면 불의이고 무모한 짓이다. 비록 오란다와 이기리스 두 나라가 포르투갈과 에스파냐의 적국이라 해도 우리 영토에서 우리나라 사람들에게 해가 없는데도 죽이는 그런 일을 나는 결코 용납할 수 없다."

조리 있게 그들의 주장을 물리치고 안진을 석방했을 뿐만 아니라 그와 승무원들을 다시 만나게 해주고, 사카이에서 백성들에게 약탈당한 물건의 대가로 금 5만 냥을 주었다고.

"알고 보니 백성들을 선동해 우리 배의 짐을 빼앗게 한 것도 구교도, 그 잘못을 옳게 가려내어 구해주셨습니다. 이처럼 합리적이고 정의로운 군주를 우리는 처음 만났습니다."

안진은 은혜를 갚기 위해 이에야스를 위해서라면 힘껏 일할 생각이라고 옛날 무사와도 같은 어조로 말했다.

코에츠는 이 역시 이에야스의 엄청난 지식욕 때문이 아닌가 생각했다. 이에야스는 유럽의 사정을 비롯하여 선박과 항로, 그들의 학문까지 모두 흡수할 생각이었을 터. 나쁘게 표현한다면 안진은 그러한 이에야스의 지식욕이란 그물에 걸린 먹이였는지도 모른다.

이때 아까 그 도보가 부르러 왔다.

4

"순서가 좀 바뀝니다마는 코에츠 님부터 들라고 하신 것은 먼저 이분과의 용건을 끝내고 천천히 미우라 님을 뵙겠다는 의미입니다."

도보는 코에츠를 먼저 안내하는 이유를 안진에게 납득시키려 했다.

"알겠습니다. 어서 먼저."

안진은 공손하게 머리를 수그렸다.

코에츠도 정중히 답례하고 이에야스의 거실로 갔다.

다이묘들과 정식으로 접견하는 넓은 서원이 아니었다. 밖에서 내전으로 통하는 긴 복도 끝에 마련한 작은 서원으로 흔히 휴게실이라 부르고 있었다.

"오오, 코에츠. 수고가 많네. 오사카 일은 대강 처리될 것 같다고?"

"이미 그 일을 어느 분이⋯⋯?"

"오늘 아침 일찍 챠야가 다녀갔어."

말하다 말고 이에야스는 생각난 듯이 물었다.

"어떤가, 안진을 만나 이야기를 좀 나누어보았나?"

"예. 주군의 은혜에 깊이 감사하고 있는 것 같았습니다."

"실은 말일세. 챠야가 지금이 가장 안진을 적절하게 쓸 때라고."

"저어, 기하학인가 하는 학문 말씀입니까?"

"아니, 그게 아니야."

이에야스는 웃으면서 손을 저었다.

"이제부터 세계와 자유로이 교역을 하자면 색깔이 있어서는 안 된다는 거야."

"색깔⋯⋯이라 하시면?"

"하하하⋯⋯ 그대도 색깔이란 말만으로는 이해할 수 없겠지. 실은 남만인을 모두 하나로 보면 안 되는 거야. 유럽은 둘로 갈라져 있어. 에스파냐와 포르투갈의 구세력은 남만인, 이기리스와 오란다의 신흥세력은 홍모인. 이렇게 둘로 나누어 생각해야 한다는군."

"그렇군요. 남만인과 홍모인으로."

"그런데 내 눈에 들어서 쓴 미우라 안진은 이기리스 태생으로, 오란다 배를 타고 있던 분명한 홍모인일세."

"그렇습니까?"

"그래서 내가…… 일본의 쇼군인 내가 홍모인 안진을 가까이 두고 총애하다 보니 남만인이 좀처럼 납득하려 하지 않아. 일본은 홍모인의 편…… 이렇게 알려지면 일본 배가 바다로 나갔을 때 곳곳에서 손해를 입겠지. 그래서 안진을 남만인의 해외 본거지인 루손(필리핀) 태수에게 사자로 보내라고 하는 것일세."

코에츠는 가만히 고개를 저으면서 눈을 깜박거렸다. 젊은 키요츠구가 진언했다는 말의 의미를 알 듯하면서도 알 수 없었기 때문이다.

"하하하…… 그러니까 홍모인 안진을 남만인의 본거지에 보내, 일본은 어느 쪽 편도 아니다, 또 미우라 안진도 결코 남만인에게 적의를 품은 자가 아니다, 무색이므로 더욱 친밀하게 교역을 하자고 이쪽에서 먼저 사자를 보내라…… 이렇게 말하는 것이야. 어떤가, 챠야도 제법 그럴 듯한 생각을 해내지 않았는가."

"그렇군요."

코에츠는 아직도 고개를 갸웃한 채 말했다.

"그럼 일본은 어떤 색깔도 아닌 무색이라는 증명이 되겠습니다."

"그래, 그래서 안진에게 그 일을 상의하려고 부른 것일세."

이에야스는 가볍게 웃고 오카츠 부인이 건네는 차를 마셨다.

5

코에츠도 공손히 차를 마시면서 무언가 어리둥절한 느낌이었다.

"오사카의 미망인은 어떻던가?"

이에야스가 코에츠를 몹시 기다렸다는 듯이 이렇게 물을 것이라고 생각하고 왔는데, 이야기는 세계의 일로 비약하여 좀처럼 오사카로 돌아오려 하지 않았다. 코에츠도 이에야스가 물을 때까지는 오사카에 대한 말을 꺼내고 싶지 않았다.

　그보다 이에야스가 안진에게 빼앗긴 배의 짐 대가로 5만 냥의 거금을 주었다는 것은 사실일까. 5만 냥이라면 말로는 쉬우나 1,000냥들이 궤 50개……라고 생각하니 코에츠도 오사카의 이야기보다 우선 그 의문을 풀어보고 싶어졌다.

　"저어, 미우라 안진 님이라면 과연 그 사자의 임무를 훌륭하게 해낼 것이 틀림없습니다. 어쨌든 주군을 세계 제일의 명군이라 감동하고 있었으니까요."

　"그래. 미우라 안진은 일본인 중에서도 좀처럼 찾아볼 수 없는 신의가 두터운 사나이야."

　"주군, 그 안진 님에게 금 오만 냥을 주셨다는 이야기, 그것이 사실입니까?"

　"그래. 배를 수리하고 무언가 물건을 싣고 돌아가려면 그 정도는 필요하다고 생각해서일세."

　"하지만 세키가하라 전투 직전이 아닙니까?"

　"맞아. 그 후 얼마 지나지 않아 나는 에도로 돌아갔지."

　"무엇보다 군비가 중요한 때…… 어떻게 오만 냥이나 되는 거금을."

　이에야스는 웃으면서 고개를 저었다.

　"코에츠도 나를 인색하다고 생각하는군. 염려할 것 없어. 그 오만 냥은 모두 일본을 위해 크게 살아 있는 거야."

　"그러면, 그토록 많은 돈을 받았는데 어째서 안진 일행은 일본에 남은 것입니까?"

　"그런데 문제가 생겼네. 그 직후 나도 세키가하라의 일에 정신을 빼앗겨 잠시 내버려두었는데, 그들은 오만 냥의 돈을 보고 의견이 서로 갈라졌던 모양이야."

　"허어…… 거금을 보고 말이군요."

"그래. 모두 나누어 가지고 자유로 행동하기로 한 모양이야. 목돈이라면 출항도 할 수 있겠지만 저마다 나누어 가지면 안 되지. 병으로 죽은 사람도 있고 해서 열세네 명밖에 남지 않았고, 어떤 자는 히라도平戶에서 대포를 만들고, 또 어떤 자는 분고, 어떤 자는 사카이, 어떤 자는 에도에서 배를 만들거나 냄비를 개량하는 등 결코 헛되게 쓰인 것은 아니었어. 안진 자신도 내게 많은 것을 가르쳐주었고."

코에츠는 저도 모르게 무릎을 탁 쳤다.

"그러면 주군은 오만 냥을 주면 그들이 일본에 남아 있을 것이라 내다보셨군요."

이에야스는 빙긋이 웃고 고개를 돌리고 말았다.

'아무래도 그런 것 같다……'

"코에츠."

"예."

"새로운 바람을 불어넣겠다는 자가 돈을 아끼면 안 돼. 미츠나리와 나의 차이는 아마 그런 것이 아닐까."

이에야스는 이렇게 말하고 무슨 생각을 했는지 웃었다.

"호호호."

6

이에야스의 묘한 웃음소리는 결백한 성격인 코에츠의 가슴을 따끔하게 찔렀다. 5만 냥으로 미우라 안진을 비롯한 오란다 배 승무원들의 지식을 모두 사다니, 그것이 인간의 심리를 속속들이 알고 한 행위인 만큼 코에츠에게는 약간의 저항을 느끼게 했다. 거금을 주면 그들이 저마다 욕심을 내 흩어지리라는 관찰은 그렇다 하더라도, 그 일이 자못 자랑스러운 듯이 이시다 미츠나리의 이름까지 들먹이며 자만하는 이에야스의 태도는 불결하게 여겨졌다.

불결하다는 느낌이 들면 그냥 잠자코 있을 코에츠가 아니었다.

"주군, 지부노쇼治部少輔 님도 금전에는 아주 깨끗해서 지나친 금은은 한푼도 비축한 게 없다는 말을 들었습니다마는."

"그래. 바로 그 점이 미츠나리와 나의 차이라고 했네."

"예? 돈을 아끼지 않는 마음가짐은 같을 것 아닙니까."

"코에츠."

"예…… 예."

"미츠나리는 한푼도 남기지 않고 모두 싸움에 투입했어."

"그렇습니다."

"한푼 남김없이 싸움에 건다. 그런 태도를 칭찬할 만한 일이라고 그대는 생각하나?"

"글쎄요, 한마디로는……"

"잘못된 일이야."

이에야스는 가볍게 손을 저었다.

"싸움은 끝날 때가 있다. 그러나 이 세상은 끝이 없네. 한푼도 남기지 않고 자기만 죽으면 된다……는 그런 견해는 무책임한 거야."

"그러면…… 주군은 거기까지 생각하시고 오만 냥을 내주었다……는 말씀입니까?"

"그래. 일본에 남기는 내 유물의 하나…… 그럴 작정이었어."

"유물의 하나?"

"그래. 싸움이 벌어지면 나도 죽을지 몰라. 그러나 안진 일행이 남기고 가는 기술과 학문은 남아 있게 돼."

"물론 그렇기는 합니다."

"죽은 뒤에도 무언가를 남기겠다, 그런 여유가 있느냐 없느냐? 이 점이 인간이란 그릇의 크고 작음을 결정한다고 생각지 않나?"

"주군……"

코에츠는 눈빛에 가득 의문의 빛을 떠올리고 말했다.

"참으로 그러한 생각이 계셔서 하신 일입니까?"

"그렇지 않다고 생각하는 자에게는 설명할 방법이 없어. 그러나 실제로 조선造船 기술은 크게 향상되었다고 보지 않나?"

"그러니까 주군은 그 모두를 확실히 꿰뚫어보셨다고……"

"코에츠, 이제 그만두세. 그때는 나도 싸움터에 임하는 몸. 반드시 살아서 돌아온다고는 할 수 없었어…… 그래서 유물을 나누어줄 생각이라고 말한 거야. 전망이니 계산이니 하는 문제만은 아니야. 이 세상에 대한 나의 감사 표시, 여유라는 것일세."

이에야스는 비로소 깨달은 듯이 화제를 돌리며 물었다.

"참, 오사카의 생모님 말인데, 어떻던가. 자네 눈에는…… 도련님과 화목한 것처럼 보이던가?"

이에야스가 먼저 화제를 바꾸는 바람에 코에츠도 그 이상 5만 냥에 대한 말은 계속할 수 없었다.

7

"자네와 나는 말이 잘 통해. 그래서 그만 이야기가 다른 데로 흐르기 쉬워. 오사카 이야기를 자네가 본대로 솔직히 말해주게."

코에츠가 다시 앞서의 말을 되풀이하지 않도록 이에야스는 은근히 연막을 쳤다. 코에츠는 얼굴을 붉히고 고개를 숙였다.

"저는 성격이 고약합니다. 언제나 매사에 얽매이는 편이어서."

"오사카 이야기인가?"

"예. 무엇이나 다 그렇지는 않습니다마는, 제가 여기저기서 들은 바로는 아무래도 원만하지 못할 것 같습니다."

"원만하지 못하다니?"

"차라리 생모님과 도련님을 다른 성에 계시도록 할 수는 없을까……뜻있는 사람들의 희망인 것 같았습니다."

"다른 성에란 말이지……"

"그렇지 않으면 이후에도 계속 충돌할 것이다. 사카에에 대한 일은 생모님이 양보하실 것이다. 그러나 이 문제도 센히메 님에 대한 고집에서 나온 태도. 코이데 히데마사 님 등은 벌써 병을 핑계로 거의 등성을 않는 모양, 등성한다 해도 모든 지시는 생모님의 측근에서 나오므로 도련님 측근은 할 일이 없는 실정……"

"으음, 히데요리 님이 아직까지는 어렸으니까."

"이대로는 도련님의 영향력은 미약해질 뿐, 생모님에게 은퇴할 성을 마련하여 옮기시도록 하지 않는다면 도요토미 가문의 법도를 세울 수 없다…… 카타기리 님 형제분의 한탄이었습니다."

"으음."

이에야스는 어조를 바꾸어 말했다.

"역시 자네는 좀 지나친 생각을 하는 것 같군."

"예, 그 점은 저도 잘 알고 있습니다."

"좋아, 좀더 두고보세. 사카에 문제가 해결되면 당장에는 큰 걱정거리가 없을 테지. 토요쿠니 신사 행사는 성대히 치를 것이므로 다시 좋은 바람도 불게 될 거야."

코에츠는 그 말에 아무 대답도 하지 않았다.

그는 사카에에 대해서는 걱정하지 않았다. 그러나 오사카 일은 결코 이대로 끝날 것 같지 않았다. 히데요리가 성장한다 해도 어머니의 간섭하는 버릇은 고쳐지지 않을 것이다. 그렇다면, 니치렌 대선사의 가르침을 인용할 것도 없이 도요토미 가문은 두 조각으로 갈라질 것이다.

생모 파와 히데요리 파, 거기에 센히메와 그 측근들이 얽힌다면 나쁜 조건은 모두 갖추어진다. 대담하게 요도 부인과 히데요리의 생활을 나누어, 히데요리에게 강력한 측근을 붙여놓지 않으면 오사카의 다음 주인은 어머니 그늘에 가려진 응달의 덩굴이 되기 쉽다.

그러나 이에야스는 그런 문제까지 들을 생각은 없는 모양이었다.

"역시 자네는 좀 지나치게 생각하는 것 같아."

이런 말을 들은 이상 다음 의견은 삼가야만 했다.

"참, 미우라 님이 기다리십니다. 오늘은 이만 물러가겠습니다."

이에야스는 붙들지 않았다.

"그래, 앞으로도 신경을 써주게."

8

이에야스는 코에츠가 물러간 뒤 잠시 장지문을 노려보며 생각에 잠겼다.

코에츠는 언제나 날카롭다. 그렇기는 하지만 이번 그의 예상은 이에야스에게 위험스럽기도 하고 걱정스럽기도 했다. 코에츠의 그러한 예상은 너무도 이에야스의 불안과 일치했다.

히데요시는 히데요리를 이에야스의 평가에 따라—

"분수에 맞게 대우해주시오."

이렇게 거듭거듭 부탁했다. 부탁받지 않았더라도 당연히 그렇게 되어야 한다. 인간은 기량 이상의 일을 할 수 없고, 다른 사람이 그 이상을 해줄 수도 없다. 일시 무리가 통할지는 모른다. 그러나 극히 짧은 동안의 일, 결국은 기량이나 환경이 자연스럽게 그 인물을 감싼다.

'이 모두 하늘의 뜻인데도……'

이 점을 분명히 코에츠에게 지적당하고 보니, 처음부터 이에야스의 생각이었던 것처럼 오해받을 여지 또한 간과할 수 없었다.

'코에츠는 점점 리큐 거사를 닮아가고 있다……'

두 사람 모두 인간의 장단점을 판단하는 능력이 날카롭다. 그리고 판단한 다음 이를 그대로 호오好惡의 감정으로 삼는 경향이 있다.

이에야스는 씁쓸히 웃으면서 옆방에 대기하고 있는 혼다 마사즈미를 불러 말했다.

"마사즈미, 안진을 들라고 하게."

"알겠습니다."

마사즈미가 일어나자 보쿠사이를 불러 필기준비를 시켰다.

"안진과 내 이야기를, 특히 안진의 대답을 잘 기록해놓도록."

"알겠습니다."

"보쿠사이."

"예."

"이제 나는 다시 한 번 크게 젊어져야겠어."

보쿠사이는 무슨 말인지 알아듣지 못하고 멍한 표정으로 이에야스와 오카츠 부인을 번갈아 바라보았다. 이에야스는 빙긋이 웃었다.

"아니, 여자 이야기가 아니야. 바로 이 일일세."

이에야스는 자기 가슴을 가리켰다.

"과감히 젊은 생각으로 돌아가 평화로운 세상과 난세의 차이를 모두에게 분명히 보여주어야만 하겠다는 말일세."

"예, 지당하신 말씀입니다."

"내가 어제와 내일을 분명히 구분해 보여주지 않으면 마사즈미와 마사나리까지도 낡게 된다. 인간의 낡은 옷은 사는 사람도 없어."

"그러합니다."

보쿠사이는 다시 한 번 공손히 머리를 숙였으나 이미 그때 이에야스는 다른 일을 생각하고 있었다.

미우라 안진이 과연 이에야스의 명을 받들고 순순히 루손에 사자로 갈 것인가? 두 사람 사이에 진정한 '믿음'이 뿌리내려 있지 않다면……이 일에는 상당한 모험이 따를 터. 우선 미우라 안진에게 배를 한 척 만들게 한다. 그 배에 그가 원하는 상품을 가득 실어 출항시킨다. 그 다음은 이에야스의 손이 닿지 못하는 바다의 세계. 혹시 안진이 고국에 두고 온 처자를 그리워하면 배는 루손으로 가는 대신 이기리스 항구로 향하게 될지도 모른다.

'내 생에 홍모인과 대결이 있을 줄은 꿈에도 생각지 않았는데……'

과연 안진도 이에야스가 키운 사람처럼 성의를 다할 것인가? 이는 큰 도박이라기보다 사람과 사람의 승부였다.

9

미우라 안진이 마사즈미와 도보에게 안내되어 온다는 것을 알고 젊은 오카츠 부인은 자진해서 자리를 뜨려 했다. 은밀한 이야기에 방해가 되어서는 안 된다고 생각했는지도 모른다.

이에야스는 이를 말렸다.

"오카츠, 그대도 있도록."

오카츠 부인은 깜짝 놀란 듯이 물었다.

"방해가 되지 않을까요……"

"괜찮아. 이제 나와 안진의 정면대결이 시작돼. 그대도 봐두도록."

농담인지 진담인지 모르게 말하고 오카츠 부인에게 지시했다.

"안진이 오거든 그대 손으로 이 담배합을 권하도록."

오카츠 부인은 알겠다고 머리를 숙였으나, 그 표정으로 보아 몹시 당황하고 있었다.

처음 이름을 오하치라고 한 오카츠 부인은 텐쇼 18년(1590)에 13세로 이에야스의 소실이 된 오타 신로쿠로 야스스케太田新六郎康資의 딸이라는 사실은 이미 말한 바 있다. 이에야스의 소실 중에서 처녀로 들어온 것은 그녀가 처음이었고, 이목구비가 반듯한 재녀에 강한 기질의 소유자였다.

"여간 억척스러운 여자가 아니로군."

언젠가 농담으로 이에야스가 말한 것이 그대로 이름이 되었을 정도(오카츠ぉ勝는 지지 않고 이긴다는 뜻). 오카츠 부인 역시 한 아이를 낳았다. 그 아이가 이치히메였으나 일찍 죽고, 지금은 오만 부인이 낳은 두 번째아들(후의 미토 요리후사)을 양자로 삼게 해달라고 은근히 이에야스에게 조르고 있었다.

이러한 오카츠 부인을 굳이 옆에 앉혀놓고 미우라 안진과 만나겠다는 이에야스는 무엇을 생각하고 있는 것일까……?

"미우라 안진 님을 모시고 왔습니다."

"오, 안진인가. 기다리게 했네. 자, 이리 가까이."

안진은 입구에서 두 손을 짚고 공손히 절했다.

"언제나 다름없으신 존안을 뵙게 되니 기쁘기 한량 없사옵니다."

'없사옵니다' 라는 말에 묘한 억양이 있어, 그것만으로도 거실의 공기에 일말의 이국 정취가 감돌았다.

"안진, 어떤가, 역시 고국을 잊을 수 없겠지?"

"그렇습니다. 지금도 켄트 주 질링엄 꿈을 자주 꾸고 있습니다."

"그럴 테지. 나도 어렸을 적 오카자키는 기억에 없고 꿈속에서는 언제나 소년시절을 보낸 슨푸를 헤매고 있네."

이렇게 말하면서 이에야스가 오카츠 부인에게 눈짓했다. 그녀는 긴

담뱃대와 함께 담배합을 안진 앞으로 공손히 가져갔다.

"자, 한 대 피우게, 안진."

"참으로 황송합니다. 고맙게 피우겠습니다."

"한 대 피우면서 부담 없이 말하게. 안진, 지금 내가 그대에게 귀국을 허락한다면 어느 바다를 건너 고국으로 향하겠는가?"

뜻밖의 물음이었다. 안진은 푸른 눈을 이에야스에게 못박은 채 살며시 담뱃대를 놓았다.

"만일에…… 귀국을 허락하신다면, 저는 아직 아무도 지난 일이 없는 북극해에 항로를 열어 고향으로 여행하고 싶습니다."

10

"으음. 역시 아무도 지나가지 않은 항로를 개척하고 싶다는 말이로군…… 정말 훌륭한 마음가짐이야."

이에야스는 진심으로 감탄했다.

남방항로는 이미 개척되어 있어 그로서는 손쉬운 길. 그러나 그 길로 돌아간다면 모험가, 선구자로서 윌리엄 아담스의 긍지는 충족되지 않는다……는 자각이 그 말에 짙게 배어 있음을 느낄 수 있었다.

"실은 말이지, 안진. 나는 기하학도 배우고 싶지만 그보다 먼저 그대에게 하고 싶은 말이 많아."

"황송합니다. 무엇이든지 말씀해주십시오."

"그대의 모험은 세계에 새로운 항로를 여는 것이라 했지?"

"예, 그렇습니다."

"세계에 새로운 항로를 개척하여 그대가 존경하는 여왕…… 뭐라고 했더라, 그 여왕을 위해 충성을 다하고 싶다…… 그렇지?"

"예. 말씀하신 대로 저희들의 엘리자베스 여왕을 위해, 이기리스를 위해, 그리고 후세의 선원들을 위해……"

"알겠어. 그대의 희망은 잘 알겠어. 그런데 이 이에야스도 또한 새로운 길을 개척하고 싶어."

"예."

"그 길은 바다를 개척하여 여는 항로가 아니야. 사람들이 모두 안심하고 살 수 있는 평화로운 세상이란 길이야."

"황송합니다."

안진도 얼굴 가득히 감동의 빛을 띠고 눈을 빛냈다.

"그 뜻은 다름 아닌 하늘에 계신 아버지의 뜻, 바로 그것입니다."

"인간이 바다를 건너 교역을 한다, 이것은 결코 싸움을 하기 위해서가 아니야."

"그렇습니다!"

"싸움은 그 진정한 목적이 무엇인지 잊어버린 어리석은 자들이 하는 짓일세."

"그러합니다! 옳으신 말씀이라 생각합니다."

"현명한 사람들…… 마음에 길을 가진 사람들 이런 사람들이 흉금을 터놓으면 서로 통할 수 있는 기쁨만으로도 만족할 것이야."

"옳으신 말씀입니다."

"그런데 이 세상은 아직 그렇지가 못해. 눈앞의 사소한 이익을 위해 다투다 목숨을 잃고, 목숨을 잃는 게 손해인 줄 알고 있는 것 같으나 사실은 전혀 깨닫지 못하고 있어."

미우라 안진은 몇 번이나 조용히 무릎을 쳤다. 이 파란 눈의 모험가에게는 카토 키요마사를 연상케 하는 성실성이, 키요마사보다 표정만으로도 더 정확하게 생각을 판단할 수 있는 정직함이 느껴졌다.

"어떤가, 안진. 그대의 눈에는 남만인과 홍모인의 싸움이 어리석게 보이지 않나?"

"어리석습니다. 같은 천주님의 가르침인데도 신교와 구교로 나뉘어 싸운다…… 사실은 새로운 것을 꺼리는 낡은 것이 일으킨 어리석은 싸움입니다."

"그래. 그렇다면 말하기가 쉽겠군. 안진, 나와 그대가 사람의 도리에 맞는 큰 세계의 항로를 개척할 생각은 없나? 싸우는 대신 서로 유무상통有無相通하여 기뻐할…… 누군가 언젠가는 열어야 할 세계의 길…… 그렇지 않으면 모처럼 그대가 개척하는 항로도 실은 싸움의 길이 된다고 생각하는데, 어떤가?"

이에야스는 눈을 가늘게 뜨고 안진의 표정을 살폈다.

11

안진의 붉은 얼굴이 더욱 붉어졌다. 마음속에 품고 있는 불이 그대로 목에서부터 얼굴로 타오르는 것처럼 보였다.

"황송합니다."

안진은 다시 눈도 깜빡이지 않고 말했다.

"원래 배는 평화로운 항해를 위해 있어야만 하는 것, 그런데 언제부터인지 싸움을 위해, 침략을 위해 사용되고 있습니다…… 지금 그 잘못을 바로잡지 않는다면, 배가 있어 피가 흐르고, 배가 있어 미지의 인간들이 서로 죽이지 않으면 안 되게 됩니다."

이에야스는 크게 고개를 끄덕이며 물었다.

"그렇다면 나와 그대의 의견은 같아…… 평화를 위해 힘을 아끼지 않아야 한다는 것 아닌가, 안진?"

"예. 그 말씀을 거역하는 것은 하늘에 계신 아버지에 대한 배반이라 생각합니다."

"그래, 잘 말해주었어."

이에야스는 도보가 가져온 차를 안진에게도 권하며 말을 이었다.

"그럼, 내가 먼저 그대에게 약속하지. 나는 장차 반드시 그대의 뜻이 이루어지도록 힘을 아끼지 않겠네."

"장차……라고 하시면?"

"북쪽 바다를 돌아 그대의 조국으로 여행할 수 있을 만한 배, 그 배를 만들자면 시일이 걸릴 것일세. 그래서 장차라고 했어."

안진은 그 말을 듣고는 문득 푸른 눈을 내리깔았다.

"그대는 북쪽 바다에 숱한 빙산이 떠 있다고 했어. 기억하겠나?"

"예…… 예."

"그 빙산에 부딪쳐도 난파하지 않을 튼튼한 배가 아니면 목적을 달성할 수 없을 거야."

"그러합니다."

"그렇다면 마음을 가라앉히고 그 배를 만들어야 할 것 아닌가?"

"그렇습니다…… 이 안진도 그렇게 생각하고 있습니다."

"안진, 이미 그대도 깨달았는지 모르겠네만…… 새로운 배 만들 때 서두르는 것은 금물, 그대도 일본에 처자를 두고 안정된 상태에서 새로운 항로개척을 위한 배를 만들어보지 않겠나?"

"처, 처자를……?"

"그래. 천주교에서는 일부일처一夫一妻, 일단 혼인하면 이혼할 수 없다고 들었는데, 홍모인의 나라 종파는 그 점에서는 자유라고 하더군. 어떤가, 만족할 만한 배가 완성될 때까지 일본을 제이의 고향으로 삼을 생각은 없나?"

안진의 눈이 갑자기 수심을 띠고 슬프게 깜박였다. 이에야스의 제안을 의심한다기보다 이 땅과 고향 항구가 멀다는 생각 때문인 듯했다.

"그대는 여왕에 대한 충성을 입버릇처럼 말하고 있어."

"예…… 예."

"여왕을 위해 이기리스 상권商權을 동양 여러 나라에 확대시켜 해적의 누명을 깨끗이 씻은 뒤 당당히 새 항로를 열어 돌아간다…… 그러기 위해서는 그만한 각오와 시일이 필요하다고 생각지 않나?"

그답지 않게 이에야스는 다그치는 어조로 말했다.

"그대에게 그런 결의가 있다면 나도 힘껏 돕겠네. 아니, 실은 이미 그대에게 적합한 여자도 마음속으로 정해놓고 있어. 여기 있는 오카츠의 동생일세."

오카츠 부인은 깜짝 놀라 얼굴을 쳐들고 강한 시선으로 이에야스를 노려보았다. 오카츠에게는 그러한 동생이 없었다……

12

이에야스는 오카츠 부인의 시선 따위는 전혀 개의치 않는 눈치.

"남자의 생활에는 여자가, 반려가 필요해. 그대에게 그럴 마음이 있어서 영지인 미우라에 자리를 잡고 배를 만든다면 곧 그 여자를 내가 주선하겠어. 어떤가 안진, 해볼 생각이 없나?"

안진의 눈이 다시 생기를 되찾고 신중하게 오카츠 부인 쪽으로 시선이 향한 것은 잠시 후의 일이었다.

안진도 아직 늙어 시들 나이는 아니었다. 에도 니혼바시에 주어진 저택에 몇 명인가 하녀도 부리고 있었다. 그러나 안진은 여자 때문에 쓸데없는 문제가 일어나지 않을까 염려하여 욕망을 억눌러왔다.

이에야스는 도이 토시카츠에게 그 말을 들어 알고 있었다. 그래서 그의 향수를 봉쇄하는 수단으로 혼인 이야기를 꺼냈을 터였다. 그렇더라도 오카츠의 동생……이라니 어째서 그런 말을 한 것일까.

안진은 조용히 시선을 오카츠 부인으로부터 이에야스에게 옮기고는 다시 한 번 온몸으로 한숨을 쉬었다. 지금까지 천주교 신부와 마찬가지로 자중하지 않으면 목숨에 관계되는 일이라고 체념하고 있던 이성에 대한 생각이 대번에 불타오른 듯. 보기만 해도 알 수 있었다.

"주군은 무서운 분이십니다……"

갑자기 안진이 힘없이 중얼거렸다.

"저에게서 분부를 거역할 힘을 빼앗아가십니다."

"그렇다면 용서하게, 안진…… 나는 여자를 미끼로 삼으려는 생각은 하지 않아. 남자 사정은 남자가 아는 법, 그대가 부자유스럽다는 것은 잘 알고 있네. 그래서 마음을 가라앉히고 일에 몰두하려면 오카츠 같은 여자가 있어야 한다고 생각한 거야."

"그러면…… 그러면 그 배가 완성되었을 때는……?"

"그 배에 시승試乘하고 우선 루손으로 나가보게. 그 결과 남쪽 바다 풍파를 훌륭히 견딜 만하다면 북쪽 거친 바다로 나가는 것일세."

"저어, 시승은 루손으로……?"

"한 번으로 만족하지 못하면 샴까지 다시 한 번 다녀와도 좋아. 어쨌든 새로운 항로를 찾아서 나가는 거야. 행방불명된다면 모처럼의 고생도 물거품…… 알겠나. 안진…… 나는 그대에게서 마음의 조바심을 없애주려는 것일세."

듣고 있는 동안 혼다 마사즈미는 웃음이 터질 것만 같아 당황하여 부채로 얼굴을 가렸다. 그가 듣기에 이에야스의 말은 그 자체가 큰 모략이었다. 사람 좋은 표류자 미우라 안진을 손바닥에 올려놓고 마음대로 다루고 있었다. 그러나 당사자인 안진은 진지하기만 했다.

미우라 안진은 이에야스 쪽에도 상당한 욕심이 있다는 것을 알고 오히려 안도하는 눈치였다.

"그러면 저는 루손에 가 주군을 위해 일한 뒤 북쪽 바다로……"

"물론이지. 그 일은 쌍방을 위해…… 그 이상은 나도 그대에게 바라지 않겠어."

"알겠습니다. 그럼 저는 곧 빙산의 바다를 건널 만한 배를 만들기 시작하겠습니다."

이에야스는 가볍게 고개를 끄덕이고 오카츠 부인 쪽으로 향했다.

"오카츠…… 안진에게도 식사를 대접하도록. 나도 먹겠어."

13

상이 나온 뒤 이에야스는 안진을 위해 포도주를 가져오게 하고 일부러 오카츠에게 술을 따르게 했다. 안진은 황송해했다.

'일본인이라면 이렇게는 되지 않을 것이야……'

이런 생각에 이에야스는 안진이 불쌍하기도 하고 우습기도 했다.

지금 안진에게 서양식 배를 만들라는 것이 무리인 줄 잘 알고 있었다. 안진은 항해술이 뛰어난 탐험가이긴 하나 배를 만드는 목수는 아니었다. 그러나 이에야스는 세키가하라 전투 전부터 다행히 살아남는다면 언젠가는 반드시 이 무리한 일을 안진에게 떠맡길 생각이었다. 그 때문에 안진이 타고 온 리프데 호 선장 멜히요르 판 상트폴트도 교묘히 에도에 붙들어놓고 있었다.

윌리엄 아담스가 미우라 안진.

상트폴트가 야에스八重洲(얀요스).

두 사람 모두 니혼바시에 집을 주었기 때문에 에도 상인들은 안진의 집이 있는 쪽을 안진 거리라 부르고, 야에스가 사는 쪽을 야에스 거리라 부르며 그들과 친하게 지내고 있었다.

그런 의미에서 안진도 야에스도 완전한 이에야스의 포로였다. 그들이 일본인이라면 인정을 내세워 교활하게 이용한다고 화를 낼지도 모른다. 하지만 그들은 그렇지 않았다. 그들은 자신들이 무언가에 이용되기 때문에 대우받는다고 오히려 안도했다. 그들로서는 납득할 수 없는 우대가 가장 큰 불안요소였다.

이에야스도 젓가락을 들어 보리밥을 씹으면서, 문득 생전의 히데요시와 자기의 방침이 다름을 생각하면서 서로 비교해보았다.

히데요시는 자기 힘으로 일본을 평정하고 난 뒤 다음 할 일을 알지 못했다. 아니, 알지 못했다기보다 천성적인 활력을 주체하지 못하고 무모하게도 명나라 정벌을 시도했다. 히데요시가 그런 무모한 무력진출을 생각한 원인은 내부가 아니라 외부에 있었다.

'확실히 케이쵸 원년(1596) 오월……'

토사土佐 우라도浦戶 부근에 에스파냐 상선 상 페리프 호가 좌초한 일이 있었다. 마닐라에서 멕시코로 가던 도중이었다.

그때 타이코는 즉시 다섯 부교의 한 사람인 마시타 나가모리增田長盛를 파견하여 화물을 몰수했다. 당시에는 천주교 탄압과 함께 에스파냐와의 통상을 금지하고 있었다. 그때 선장 데 란다는 마시타 나가모리를 위협했다.

"우리 국왕 영토는 전세계에 걸쳐 아주 광대하다. 이런 대국의 국민을 학대하면 큰 화근을 초래한다는 것을 알고 있느냐?"

마시타 나가모리는 물었다.

"그대 국왕은 어떻게 그처럼 광대한 영토를 소유할 수 있었느냐?"

이 물음에 란다 선장은 가슴을 떡 펴고 대답했다.

"우선 선교사를 보내 천주교를 포교해 백성들을 포섭한다. 이어 군대를 파견하고 신도와 서로 호응하여 그 나라를 정복한다."

그때 히데요시는 아직 명나라 정복을 포기하지 않고 있었기 때문에

껄껄 웃으면서 가슴을 두드렸다.

"우리도 서두르지 않으면 빼앗을 나라가 없어진다."

이에야스는 떠오르는 그때의 생각에 웃지 않을 수 없었다.

14

'타이코는 일본이 평정되고 난 뒤, 그것만으로 다음 일에 대한 생각은 씨가 말랐던 거야⋯⋯'

이에야스는 그 전철을 밟아서는 안 된다고 엄히 자기 반성을 계속하고 있었다.

하늘은 좀처럼 두 가지 능력을 한꺼번에 내려주지 않는다. 싸움에 능한 사람이 반드시 정치를 잘한다고는 할 수 없다. 그 싸움을 잘하는 사람이 전력을 기울인 결과 겨우 맞이할 수 있었던 평화였다.

지금도 싸움 이외에는 인간의 정열을 쏟을 데를 모른다면, 그들도 결국 자신의 몸에 밴 싸움의 짝을 일부러 찾아내어 몰두하려 할 것이다. 규모가 너무 컸으나 히데요시가 그 좋은 보기이다.

이에야스는 인간이 정열을 쏟을 또 하나의 배출장소를 위해 히데요시와는 전연 다른 구상으로 세계지도를 펼쳤다. 세계는 아직 육지도 바다도 한없이 넓었다. 여기에 종래의 남만인이나 중국인보다 훨씬 더 예의바르고 신의가 있는 모험가로서 진출한다⋯⋯

그 첫걸음은 무엇보다도 배였다. 일본식 배는 이미 챠야 키요츠구를 비롯하여 스미노쿠라, 카메야, 스에요시, 아마가사키야, 키야, 스에츠구末次, 아라키荒木, 타카기高木⋯⋯ 등 최초의 슈인센 아홉 척의 소유자들에게 명하여 만들게 하고 있었다.

그러나 일본의 항해술, 조선술은 나침반을 먼저 발견한 남만인의 합리성에 한발 뒤지고 있었다. 천하를 맡은 자로서 이에야스가 할 일은 이러한 서양 지식의 소화였다.

"어떤가 안진, 생각이 정리되고 있나?"

식사를 하며 무언가 계속 생각하고 있는 안진에게 이에야스는 웃으면서 말을 걸었다.

"그대는 하루라도 빨리 조국에 돌아가고 싶겠지?"

"그렇습니다."

"그런데도 나는 그대에게 일본에서 아내를 맞으라고 한다, 어떻게 보면 교활한 것 같지만 그렇지가 않아."

"예."

"인간이란 너무 조급하게 굴면 반드시 어딘가에 잘못이 생기게 마련. 항해 또한 싸움과 마찬가지여서 잘못이 있었다고 깨달았을 때는 이미 목숨은 없어. 목숨을 잃는다면 모든 것이 끝장. 착실하게 안정을 찾는 것이 사실은 희망을 이루는 길임을 생각이 깊은 인간이라면 깨닫게 될 수밖에 없네."

"예…… 예."

반은 건성으로 대답하면서 안진은 앞으로 몸을 내밀었다.

"저는 소년시절에 고국의 템즈 강가에 있는 라임하우스 조선소에서 잠시 일한 일이 있습니다."

"허어, 반가운 말을 듣게 되는군."

"그곳 조선소장인 니콜라스 디킨스의 제자로 항해사 수업을 하고 있었는데, 그때 작업하던 광경이 눈에 선합니다."

이에야스는 싱글벙글 웃으면서 고개를 끄덕였다.

"주군! 저는 이즈의 이토伊東에 조선소를 만들겠습니다. 그 부근에는 배의 목재로 알맞은 나무가 많기 때문에."

"그렇다면 잘됐군."

"처음에는 모형삼아 일백 톤 이하의 배를 한 척 만들겠습니다. 그 배로 아사쿠사가와淺草川(스미다가와隅田川) 근처까지 항해해와서 주군께 보여드리겠습니다."

마흔 살 홍모인이 소년처럼 무섭게 기를 쓰는 모습이었다.

15

사람이 사람을 움직일 경우 반드시 급소가 있게 마련이다. 물론 그 급소의 판단을 잘못하면 움직여야 될 때 도리어 고집을 부리거나 노하게 하기도 한다.

그런 의미에서 인간을 잘 아는 자가 가장 잘 인간을 움직일 수 있다는 답이 나온다. 이에야스는 그런 점에서 안진이 희망하는 급소를 건드린 것 같다. 그 증거로 안진은 이미 가능한 한의 모든 꿈을 펼치며 몸을 내밀고 있었다.

"으음. 그대는 이토에서 배를 만들어 아사쿠사가와에 띄우겠다는 말이지?"

"예. 그것을 시작으로 곧 두번째 배에 착수합니다. 안진도 주군과 같은 분을 만나 조심성이 많아졌습니다."

"그게 좋겠어. 처음 만든 배로 직접 항해를 해보면 여러 가지 미비점과 약점을 발견할 수 있을 거야."

"그렇습니다. 그런 결점을 면밀히 조사하고 고쳐 두번째 배는 일백 이삼십 톤 정도의 것을 만들겠습니다."

이렇게 말하고 나서 안진은 다시 얼굴을 붉히고 덧붙였다.

"예전의 안진이라면 처음 만든 배로도 무조건 빙하로 나갔을 것입니다. 지금은 두번째이건 세번째이건 완전한 배가 완성될 때까지 침착하게 기다릴 수 있는 느낌입니다."

"그래야 할 것이야."

이에야스는 가볍게 웃고 물었다.

"어떤가 안진, 그 침착하게 기다릴 수 있는 느낌이 들었다……는 그 원인을 알 수 있겠나?"

"예…… 비로소 깨달았습니다. 안진은 주군으로부터 미우라에 땅을 얻어 살고 있습니다. 그러나 그렇게 사는 것만으로는 아직 마음이 안정되지 않았습니다. 그런데 지금 문득 안정을 얻을 듯한 느낌이 든 것은 주군이……"

"아내를 얻으라는 말에 그럴 마음이 들었다…… 이 말이겠지?"

"예. 인간도 새나 짐승과 마찬가지로 제 집을 갖지 않으면 마음을 붙이지 못하는 것 같습니다. 주군의 권유에 따라 이곳에서 안정을 찾자…… 이렇게 생각한 순간 대번에 성질이 느긋해진 모양입니다."

안진은 솔직하게 말했다. 그리고는 더욱 얼굴을 붉히면서 흘끗 오카츠 부인을 바라보았다. 오카츠 부인은 당황하며 이에야스에게 시선을 돌렸다. 이에야스는 여전히 애매하게 웃으면서 고개를 끄덕이고 있었다.

'이 얼마나 교활한 분일까……'

그러나저러나 이에야스는 정말 누군가 점찍어놓은 여자가 있는 것일까? 오카츠 부인의 동생……이라고 분명히 말했으므로, 점찍은 사람만 있다면 그녀 아버지의 양녀로 삼아 말을 맞출 수는 있다.

"이토에는 폭이 별로 넓지 않은 적당한 강이 있었습니다. 그 강을 이용하여 도크…… 예, 조선소에서 배를 만들어 바다에 띄우기에 알맞은 장소도 마련할 수 있을 것 같습니다."

"으음, 이즈 스케가와助川도 이용할 생각인가?"

"예. 말씀이 나왔으니 지금이라도 곧 착수하고 싶습니다. 선박 감독관이신 무카이 효고向井兵庫 님에게 즉시 배 만드는 목수들을 모으도록 지시해주십시오."

오카츠 부인은 또다시 당황하며 옷소매로 입을 가렸다. 아내 이야기가 나온 뒤로 안진은 갑자기 열 살도 열다섯 살도 더 젊어진 것 같은 느낌이 들었다.

'그렇게도 기쁠까?'

그렇다면 이러한 인간의 특성을 알고 있는 이에야스는 얼마나 얄미운 사람인가……

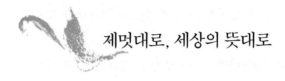

제멋대로, 세상의 뜻대로

1

식사가 끝나고 안진은 거듭 고맙다는 인사를 하고 물러났다. 성안에서 오늘 하루를 묵고 곧 에도로 떠날 모양이었다. 무척 들떠 있었기 때문에 에도 자기 집에도 오래는 머물지 않고 즉시 이즈로 달려가 배를 만들 준비에 착수할 것이 틀림없었다.

혼다 마사즈미는 배웅을 나가고, 이에야스의 거실에는 오카츠 부인과 보쿠사이만이 남았다. 킨쥬近習°들은 한 간 떨어진 셋째 방에서 대기하고 있었다.

그때 오카츠 부인의 시녀가 등불을 들고 와서 놓고 나갔다. 순간 활달한 성격인 오카츠 부인은 참지 못하겠다는 듯 웃기 시작했다.

"정말 엉뚱한 말씀을 하셨어요. 제 동생을 안진 님에게 중신하시겠다니…… 저에게는 나이 찬 동생이 없는데요."

이에야스는 사방침을 끌어당겨 식후의 차를 마시면서 물었다.

"그런가, 내가 아직 말하지 않았던가?"

이에야스는 웃지도 않고 찻잔을 놓으면서 바라보았다.

314

"호호호…… 말씀하셨다 해도 없는 것이 사실인데요."

"아니, 있어. 그대가 모르고 있을 뿐이지."

"예? 무어라고 하셨습니까?"

"오쿠보 타다치카가 택했는데, 이미 그대에게는 동생이 생겼어."

"그것은, 그것은…… 어느 분의 따님인가요?"

"타다치카에게 어떻게 생긴 여자냐고 물었더니, 오카츠 부인과 얼굴 모습이 똑같다고 했어."

"어머…… 그래서 제 동생으로……"

"사해동포四海同胞. 일본인은 모두가 형제야. 더구나 꼭 닮았다니 양녀로 삼아도 좋지 않겠어?"

이에야스는 태연히 말하고 나서 다음 말을 이었다.

"에도 감옥을 맡아보는 마고메 카게유馬込勘解由의 딸이야. 열렬한 천주교도인데, 처음에는 싫다고 했다더군. 안진은 홍모인이면서도 무사 이상으로 신의가 두터운 자라는 말을 듣고 승낙했다는 거야."

"어머……"

"신부가 될 것이므로 그대의 동생이라고 좀 과장을 했지. 그대는 불만인가?"

오카츠 부인은 깜짝 놀랐다.

그런 일을 멋대로 결정한 데는 화가 났지만, 한편으로는 감탄하지 않을 수 없었다. 타케치요가 태어난 이후 정신 없이 바쁘다는 것을 오카츠 부인도 잘 알고 있었다.

'그런 나날인데도 어쩌면 이런 일까지……'

이런 생각을 하는 순간, 그렇지 않으면 천하를 다스릴 수 없다고 자기 일처럼 자랑스러움을 느꼈다.

"보쿠사이, 기록해두었겠지, 안진과의 문답을?"

"예. 요점만은 빠뜨리지 않았습니다."

"좋아. 마사즈미가 돌아오거든 안진의 혼례 문제와 선원, 목수, 대장 장이, 그리고 솜씨 좋은 일꾼들 문제 등을 조속히 처리하도록…… 참, 젊은 사람은 잊어버리기를 잘해. 적어두었다가 건네게."

"알겠습니다."

오카츠 부인은 다시 쾌활하게 웃기 시작했다. 늙은이는 잊어버리기 쉽다…… 이렇게 말하는 대신 젊은 사람은…… 하고 말한 것이 오카츠 부인은 여간 우습지 않았다.

"호호호…… 주군 말씀은 전부 멋대로군요. 호호호……"

2

"그렇지 않아. 내가 한 말은 옳아. 그렇지, 보쿠사이?"

이에야스는 쇼군이 된 뒤 낮에는 눈코 뜰 새도 없이 바빴으나 밤이 되면 전보다 더 느긋했다.

"하지만 젊은 사람은 잊어버리기 쉽다고는……"

"사실이 그래. 젊었을 때는 이 일 저 일로 정신이 산만하니까."

"그렇습니다. 확실히 그것은."

보쿠사이가 맞장구를 쳤다.

"참, 이것도 적어놓았다가 건네게, 이타쿠라 카츠시게에게."

이에야스는 다시 보쿠사이 쪽으로 향했다.

"타이코 님 제례 말일세. 이 일은 챠야의 창의에 맡기도록…… 챠야 에게 지시할 일이 있다면 스미노쿠라, 스에요시, 요도야, 아마가사키 야를 위시해 사카이의 나야, 키야 등까지 동료로 참가시키라는 정도일 세…… 쇼시다이는 그날 치안에만 힘쓸 것. 아직 무사들 중에는 난폭 한 자들이 없지 않아. 모처럼 백성들이 즐기는데 술에 취해 칼부림하는 자가 있다면 용서하지 말라고 적도록 하게."

"알겠습니다."

보쿠사이가 서둘러 붓을 달리기 시작했다.

오카츠 부인이 그 뒤를 받았다. 이번에는 양미간을 모으고 걱정스러운 듯 입을 열었다.

"그러고 보니, 평화스러운 시대가 되니 도리어 불만으로 여기는 무사들이⋯⋯"

이에야스는 홀끗 오카츠 부인을 바라보았다.

"그대도 그런 것을 알고 있나?"

"예. 싸움밖에 모르던 사람들이 녹봉을 받지 못하게 되었으니 무엇으로 생계를 유지할지."

"오카츠."

"예."

"그대라면 이러한 떠돌이무사들을 어떻게 구제하겠나?"

오카츠는 고개를 갸웃하고 대답했다.

"무사는 서로 같은 입장이므로 무엇보다 먼저 다이묘들에게 그들을 채용하도록⋯⋯"

이에야스는 손을 저었다.

"그렇게 해서는 도움이 되지 않아. 무사는 검소함이 제일이라고 포섭할 여지를 남겨두기는 했으나, 그 한도가 있지."

"그러면, 동전이나 금화를 많이 만들어 새로운 일에 착수하시면."

"뭐, 동전이나 금화를 많이 만들어⋯⋯?"

"예. 그리고 전국 중요한 성이나 하천의 보수를 하시고, 도로와 교량을 새로 만드시는 것입니다."

이에야스는 저도 모르게 허공으로 눈길을 보냈다. 여자의 생각이라 말은 어설펐으나 하나의 암시는 내포하고 있었다.

'으음, 성을 손봐도 괜찮을까……'

이에야스는 지난해부터 시작한 에도 성 공사에 적지 않은 자책감을 느끼고 있었다.

'도쿠가와 집안의 사적인 공사가 아니다……'

통치자의 성곽으로서 '공적' 위신을 위해 당연히 필요한 공사라 생각은 하면서도 일말의 자책감이 남아 있었다. 그런데 오카츠 부인의 견해는 반대였다. 실직한 많은 무사를 구제하기 위해서라도 토목 공사를 일으킬 필요가 있다고.

그 말을 듣고 보니 그게 바로 참다운 정치인지도 모른다는 생각이 들었다. 지금 일본에 남아도는 것은 무사. 더구나 그들 중에서 떠돌이무사라 불리는 자들이 20만 명 이상에 이르고 있다……

이에야스는 오카츠 부인을 재평가했다.

3

"정말 묘한 여자로군. 다시 한 번 말해봐. 동전이나 금화를 많이 만들어야 한다……고 했지?"

이에야스는 아무렇지도 않은 듯이 물었다. 그러나 이 여자가 무어라 대답할지 모든 신경을 집중시켰다. 경제에서 통화의 역할에 대한 생각을 말하는 사람이 있기는 했다. 그러나 아직 확실한 정설이나 견해는 세워져 있지 못한 시대였으므로 무리가 아니었다.

"예, 말했습니다. 동전이나 금화가 많이 있으면 타이코 님도 명나라 정벌 같은 것은 생각지 않았으리라고 말하는 사람도 있습니다."

오카츠 부인은 서슴없이 대답했다. 오만 부인이나 오카메 부인이라면 이처럼 허물없는 태도를 취할 수는 없었을 것이다. 역시 열세 살부터 한 사람만을 섬겨온 여자이기에 가능한 일인지도 몰랐다.

"뭐, 타이코 님이……?"

이에야스는 그 한마디에 섬뜩했다.

"동전, 금화를 많이 만들면 구리도 황금도 줄어, 오카츠……"

"아닙니다. 준다는 것은 주군이 멋대로 하신 생각입니다."

"허어, 그냥 들어넘길 수 없는 말이로군. 그럼, 그 돈들을 무엇으로 만든다는 말인가?"

"주군의 창고에 있는 황금으로 만들면 됩니다."

"그 역시 줄어들 것 아닌가?"

"아닙니다. 아무도 황금이나 돈을 버리지는 않습니다. 모두 소중히 간직할 것이므로 있는 장소만 달라진다고 생각합니다."

"으음, 그러니까 나에게서 다른 사람에게로 옮겨간다…… 다만 그뿐이라는 말이로군."

"예. 주군의 창고에 쌓아두면 단순한 황금, 그러나 금화가 되면 천하의 보물이 됩니다."

"그렇군. 돈을 통보通寶라고 부르니까."

"그렇습니다. 동전과 금화가 사람들을 열심히 일하도록 만들 것입니다. 일을 해보지 않은 무사들에게 가업에 열중하라, 열심히 하라…… 일일이 권하는 것보다 금화나 동전의 효용을 알린다…… 그편이 훨씬 더 효과가 있습니다."

오카츠 부인은 신명이 나서 앞으로 몸을 내밀었다.

"금화를 전국 집집마다 열 냥씩 비축하게 하려면 황금이 얼마나 필요할까요?"

"집집마다 열 냥씩……?"

"그러면 그 집은 결코 가난하지 않습니다. 있는 금화를 줄이려 하지 않습니다. 늘리고 싶기 때문에 모두가 금화를 대신할 수 있는 물건을 열심히 만들겠지요. 그것이 세상의 뜻대로가 아닐까 하고……"

"오카츠!"

갑자기 이에야스의 목소리가 날카로워졌다.

"이 말을 누구에게서 들었지? 그대 생각에서 나온 지혜가 아니야."

"호호호…… 주군, 결코 손해되는 일이 아닙니다. 창고에서 내보낸 금화나 동전만큼 다른 것을 창고에 들여놓으면 됩니다."

"오카츠……"

이에야스는 또다시 가로막았다. 그러나 오카츠 부인의 혀는 아직 멈추지 않았다.

"타이코 님은 황금을 황금인 채로 썩이셨지요. 텐쇼 시대에 주조한 금화로는 아직 부족합니다. 세상의 뜻대로 하는 일을 몰랐던 분이어서 그만 명나라 정벌 따위를…… 정벌하지 않으면 부富가 늘지 않는다고 착각하셨지요. 호호호…… 과연 제 지혜가 아닙니다. 어떤 분이 그렇게 말해주었습니다."

이에야스는 저도 모르게 숨을 죽였다.

4

지금까지 통화와 부의 문제를 결코 생각지 않았던 것은 아니다. 그러나 일본 전국 집집마다 열 냥씩이라는 말이 이상하게도 마음을 생생하게 두드렸다.

아직까지 그런 기준으로 통화를 생각해본 적이 없었다. 인간 세상에는 아직 물물교환이 뿌리깊은 습관으로 남아 있었고, 통화 또한 에이라쿠 통보永樂通寶처럼 일부 사람들이 은닉하여 통보로서의 가치를 잃어버리고 있었다.

은닉하려는 생각이 어딘가에 있는 한 점점 늘어가는 창고의 황금을 금화로 만들어 내놓으면 그만큼 황금이 사라진다는 생각. 그런데 이 생각은 큰 잘못이었는지도 모른다. 통화가 지나치게 유통되면 물가가 폭등하여 통화가치가 떨어진다…… 지나치게 유통시켜서는 안 된다…… 고 경계했을 뿐, 동전이나 금화가 없어져가는 것은 너무 부족한 탓이라고 의심해본 적은 없었다.

'과연 부족하면 진귀해져 어딘가에 감추려 할지도 모른다……'

오카츠 부인의 말처럼 집집마다 열 냥씩 있다면 금화는 전연 다른 유통력을 가지고 사람들을 가업에 열중하게 할지도 모른다.

"누군가, 그대에게 이런 지혜를 가르친 자가?"

이에야스는 숨을 가다듬고 잠시 사이를 두었다.

"금전이 인간을 채찍질한다…… 그렇게 되면 무사도는 산산조각이 나고 말아. 크게 잘못된 견해라고 생각지 않나?"

"호호호……"

다시 오카츠 부인은 웃었다. 이런 질문이 나오리라 예측하고 있었던 모양이었다.

"낡은 사고방식이라 생각합니다. 주군이 일부러 세상의 뜻대로 내놓으신 동전이나 금화……라 한다면 당연히 위광이 따릅니다. 위광 여하만으로도 만일의 경우에는 충분히……"

여기까지 말하고 오카츠 부인은 불쑥 사람의 이름을 말했다.

"고토 쇼자부로後藤庄三郎 님과 하세가와 후지히로長谷川藤廣 님의 말이었습니다. 주군이 돌아오시기를 기다리는 동안 두 분이 하시는 이야기를 제가 들었습니다."

"뭐, 쇼자부로와 후지히로의 말이라고……?"

이에야스는 가볍게 혀를 차고, 보쿠사이에게 말을 걸었다.

"보쿠사이, 들었지? 못되고 괘씸한 지혜라 싶더니 역시."

고토 쇼자부로 역시 처음에는 포목 납품업자로 출입하다가 현재는 에도와 후시미에서 긴자를 맡아보며 파격적인 신망을 얻고 있는 인물이었다. 하세가와 후지히로는 소실 오나츠ぉ奈津 부인의 친오빠로 나가사키 부교로 발탁되어 있다. 양쪽 모두 평화로운 시대를 맞이하기 위해 특별히 이에야스가 등용한 신세대의 새로운 측근들이었다.

"그래, 금화와 동전이 모자란다고 하던가?"

"주군……"

"뭔가, 또 남에게서 빌린 지혜인가……?"

"곧 고토 님을 부르셔서 동전과 금화를 늘리라고 하명하시면?"

"말도 안 되는 소리. 이제 주제넘은 소리는 그만두고 미숫가루라도 가져와."

이에야스는 일부러 불쾌하다는 듯이 말하면서도 속으로는 '세상의 뜻대로'라고 한 오카츠 부인의 말을 다시 생각하고 있었다.

5

'제멋대로, 세상의 뜻대로……'

가만히 음미해보니, 나무아미타불 못지않게 기묘한 의미를 내포한 말이었다. 인간의 생활태도는 이 두 가지밖에 없는지도 모른다.

제멋대로 사느냐?

세상의 뜻대로 사느냐?

아니, 굳이 제멋대로 살려 하지 않더라도 인간이란 내버려두면 모두 제멋대로 살게 되는 생물. 그러나 세상의 뜻대로라면 그렇게 쉽지 않다. 아무리 세상을 위해 산다고 자부하더라도 인간인 이상 저도 모르게 남을 괴롭히고, 깨닫지 못하는 가운데 죄를 지으며 살고 있다. 따라서 아무리 '세상의 뜻대로' 살려고 해도 이만하면 됐다……고 하는 경지는 절대로 있을 수 없다.

이에야스 자신도 평화를 위해서라고 하면서도 무수한 사람을 죽였고 많은 사람의 원한의 대상이 되어 있다. 이들에게 어떻게 사과해야 할지 모를 죄책감을 품으면서도, 그러나 이에 지고 만다면 그의 일생도 노부나가와 히데요시의 생애도 그대로 무의미한 물거품이 되고 만다. 그래서 '세상의 뜻대로'를 다짐하면서, 신명 바쳐 오로지 평화유지만을 지켜나가야 한다.

생각해보면 이에야스 입장 역시 한없는 비애를 내포하고 있었다.

'이 죄를 용서해주십시오.'

많은 사람들에게 잘못을 사죄하는 대신 '나무아미타불'을 외우면서 털끝만큼도 비애를 나타내지 못하는 입장. 누구에게도 가슴을 펴고 당당하게 행동하지 않는다면 타이코의 말로와 같이 세상의 소란을 초래케 할 터. 믿고 신뢰받는 입장과 누구보다 강한 협박의 자세를 적당히 섞어 망설임 없이 세상의 뜻을 따르는 길을 추구한다……

이에야스의 지시로 오카츠 부인이 미숫가루와 설탕 그릇을 가져왔을 때 혼다 마사즈미와 나루세 마사나리가 함께 들어왔다. 나루세 마사나리는 현재 사카이의 부교로 그 역시 새로운 시대 건설의 중심에 서 있었다.

"오, 마사나리도 왔군. 무슨 급한 일인가?"

이렇게 말하고 나서 이에야스는 갑작스럽게 물었다.

"어떤가, 그대는 제멋대로인가 세상의 뜻대로인가?"

마사나리는 깜짝 놀란 듯이 고개를 들고 마사즈미로부터 오카츠 부인, 다시 보쿠사이에게 시선을 옮겼다.

"무슨 뜻인지요? 저는 토요쿠니 신사 제례에 관해 은밀히 의논 드릴 일이 있어서 왔습니다."

"뭐라고, 제례행사에는 사카이의 나야와 키야도 참가하기로 되어 있을 텐데……?"

"아니…… 그 일이 아닙니다. 하타모토 중에 이 행사를 열어서는 안된다고 하는 자가 있습니다."

"뭐, 해서는 안 된다고?"

"예. 도요토미 가문은 결코 우리 편이 아니다, 칸토 여덟 주로 옮겨졌을 때의 분노를 잊었는가, 제례 당일 쳐들어가 이 기회에 토요쿠니 신사도 때려부수자는 심상치 않은 공기가 일부에 있으므로……"

이에야스는 손을 들어 제지하고 나서 말했다.

"마사나리, 그대는 제멋대로인가 세상의 뜻대로인가? 아직 내 물음에 대답하지 않았어."

6

마사나리는 순간 어안이 벙벙한 표정이었다. 부담 없는 농담으로 흥겨워할 때가 아니었다. 그보다 훨씬 더 중대한 용건으로 와 있다…… 그런 생각으로 꺼낸 말을 이에야스에게 차단당했다.

"물론 저는 세상의 뜻대로 살고 있습니다. 제멋대로 살 생각은 아직해볼 겨를이 없었습니다."

잠시 후 마사나리가 대답했다. 정말 그런 생각으로 무슨 일에나 봉사를 제일로 삼고 있는 마사나리였다.

"그래, 훌륭한 일이야."

이에야스는 가볍게 고개를 끄덕이고 말했다.

"그렇다면 그 상대는 그대에게 부탁하겠지."

"그 상대라고 하셨습니까……?"

"그래. 모든 일은 언제나 하나가 아니야. 우리 가문에 그와 같은 불온한 움직임이 있다……는 것은 반드시 도요토미 쪽에도 무언가 있다는 말이야. 세상의 뜻대로 살려는 그대라면 물론 이러한 사실을 깨닫고 있을 테지?"

마사나리는 다시 당황하며 두어 번 눈을 깜박거렸다.

"그러면…… 주군은 이쪽의 그러한 불온한 움직임은 오사카 쪽에서도 이를 도발하는 무언가가 있기 때문……이라는 말씀이십니까?"

"그래. 세상이란 그런 것일세. 나는 우리 쪽 지각없는 자를 꾸짖어 소요는 일으키지 못하게 하겠어. 그대는 도요토미 쪽에서 소란을 일으키지 못하도록 손을 쓰고 왔겠지. 그쪽 지각없는 자는 누구였나? 이쪽에서 저지한다 해도 저쪽이 소동을 벌이면 막을 길이 없어."

아무렇지도 않게 반문하는 바람에 마사나리는 흠칫 놀랐다.

최근 이에야스는 마사나리나 안도 나오츠구 등 젊은이들에게 특히 짓궂게 대했다. 그렇더라도 이쪽 불온한 움직임을 알려온 마사나리에게 오사카의 지각없는 자가 누구냐고 묻다니 이 얼마나 짓궂은 비약이란 말인가.

물론 마사나리는 그런 것까지는 생각한 일도 없고, 더구나 손을 쓸 수 있었을 리 없다. 다만 하타모토 중에서 이 후시미 성을 지키기 위해 따라와 있는 미즈노, 카네마츠兼松, 토다戶田, 오쿠보 등의 일족 중에는 제례가 열린다면 싸움을 해도 좋다, 차라리 그때 마음껏 소란을 피우자, 지금 세상에 토요쿠니 신사 따위를 그대로 두는 것은 눈엣가시다…… 로쿠죠六條 성곽에 모여 의논하고 있다고 사카이의 키야 야소자에몬木屋彌三左衛門이 살짝 마사나리에게 귀띔해왔다. 혼다 사쿠자에몬 때부터 내려오는 히데요시 혐오감은 아직도 하타모토 사이에 깊이 뿌리내리고 있었다.

'어쩌면 정말 행동에 옮길지도 모른다……'

이렇게 생각하고 허둥지둥 달려온 마사나리였다.

이에야스는 입을 다문 마사나리를 다시 가볍게 놀렸다.

"좋아, 저쪽 이름은 알 것 없어. 누가 장본인이었느냐…… 따위는 별로 대수롭지 않아. 요는 소동을 일으키지 못하도록 해야 해. 그런데 일일이 이름을 말하지 않는 데 그대의 기특한 마음이 있어."

마사나리의 눈썹이 대번에 치켜올라갔다. 손을 쓰지 않았음을 환히 알고 있으면서도 칭찬하는 것이 마음에 걸렸다.

"주군!"

"왜 그러나?"

"저쪽 사람 말씀입니다마는, 저는 도무지 짐작이 가지 않습니다. 가르쳐주십시오."

7

나루세 마사나리로서는 보기 드문 반격이었다. 이상야릇하게 조롱하는 투로 칭찬한 것이 상당히 비위에 거슬렸던 모양이다.

마사즈미까지 깜짝 놀라 마사나리를 바라보았다.

"전혀 짐작이 가지 않기 때문에 물론 손도 쓰지 못했습니다. 이쪽을 도발시키려는 그쪽 인물은 대관절 어떤 자입니까?"

다시 한 번 어깨에 힘을 주고 물었다. 이에야스는 가볍게 피했다.

"제멋대로야."

"예……? 무……무엇이라 하셨습니까?"

"그게 바로 제멋대로란 말일세. 하지만 그렇게 생각지는 않을 테지. 모두 자기 자신은 도요토미 가문이나 도쿠가와 가문의 큰 충신임을 자부하고 있을 거야. 마사나리, 참다운 충신은 도요토미 가문이나 도쿠가와 가문의 충신을 가리키는 게 아니야."

"예?"

"참다운 충신이란 천도天道(진리)에 대해서일 뿐이야. 이 이에야스도 천도의 충신이기 때문에 지금 천하를 맡고 있어. 내가 걷는 길이 제멋대로 빗나갈 때는 당장 하늘이 쇼군 직을 빼앗을 것일세. 그대는 아까 제멋대로 따위는 생각할 겨를이 없다고 했지?"

"예. 그런 말씀을 드렸습니다."

"좋아. 그러면 반드시 손을 쓸 좋은 방법이 떠오를 거야. 어떤 경우에도 소요에는 상대가 있어. 손쓸 경우 이를 잊는다면, 세상에서 흔히 말하는 편파적인 행위가 되는 거야."

나루세 마사나리는 또다시 멍한 표정이 되어 일동을 돌아보았다. 이에야스의 말을 알 것 같기도 했으나 아직도 가슴에 걸려 있었다.

"죄송합니다."

혼다 마사즈미가 구원의 손길을 보내왔다.

"덕은 외롭지 않고 반드시 이웃이 있다……고 합니다. 마찬가지로 싸움에도 역시 상대가 있습니다. 인간은 자칫 이를 잊고 이미 납득한 줄로 알기 쉽습니다. 그렇지 않은가, 마사나리?"

나루세 마사나리는 그래도 동의하지 않았다. 이에야스의 선문답식 교육방법임을 알고 있으면서도 직접 무엇을 하라는 것인지 분명하게 납득되지 않았다. 납득되지 않으면 그대로 있지 못하는 고지식한 그의 성격이었다.

이에야스도 창을 거두었다. 그 정도로 말하여 마사나리에게 생각할 기회를 줄 생각인 듯했다.

"주군……"

잠시 후 마사나리가 못마땅한 듯 머리를 조아렸다.

"하타모토 중에서 난폭한 자는 주군이 다스리시겠다, 그 뜻만은 알았습니다마는 이 마사나리는 무엇을 해야 좋을지 알 수 없습니다."

"아무것도 할 것 없어."

"예……?"

"납득하지 못한 일, 해도 소용없어. 알 때까지 아무것도 하지 마라."

"그렇다면 지시하실 것도 없으십니까?"

"뭐, 지시……?"

"예."

"바보 같은 것…… 지시는 이미 내렸어. 그대가 모르고 있을 뿐."

이에야스는 대번에 이렇게 말하고, 각자 앞으로 분배된 미숫가루에 설탕을 넣어 그 그릇을 잠자코 마사나리 앞에 놓게 했다.

이 얼마나 짓궂은 노인이란 말인가.

8

마사나리의 얼굴은 붉으락푸르락했다. 지금 이에야스의 측근에서는 그도 다섯 손가락 안에 드는 수재의 한 사람. 아니, 그 자신 자부할 뿐 아니라 세상에서도 그렇게 보고 있었다.

지난날 사카이, 사카키바라榊原, 이이, 혼다 등 이른바 사천왕四天王과 후다이 노신들은 모두 다이묘가 되어 측근에서 물러나거나 히데타다의 측근이 되든가 하여 지금 고참은 나가이 나오카츠와 이타쿠라 카츠시게 정도였다. 그리고 혼다 마사즈미, 나루세 마사나리, 안도 나오츠구, 안도 시게노부安藤重信, 아오야마 나리시게青山成重, 타케코시 마사노부竹腰正信 등의 시대로 접어들려 하고 있었다.

더구나 나루세 마사나리는 나가사키 부교 하세가와 후지히로로, 오츠의 다이칸代官 스에요시 칸베에末吉勘兵衛, 긴자를 맡고 있는 고토 쇼자부로, 쿄토 부근 지역 상인의 대표 챠야 키요츠구, 아마가사키 군다이郡代° 타케베 나가노리建部壽德, 그리고 떠오르는 해처럼 출세해 나라奈良 지방 다이칸까지 겸하고 있는 오쿠보 나가야스와 함께 새로운 평화 시대를 담당할 일꾼으로 사카이 부교에 등용되었을 정도였다.

그러한 마사나리가 이에야스에게 지시를 받고 있으면서도 그 의미를 알지 못했다……고 하면 여간 수치스럽지 않은 일이었다. 그는 설탕 그릇이 앞에 왔을 때 떨리는 손으로 한 숟가락 푼 다음 마사즈미 쪽으로 밀어놓고 생각에 잠겼다.

'오사카에서도 이를 계기로 무언가 소동을 일으키려는 자가 있을 게 틀림없다. 그러므로 오사카에 가서 손을 쓰라는 뜻인지도……'

오사카에 간다고 해도 누구를 만나 무어라 말하는 것이 이 경우에 가장 유효적절한 조치일까……보다 이에야스는 누구를 만나게 하여 무슨 말을 하게 하려는지 예상하지 않으면 안 되었다.

오사카의 책임자는 말할 것도 없이 카타기리 카츠모토. 하지만 그는 수상한 징조가 보이면 누가 무어라 하지 않아도 자진하여 이를 제압하려 할 것이다.

'히데요리 측근보다 오사카 성의 또 다른 주인인 요도 부인 측근을 만나라는 것일까……?'

요도 부인의 측근이라면 오노 하루나가일 테지만, 그에게 섣불리 말하면 도리어 잠자는 아이를 흔들어 깨우는 격이 될지도 모른다. 그렇다면 누가 소동을 일으키려 하는지 직접 탐지해 그와 부딪혀야 한다는 답이 나온다…… 여기까지 생각했을 때 이에야스가 다시 전혀 뜻밖의 말을 마사즈미에게 했다.

"마사즈미, 소텔인가 하는 신부가 에도에 가고 싶어한다고?"

"예. 에도에서 포교할 수 있게 허락해주시면 병원이라고 하는 시약원施藥院을 세워 가난한 자의 치료를 해 도움이 되겠다고……"

"그 신부의 종파는 조사했나?"

"예. 에스파냐 사람인데 산 프란시스칸 파라고 합니다."

"그 신부는 남만 의사인가?"

"아닙니다. 자기도 의학 지식은 있지만 따로 전문의사를 데리고 오겠다고 했습니다."

"허어, 의사를 따로 데려온다고?"

"예. 부르길리요인가 부리길라리요인가 하는 혀가 돌돌 말리는 이름의 의사입니다."

"허어, 그 혀가 돌돌 말리는 이름의 의사를 초청하면 예배당을 기증하라는 것이겠지."

이야기가 전연 다른 방향으로 벗어났기 때문에 나루세 마사나리는 더욱더 초조해졌다.

그러나저러나 이에야스는 이 얼마나 하는 일이 폭넓고 바쁜 사람이란 말인가……

9

옛날에는 밤이 되면 오토기슈들이 동석한 가운데 반드시라고 해도 좋을 정도로 무용담이며 각자의 공훈담을 들었다. 어느 싸움에서 누가 어떻게 싸웠다거나, 그때 승리한 원인은 무엇이었다거나……

지금은 화제가 전혀 달라져 있었다. 부르길리요라는 혀가 돌돌 말리는 의사 이름이 나오기도 하고, 미우라 안진 같은 홍모인 무사가 기하학인가 하는 학문을 가르치게 되었기 때문에 측근의 변화 또한 격세지감이 있었다.

"그런데, 소텔이라는 그 사나이는 지금까지의 신부와는 상당히 다른 것 같습니다."

혼다 마사즈미가 말했다.

"제가 예배당을 기증하는 이야기를 꺼냈더니, 그런 염려는 하지 말라며 사양했습니다."

"허어, 예배당이 필요 없다고 하던가?"

"아닙니다. 필요한 것은 자기 손으로 세우겠다는 의미였습니다."

"아니 그럼, 그 시약원…… 병원이라는 것도 자기 손으로 세울 작정이던가?"

"그렇습니다. 천주교에도 여러 종파가 있는데, 각 종파간의 경쟁이 치열한 모양입니다."

"그것은 알고 있네. 특히 에스파냐, 포르투갈 등의 종파와 이기리스, 오란다 등의 종파는 원수같이 미워하고 있어. 소텔도 내가 안진을 가까이하기 때문에 그와 경쟁할 생각인지도 모르겠군."

"예. 목적이 거기에 있는 듯했습니다."

마사즈미는 이렇게 말하고 무슨 생각을 했는지 흘끗 오카츠 부인 쪽을 바라보고는 싱긋 웃었다.

"아니, 무슨 생각을 하나? 소텔이 또 이상한 소리를 하던가?"

"예…… 예. 그렇게 이상한 소리를 하는 신부는 아직 본 일이 없습니다. 우리 식으로 말하면 영락없는 파계승……"

"허어, 뭐라고 했나? 참고삼아 모두에게 말해주게."

"그런데……"

웃으면서 마사즈미는 다시 오카츠 부인을 바라보고 나서 말했다.

"저어…… 에도의 다이나곤 님은 남만의 미녀를 좋아하지 않느냐고 물었습니다."

"뭐, 뭣이! 히데타다에게 남만 여자라니, 그건 또 무슨 말이냐?"

"예…… 아주 진지한 얼굴로, 좋아하신다면 일본 나라의 귀인과 결혼하고 싶다는 여자가 있다, 그런 사람 하나를 후궁에 바치고 싶으니 받아주시겠는지 여쭈어달라고 했습니다."

"하하하……"

이에야스는 정신없이 웃어댔다.

"어째서 그렇게 중요한 일을 지금까지 말하지 않았나?"

"황송합니다. 그런 말씀을 드리면 이 마사즈미는 에도 마님 앞에 나갈 수 없게 됩니다. 아니, 그 후 자세히 조사해보니 소텔은 오사카 성에서도 그런 말을 했다고 합니다. 그런 식으로 남만인을 선전하는 일은 그의 버릇인 것 같습니다."

"뭐, 히데요리에게도 권했다고?"

이야기가 오사카로 옮겨지자 마사나리는 몸을 앞으로 내밀었다.

10

에도의 히데타다에게 남만의 미녀를 바치겠다면 우스갯소리로 끝날 수 있다. 고지식한 히데타다는 오에요 부인이 어려워 아직 한 사람의 소실도 두지 않았으므로 상상만 해도 웃음이 치솟을 일이었다.

그러나 아직 소년인 히데요리라면 웃어넘길 수만은 없다. 소년이란 색다른 장난감을 좋아하게 마련이다. 그렇지 않아도 지금 사카에 사건이 겨우 마무리되고 있지 않는가. 그 히데요리 곁에 푸른 눈의 미녀를 접근시켰다가 만약 홀딱 반하면 어떻게 할 것인가.

"으음. 그건 위험한 일. 히데요리가 뭐라 했는지 듣지 못했나?"

이에야스가 몸을 앞으로 내밀고 물었다. 그 물음에 혼다 마사즈미는 다시 싱긋 웃었다.

"웃을 일이 아니야. 그 미녀란 몇 살이나 되는 여자인가?"

"하하하…… 그런데 오사카에 들여보내려는 건 미녀가 아닙니다."

"뭐…… 뭐…… 뭐라고, 미녀가 아니고 추녀란 말인가?"

"아닙니다. 여자가 아니라 남자…… 어린아이였습니다."

마사즈미는 오카츠 부인을 꺼리듯 슬쩍 바라보았다.

"오카츠는 상관할 것 없어. 분명하게 말하게. 어린아이라면 히데요리에게 코쇼로 남만인을 권했다는 말이겠군."

"아니, 착각을 하셨군요. 히데요리 님이 아니라 생모님에게 권했습니다. 남만의 싱싱한 포도를 한 송이 따시지 않겠느냐고 했다 합니다."

오카츠 부인이 간드러지게 웃기 시작했다. 그러나 이에야스는 씁쓸한 표정이었다.

"으음, 히데요리가 아니었군."

"예. 생모님도 그만 깜짝 놀라신 듯, 곧 오노 하루나가를 불러 그런 자는 두 번 다시 만나지 않겠다고 하셨답니다."

이에야스는 또다시 나직이 신음했다.

소텔의 마음을 이해하지 못할 바는 아니다. 그는 포교의 권리를 이기리스나 오란다에 빼앗기지 않으려고 초조해하고 있다. 아니, 그 일이 오사카에서는 실패했으므로 이번에는 에도에서 포교할 생각을 했을지도 모른다.

'그렇다면 진짜 신부가 아닐지도 모른다……'

진짜 신부는 히데요시가 신기하게 여겨 연신 추파를 던졌을 때—

"전하는 부인을 한 분만 두셔야만 세례를 받을 수 있습니다."

이렇게 분명히 입교를 거절했다. 그때 만일 소텔처럼 소탈한 선교사가 곁에 있어서 히데요시를 신자로 삼았다면 일본인 모두 천주교도가 되었을지 모른다.

"으음, 그렇다면 나도 한번 소텔이라는 사나이를 만나볼까."

오카츠 부인이 다시 웃었다.

"뭐가 우스운가, 오카츠?"

"호호호. 주군도 눈빛과 털빛이 다른 장난감이 좋으신가 보군요."

"무슨 소리를 하는 거야. 소텔을 에도로 보낼 것인지…… 생각하고
있었어."

이에야스는 이렇게 말하고 얼굴을 붉히며 정말 어색해했다.

11

소텔이란 정말 방심할 수 없는 자인지도 모른다……고 이에야스는
생각했다. 신부이면서도 미녀니 어린아이니 하면서 인간의 약점을 파
고드는 재주를 알고 있다. 사실 이에야스도 마사즈미의 말을 듣고—

'남만의 미녀란 어떤 것일까……'

어이없다는 생각은 하면서도 새로운 영상을 뇌리에 그려보기도 했
다. 한심한 노릇이지만 인간이란 그런 것이다. 그런 심리를 잘 알고 요
도 부인에게 털색이 다른 어린아이를 권하다니…… 그런 뻔뻔스런 일
을 할 수 있는 자는 소텔이 아니고는 없을 것이다.

권고를 받은 요도 부인 역시 자기와 마찬가지로 호기심과 혐오감을
동시에 느꼈을 것이 분명하다……

'그런 위험천만한 사나이를 쿄토 부근에 있게 해도 괜찮을지……'

요도 부인의 경우는 설마 그럴 염려가 없으나 히데요리의 경우는 능
숙한 연기를 통해 만나게 하면—

"저 여자가 탐난다."

이렇게 말하기가 십상인 위험한 나이이다.

"마사즈미, 그냥 웃어넘길 문제가 아닌지도 몰라."

"그러시면……?"

"소텔을 오사카에 데려와 요도 부인과 만나게 한 자가 누군가?"

"그것은 저어……"

말하려다 말고 마사즈미는 문득 얼굴을 긴장시켰다.

"분명히 아카시 카몬明石掃部이라고 들었습니다마는."

"아카시 카몬이라면 그 역시 열렬한 천주교도야."

"그렇습니다."

"어떤가 마사나리, 그대는 여기서 무언가 느낀 것이 없나?"

갑작스런 질문에 나루세 마사나리는 다시 흠칫했다.

"지금까지 들은 바로는, 소텔이라는 사나이는…… 절대로 방심해서
는 안 될 자라고 생각합니다."

"그럼, 그대라면 어떻게 하겠는가?"

"소텔이 원하는 대로 에도에 보내는 것은 좀더 생각해야 할 일이 아
닌가 합니다."

"그럼…… 어떻게 하겠나, 이대로 내버려둘까?"

"이 기회에 차라리 퇴거를 명하시면?"

"무슨 구실로 퇴거시킨다는 말인가. 설마 요도 부인에게 코쇼를 추
천했다…… 그러므로 일본에 둘 수 없다고는 할 수 없겠지."

"그러면 다른 종파 사람에게 고발하도록 하는 것이……"

"으음. 그럼 뭐라고 고발케 한다는 말인가?"

"일부일처一夫一妻는 천주교의 엄격한 계율. 계율을 어기고 천주교
가르침을 더럽히는 발칙한 자라고 하면."

"이제 결정했어."

갑자기 이에야스는 무릎을 쳤다.

마사나리는 당연히 자기 의견이 채택된 줄 알았다.

이에야스의 생각은 전혀 달랐다.

"에도로 가도록 허락해주겠어, 소텔에게. 그리고 에도에서 다이나곤

에게 동태를 잘 감시하도록 하는 거야. 마사나리가 말하듯 다른 종파 사람에게 고발케 하면 내가 종파에 간섭한 것이 돼. 그렇다면 신앙은 각자의 자유에 맡기겠다고 한 내 주장과 어긋나니까."

12

마사나리는 놀란 얼굴로 이에야스를 쳐다보았다. 몹시 부끄러웠다.

"그대 의견도 나쁘지는 않지만, 너무 졸렬해."

"예."

"선교사에게 천주교 가르침을 어겼으므로 퇴거를 명한다, 일단은 조리에 맞는 것 같지만 실은 독을 써서 독을 제거하는 유치한 수법."

마사나리는 머리를 긁으며 부끄러워했다.

"황송합니다. 확실히 그 방법은 졸렬합니다."

"말을 그렇게 하지만 진실로 납득한 것은 아닐 테지. 어떤가 마사즈미, 그대는 알았는가?"

저녁의 모임은 이처럼 언제 자기에게 화살이 향해질지 알 수 없었다. 마사즈미는 이미 자기가 할 대답을 찾아놓고 있었다.

"예, 늘 주군께서 말씀하셨듯 자기 뜻을 굽히는 일 없이, 상대도 또한 마음대로 하게 내버려둔다…… 그렇게 해야 한다고 생각합니다."

"하하하……"

이에야스는 웃으면서 시선을 마사나리에게 보냈다가 다시 마사즈미에게 옮겼다.

"그럼, 마사즈미에게 명할까, 마사나리?"

"예……"

"마사즈미, 대답해보게. 소텔이 에도에 가는 것은 내가 허락했다. 그러므로 에도의 다이나곤에게 이 사실을 그대가 알려야 한다. 그렇다면 무어라고 하면서 알리겠는가?"

마사즈미는 당황하여 마사나리와 마주보았다. 혼다 마사즈미는 이미 측근에 있으면서 그러한 임무를 맡고 있다. 여기에 확답을 못한다면 실책이 되고 만다.

"이렇게 써서 도이 토시카츠 님에게 알리겠습니다. 소텔은 우리 주군에게⋯⋯"

"소텔은 우리 주군에게⋯⋯"

"푸른눈의 미녀를 바치려던 자입니다. 그 점 충분히 감안하여 병원 설립을 허가하시고 그 업적이나 성과를 지켜보시도록⋯⋯"

"으음, 과연 요점은 파악하고 있군. 마사나리."

"예."

나루세 마사나리는 긴장하면서 대답했다.

"혼다는 주군의 뜻을 잘 헤아리고 있습니다."

"그런데 한 가지 큰 잘못이 있어."

"예⋯⋯?"

마사즈미가 먼저 놀라 무릎걸음으로 한발 다가앉았다.

"어디가⋯⋯ 어디가 잘못입니까?"

"내용은 좋아. 문구는 좋으나 받는 사람에 대한 배려가 부족해."

"아⋯⋯ 그 점이라면."

"깨달았나? 도이 토시카츠는 그 뜻을 잘못 해석할 우려가 있어. 토시카츠는 젊고 아직 바람기가 있어. 그러므로 소텔을 재미있는 자라 생각할지도 몰라."

"그렇군요."

"하나, 마사즈미 그대의 아버지 마사노부라면 그렇게 생각지 않는다. 마사노부는 이미 여자에게는 흥미가 없어. 그러므로 같은 문구라도 느낌이 전혀 다를 것일세. 방심할 수 없는 자로 받아들일 거야. 어떤가, 같은 문구라도 사람에 따라, 연령에 따라, 환경에 따라 모두 그 느낌이 달라진다는 사실을……?"

13

혼다 마사즈미와 나루세 마사나리는 서로 얼굴을 마주보고 한숨을 쉬었다. 어떤 일에도 불만은 따르게 마련이라는 감회와, 과연 그렇다는 감동이 반반이었다.

"마사즈미, 그대는 어째서 아버지에게 전하지 않고 도이 토시카츠에게 전하겠다고 했나?"

'정곡을 찔렸다!'

마사즈미는 생각했다. 그는 이러한 교육방법에 결코 반감을 갖고 있지는 않았다. 그러나 같은 일을 두 번 세 번 끈질기게 따지는 데는 귀찮은 느낌이 드는 것 또한 사실이었다.

'이 얼마나 짓궂은 끈질긴 집념인가……'

"아하, 모르고 있군. 그럼, 말해주지. 그대는 한 가지 중요한 생각을 빠뜨리고 있어."

"그렇습니까?"

"그래. 그대는 깨닫지 못했을 것이다. 바로 이런 데 생각이 깊고 얕은 차이가 있는 거야."

"예…… 가르침을 받겠습니다."

"알겠나. 마사나리도 마음에 새겨두도록. 사실 이 일은 마사노부에게나 토시카츠에게 알릴 것이 아니라 히데타다에게 알려야 해."

"과연 그렇습니다."

"그렇다면 또 한 가지, 누구 입으로 고하게 하는 편이 히데타다의 마음에 깊이 파고들지를 우선적으로 고려해야 해."

"아…… 그렇습니다."

"이제 깨달은 모양이군. 토시카츠가 말하면 히데타다는 가볍게 듣는다. 그러나 내가 딸려 보낸 나이 먹은 마사노부가 말하면 심각하게 들을 것이야."

"알겠습니다! 죄송합니다."

마사즈미는 깜짝 놀란 듯이 두 손을 짚고 머리를 숙였다. 이에야스는 싱글벙글하면서 다시 덧붙였다.

"거짓말 마라, 마사즈미……"

"예……?"

"그대가 내 의견에 그리 쉽게 감탄할 리가 없어."

"아닙니다. 분명히 그렇게 생각해야만 할 일……이라고 진심으로 죄송하게 생각하고 있습니다."

"거짓말이야. 이렇게까지 집요하게 말하지 않아도 될 텐데 이 늙은이가 점점 더 잔소리가 많아졌어…… 하지만 그런 얼굴을 보이면 더욱 묘한 이론을 내세우게 돼. 그저 잘 알았습니다 하고 슬쩍 넘겨버리는 것이 상책이라고 생각할 테지. 어떠냐, 정확히 맞췄지?"

오카츠 부인이 옆에서 대답했다.

"맞추셨어요. 분명히 그렇다……고 대답하세요. 이럴 때 주군은 짓궂게 물으시는 게 취미예요. 모처럼 그러시니 즐겁게 해드리세요."

이에야스는 씁쓸한 표정으로 혀를 찼다.

"오카츠, 말이 지나치군. 다른 여자라면 용서할 수 없는 말이야."

"그렇게 말씀은 하시지만, 실은 재미있어 하고 계십니다. 그 정도는 이 오카츠도 알고 있습니다."

"흥, 어떤가 보쿠사이…… 그대는 이 여자를 그냥 두어도 괜찮다고 생각하나······?"

보쿠사이는 당황하여 말을 더듬었다.

"예······ 예······ 예. 그······그······ 점은······"

이에야스는 눈을 가늘게 뜨고 즐거운 듯이 웃었다. 이것이 이에야스가 밤에 가르치는 교육이었고 즐거움이기도 했다.

14

젊은 사람들을 대할 때 이에야스는 확실히 지나칠 만큼 짓궂었다.

"어떤 일에도 언제나 안과 밖 두 면이 있다. 겉만 보고 판단해도 잘못은 아니지만 완전치는 못해."

이전에는 이와 같은 양면론의 교육이었으나 요즘에는 삼면론, 사면론으로 변해 있었다. 혼다 마사즈미나 나루세 마사나리, 안도 나오츠구는 이따금 그 때문에 ─

'짓궂은 분이시다.'

울화가 터질 경우도 있었다. 그러면 이에야스는 놀랄 만큼 정확하게 그 울화까지 지적하곤 했다.

"역시 늙으셨어. 저처럼 정통으로 지적하시면 대부분의 사람들은 가르침을 받았다고 생각하기보다 짓궂게 희롱당했다고 생각할 거야. 전에는 그런 일이 없었는데."

마사즈미가 쇼시다이 이타쿠라 카츠시게 앞에서 이렇게 말했을 때 연장자 카츠시게는 당치도 않다는 표정으로 이를 부정했다.

"그렇지 않소. 주군의 생각이 더욱 깊어지신 증거······ 그렇게 생각한다면 귀하에게는 큰 손해가 될 것이오."

카츠시게의 말로는 이에야스의 짓궂은 추궁은 그의 인간관이 넓고 깊이 확장된 때문이라고 했다.

"주군은 이미 자신의 수명에 대해 깊이 생각하고 계십니다. 그러므로 한마디 한마디가 유언이고 선물. 원래 인간이란 양면이나 삼면으로 파악할 수 있을 정도로 단순한 게 아니오. 경건하게 들어두시오."

듣고 보니 마사즈미도 납득할 수 있었다.

'과연 인간은 그렇게 단순한 것이 아니다…… 그 복잡한 인간이 자아내는 갖가지 일들, 지나치게 파고든다는 일은 없을지도 모른다.'

이렇게 납득하면서도 때때로 조이듯 추궁당하면 숨도 쉴 수 없었다. 그럴 경우 숨통을 터주는 역할은 언제나 오카츠 부인이 맡았다. 다른 소실이라면 도저히 엄두를 못 낼 때에도 오카츠 부인은 태연히 입을 열었다. 그러면 이에야스도 별로 언짢게 여기지 않고 쓴웃음을 지으며 양보했다.

사실 오늘도 마사즈미는 깜짝 놀랐다. 듣기에 따라서는 확실히 지나쳤다……고 할 수도 있는 참견이었다.

"보쿠사이, 이 점에 대해 어떻게 생각하나. 오카츠는 마사즈미가 곤경에 처하면 기를 쓰고 참견한다…… 그렇다고 생각지 않나?"

"그……그건 당치도 않으신……"

마사즈미는 더욱 당황했다. 돌이켜보면 오카츠 부인이 구원의 손을 내미는 경우는 마사즈미일 때가 많았다. 그런 점을 노골적으로 지적당한 만큼 당황하는 것은 당연한 일이었다.

"오카츠는 마사즈미에게 반했는지도 몰라. 보쿠사이, 그렇다고 생각지 않나?"

"아니, 그러한 점을…… 저는 도무지."

"그럴까. 오카츠에게 묻는 편이 좋을지 모르겠군. 오카츠, 어떤가. 그대는 마사즈미에게 반한 것이 아닌가?"

좌중에는 분명히 묘한 긴장감이 감돌았다.

15

적어도 오카츠 부인은 애첩 중의 애첩. 그 애첩이 역시 이에야스 곁을 떠나지 않는 혼다 마사즈미를 연모하고 있다……는 말을 듣는다면 누구나 깜짝 놀랄 것이었다. 늙은이의 질투처럼 무서운 것도 없다. 그런 의미에서는 지난날의 이에야스도 결코 질투심이 깊지 않은 편은 아니었다. 그런 만큼 잠시 어색한 정적이 흘렀다.

오카츠 부인은 전혀 당황하는 기색이 없이 이에야스에게 말했다.

"주군 정도나 되는 분이 그처럼 일면만 보시면 안 됩니다."

"뭣이, 이 여자는 못하는 소리가 없군. 그럼, 어떤 면으로 보아야 한다는 거야?"

"어리석은 자식일수록 귀여워하는 부모의 마음도 있습니다."

이번에는 이에야스가 깜짝 놀라 마사즈미를 바라보았다. 사람에 따라서는 이 비유를 최대의 치욕으로 받아들일 무인도 없지 않았다.

"호호호……"

오카츠 부인은 밝게 웃었다.

"이렇게 놀라게 하고 제삼, 제사의 견해를 말씀 드리려 합니다."

"으음."

"마사즈미 님은 주군 말씀이라면 억지로라도 감탄해야 한다고 순진하게 생각하십니다. 이런 성격에 종종 자신도 화를 내고 계십니다."

"으음, 과연."

"주군은 짓궂으신 분이라 화가 나는 순간 느닷없이 한마디 더 하십니다. 마사즈미 님은 자기 자신에게 화를 냈는지 주군 말씀에 화를 냈는지 순간 갈피를 잡지 못하십니다."

"들었나, 마사나리와 보쿠사이? 이 여자는 가만히 두면 무슨 소릴 할지 몰라. 그렇게 해서 내 생각마저 뒤엉키게 할 작정이겠지만 그렇게는 안 돼. 오카츠, 나는 이미 늙고 시들었어. 아무리 생각해도 여생이 별로 길지 않을 터, 그대를 마사즈미에게 줄까 하는데 어떤가?"

마사즈미는 반쯤은 어이가 없고 반쯤은 안도했다. 아무래도 공격의 화살은 오카츠 부인에게로 돌려진 것 같았다.

오카츠 부인은 다시 한 번 소리내어 웃었다.

"늙고 시들었다고 하시다니 당치도 않습니다. 그 마음의 활동은 이십대의 젊은이 못지않으십니다. 그러나……"

"그러나……?"

"주군의 분부시라면 거역할 수 없습니다."

"그럼, 가고 싶다는 것이로군?"

"예. 주군의 삼십삼회 제사를 무사히 끝내고 그렇게 하려 합니다."

좌중에 웃음이 터졌다. 싸움은 오카츠 부인의 멋진 승리였다.

이에야스는 눈을 크게 뜨고 나루세 마사나리 쪽을 보았다.

"마사나리, 나는 타이코가 돌아가시기 사오 일 전에 요도 부인을 맡기겠다는 말을 듣고 몹시 난처했네. 오카츠처럼 재치가 없어서 말이야. 그대도 굳어져 있지만 말고 요도 부인을 한번 찾아가보게. 제례는 전국적인 규모로 치르고 싶다, 전례가 없을 정도로 성대하게, 좋은 생각, 좋은 지혜가 있으면 빌리고 싶다고…… 그렇게 하면 이상한 감정의 응어리는 안에서 풀릴지도 몰라."

마사나리는 깜짝 놀라 살짝 마사즈미 쪽을 돌아보았다.

이미 오카츠 부인은 시치미를 떼고 차솥 앞에 앉아 있었다.

──25권에서 계속

《 에도 바쿠후의 직제 》

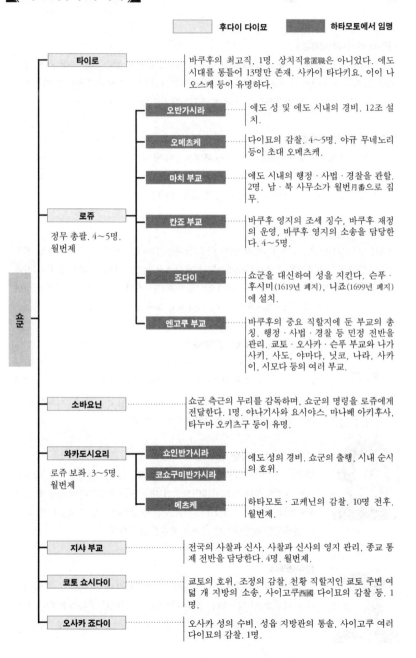

후다이 다이묘 　　 하타모토에서 임명

타이로 .... 바쿠후의 최고직. 1명. 상치직常置職은 아니었다. 에도 시대를 통틀어 13명만 존재. 사카이 타다키요, 이이 나오스케 등이 유명하다.

오반가시라 .... 에도 성 및 에도 시내의 경비. 12조 설치.

오메츠케 .... 다이묘의 감찰. 4~5명. 야규 무네노리 등이 초대 오메츠케.

마치 부교 .... 에도 시내의 행정·사법·경찰을 관할. 2명. 남·북 사무소가 월번月番으로 집무.

칸죠 부교 .... 바쿠후 영지의 조세 징수, 바쿠후 재정의 운영, 바쿠후 영지의 소송을 담당한다. 4~5명.

로쥬
정무 총괄. 4~5명.
월번제

죠다이 .... 쇼군을 대신하여 성을 지킨다. 슨푸·후시미(1619년 폐지), 니죠(1699년 폐지)에 설치.

엔고쿠 부교 .... 바쿠후의 중요 직할지에 둔 부교의 총칭. 행정·사법·경찰 등 민정 전반을 관리. 쿄토·오사카·슨푸 부교와 나가사키, 사도, 야마다, 닛코, 나라, 사카이, 시모다 등의 여러 부교.

쇼군

소바요닌 .... 쇼군 측근의 무리를 감독하며, 쇼군의 명령을 로쥬에게 전달한다. 1명. 야나기사와 요시야스, 마나베 아키후사, 타누마 오키츠구 등이 유명.

와카도시요리
로쥬 보좌. 3~5명.
월번제

쇼인반가시라
코쇼구미반가시라 .... 에도 성의 경비. 쇼군의 출행, 시내 순시의 호위.

메츠케 .... 하타모토·고케닌의 감찰. 10명 전후. 월번제.

지샤 부교 .... 전국의 사찰과 신사, 사찰과 신사의 영지 관리, 종교 통제 전반을 담당한다. 4명. 월번제.

쿄토 쇼시다이 .... 쿄토의 호위, 조정의 감찰, 천황 직령인 쿄토 주변 여덟 개 지방의 소송, 사이고쿠西國 다이묘의 감찰 등. 1명.

오사카 죠다이 .... 오사카 성의 수비, 성읍 지방관의 통솔, 사이고쿠 여러 다이묘의 감찰. 1명.

《 주요 등장 인물 》

나루세 마사나리成瀬正成

사카이의 부교로 이에야스를 도와 새로운 시대 건설의 중심에 서 있는 젊은 세대 중 한 사람이다. 토요쿠니 신사의 제례 때 일어날지 모를 불미스러운 일을 상의하기 위해 이에야스를 찾아가지만, 이에야스의 선문답적인 물음에 속수무책으로 당할 뿐이다.

도요토미 히데요리豊臣秀頼

도요토미 히데요시의 둘째아들로 어머니는 히데요시의 첩 요도 부인이다. 히데타다의 장녀 센히메와 결혼하지만 정작 히데요리는 센히메를 따라온 사카에에게 관심을 보이고 끝내 그녀를 임신시킨다. 이 일로 어머니 요도 부인과 크게 싸운다.

도쿠가와 이에야스德川家康

관직명 세이이타이쇼군. 세키가하라 전투 이후 찾아온 일본의 평화를 유지하기 위해 힘쓴다. 그 일환으로 센히메를 히데요리에게 시집보냄으로써 세간의 불안을 종식시키고, 히데요시의 7주기를 토요쿠니 신사에서 성대하게 치르도록 지시한다. 한편 영국인 윌리엄 아담스(미우라 안진)에게 집과 처자를 주어 일본에 잡아두고 그에게 신학문을 습득하려 한다.

마츠다이라 타다테루松平忠輝

아명은 타츠치요辰千代. 이에야스의 여섯째아들로 다테 마사무네의 장녀 고로하치히메와 결혼한다. 싯세이인 오쿠보 나가야스, 어머니 챠아 부인과 함께 새로 지은 전각에 들어온 타다테루는 어린아이답지 않은 영특함으로 어머니와 나가야스를 놀라게 한다.

미우라 안진三浦按針

영국인. 본명은 윌리엄 아담스. 켄트 주 질링엄에서 태어난 그는 네덜란드의 탐험함대에 수로안내인으로서 대서양을 항해하다가 도중에 난파하여 일본에 들어오게 된다. 한때 오사카 성에서 구교의 모함을 받고 죽을 뻔하지만 이에야스의 은혜로 위기를 모면한다.

센히메千姫

도쿠가와 히데타다의 장녀. 도요토미 히데요리와 결혼함으로써 양가의 가교 역할을 할 것이라는 조부 이에야스의 기대와 안타까움 속에서 오사카 성으로 들어간다. 하지만 히데요리는 나이 어린 신부 센히메를 귀여운 여동생 정도로만 여긴다.

오미츠於みつ

나야 쇼안의 손녀. 챠야 키요츠구의 부탁을 받고 이름을 사카에榮로 바꾸고 센히메를 돌보기 위해 시녀가 되어 오사카 성에 들어간다. 하지만 히데요리에게 강간을 당하고 임신하여 위기에 몰리게 되는데, 현명한 키타노만도코로와 챠야 키요츠구의 사랑을 통해 다시 자신의 위치를 찾게 된다.

오카츠お勝 부인

오하치お八라고도 불린다. 오타 신로쿠로 야스스케의 딸로, 13세에 이에야스의 소실이 되었다. 이에야스 소실 중에서 처녀로 들어온 것은 그녀가 처음이며, 이목구비가 반듯한 재녀才女에, 강한 기질의 소유자다. 혼다 마사즈미를 사랑하는 것이 아니냐는 이에야스의 짓궂은 질문에 슬기롭게 대답하여 웃음을 자아내게 한다.

오코於こう

혼아미 코에츠의 외삼촌 혼아미 코세츠의 딸로, 결혼에 실패하고 코에츠의 집에서 살고 있다. 코에츠에게는 처제이기도 한 외사촌 여동생이다. 화려한 것을 좋아하고 활달한 성격인 오코는 오쿠보 나가야스에게 거짓말을 하여 그를 시험한다.

오쿠보 나가야스大久保長安

광대 생활을 전전하던 쥬베에 나가야스는 우연히 이에야스에게 발탁되어 오쿠보라는 성姓을 받고, 또한 그 능력을 인정받아 부교에 임명된다. 오사카 성에서 히데요리의 무능함과 히데요시가 남긴 황금 훈도를 본 나가야스는 이에야스의 아들 타다테루를 이용해 자신의 야망을 키운다. 하지만 챠야 키요츠구와 미우라 안진이 자신의 출세에 걸림돌이 될 것이라고 불안을 느낀다.

요도淀 부인

아명은 챠챠. 도요토미 히데요시의 측실로 히데요리의 생모. 히데요시 사후 오사카 성의 실질적인 여주인이 된다. 세키가하라 전투 이후 방탕한 생활을 하며 아들 히데요리를 돌보지 않아 히데요리가 탈선하는 원인이 된다.

이마이 소쿤今井宗薰

다인茶人이며 호상豪商. 츠다 소큐, 센노 리큐와 함께 다도의 3대 명인이다. 독실한 정토종淨土宗 신자이기도 한 그는 요도 부인을 만나 직언直言하여 세상이 바뀌었다는 것을 이해시키고, 바뀐 세상에서 도요토미 가문이 살아남을 수 있는 방법을 제시한다.

챠야 시로지로 키요츠구茶屋四郎次郎清次

통칭 마타시로又四郎. 형 키요타다가 병으로 일찍 죽자 시로지로의 이름을 계승하여 챠야 시로지로 키요츠구라 불린다. 정혼자 오미츠가 히데요리에게 강간을 당해 임신하지만 그녀를 사랑으로 감싼다. 세계에 대한 폭넓은 지식과 기량으로 일찍부터 이에야스에게 발탁되어 쿄토 상인 전체를 지배하는 지위에 오른다. 히데요시 7주기 행사를 오쿠보 나가야스보다 한발 먼저 이에야스에게 허락받고 행사를 통한 다섯 가지 이익을 말하여 동석한 혼아미 코에츠와 오쿠보 나가야스를 놀라게 한다.

혼아미 코에츠本阿彌光悅

칼 감정가로 유명하며, 미술 공예 부문에 금자탑을 쌓은 예술가다. 철저한 니치렌 종의 신자로, 불의에 굽히지 않는 강직한 성품을 지녔다. 오미츠의 일을 해결하기 위해 오사카로 간 코에츠는 오미츠를 비밀리에 코다이인에게 데려간다. 챠야 시로지로로부터 그의 아들들을 부탁받은 코에츠는 괄목할 정도로 성장한 챠야 키요츠구의 모습에 자신이 거추장스러운 존재가 되지 않을까 하는 쓸쓸함을 느낀다.

《 에도 용어 사전 》

가부키歌舞伎 | 에도 시대에 발달하고 완성된 일본 특유의 민중 연극.

겐페이源平 | 전국이 겐지源氏와 헤이시平氏로 양분되어 싸우던 것을 가리킨다.

고자부네御座船 | 천황, 귀인 등이 타는 배로, 지붕이 있는 놀잇배.

곤노다이나곤權大納言 | 다이나곤은 다이죠칸太政官의 차관. 곤權은 관직 앞에 붙어, 정원 이외의 신분을 나타내는 말.

군다이郡代 | 에도江戶 시대에, 바쿠후幕府의 직할지를 지배하던 직명으로, 우리 나라의 고을 원에 해당한다. ＝슈고다이守護代.

긴자銀座 | 에도 바쿠후江戶幕府 직할의 은화銀貨를 만들던 관청.

나고야 산자부로名古屋山三郎 | ?～1603. 가부키歌舞伎의 창시자.

나이다이진內大臣 | 다이죠칸의 장관. 료게令外 관직의 하나. 천황天皇을 보좌하는 사다이진左大臣과 우다이진右大臣 다음의 지위. 헤이안平安 시대부터 원외員外 대신으로 상치常置.

난보쿠쵸南北朝 | 1336년 쿄토를 제압한 아시카가 타카우지足利尊氏는 코묘光明 천황을 옹립하여 무가武家 정권의 부흥을 선언하였는데, 한편 고다이고後醍醐 천황은 요시노吉野로 도망가서 조정朝廷을 열어 난보쿠쵸의 내란이 시작되었다.

남만南蠻 | 무로마치室町 시대에서 에도 시대에 이르기까지 해외 무역의 대상이 된 동남아시아나 그곳에 식민지를 가진 포르투갈 · 스페인을 일컫는 말. 또, 그 시대에 건너온 서양 문화(기술, 종교). 네덜란드를 홍모紅毛라고 한 데 대한 말.

니치렌 종日蓮宗 | 일본 불교 13종宗의 하나. 니치렌日蓮을 개조開祖로 한다. 『법화경法華經』에 의거하며, 교의敎義는 교教 · 기機 · 시時 · 국國 · 서序의 오강五綱과 본존本尊 · 제목題目 · 계단戒壇의 3대 비법을 세우고, 즉신성불卽身成佛 · 입정안국立正安國을 주장한다.

다다미疊 | 일본식 주택의 바닥에 까는 것으로, 짚으로 만든 판에 왕골이나 부들로 만든 돗자리를 붙인 것. 일반적으로 크기는 180×90cm이며, 일본에서는 지금도 방의 크기를 다다미의 장수로 나타내는 경우가 많다.

다이리비나內裏雛 | 천황과 황후皇后의 모습을 본떠 만든 남녀 한 쌍의 인형.

다이묘大名 | 넓은 영지와 많은 부하를 둔 무사의 우두머리.

다이칸代官 | 에도 시대 다이묘가 연공 징수와 지방 행정을 맡게 한 관리. 또는 바쿠후의 직할지를 다스리던 지방관.

도보同朋 | 쇼군, 다이묘를 섬기며 신변의 잡무나 예능상의 여러 가지 일을 맡아보는 사람.

렌가連歌 | 일본 고전 시가의 한 양식. 보통 두 사람 이상이 단가의 윗구에 해당하는 5 · 7 · 5의 장구와 아랫구에 해당하는 7 · 7의 단구를 번갈아 읊어 나가는 형식. 대개 백구百句를 단위로 한다.

로죠老女 | 쇼군이나 영주의 부인을 섬기는 시녀의 우두머리.

리프데 호 | 1600년, 분고 우스키에 정박한 네덜란드의 배. 로테르담 동방 무역회사의 탐색선 5척 가운데 하나.

바쿠후幕府 | 무신정권 시대에 쇼군이 집무하던 곳, 또는 그 정권.

부교奉行 | 행정, 재판, 사무 등을 담당하는 무사의 직명.

세이이타이쇼군征夷大將軍 | 무력과 정권을 장악한 바쿠후의 실권자. 쇼군의 정식 명칭.

쇼시다이所司代 | 에도 시대에 쿄토의 경비와 정무를 맡아보던 사람.

슈인센朱印船 | 쇼군의 주인朱印이 찍힌 해외 도항 허가장을 받아 동남아시아 각지와 통상을 하는 무역선.

신토神道 | 일본 황실의 조상인 아마테라스오미카미天照大神나 국민의 선조를 신으로 숭배하는 일본 민족의 전통적인 신앙.

싯세이執政 | 로쥬老中 또는 카로家老를 이르는 말.

오닌應仁의 난 | 1467년부터 1477년까지 쿄토를 중심으로 일어난 대란. 지방으로 파급되어 센고쿠 시대로 접어드는 계기가 되었다.

오쵸보阿ちょぼ | 쵸보는 작다는 의미. 도요토미 히데요시를 모시던 미녀의 이름. 일반적으로 귀여운 여자아이를 이른다.

오토기슈お伽衆 | 다이묘나 귀인의 말상대가 되는 사람이나 그 관직.

요리토모賴朝 | 1147~1199. 미나모토노 요리토모源賴朝. 카마쿠라 바쿠후鎌倉幕府의 초대 쇼군將軍으로 무신정권의 창시자.

요시츠네義經 | 1159~1189. 미나모토노 요시츠네源義經. 헤이안平安 후기의 무장. 미나모토노 요시토모源義朝의 아홉번째아들.

우다이진右大臣 | 다이죠칸의 장관. 사다이진 다음의 직위.

이치리즈카一里塚 | 가도 양쪽에 10리마다 흙을 높이 쌓아 이정표로 삼는 곳.

이쿠사 부교軍奉行 | 카마쿠라 · 무로마치 시대에 임시로 군대 내부의 제반 일을 통괄하던 사람.

인세이院政 | 왕이 양위한 뒤에도 계속 정권을 쥐고 다스리는 정치.

조동종曹洞宗 | 선종禪宗의 한 파. 카마쿠라 시대 초기의 중 도겐道元이 송宋나라 여정如淨에게서 법을 배워 일본에 전했다.

츄나곤中納言 | 다이죠칸의 차관. 다이나곤大納言의 아래.

카로家老 | 다이묘의 중신으로, 집안의 무사를 통솔하며 집안일을 총괄하는 직책. 보통 세습하며, 이 명칭은 카마쿠라 시대부터 생겼다. =토시요리年寄, 슈쿠로宿老.

카마쿠라 바쿠후鎌倉幕府 | 1192년에 미나모토노 요리토모源賴朝가 연 무신정권. 1333년에

멸망.

카이아와세貝合ゎせ | 360개의 진기한 조가비를 왼쪽 짝과 오른쪽 짝으로 갈라, 제짝을 많이 찾아서 맞춘 편이 이기는 부녀자의 놀이.

카타기누肩衣 | 어깨에서 등으로 걸쳐지는 무사의 소매 없는 예복.

칸파쿠關白 | 천황을 보좌하여 정무를 담당하는 최고위의 대신.

케비이시檢非違使 | 비리, 위법을 적발하고 체포, 재판, 형벌을 담당하는 직책.

코쇼小姓 | 주군을 측근에서 모시며 잡무를 맡아보는 무사.

킨자金座 | 에도 바쿠후江戶幕府 직할의 금화金貨를 만들던 관청.

킨쥬近習 | 주군을 측근에서 모시는 사람으로 코쇼와 같다.

킨키近畿 | 왕실을 중심으로 한 그 부근의 지역.

타이코太閤 | 본래 섭정攝政 또는 다죠다이진太政大臣의 경칭敬稱. 나중에는 칸파쿠의 직위를 그 자식에게 물려준 사람에 대한 높임말. 여기서는 히데요시를 가리킨다.

텐슈카쿠天守閣 | 성의 중심부 아성牙城에 3층 또는 5층으로 높게 쌓은 망루.

토자마外樣 | 카마쿠라 시대 이후의 무가 사회에서 쇼군의 일족이나 대대로 봉록을 받아온 가신이 아닌 다이묘나 무사.

토코노마床の間 | 객실인 다다미방의 정면 상좌에 바닥을 한 층 높여 만들어놓은 곳. 벽에는 족자를 걸고, 한 층 높여 만든 바닥에는 도자기, 꽃병 등으로 장식한다.

하타모토旗本 | (진중에서) 대장이 있는 본영. 또는 그곳을 지키는 무사.

홍모인紅毛人 | 붉은 머리털을 가진 서양인을 가리키는 말. 구체적으로는 네덜란드 인을 가리킨다.

후다이譜代 | 대대로 같은 주군, 집안을 섬기는 일이나 또는 그 사람.

훈도分銅 | 비상시에 대비하기 위해 저울추 모양으로 만든 금괴나 은괴.

히키메야쿠引目役 | 귀인이 태어났을 때 귀신을 쫓기 위해 소리나는 화살을 쏘는 것. 또는 그 사람.

《 주요 무장의 갑옷 》

다테 마사무네

카타기리 카츠모토

이시다 미츠나리

사카키바라 야스마사

도쿠가와 이에야스
(세키가하라 전투 때 사용)

우에스기 카게카츠

《 주요 무장의 투구 》

혼다 타다카츠

사나다 유키무라

도쿠가와 히데타다

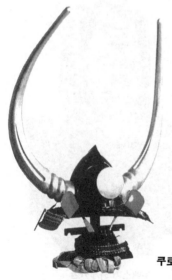

쿠로다 나가마사

카토 요시아키

354

토도 타카토라

오토모 소린

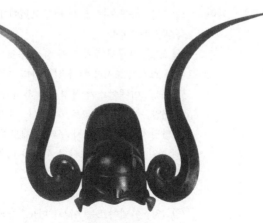

유키 히데야스

《 도쿠가와 이에야스 관련 연보(1603~1604) 》

◈──서력의 나이는 도쿠가와 이에야스의 나이

일본 연호	서력	주요 사건
케이쵸 慶長	8 1603 62세	7월 28일, 히데요리는 히데타다의 딸 센히메와 약혼한 다. 8월 10일, 이에야스의 열한번째자식 츠루마츠(요리후 사)가 야마시로 후시미 성에서 태어난다. 어머니는 마 사키 씨. 9월 21일, 이에야스의 여섯번째자식 히타치 미토 성의 성주 타케다 노부요시가 사망한다. 향년 21세. 10월 16일, 이에야스가 우다이진에서 사퇴한다. 10월 18일, 이에야스는 후시미를 출발하여 에도로 향한 다. 11월 3일, 히데요시의 후실 네네가 코다이인이라는 호 를 받다. 11월 7일, 이에야스는 열번째자식 나가후쿠마루(요리노 부)에게 히타치 미토의 20만 석을 준다. 이해, 바쿠후는 오쿠보 나가야스를 사도 부교로 임명 한다.
	9 1604 63세	2월 3일, 바쿠후는 모리 테루모토에게 나가토 하기에 축성을 허락한다. 3월 20일, 치쿠젠 후쿠오카 성주 쿠로다 나가마사의 아 버지 죠스이(요시타카)가 사망한다. 향년 59세. 3월 29일, 이에야스가 상경하여 후시미 성에 들어간다. 5월 3일, 바쿠후는 쿄토, 사카이, 나가사키에 이토 왓 푸 담당자를 두고, 생사 무역의 제도를 정한다. 6월 20일, 히고 히토요시의 사가라 나가츠네가 그의 어 머니를 인질로 에도에 보낸다. 6월 22일, 이에야스가 입궐한다. 7월 1일, 이에야스는 이세, 미노, 오와리 등 7개 지역

일본 연호	서력	주요 사건
케이쵸 **慶長**		의 다이묘에게 이이 나오츠구(나오카츠)를 도와서 오미 히코네 성을 축성하도록 한다. 7월 17일, 히데타다의 두번째자식 타케치요(이에미츠)가 에도 성에서 태어난다. 어머니는 아사이 씨(오에요 부인). 같은 날, 이에야스는 이나바 미치시게의 양녀 사이토 씨(카스가 부인)를 타케치요(이에미츠)의 유모로 삼는다. 8월 15일, 쿄토 시민이 토요쿠니 신사의 제례를 위해 춤을 준비한다. 18일, 고요제이 천황이 시신덴에서 춤을 관람한다. 11월 8일, 타케치요(이에미츠)가 처음으로 에도 산노 신사에 참배한다. 이해, 바쿠후는 토카이, 토후쿠, 호쿠리쿠 등의 여러 도로를 수리하고, 이치리즈카를 짓는다. 이해, 바쿠후는 히젠 나가사키에 토츠지(중국어 번역관)를 둔다. *이해, 프랑스가 동인도회사를 설립한다.

옮긴이 이길진 李吉鎭

1934년 황해도 출생. 1958년 서울대학교 사회학과를 졸업하였다.
일본 문학 작품 및 일본 문화에 관련된 많은 책들을 유려한 우리말로 옮겼다.
주요 역서로는 가와바타 야스나리의 『설국』, 이마이 마사아키의 『카이젠』,
오에 겐자부로의 『사육』, 기쿠치 히데유키의 『요마록』,
야마오카 소하치의 『오다 노부나가』, 『사카모토 료마』 등이 있다.

| 부록의 자료 제공 및 감수는 고려대학교 일어일문학과 최관 교수님께서 해주셨습니다.

도쿠가와 이에야스 제24권

1판 1쇄 발행 2001년 6월 15일
2판 3쇄 발행 2023년 5월 1일

지은이 야마오카 소하치
옮긴이 이길진
펴낸이 임양묵
펴낸곳 솔출판사

주소 서울시 마포구 와우산로29가길 80(서교동)
전화 02-332-1526
팩스 02-332-1529
이메일 solbook@solbook.co.kr
홈페이지 www.solbook.co.kr
출판 등록 1990년 9월 15일 제10-420호

한국어판 ⓒ 솔출판사, 2001
부록 ⓒ 솔출판사, 2001

이 책의 '부록'은 독자들이 일본의 전국시대를 폭넓게 조망할 수 있도록
전공 학자와 편집부가 참여, 오랜 시간과 많은 비용을 들여 작성한 것입니다.
저작권자인 솔출판사의 서면 동의 없이 무단 전재와 무단 복제를 금합니다.

ISBN   979-11-86634-49-3   04830
ISBN   979-11-86634-22-6   (세트)

• 잘못된 책은 구입한 곳에서 바꿔드립니다.
• 책값은 뒤표지에 표시되어 있습니다.